任丽娟　魏静思　符代芸◎著

人文视角的现当代文学研究

光明日报出版社

图书在版编目（CIP）数据

人文视角的现当代文学研究/任丽娟，魏静思，符代芸著.—北京：光明日报出版社，2016.6

ISBN 978-7-5194-1094-0

Ⅰ.①人… Ⅱ.①任… ②魏… ③符… Ⅲ.①中国文学—现代文学—文学研究②中国文学—当代文学—文学研究 Ⅳ.①I206.6

中国版本图书馆CIP数据核字（2016）第141720号

人文视角的现当代文学研究

著　　者：任丽娟　魏静思　符代芸		
责任编辑：李　娟	封面设计：鸿儒文轩	
责任校对：苏　芳	责任印制：曹　净	

出版发行：光明日报出版社

地　　址：北京市东城区珠市口东大街5 号，100062

电　　话：010-67022197（咨询），67078870（发行），67019571（邮购）

传　　真：010-67078227，67078255

网　　址：http://book.gmw.cn

E－mail：gmcbs@gmw.cn lijuan@gmw.cn

法律顾问：北京德恒律师事务所龚柳方律师

印　　刷：三河市明华印务有限公司

装　　订：三河市明华印务有限公司

本书如有破损、缺页、装订错误，请与本社联系调换

开　　本：650×940　1/16

字　　数：290千字　　　　　印　　张：23.5

版　　次：2017 年1月第1版　　印　　次：2017年1月第 1 次印刷

书　　号：ISBN 978-7-5194-1094-0

定　　价：58.00 元

简　介

　　本书凝聚作者多年教学经验，吸收最新学术研究成果，采用全新授课理念，打造开放式的新型教材。按照中国新文学历史的发展顺序组织章节，有详有略，脉络清晰，重点突出。打通了现代文学和当代文学不必要的隔阂，使其前后融为一体。中国现代文学是"五四"前后产生的，用现代的文学语言和形式表达现代中国思想情感心理的文学。

　　当历史的画卷翻到 20 世纪的时候，伴随着五四运动的滚滚春雷，东方地平线上古老的中国终于迎来了民族复苏、嬗变与奋起的新时代。产生并发展于社会大变动与民族大奋起背景下的中国现当代文学，也随之奏响了中华民族现代文化中最激越、最华美的乐章。

　　1917 年文学革命的中国现当代文学，虽然至今不足百年，但却开辟了中国文学史上翻天覆地的新时代，是文学上"从来没有经历过的最伟大、进步的变革，是一个需要巨人而且产生了巨人——在思维能力、热情和性格方面，在多才多艺和学识渊博方面的巨人的时代"。所以"现当代"不仅是时间概念，更指向思维、情感的现代性。而本书就是从人文视角的角度出发，对现当代文学进行探究叙述。

为了保证本书的质量与研究力度，使本书具有权威性，所以在撰写的过程中多次向学院内高级教授、当代文学学术研究团体、文学内专业人士等请教，对本书进行修整，力求做一本富有影响力的著作。

编　者

目　录

第一章　中国现当代文学

第一节　什么是中国现当代文学

中国现当代文学指 1917 年至今的文学，即包括现代文学和当代文学。近年来人们一般又把它称为中国 20 世纪文学。

中国现当代文学的源头是五四文学。五四文学是中国文学发展史上一次前所未有的本质性变异，它划定了从传统文学到现代文学的不同历史时代。它的发生与发展有着复杂的传统文化、外来文化的深刻背景。

从文学发展的多样性、主题的走向以及与中国社会的关系来看，中国现当代文学可以分为以下几个时期：

（一）1917 年—1927 年文化整体批判时期；

（二）1927 年—1937 年政治分野与文化批判时期；

（三）1937 年—1949 年政治分野与文化反思时期；

（四）1949 年—1978 年政治与文学一体化时期；

（五）1978 年—1990 年政治变革与文化转型时期。

中国现当代文学在它的诞生之初被叫做中国新文学，这一称谓不仅是一个单纯的时间性概念，而且是中国文学史乃至思想史上一种革命意义的显示。其发展过程既是中国文学本身现代化的过程，又是中国社会现代化过程的艺术显示。因此，中国现当代文学又是一种具有"现代意义"的文学。

第二节 中国现当代文学史概况

中国现代文学发端于五四运动时期，但以鸦片战争后的近代文学为其先导。现代文学是新民主主义革命时期现实土壤上的新的产物，同时又是旧民主主义革命时期文学的一个发展。广义上的中国现代文学史是指 1917 年到 1997 年。

萌动期

产生背景

清嘉庆以后，中国封建社会已由衰微而处于崩溃前夕。国内各种矛盾空前尖锐，社会危机四伏。清朝政府极端昏庸腐朽。一八四年起，外国资本主义的大炮，打开了闭关自守的封建帝国的大门，揭开了中国近代史的序幕。中国社会逐步发生根本性变化。农村中自给自足的自然经济加速瓦解，沿海一带出现了资本主义经济，并且迅速形成了上海这类畸形繁荣的近代都市。新的阶级——中国的无产阶级、资产阶级乃至买办资产阶级——也随之产生。"帝国主义列强侵略中国，在一方面促使中国封建社会解体，促使中国发生了资本主义因素，把一个封建社会变成了一个半封建的社会；但是在另一方面，它们又残酷地统治了中国，把一个独立的中国变成了一个半殖民地和殖民地的中国。"① 从这个时候开始,帝国主义与中华民族、封建主义与人民大众的矛盾,成为近代中国历史发展的主要矛盾。为了挽救民族危亡的命运,从太平天国到辛亥革命,中国人民进行了一次又一次的革命斗争。与此同时,"先进的中国人,经过千辛万苦,向西方国家寻找真理"②,因而又有了西方文艺复兴以来各种思潮在中国的传播,为近代中国文化注入了新的内容。

文学作为社会意识形态和整个文化的重要组成部分,必然要反映近代中国的这些变化,并且使自己适应于这些变化。近代文学在孕育和发展的过程中,曾经出现过许多新的现象。在这一历史时期内,虽然封建文学仍然大量存在,但也产生了以反抗列强侵略和要求挣脱封建束缚为主要内容的进步文学,并且在较长的一段时间里,不止一次地作了种种改革封建旧文学的努力。

历史渊源

早在鸦片战争时期,龚自珍、林则徐、魏源等比较开明的地主阶级知识分子,就在诗文中揭示了"万马齐喑"的时代痛苦和"四海变秋气,一室难为春"的社会局面;同时,还呼唤改革的"风雷",表现了抵御外国侵略的迫切要求。太平天国革命运动中,提出过"文以纪实"、"不须古典之言"、"毋庸半字虚浮"③ 的改革主张,也产生了一些较为通俗并有革命内容的作品。随着政治上变法维新运动的发展,十九世纪末叶,资产阶级改良主义文化运动日趋高涨。郑观应在《盛世危言》里,王韬在《变法》和《变法自强》里,都对文化革新有所建

---

① 《中国革命和中国共产党》,《毛泽东选集》横排本第 2 卷第 593 页。
② 《论人民民主专政》,《毛泽东选集》横排本第 4 卷第 1406 页。
③ 见洪仁玕等《戒浮文巧言谕》,《太平天国文选》第 98 页。

议；康有为托孔子之名以求改制，在一定程度上冲击了当时的封建正统文化；而强学会、南学会、群学会等五十几个学会、学堂、报馆①在短期内的兴起和活动，更与这个运动有直接的联系。在文学上，同时出现了对封建正统文学（主要是拟古派诗和桐城派文）进行改革的呼声，其中较有影响的是谭嗣同、夏曾佑等提出的"诗界革命"和梁启超等竭力推行的"新文体"。

在诗歌改革方面取得较大成绩的是黄遵宪。作为优秀的"新派"诗人，黄遵宪不但在作品中记述了当时发生的重大历史事件，表现了强烈的爱国主义精神和要求变法的愿望，而且在文学理论上，很早就有"崇白话而废文言"，改变旧文体使之"适用于今，通行于俗"，"欲令天下之农工商贾妇女幼稚，皆能通文字之用"②的理想；他自己的诗歌创作，也多少做到了如《杂感》诗所说的"我手写吾口，古岂能拘牵"，开始摆脱旧诗格律的某些束缚。梁启超的宣传改良主义思想的新体散文，以"平易畅达"见称，其影响更为广泛。

与此同时，白话小报的出现，更促使一部分人（如裘廷梁、陈荣衮）明确提出"白话文为维新之本"、"开民智莫如改革之言"③等主张。改良主义文学运动在诗文以外的文学样式方面，引起了尤其显著的变化。小说戏剧历来被正统的封建文人认为不登大雅之堂，但戊戌变法前后却得到了重视。首先是由于政治上改良运动的需要，其次也由于印刷事业的发达，近代新兴都市的繁荣和报纸期刊的创办，小说在这一时期大量产生，其

---

① 见梁启超《戊戌政变记》附录一《变法起源记》。实际还不止此数
② 见黄遵宪 1887 年作《日本国志》卷 33《学术志（二）》
③ 裘廷梁、陈荣衮分别写有《论白话文为维新之本》（1898）、《报章宜用浅说》（1899）等文。

社会地位也不断提高。《论小说与群治之关系》（梁启超）、《小说原理》（夏曾佑）、《论文学上小说之位置》（狄平子）、《论小说与改良社会之关系》（王无生）、《论小说之势力及其影响》（陶佑曾）、《余之小说观》（徐念慈）等文先后发表，它们的共同倾向是强调小说的政治意义及其在社会教育上的作用。

在梁启超"欲新一国之民，不可不先新一国之小说"的理论倡导下，小说成为新派知识分子暴露旧世态、宣传新思想的有力工具，并且直接出现了一批职业作家。"政治小说"、"社会小说"、"科学小说"等名目应运而生。被鲁迅称做"谴责小说"的《官场现形记》、《二十年目睹之怪现状》等受到普遍的欢迎。由于同样的原因，还开始翻译和介绍了西方作品。据统计，晚清小说刊行的在一千五百种以上，而翻译小说又占全数的三分之二。

其中林纾的译作曾在当时有过较大的影响。此后，在资产阶级革命时期，也相应地产生了以章太炎和南社为代表的一批作家和《孽海花》、《警世钟》等作品；马君武、苏曼殊等翻译了歌德、拜伦和雪莱的诗歌；它们在进行反清和民族民主革命的宣传方面，都曾起过积极的作用。值得注意的是，"五四"以后被大力提倡的话剧这种新的戏剧形式，也在这个时期以"新剧"或"文明新戏"之名开始传入。一九零七至一九零八年间，春柳社等先后在日本和上海演出《黑奴吁天录》；进化团稍后又在长江下游各地演出宣传革命的幕表戏多种；这些活动既从思想战线上配合了辛亥革命，也为我国戏剧输入了新的血液。

上述种种情况表明，近代进步文学不仅服务于当时的政治斗争，而且在思想内容（一定程度上的反帝反封建倾向）以至文学形式（改革诗文、提倡白话、看重小说、输入话剧）方面，都为"五四"以后的新文学的萌生作了必要的准备。可以说，近代进步文学乃是从封建时代文学到现代新文学之间的一个过渡。

弱点和局限

唯其是"一个过渡"，近代进步文学又有其本身的不可克服的弱点和局限。如同整个旧民主主义革命时期的历次政治斗争并未完成反帝反封建的任务一样，这个时期的文学，也未能尽到彻底反帝反封建的历史作用。资产阶级改良主义的文学，对封建制度并不持根本否定态度；不仅政治上维护着清王朝，而且在意识形态上也不敢正面触动儒家思想的根本——孔子学说。

改良派的主要代表人物如康有为、梁启超等，在戊戌变法失败以后，很快便趋于反动，而在不少新派作品里，封建思想也仍然占有地位。提倡白话的呼声虽然在十九世纪末叶已经出现，但他们大多数是提倡白话而不反对文言，或者主张书报可以采用通俗的白话，文学仍须维系高雅的古文；即使有一二正确主张，也因为时代条件的不成熟，并未引起广泛的讨论和造成较大的声势。翻译西方文学的工作当时也处于盲目被动、缺乏系统的状态；林纾虽然译述较多，但全用桐城古文，带着改作的成分。

资产阶级革命时期的文学，也因为没有与封建思想分清界限，反封建仍不彻底，始终未能正面明确地提出反对封建旧文学的口号。革命派本身的脱离群众，一些代表人物在语文合一、采用白话等问题上所持的保守态度，都阻碍了他们在组织辛亥革命的同时去相应地发动一个强大的思想启蒙和文学改革的运动，致使他们在文化上的影响甚至还不及维新派。至于对帝国主义，无论是资产阶级改良派或是革命派，都不能从阶级本质上认识它们，对它们颇多幻想。

此外，旧民主主义文学的一个根本弱点是：虽然在暴露上层腐败生活方面能够淋漓尽致，但对广大劳动人民的状况却极端缺乏了解。随着维新运动和辛亥革命的相继失败，曾经起过进步作用的一部分文学，也终于受到被称为"十里洋场"的近代都市中恶浊气氛的腐蚀而趋于堕落："谴责小说"沦为"黑幕小说"，甚至成了专门诋毁私敌的"谤书"；民国初年出现的专写"才子佳人"的鸳鸯蝴蝶派作品，则由最初具有些微进步倾向（感叹世态炎凉、不满于婚姻不自由等）而逐渐演变为满纸陈词滥调、远离现实生活并有浓重思想毒素的"言情小说"、"狭邪小说"以至色情小说，文明新戏也褪尽了原来的战斗色彩，充满着小市民的庸俗情调和低级趣味。

近代文学的这种发展状况，深刻地证实了毛泽东同志关于近代文化的这一著名论断："旧的资产阶级民主主义文化，在帝国主义时代，已经腐化，已经无力了，它的失败是必然的。"①

五四期

背景介绍

在文学领域内高举彻底反帝反封建的革命大旗，这个任务不能不落到无产阶级领导的"五四"以后革命文学的肩上。旧民主主义革命时期的文学虽然已为新文学的建立作了若干准备，但它本身无法完成历史所赋予的任务。"五四"文学革命运动的兴起，及是近代中国社会与文学诸方面条件长期孕育的必然

---

① 《新民主主义论》，《毛泽东选集》横排本第 2 卷第 657 页。

结果。

"五四"以后，中国社会自近代以来所有的基本矛盾和革命任务并未改变，但无产阶级登上了历史舞台，它所领导的人民大众的反帝反封建斗争蓬勃展开，历史已经进入了新民主主义革命时期。因此，一方面，社会内部的各个阶级和各种矛盾比近代更显得错综复杂，另一方面，解决这些矛盾的具体历史条件却也渐次具备并且趋于成熟。"五四"之后的中国现代文学，正带上了这样一种深刻的时代历史的印记。

主要作用

现代文学，作为中国现代复杂的阶级关系在文学上的反映，所包含的成分也是复杂多样的。新起的白话文学本身，并不是单一的产物；它是文学上无产阶级、革命小资产阶级和资产阶级三种不同力量在新时期实行联合的结果，其各个组成部分之间有着原则的区分。资产阶级文学，包含了相当复杂的既有积极方面也有消极方面的思想因素，不仅同无产阶级文学有质的不同，而且同小资产阶级革命民主主义文学也有很大的区别。一部分资产阶级右翼在文学上的代表，反封建时固然极为软弱，同帝国主义更有千丝万缕的联系，而在斗争深入之后，很快倒戈成为反动势力的维护者。此外，在整个新民主主义革命时期，也还有若干其他的文学成分。封建旧文学虽已遭到沉重的打击，但远未绝迹；鸳鸯蝴蝶派作品则改穿起了白话的衣装，在市民阶层中有所流传；作为国民党反动派法西斯政策在文学上的产物，三十年代以及稍后一个时期，还曾出现过法西斯"民族主义文艺"、"战国策"派和所谓"戡乱文学"——这些都是文学上的逆流。现代文学里各种成分的纷然杂陈和相互斗争，正推进了文学上不同力量之消长，显示了错综复杂的情势。

思想变革

但在这多种复杂的文学成分中，居于主导地位、占有绝对优势并获得了巨大成就的，则是无产阶级领导的人民大众的反帝反封建的文学，亦即新民主主义性质的文学。这是一种完全新型的真正属于人民大众自己的文学，同历史上一切具有民主性进步性的文学都有极大区别。这种文学一方面在阶级基础上仍不是单一的，它具有新民主主义的统一战线的性质，其中也包括了一部分曾经起过一定进步作用有着反帝反封建要求的资产阶级民主主义文学。另一方面，"新民主主义的政治、经济、文化，由于其都是无产阶级领导的缘故，就都具有社会主义的因素，并且不是普通的因素，而是起决定作用的因素"①，反映到文学上，就有了彻底反帝反封建的思想内容，有了社会主义方向，也有了体现这些特点的现代文学的主流——无产阶级文学和处于无产阶级领导影响下的革命民主主义文学。

在"五四"以后的新民主主义革命时期里，无产阶级文学，最初虽然只是作为因素而存在，但随着革命的发展和无产阶级影响的扩大，随着作家接受马克思主义思想和参加革命实践的增多，随着共产主义知识分子和少数革命工农参预文学创作，特别是随着左翼文学运动的蓬勃展开，无论在量的方面或者质的方面，都有增长和提高。而在延安文艺座谈会后，作品中以无产阶级思想教育人民的作用愈益显著，这种文学也就得到了更多更坚实的发展。至于革命民主主义文学，在我国的具体历史条件下，始终作为无产阶级在文学战线上的可靠同盟军，以英勇无畏的姿态参加了反帝反封建斗争，并且逐渐转换自身

---

① 《新民主主义论》，《毛泽东选集》横排本第 2 卷第 665 页。

的性质，朝着社会主义方向发展，最终汇合到无产阶级文学的洪流之中。历史驳斥了那些把"五四"以来的新文学说成只是明朝"公安派"、"竟陵派"的继承和发展，或是西欧资产阶级文艺的"一个新拓的支流"等不符事实的言论。无产阶级领导并以革命民主主义文学和无产阶级文学这两种力量为中坚，保证了我国现代文学具有前所未有的崭新的性质。

阶级变革

文学上的无产阶级领导，主要是通过无产阶级思想影响及其政党共产党的政策来实现的，它要求文学成为无产阶级领导的人民革命事业的一个组成部分。我国"五四"以后出现的以革命民主主义文学和无产阶级文学为主力的新文学，自觉地体现了这一要求。它从诞生的时候起，就担负着为中国革命服务的崇高使命。"五四"文学革命运动使文学以新的形式和内容——反对文言文提倡白话文，反对旧道德提倡新道德——跟人民接近了一大步。"桐城谬种、玄学妖孽"、"打倒孔家店"等口号的提出，一部分作品中对帝国主义本质的揭露和对十月革命的向往，也都体现了新的历史时期里人民革命的战斗要求；而现代文学奠基人鲁迅的创作，则更是遵奉"革命的前驱者的命令"、彻底反封建并且充满民族觉醒精神的"遵命文学"。中国共产党成立以后，随着革命的日益发展和深入，文学为革命服务也更其鲜明和自觉。在各个革命阶段中，大批作家不仅以各种形式、题材、风格的作品直接间接地促进革命事业，而且还积极投身实际斗争，直至为革命献出鲜血和生命；也还有许多实际革命者和工农群众用文艺创作来从事革命宣传，对革命和文学本身的发展都作出了积极的贡献。党所领导和影响下的革命文学，不论在第一次国内革命战争期间配合反军阀斗争和

"五卅"反帝斗争方面，或是在第二次国内革命战争期间粉碎反动文化"围剿"、揭露国民党罪恶统治、配合土地革命方面，以及在"九一八"以后从事救亡宣传和"七七"以后鼓舞全国人民坚持团结抗日、反对分裂投降方面，都有巨大的功绩。特别是毛泽东文艺思想直接指引下的民主革命后期的文学，更成为紧密配合革命斗争，"团结人民，教育人民，打击敌人，消灭敌人"的有力武器。为革命服务，为现实斗争服务，为劳动人民的根本利益服务，这是中国现代文学史上一个最宝贵的传统。

人民革命事业

与此同时，现代革命文学既然是无产阶级领导的人民革命事业的一个组成部分，它在各个阶段的变化和发展，自然又不能离开革命在各个阶段的变化和发展，不能离开革命深入对文学所提出的新要求。作为现代文学开端的文学革命，在五四运动前夕已为运动作了思想准备，但只有通过五四运动，它才形成了巨大的声势，扩大了社会影响，并与革命斗争密切结合起来。第一次国内革命战争前夕"革命文学"的提出，第二次国内革命战争时期无产阶级革命文学运动的开展，也都与当时形势相适应，是无产阶级及其学说在整个中国革命运动中的作用和影响日益强大的反映。而一九四二年毛泽东同志在延安文艺座谈会上所作的具有伟大历史意义的讲话，为革命文艺运动开辟了新阶段，这也首先是和党不再处于幼年时期、马克思列宁主义的普遍真理和中国革命的具体实践日益结合、无产阶级领导的政治军事力量已经空前地发展壮大诸条件相联系的。现实生活和革命形势的变化发展，更使各个阶段的文学创作从主题、题材、人物形象直到语言和表现方法，无不深深打上时代的烙印。整整三十年的现代革命文学，始终与革命同命运，共呼吸，有着一致的步伐。

与人民革命事业血肉相连、休戚与共，对帝国主义封建主义彻底揭露、坚决斗争，对社会主义前途衷心向往、热情追求，这就是无产阶级登上历史舞台的新时代所赋予革命文学的鲜明思想印记，也是现代文学之所以有别于近代文学的根本标志。

曲折前进

现代文学的发展过程是一个矛盾斗争的过程，其间充满了革命文学与反动文学、革命文艺思想与反动文艺思想的斗争。革命文学正是在抗击各种各样反动文艺逆流的过程中发展壮大的。

为民主革命服务的文学，首先要同代表着敌人利益的封建文学、买办文学和国民党反动派的钦定文学进行不调和的斗争。"五四"新文学就在同林纾所代表的封建守旧派文人的战斗中为自己开辟道路，以后又以打倒《学衡》、《甲寅》等标榜"国粹"、主张复古的封建"拦路虎"而向前发展。在封建势力彻底消灭以前，封建文学不可能销声匿迹，因此这种斗争后来虽然规模逐渐缩小，却也并未完全停止（如对"读经救国"、"本位文化"及一部分鸳鸯蝴蝶派文人的斗争）。对于从一九二一年中国共产党成立以后就开始倒向敌人方面去、公然为帝国主义辩护的胡适和《现代评论》这一系统的买办文人，革命文艺界也在各个时期反复进行了多次斗争，揭露其为帝国主义作伥的奴才面目，从而大大削弱和缩小了他们在知识阶层中的影响，促进了他们内部的分化。从二十年代末开始进行的和国民党御用文人（如法西斯"民族主义文艺"，"战国策派"和后来所谓"戡乱文艺"之类）的斗争，也贯穿了直到中华人民共和国建立为止的几个时期。尽管蒋介石集团历来都在其统治区域内施行法西斯恐怖政策，掌握了军权、政权、财权（从而也掌握了对出版物、出版机构的控制权），但他们却从未能掌握文化上、文艺上的领导权。共产党领导下的革命文艺界虽然在国统区内"处于毫无抵抗力的地位"①，却抵挡住了敌人多方面的进攻，夺取了阵地，发展了力量，建立了最英勇的业绩。

第三节　文学革命的历史意义

作为现代文学和文化全面走向现代化的开端，文学革命运动的意义是巨大的。

首先，五四新文化运动被认为是中国历史上一次空前的思想解放运动，而文学革命作为这一运动的组成部分，以激进的态度否定了以封建思想为其主导的传统文化体系，宣扬了个性解放、人性自觉、自由平等等新思想、新观念，为新文化运动的深入展开发挥了巨大作用。

其次，在中国文化现代转型的过程中，它为白话最终成为中国现代民族语言奠定了基础。经由晚清的白话运动和文学革命对白话文学的竭力倡导，终于在 1920 年，作为现代"国语"的白话纳入官方教育体制，1 月，北洋政府教育部颁令全国国民学校，一、二年级的国文教育统一采用语体文（白话），这无疑承认了文学革命的合法性，更重要的是它成为民族文化转型的契机。

第三，打破中国文学孤立封闭的格局，建立了与世界文学的密切关系。文学革命完全改变了对待外来文化的态度，它以

---

① 《新民主主义论》，《毛泽东选集》横排本第 2 卷第 663 页。

极为开放的胸襟持续不懈地翻译和介绍外国现代文学和文化思想，形成了一场大规模的文化吸收潮流。正是在这种文化引介的潮流中，西方自文艺复兴运动以来的各种思想和学说，在20世纪初的现代中国找到了通行的市场，不仅影响和构建了现代文学创作的风貌，也影响和构造着中国对现代化的追求和憧憬，直到今天。

文学革命开始于1917年。

它是晚清文学改良运动在新的历史条件下的发展，是适应以思想革命为主要内容的新文化运动而发生的。是新文化运动的一个组成部分，对封建思想的批判必然地转向对封建主义文学的攻击，反对文言，提倡白话，反对旧文学，提倡新文学成了一场文学革命运动。在中国文学史上竖起一个鲜明的界碑，标示着古典文学的结束，现代文学的起始。

1915年，《青年杂志》在上海创刊（第二卷起易名为《新青年》），新文化运动以此开始，并在1919年借"五四"运动的大势，将整个新文化与新文学运动推向高潮。

第四节　二十年代小说

二十年代文学也即中国现代文学第一个十年，大致时间为1917年至1927年。其中包括了"五四"时期的文学和第一次国内革命战争时期的文学。由于五四运动对后世影响重大深远，通常称该十年为五四时期的文学，也称作五四为代表的20年代文学。五四文学革命发生在晚清文学现代化的发展趋势出现时期，而"五四"新文化运动是其直接动力。胡适、陈独秀在《新青年》上发表有关文章标志着"文学革命"的正式提出。

"文学革命"反对文言文，提倡白话文；反对旧文学，提倡新文学，在内容上反对封建主义文学旧的文学观念，要求文学应是表达个人感情的。文学社团在中国现代文学史上占有重要地位。20年代影响最大的社团有文学研究会和创造社，其余还有语丝社、新月社、湖畔诗社等。

"文学革命"在内容上彻底批判、否定了整个封建制度及其思想文化体系；始终贯穿、体现了现代"人"的观念不断解放的思想，以个性解放、民主科学为启蒙思想主题；以新的人物形象代替了旧文学主人公。在文学观念上发生了重大变化，语言获得了解放，形式全面革新。在与世界文学的关系上建立了中国文学与世界文学的密切关系，形成了开放性的现代文学。但五四新文学的部分倡导者存在偏激情绪，对某些传统事物、传统文化缺少具体分析，以致简单否定。总体上五四时期文学具有理性精神的张扬，感伤的精神标记，个性化的追求，创作方法的多元化探索的特征。体现了现实主义、浪漫主义、现代主义。

第五节　中国现当代文学研究方法

一、坚持历史整体联系的学科观念

中国现当代文学虽然可区分为现代与当代时期，每一时期之内又可区分为不同的阶段，但它们的延续性远远大于断裂性，与古典文学相比，现代文学与当代文学的共同性远远高于相异性，是一个整体的学科，许多文学现象跨越了不同时期，只有将其来龙去脉置于历史联系的框架内才能得到准确审视。

上世纪 80 年代提出 20 世纪中国文学概念，90 年代以来部分研究者以现代性统摄现当代文学研究，其目的都是希望打破人为制造的学科割裂，追求在统一的富于弹性的整体观照下，对文学历史，文学现象作出更符合历史实际也更深入有效的阐释。例如，黄曼君将数千年形成的古代文论视为 20 世纪中国文学理论批评的预制的观念立场问题意识方法论特征，沉思和打通现当代文学隔阂的新文学整体观，洪子城梳理左翼革命文学从上世纪 30 年代到 70 年代一脉相承的传统，刘纳、陈平原将中国现代文学的嬗变追寻到近代，都体现了这一学科观念的渗透与内化。

李怡的中国现代新诗与古典诗歌传统是另一层意义上历史整体联系和分类比较的成功例证，坚持两条腿走路方针，经典研究与一般问题研究发掘新学术空间并举，针对学科对象历史短暂而研究队伍庞大的现状，有人认为现当代文学史的线索已经明了，应该确定一批经典命题，集中力量进行攻坚，同时放弃对一般性文学现象和次要作家作品的研究，避免研究力量的分散和浪费。比如指认鲁迅，郭沫若、朱自清、老舍、巴金、沈从文、曹禺、艾青、穆旦、赵树理、王蒙、张承志、王安忆等人为经典作家，他们的代表作为经典作品；从上世纪初到新世纪的几次文学转型为经典文学现象，小说、诗歌文体为经典文体；等等。但是，这里的疑惑是，倘若不经过充分的反复的学术研究，怎么确定经典的身份？因为学术阐释恰是很重要很特别的选择接受机制和过程。其实，学科研究还存在大量空白，就以研究相对比较充分的现代文学为例，许多作家作品的研究既不深入也不细致，有的甚至无人问津。比如，对上世纪 40 年代中长篇小说的繁荣和现代话剧类型的丰富这一文学历史现象和文体创作现象的求证仅仅仰仗几位作家几部作品的研究成果是远远不够的。没有丰满的学科细节研究，对文学发展轨迹的认识始终是模糊的，经典性命题也无法显现。还有人着眼于克服低水平重复研究的弊病，提出要发现新论题，寻找新的学术生长点。这方面已经涌现出一批成果，如探讨地域文化与文学风格的关系，疏理教育史与文学史的线索，发掘中国现当代文学中的世界性因素，考察古今文学的延传与变异等。由于经典命题蕴含深广，所以对经典的深入研究既有可能深化学科研究，也有可能拓开新的学术空间；反过来，在一般性问题与新问题研究的过程中完全可能形成经典命题。

二、坚持历史与逻辑相统一的原则

逻辑在这里指从历史过程和历史现象中提炼而又超越任何特定历史时期具有普适性的理论体系与价值原则一切事物都是一定逻辑链条的产物，可以作为理论思辩的对象；同时，它又必然是时间的产物，构成历史现象。因此，人们在认知和探究事物时就有历史的与逻辑的两个维度，双向考察将导致全面辩证的结论。例如，鲁迅既是现代小说的开创者，白话短篇小说文体又在他的手中臻于成熟，其成就至今代表整个现当代小说创作的艺术高度。因此，无论从历史地位还是文学成就的角度来看，鲁迅都是伟大的小说家。但是，并非所有研究对象都像鲁迅小说一样经得起历史标准和文学标准同样严格的检测，它本身的历史价值与文学价值可能不尽一致，甚至彼此分离，研究时对此要有清醒认识，胡适的新诗创作与新诗理论有首创之功，然而也不必讳言其尝试阶段技巧的幼稚与思维的粗疏；只有既充分肯定其历史作用又仔细辨认它不高的起点，才是比较准确完整的认知。20 世纪 90 年代初，《名作欣赏》重新刊发了中国台湾地区诗人余光中写于 70 年代初期的一批现代文学评论，在大陆学界曾引起激烈争论。余光中对一批现代经典作家作品（如朱自清散文）多有指责，他以艺术表现为唯一标准的价值立场和着重从语言结构入手的批评方法一时动摇了大陆学界长期形成的某些学术结论，也不无新见与启发意义。但是，余光中在运用纯文学标准评述朱自清散文时，完全排斥历史主义的态度与方法，而且似老师批改学生作文一般动手修缮文句，得出朱自清散文艺术成就有限的学术结论，这显然是不尽合理的，不符合朱自清散文的文学价值和历史地位。

第二章　中国现当代文学研究的方向

第一节　中国现代文学转型研究

现代文学是中国现代思想革命的主要突破口，而文学语言的转型是中国现代文学革命的先导，这点已被大多数文学研究者所认可，本文以大众话语视角进行探究，并结合众多文献，研究"五四"时期中国现代文学转型的意义。

"大众领域"的德语翻译为"Bevlkerunggebiet"，曹卫东教授在他的翻译作品《大众领域的结构转型》一书中提到对大众领域的理解："哈贝马斯在社会与思想的层面上都运用这个词汇，在社会层次上的'Bevlkerunggebiet'将其理解为大众性与公共性，在思想层面上应当理解为大众领域"。尽管哈贝马斯在《大众领域的结构转型》中在思想的意识形态中展开批判，然而由于从资产主义的社会转移角度来抽象与提炼资产阶级意识形态，笔者从中得到较好的印证：公共性展现为比较公共领域，并与私人领域形成相对之势，大众领域也是社会舆论的主要部分，并与公共机关形成直接抗衡的状态。

哈贝马斯曾表示大众领域，主要包括封建时期的大众领域与资产阶级大众领域，然而后者是心目中最为理想的典型，他强调大众领域是由主体特性的私人来组成的，资产阶级的大众领域是由私人组合而成的大众领域，然而资产阶级的大众领域受到上层控制来反对大众权力机关，而真正的大众领域只有在社会主义社会同时与国家权力保持较为独立的情况下才可能实现。

对文学研究人员来讲，哈贝马斯提出的大众领域是政治大众领域的前身与先导，公众舆论作为媒介来调节对社会与国家的需求，并以文学大众领域作为纽带，与大众相关的私人经验关系融入政治大众领域，文学大众领域中的人性则成为政治大众领域发挥影响的载体。

大众话语的"大众"也可以这样认为，然而大众话语的特殊性主要体现，一方面是组成大众领域的重要条件，由于大众话语是大众领域中民众交往对话的主要方式，并通过大众话语，群众才能充分表明自己的心声，也能容易了解对方的想法，才能展开讨论与对话。章宏伟教授曾指出，大众领域的外在组成包括四个部分：第一是物理形态的大众空间，第二是媒体形态的大众舆论领域，第三是社团组织形态的大众领域，第四是社会发展形态的大众领域。同时大众话语成为了大众领域的组成部分，在这一方面大众语言与话语具有的主要功能是一致的，然而大众话语又不是通常意义上的能被公众所掌握、理解、运用的话语，同时也包含了大众意识形态的色彩，即平等、民主、科学、自由等精神，而这在传统社会所代表的大众领域是不可能存在的；另一方面，大众话语也是公众交流与讨论的对象、内容、话题，从某种意义来讲，大众话语同时也是大众讨论的共同事务，即大众会追问成为大众话语确立以及大众话语在日常生活中才能充分发挥的作用等问题。

倘若中国传统封建社会是具有代表型的大众领域，而语言在中国古代传统社会就掌握着这个文学领域，在很大程度上文言文是排斥民众的，并且在传统技术水平极不发达的情况下，接受与传播文言作品都是较为有限的。由于构筑文言经典，是后人学习经典的主要事物，然而写作文言文，是后人膜拜先人的重要途径。

从这一内容上说，文言不属于真正的大众话语，确定文言地位，与中国古代知识分子所处的社会地位与发挥作用是一致的。中国封建社会的知识分子，崇尚学则优而仕的理念，在全世界范围内也较为罕见。根据许纪霖先生所说，在古代士大夫阶层是封建王权宗法制度与社会制度相互联系的纽带与中枢，主要表现为两个方面：第一，士大夫阶级尊崇传统儒家的价值观，其不仅是封建社会的意识形态，也是封建家族统治社会的重要文化传统；第二，士大夫阶级往往是身兼二职，即在朝廷士大夫辅助帝王管理天下，在乡间为地方精英与道德表率来管理民间，即以士大夫充当社会重心，古代中国的社会阶层与国家融为一体，表现为有效整合。

封建社会末期的知识分子的思想启蒙，即可理解为创建大众领域的努力。在中国古代是否出现大众领域是一个存在争议的问题，而封建社会末期即在这数千年从未有之大变局，则引起了这一时期的大众领域前所未有。中国以往士农工商的社会层次结构瓦解了，封建社会末期知识分子出现在社会体制以外，从而使得知识分子能对民众、社会的需求进行反思，通过反思国家体制，从而提升至对中国传统文化结构的反思。

封建社会末期，知识分子提倡白话文运动与文字改革，就是致力于创造大众领域的具体表现，把文字语言置于大众讨论的重心。假如对汉字进行改革来创造大众话语一直显得较为模糊，发动白话文的运动主要是直接改变以往文言的统治地位，以白话文为大众话语，那些积极知识分子提倡反对文言文与发表大量白话文的文章，这不仅仅是对语体进行变革，更是开启民智、启蒙民众，进一步实现了广大人民成为大众。

以胡适为代表的知识分子的观念主要包含对民众、平民的认可，充分体现出了大众知识分子的广泛性，这也是"五四"时期一部分知识分子所持有的立场，在一定程度上极大超过封建末期知识分子的文学立场。但是胡适对文学语言的理解，仅仅停留在工具方面，这直接影响了他对"五四"时期对语言变化的理解。鲁迅与胡适对文学认识不同，他对这语言变化的问题有着较为深刻的思考。鲁迅对于现代文学的理解与认识达到一定深度，尤其对传统思想与文言文化形成互为表里的联系。在现代文学转型时期，文言对处于该时期的每个人来讲，都是一种固有的儿话语，所以改变与传统意识形态固为一体的文言，将这充满平等、自由、民主、理性、科学的白话成为大众话语，这也是"五四"时期的先进知识分子所承担的历史任务。

汉字与文言所形成的汉语言文学体系成为传播传统意识形态与思想文化的关键载体，鲁迅积极感受到传统的文学体系束缚对人的天性，极大地扼杀赤子之心，所以鲁迅先生提倡改用拼音、废除汉字，提倡青年人不读或少读中国书。对变革传统文学，鲁迅是提倡白话文最为坚定的支持者。鲁迅在一次演讲中提出打破无声的中国，即通过自己的、现代的、活着的白话来推动中国文学现代转型。

五四时期的知识分子在对中国文学现代转型过程中，在这极为特殊的历史条件下，具有明确的国家民族认同色彩，同时也具有浓厚的向西方学习、世界大同的意味，一直在西方与本土、国家与世界之间的夹缝进行延展。这与在17、18世纪西欧的英法德等国创建早期大众领域是完全不同的，后者包含的，恰恰是对国家以及民族内涵的认同。

第二节 近现代中日文学关系研究

中日文学之间的影响是相互的，研究者从日本的各种神话传说中可以看到中国文学的影子，汉文学是日本古代文学的重要组成部分，在日本的文学世界里，白居易是深受日本文人喜欢的唐代诗人，而且中国明清时期的小说对日本江户时代的小说具有重要影响。与此相对应，在中国文学的发展历史上，也存在日本文学因素，例如在明清时期，中国就已经出现了对日本文学语言的翻译和引用，明治维新之后，日本文学对中国国内的各种文学思潮、文学理念等都产生了重要影响。

严绍璗曾在其作品《中日古代文学关系史稿》中写道，中国文学的作品，出现日本汉诗的反馈现象；中国作家突破了个人之间唱和诗的形式，开始创作以日本为题材的风情诗；在日本现实政治生活中的任务，进入了中国的文学作品中，很多作家甚至尝试使用日本语言进行剧本的创作，作为日本民族艺术形式的和歌，在中国有了汉译的选集。由此段文学描述，我们可以看出日本文学对中国文学的影响是存在的，而且在公元7世纪，日本也曾经向中国派遣了很多次文化使者来中国学习先进文化。这些派遣使在中国的学习，不仅为其本土吸收中国的先进文化，也将日本文化潜移默化地传给了当时的中国。在中国唐代的文献记载中，研究者发现了大量由中日诗人共同酬唱的诗歌，日本的和歌也在唐朝时期传入中国。

明清时期，中国涌现了大量研究日本的作品。由郝杰和李言恭合作的《日本考》中包含了最早的歌集和汉译，全书从地理风俗到文字工艺，对日本情况进行了全面的介绍，其中收录的歌谣中包含 39 首和歌，并对这些歌曲进行了汉译。此外，在明清时期出现的具有日本题材的作品也有很多，譬如清代沙启云在《日本杂事》中的序，以及晚清时期的文人黄遵宪所写的《日本杂事诗》。

关于中日文学之间关系的研究，主要立足于两国不同时期的文学作品研究，研究者从属于不同国家的文学作品中，分析其含有的各种文化因素之间的异同，并由此推断出两者的关系。文学作品中含有的神话传说元素分析，中国古代的神话传说、诗词歌赋、小说等题材元素在日本文学中的体现主要从以下几方面分析。首先，日本文学中的作品《日本书纪》以及《古事记》中都含有大量的中国神话传说元素，在《日本书纪》中学者们分析出来富含中国秦汉时期的文化因子，而这些借鉴来源于公元前 3 世纪到公元 6 世纪中国大陆居民向日本的迁移。此外，日本当地关于伊邪那岐和伊邪那美之间的兄妹婚配创造了日本的神话传说，与中国伏羲女娲兄妹成婚的神话有类似之处。

其次，在诗词方面，题本著名的诗文作品集有《经国集》、《怀风藻》、《凌云集》、《万叶集》等，其中，在《万叶集》中以五七调形式的作词，有模仿中国五言诗和七言诗的痕迹，而对于其中的大部分长歌则是出于乐府古诗，《经国集》、《怀风藻》、《凌云集》中的诗词内容和形式，深受中国六朝时期以及唐代初期的文学作品风格的影响。日本本土著名的高僧空海曾经到中国学习，注重研究中国的文学和文字，其早期的著作《文镜秘府论》中所使用的修辞方法和平仄对偶等都来自中国文学，与此同时他将中国的艺术、文学等带到日本。此外，公元 10 世纪左右，日本文学领域中许多文人将白居易的作品作为其创作典范，譬如，日本的嵯峨天皇曾经把《白氏文集》藏于宫廷，并把这本典籍作为考察官员的范本。

最后，在小说层面，日本江户时代的小说内容与形式，受中国明清时期的小说影响较大。为中国明清时期小说在日本的广泛传播奠定基础的是日本当时精通汉语的唐通事，这群人大都精通汉语，对汉语言文学具有较高的造诣。其中最著名的代表人物是冈岛冠山，他曾经用中国俗文撰写日本本土故事，并用中国式的演义小说写日本小说。此外，在中国明代的传奇小说《剪灯新话》在传入日本之后，日本人将其改编为《奇异杂谈集》，随后在日本本土便有相类似的小说不断产生。而中国的《牡丹灯记》也同样不断被日本文人改编成为不同的文学形式加以表达，成为了日本江户时期怪诞小说的源流。

在日本明治维新之后，日本文学逐渐受到西方文学的影响，同时影响到中国文学。日本文学对二十世纪的中国文坛具有重要影响，在 20 世纪初期，中国大地上也曾掀起留学日本的热潮，在当时的留日学生中出现了一大批的著名文学家，他们的文学创作都或多或少地受到日本文学的影响。正如郭沫若所说，中国文坛中有一大半是日本留学生建筑的。创造社的很多作家都是日本留学生，也正因为如此，中国文艺深受日本的洗礼。但是，两国文学的影响是相互的，中国文学对日本文学具有深远影响，日本很多文学作家的文化创作根源接近于中国文学精髓，中日文学的很多研究学者们大都认为日本著名作家井上靖、幸田露伴以及森鸥外等人都属于此类作家。

众所周知，郁达夫是中国现代文坛著名的作家。因此，学术界有关他的研究成果非常丰富。他们著书立说或对其生平和文学创作给予概览，或就其创作中的某个问题加以阐释，或以比较文学的视角对其进行评论。可以说，有关郁达夫的研究不仅资料翔实，而且视域新颖。其人与文学创作已成为中国学术界，乃至世界学术界关注的重要话题之一。然而，在收集郁达夫研究成果的同时，笔者却发现一个至今关注较少的话题。这便是郁达夫与佐藤春夫的关系。虽然已有论文对此加以论述，且资料详尽，论述充实，但视角较单一。其实，郁达夫在接受佐藤春夫影响的同时，对其进行了变异和转化，使其成为郁达夫文学创作的重要养料。本文将在前人研究成果的基础上对他们之间的关系进行剖析。一方面以此抛砖引玉，引起学术界的重视；一方面也借此拓展当前研究的领域。

1913 年郁达夫随哥哥郁华赴日本留学。六年后，郁达夫以优异成绩考入东京帝国大学经济系。1922 年他学成归国。在东京帝国大学，郁达夫虽就读经济系，但在就读期间，他更迷恋于文学，尤其是小说。他自己事后也回忆说："在高等学校住四年，共计所读的俄、德、英、日、法的小说，总有一千部内外。后来进了东京的帝大，这读小说之癖，也终于改不过来。"1913—1922 近十年的留日生活使郁达夫熟知了日本文化和文学。其中，他与佐藤春夫关系的建立就始于这一时期。当然在谈到这个话题时，就不能不提到田汉。因为他们关系的建立就得利于田汉。1921 年 10 月 16 日，田汉在题为《蔷薇之路》的日记中，详细记录了他拜访佐藤春夫的情形。"我们从《黄五娘》身上，才谈起兴头来，由此谈到中国的传说，谈到中国的翻译界，创作界，谈到日本的明治文学大正文学的大家，谈到戏曲，谈到诗歌，谈到介绍日本文学的要点，谈到兴阑的时候，夕阳已满窗了。之后，我们共进晚餐。"这次拜访为后来与佐藤氏的深交奠定了基础。此后，田汉用日文撰写了《上海通信》一文。文中，田汉的好友村松梢风证实了田汉与佐藤春夫的关系。1922 年，在田汉的介绍下郁达夫才第一次拜访佐藤春夫。

两者之间也随之建立了深厚的友谊。1927 年 7 月，佐藤春夫夫妇和侄女佐藤智慧子一行三人访问中国。7 月 12 日，当佐藤春夫他们抵达上海时，郁达夫是第一个前往其住所的中国作家。对此，佐藤智慧子事后回忆说："一到上海，郁先生立即到旅馆来看我们，而且差不多每天见面。在上海，除了郁先生之外，还见到了王独清先生、徐志摩先生、欧阳予倩先生等各位，但是郁先生对我们招呼得最亲切，因此印象最深，也最为怀念。"

在佐藤春夫三人访华二十余天的过程里，郁达夫不仅陪同他们拜访上海文艺界的一些朋友如胡适之、田汉等人，而且还在"功德林"酒楼设宴，邀请上海文艺界的名流作陪，盛情款待佐藤一行。7 月下旬，郁达夫还专程陪同他们游览了杭州。1936 年 11 月郁达夫赴日期间他曾专程前往佐藤春夫的寓所，拜访佐藤春夫和他的家人。可惜，抗战爆发后，佐藤春夫沉迷于日本军国主义，1938 年 3 月他在日本《中央公论》杂志上发表的一篇名为《亚细亚之子》的阿谀之作。同年 5 月 9 日，郁达夫在《抗战文艺》第 1 卷第 4 期发表了《日本的娼妇与文士》一文对佐藤春夫的无耻行为给予严厉的谴责和抨击。他说："至于佐藤呢，平时却是假冒清高，以中国之友自命的。他的这一次的假面揭开，究竟能比得上娼妇的行为不能？我们对于那些军阀的走狗文士，只能一笑一哭来相向，如对于摇尾或狂言老犬之一样。"

随后便同佐藤春夫绝交。如果我们排除政治因素，单从文学因素来说，郁达夫是深受佐藤春夫影响的。日本学者小田岳夫就曾指出："达夫并不仅仅是崇拜佐藤春夫，在创作上也多受其影响。《沉沦》在很多地方与《田园的忧郁》相似，这就很充分地证实了这一点。"捷克学者高利克也认为："佐藤的作品与郁达夫的相像，基调是抒情的，对田园的描写也是忧郁的。"

　　1923 年 10 月，郁达夫在《创造周报》第 24 期上发表《海上通信》一文。在文中，他明确说道："在日本现代的小说家中，我所最崇拜的是佐藤春夫。他的小说，周作人君也曾译过几篇，但那几篇亦不是他最大的杰作。他的作品中第一篇当然要推他的出世作《病了的蔷薇》即《田园的忧郁》。我每想学到他的地步，但是终于画虎不成。"1917 年（大正七年）佐藤春夫发表了小说《病了的蔷薇》。

　　《田园的忧郁》可以说是一部"私小说"，因为它大胆地暴露了主人公内心心理活动。被誉为中国私小说家的郁达夫无疑借鉴了《田园的忧郁》的写法。其小说《沉沦》就是典型。小说以自我告白的形式，描写一位身在异乡的留日青年的生的苦闷和性的苦闷。小说开篇这样写道："他近来觉得孤冷得可怜。他的早熟的性情，竟把他挤到与世人绝不相识的境地去，世人与他的中间存在的那一道屏障，愈高了。"正是在这种与世隔绝的境地中，作者抒发了一个弱国子民饱受歧视的孤独感和屈辱感。小说结尾以一种悲愤的口吻写道："祖国呀，祖国！我的死是你害我的！"这是一部自传性色彩极浓的作品。夏正清先生说：《沉沦》"可以毫无愧色地称之为作者的自传。作者和主人公的家庭教育背景几乎完全一致。"［8］佐藤春夫的《田园的忧郁》也是一部自我式小说，那么它是如何影响《沉沦》创作的？日本文学史家西乡信纲认为："日本自我小说表现手法的特点，是没有变化多端的情节，结构平淡，语言朴素，但要求毫不掩饰地描写。"

　　佐藤春夫的代表作《田园的忧郁》就表现了上述特点。"他（佐藤春夫）的作品往往像水彩画一样，喜欢用单一的色彩来描绘出那种微妙的阴影，因而多数都是一些具有随笔风格的东西。在这样的作风之下，他仿佛是诗情洋溢的人生中一个插曲似的，获得了很大的成功。"这种随笔式风格在我们看来是指不讲究小说章法。即不讲究小说故事情节的完整性和结构的严谨性。它类似于"形散而神不散"的散文笔调，并在疏松的结构和片段性的情节中，抒发作者的思想感情。《田园的忧郁》从盛夏的田园写到晚秋时分。全篇结构看似连贯，实则十分松散。这种散文化的小说结构和情节在郁达夫的《沉沦》里得到了很好的体现。小说情节不够完整，结构也不严谨，全文完全是基于留日青年的思想活动。换而言之，它是以主人公主观活动来展开故事情节的。正如作者自己所说："在写《沉沦》的时候，我只觉得不得不写，又觉得只能照那么地写，什么技巧不技巧，词句不词句，都一概不管。"由于郁达夫在小说创作过程中不讲究技巧、词句和章法，致使小说《沉沦》带有很大的随意性和自主性。而这种随意性和自主性恰好是对佐藤春夫小说创作手法的借鉴的结果。因为在他们看来，小说创作只要能有效地体现自己的生活体验，就可以了。至于结构、句法、章法都是无关紧要的东西。所以当郁达夫写完小说《沉沦》之后，送给他人阅读的时候，遭到了友人的取笑。"记得《沉沦》那一篇东西写好之后，曾给几位当时在东京的朋友看过，他们读了，都在笑我说'这一种东西，将来是不是可以印行的？中国哪具有这种体裁？'"

的确，中国传统文学里是找不出这种体裁的。郁达夫之所以形成这种与众不同的文学体裁，佐藤春夫对他的影响是不可忽视的。

按照西方接受美学的理论，每一个接受主体都处在一个纵的文化历史发展和横的文化接触面所构成的坐标中。这个坐标对于每一个接受主体来说，可以具体表现为个人经历、知识层面、欣赏水平和审美情趣等方面。由于每一个接受主体的上述要素因人而异，所以在接受外来作家时，接受主体往往会选择那些与之相似的作家。因为只有这些作家才会引起他们的精神共鸣。由于接受屏幕的特殊性，郁达夫在接受佐藤春夫的过程中，发生了文学变异和转化现象。

《沉沦》和《田园的忧郁》的不同还体现在作者对现实生活态度上。由于两者生活环境不同，所受的教育不同，因而他们对人生和现实生活也存在不同的态度。佐藤春夫出身在一个日本中产阶级的家庭之中，当时的日本经过明治维新后，进入了资本主义发展阶段。因而他感触不到生活的压力和民族的屈辱。生活的闲适使他在艺术上产生了一种纯粹的唯美态度。与佐藤春夫不同的是，郁达夫生活在一个半殖民半封建的中国。家境的清贫和弱国子民的屈辱使郁达夫自始至终都保持着一种关注社会现实的态度。因此，在他的小说《沉沦》里面，主人公的所作所为都与现实生活保持密切联系。作者不可能像佐藤春夫一样以一种闲适的态度去描写知识分子的苦闷。相反，他是以一种严肃的目光审视知识分子的内心忧郁，以现实的态度揭示造成其苦闷的社会根源。整体上说，两部小说虽都具有忧郁、颓废、孤独、苦闷、彷徨、绝望的世纪末情调，都具有强烈的主观抒情性，都深深染上了西方世纪末文学思潮的色彩，都体现了自传色彩和相同的结构形式特点。但是，由于郁达夫和佐藤春夫所处的社会现实、民族文化传统的差异以及创作思想和理念的不同，因而造成两部作品反映的思想内容和主题的本质差异就是情理之中的事情。《田园的忧郁》反映了日本文人的孤独寂寞感、人生无常感的幻美感和幻灭意识，《沉沦》则体现了五四时期中国知识青年因现实而滋生出来的苦闷情绪，并将这种情绪与爱国情怀有机结合。此外，佐藤春夫所体现的颓废是重主观、重幻觉的。它是以一种非理性的视角去审视和关照万事万物。因此，具有这种颓废意识的日本作家在文学创作上就不可避免地带有某些变态的色彩和宣扬悲观颓废的思想情绪。然而郁达夫则是将这种颓废的内涵转化为一种创作技巧，借此来反对当时的中国现实社会。

五四时期的中国现代作家由于深受西方文艺思潮的影响，因而在他们的内心深处都具有一种浪漫人文精神。正是在这种人文精神的作用下，作家们在选取日本唯美主义的颓废的时候，侧重于颓废色彩中那种冲破一切罗网的反叛精神。因此，有学者认为中国的唯美主义者至多不过是一群艺术上的感伤主义者，而不是颓废主义者。总之，在现代中国的历史语境下面，纯粹的艺术话语是没有其生存空间的。因此，我们认为：郁达夫强调和注重美的独立性和非功利性以及对颓废之美的模仿和追求，其实质只不过是自身人文主义在艺术上的发展和延续，他对佐藤春夫的模仿和借鉴也是极有限度的。

第三节　世界华文文学研究

自从 1982 年 6 月 10 日至 16 日在广州暨南大学召开首届中国台湾地区香港文学学术讨论会，20 年来祖国大陆世界华文文学研究走过了一段不平凡的道路。正如中国世界华文文学学会筹委会常务副会长、暨南大学博士生导师饶芃子教授所指出，世界华文文学研究经历了海外华文文学的命名，对海外华文文学空间的界定、海外华文文学历史状况和区域性特色的探索、海外华文文学与中华文化关系探源、如何撰写海外华文文学史等重要问题，进而转入到世界华文文学的综合研究和世界华文文学史的编撰，以及从文化上、美学上各种理论问题的思考、追问，成绩是有目共睹的。

但是，随着世界华文文学研究的不断深入，这门学科也暴露出一些不容忽视的问题。江苏省台港暨海外华文文学研究会会长陈辽研究员曾在 1998 年第 1 期《世界华文文学论坛》上撰文，提及历届华文文学研讨会中 50 岁以上的学者占了多数，而青年学者的比例只有 10% 左右，他认为可见华文文学研究还有个接力棒的问题。正是为了更好地推动世界华文文学研究的可持续性发展，2001 年 10 月 28 日至 31 日，暨南大学中文系和福建师范大学文学院联合在福建省武夷山市主办了第二届世界华文文学中青年学者论坛。与会代表三十余人分别来自北京、上海、江苏、山东、广东、福建、海南、湖北、中国香港地区、美国、澳大利亚、马来西亚等地，他们中除了这一学科的学术带头人饶芃子教授和刘登翰研究员外，绝大多数都是风华正茂的中青年新锐。因此，这次会议的意义正如主办单位福建师大文学院院长汪文顶教授所说：代表们相聚武夷山，共同对二十年来世界华文文学研究进行回顾和总结，并对未来的发展趋势进行展望，同时也深入探讨当代西方文化理论与世界华文文学研究的关系、世界华文文学中的文化身份问题、世界华文文学的个案研究。我觉得，这些议题富有学理性和前瞻性，必将推进这一学科的发展和深化。同时，我又切身感受到这支学术队伍旺盛的创造活力，前辈宿将老当益壮，中青年才俊锐意进取，新老协作，薪火相传，这门学科必将在新世纪蓬勃发展，为拓展世界性的中华文化圈做出更大的贡献。

世界华文文学研究之所以取得令人瞩目的成绩，与这门学科学术带头人的努力是分不开的。前辈学者筚路蓝缕，在许多领域都做出了富有开拓性和启发性的贡献。尤其是饶芃子教授自 20 世纪 80 年代中期开始，从文化的视角，以比较的方法介入海外华文文学的理论研究，积极开拓这一学科的学术研究空间。如她与费勇合作发表在《文学评论》1996 年第 1 期上的《论海外华文文学的命名意义》一文，提出华文文学交流的范围，早已超越国界，要把华文文学研究扩大开去，很需要建立一种更为博大的世界性文学观念，即从世界文学的格局来审视、研究各国、各地华文文学。学术界普遍认为，这篇论文对海外华文文学学科建设具有重要的理论价值和现实意义，是对海外华文文学理论研究一个新的开拓。1998 年，她又在《社会科学家》第 2 期上发表《海外华文文学的新视野》一文，认为过去学界对海外华文文学的研究，多是把它作为本土母体文学的一个延伸、补充和发展，研究大陆以外地区和国家的汉语文学写作，把握各地区、国家华文文学的特性，探索它们各自演变和发展的路向，对世界范围内华文文学的整合性研究才刚刚起步。为此，她指出：如何从本领域的研究现状出发，建立新视野，以开放的态度，通过对海外不同地区和不同国家华文文学的诗学研究，特别是将它同本土华文文学作比较，进行有深度而非盲目性的阐释，认识、探讨其普遍的文学规律，追寻全球范围内华文文学作者共同拥有的诗意表达，建立具有真正世界意义的汉语诗学，应是我们在面向 21 世纪时必须去面对的问题。这篇为世界华文文学研究打开一个崭新视角，并把身份批评运用于海外华文文学作家主体研究的理论文章，被《新华文摘》1998 年第 9 期全文转载。

正是由于饶芃子教授强烈感到一种明确的从国际角度进行世界华文文学的诗学研究尚未真正开始，因此，她在 10 月 29 日大会上所做的《拓展海外华文文学的诗学研究》的主题报告中，再次强调指出：进入全球化语境的海外华文文学的诗学研究，是现代性精神观照下凸显出来的问题，有待于拓展和建构。

我国 20 多年来的海外华文文学研究，是很有成绩的，它扩大了我国文学研究的领域，显示了学术的开放和进步，但如果把这一领域的研究仅仅定义在文学文本的解析，或者是历史上的追踪，显然是不够的。只有将它放在一个大的文化背景下来考察，研究这一特殊文学现象蕴含着的各种诗学问题，才能获得更为深入的认识，从而有助于学科的形成和发展。海外各国家、地区华文文学有各自不同的历史流程，在海外各种不同文化的影响下，也呈现出不同的状貌，但因为文化的根是一样的，也有超越历史与国界时空的共同诗学话题。通过对不同的文本和文学现象研究，在异中识同，在同中探异，在诗学层面显示其生命力和丰富性，是 21 世纪全球化时代极有意义的工作。

饶芃子教授在主题报告中高屋建瓴地提出对学科建设具有前瞻性和全局性的问题，引起与会代表的热烈共鸣。正如厦门大学朱双一研究员所指出：饶教授提出了建立海外华文文学研究的诗学体系的设想，并提出建立一些本学科独特的概念、范畴、研究方法等等，对于世界华文文学研究具有重要的指导意义。

这次大会主要围绕世界华文文学研究的视野和格局、世界华文文学研究中的文化问题、世界华文文学研究的回顾和前瞻 3 个议题展开讨论。会议一反以往由每位代表在限定时间内逐一简短发言的陈套，而是在每个议题中推举六位代表做中心发言，然后再由全体代表展开热烈深入的专题讨论。

在世界华文文学研究的视野和格局议题上，曹惠民、杨际岚、喻大翔、徐德明、何杏枫、少君做了中心发言。苏州大学曹惠民教授借鉴著名学者金克木在《文艺的地域学研究设想》一文中提出的观点——21 世纪的文学史研究，不仅需要编年表，更应该重视画地图，建议在华文文学研究和华文文学史写作中引入文学地理学或曰地缘诗学的理念，建构华文文学新的时空观。他说：引入地缘诗学、文学地理学的理论及批评方法，相信对于世界华文文学研究具有其应有的学术意义，同时，它也是颇具操作性、实用性的。它的适度展开，将能拓宽华文文学的研究视野、研究空间，有效地提升华文文学研究水准。事实上它与诸如跨文化研究、后殖民批评、第三世界文学论、比较文学研究都有密切的联系。在实际批评中，可以互为补充、互相发明，不仅丰富了研究手段，也会丰富研究成果。《台港文学选刊》杨际岚主编主张从完整出发，以开放宏阔的视野观照世界华文文学。他说，从完整出发，不仅能促进世界华文文学内部各种类型、各个层面等各个局部的比较，而且也能促使世界华文文学与其他语种文学的交流和对话。海南师范学院喻大翔教授回顾了 20 世纪两岸四地与海外华文文学主流、分流、合流 3 个发展阶段，展望 21 世纪世界华文文学前景，他呼吁：第一，新世纪华文文学应实现区间与国别，个体与群体，创作、批评、出版、交流的全方位互动，并设立民间性、全球性的龙文学奖。第二，主题上民族统一与人性力量，中华文化精神和自由、民主、科学精神；题材上本土化与国际化；技巧上东西方各家各派相结合，有海纳百川之气概。第三，调动一切传播手段，在全球建立无所不在的华文文学及相关信息系统。扬州大学徐德明教授以华文语境为核心，从世俗叙事这一独特角度，考察了白先勇、施叔青、严歌苓等人的小说，认为其文化内涵具有一致性，这充分说明一种文化的深远影响，以及这些文化的承载个体本来应有的共同归属。

第三章　中国现代四大文学社团

第一节　文学研究会

高尔基说，文学即人学。文学向来与现实人生密不可分，合之两美，分则两伤。文学研究会即秉承这种传统，主张文学为现实人生服务，强调作家的社会责任感。它反映了"五四"启蒙主义文学思潮对作家人格精神的要求，对新时期以来文学的多元发展，具有重要的启示意义。

文学研究会成立于 1921 年 1 月，发起人有沈雁冰（茅盾）、叶绍钧（叶圣陶）、郑振铎、王统照、周作人、耿济之、郭绍虞、孙伏园、许地山等 12 人。它的成立主要缘于三方面的原因：一是郑振铎等人在 1919 年创办的《新社会》旬刊和 1920 年创办的《人道月刊》，为文学研究会的产生提供了最初的核心人物；二是《小说月报》的改组，为文学研究会提供了活动阵地；三是《新青年》的分化，需要有一个新的社团在新文学的道路上继续引导和发挥引导作用。文学研究会在这种时代要求之下便应运而生了。文学研究会的主要活动阵地是《小说月报》，这上面不仅刊登文学研究会作家的作品，还重视译介外国文学作品。

随着文学研究会的不断发展壮大，冰心、朱自清、庐隐、鲁彦等也都加入了社团的创作之中。文学研究会提倡新文学，反对封建旧文学；提倡"为人生而艺术"，反对"将文艺当作高兴时的游戏或失意时的消遣"。因此被称为"为人生派"，创作倾向于现实主义。他们以现实人生为题材，积极关注婚姻、家庭、出路、道德等各种问题，因此又被称为"问题小说"。

冰心是文学研究会中较早开始自觉创作的作家之一，作品《超人》是一部描写"爱的哲学"的代表性作品。主人公何彬受尼采思想的影响，想做一个超然物外、仇视人类的"超人"，然而在母爱的感召下，他最终以爱否定了恨。小说意在探讨"人生究竟是什么？支配人生的，是'爱'呢，还是'憎'"这样的重大问题。"爱的哲学"成为冰心早期创作的思想基础。受泰戈尔博爱思想的影响，冰心将"爱与同情"看作是生命中最可贵的东西，有了它们，"踏着荆棘，不觉着痛苦，有泪可落，却不是悲凉"。

此外，文学研究会主要作家的作品还有叶圣陶的《潘先生在难中》、《校长》、《倪焕之》，庐隐的《海滨故人》、《曼丽》，许地山的《缀网劳蛛》、《商人妇》等。文学研究会得风气之先，是新文学运动的排头兵、发起者与参与者，既有理论建树，又积极参与文学创作活动，创造了一大批优秀的文学作品，为我国新文学运动的发展做出了卓越的贡献；与此同时，文学研究会译介的大量外国文学作品，既为我们带来了源头活水，也为我国新文学作品的创作提供了可资借鉴的范本。

第二节 创造社

"五四"时期是一个充满青春浪漫气息的时代。革故鼎新、新旧交替的社会现实使朝气蓬勃的新青年们情感激越，他们急切地想要表达自己对新时代的希冀和赞美。而浪漫主义的创作方法最能够表现他们的青春活力，最能够激发他们的创作热情，最能够展现他们所向披靡、一往无前的锐气。在这种时代氛围的推动下，创造社应运而生了。创造社的成立为"五四"新文学运动中的浪漫主义文学思潮树立了一面鲜明的旗帜，有力地推动了新文学运动的发展与壮大。

1921 年 7 月，创造社在日本东京正式成立，主要人员有留学日本的郭沫若、郁达夫、成仿吾、田汉、郑伯奇、张资平等人。不久他们先后回国，并于 1921 年秋在上海出版发行《创造社丛书》，丛书最早收录的作品有郭沫若的诗集《女神》、郁达夫的小说集《沉沦》，以及郭沫若译介的歌德的作品《少年维特之烦恼》等，这些也成为创作社的代表作品。此后，创造社还相继出版了《创造》季刊、《创造周报》等刊物，这些成为创造社的主要宣传和活动阵地。创造社的活动前后将近有十年之久，文学创作观念前后也有很大的不同。前期，创造社高扬狂飙突进的"五四"精神，具有浓郁的浪漫主义倾向。他们讲求个性，注重内心情感的挖掘，强调文学必须忠实于自己"内心的要求"，提倡"艺术是绝对的，是超越一切的"的文学主张，把"为艺术而艺术"视为写作的生命，因此又被称作"为艺术"的文学流派。郭沫若的《凤凰涅槃》即鲜明地体现了这种特点。诗的高潮部分："我们更生了，我们更生了。一切的一，更生了。一的一切，更生了。我们便是他，他们便是我。我中也有你，你中也有我。我便是你。你便是我。火便是凰。凰便是火。翱翔！翱翔！欢唱！欢唱！新世界一片新鲜净朗，华美芬芳，处处充满生机，富有力量。"这完全是内心炽烈情感的喷薄，一气呵成，浑然天成，表现了觉醒者昂扬澎湃的创作激情。

创造社在前期被认为是尊重天才的，为艺术而艺术的，注重自我表现的文学团体。前期作家们的创作侧重主观内心世界的刻画，具有浓重的抒情色彩。他们的文学主张、创作以及所介绍的外国作品形成了浪漫主义和唯美主义的倾向。强调文学必须忠实于自己"内心的要求"，是前期创造社文艺思想的核心。创造社的这种艺术倾向，在打破封建文学"文以载道"的旧传统方面，在当时是有积极意义的，而且郭沫若的诗作、郁达夫的小说，以及创造社其他成员的创作，思想内容上大都具有强烈的反帝反封建色彩，所介绍和翻译的欧洲 18 世纪启蒙主义、19 世纪浪漫主义文学作品中表达的人道主义精神和个性解放思想，也在一定程度上与民主革命的要求相一致。虽然在浪漫主义文学中有的作者也感染了欧洲"世纪末"文学种种现代流派的影响，但总的说来创造社的浪漫主义倾向，对"五四"以来新文学的发展起了巨大的促进作用。

第一次国内革命战争时期，创造社的大部分成员纷纷投身革命，接受血与火的洗礼，创作方法和审美追求上日渐向现实主义回归。后期的创造社由于受到当时左倾思潮的影响，文学活动也不免打上教条主义和宗派主义的烙印，一些作家在文学论争中甚至表现出了偏激的情绪。但通而观之，大部分成员在革命文学理论建设和革命文学的倡导及创作方面，都做出了卓越的贡献。创造社是一个秉承着创新观念的文学流派，对个性张扬的强调和内心情感的真实抒写，形成其独特的艺术旨归。这一社团为新文学建设和发展注入了新鲜血液，推动新文学的转型，对我国现当代文学的发展具有重要的启示意义。

第三节　新月社

新月社是中国现代文学史上影响较大的一个文学社团，它于1923年成立于北京，是五四以来最大的以探索新诗理论与新诗创作为主的文学社团。

该社活动在1927年春迁往上海，1933年结束，主要成员有胡适、徐志摩、闻一多、梁实秋等。他们把《晨报副刊》作为阵地，后又创办《诗刊》周刊，《新月》月刊（1928.3.10）。新月社是一个涉及政治、思想、学术、文艺各领域的派别，在思想上和组织上都表现了资产阶级自由主义特点。它在中国现代文学史上的主要贡献在于新诗，闻一多、徐志摩等人针对自由体诗体现的散文化倾向，提出新格律诗的主张，闻一多主张新格律诗要保持整齐的外形．讲究音节和押韵，讲究诗的辞藻，建立了建筑美、音乐美和绘画美的新格律诗理论。他们对于诗歌艺术的追求带有唯美倾向，但在当时对于新诗在艺术技巧上的发展有重要意义。徐志摩的《再别康桥》、闻一多的《死水》等是新月派的佳作。

新月社成立于1923年，是五四后的一个重要的文化团体，主要成员包括胡适、梁实秋。因为它拥有闻一多、徐志摩等一大批有才华、有成就的诗人，又以提倡格律诗而独树一帜，形成了现代诗史上一个重要的诗歌流派，人称"新月诗派"或"格律诗派"，起初，他们多在《晨报》副刊和《现代评论》上发表作品，1926年4月《晨报》副刊《诗镌》专栏的开辟，可以看作该诗派的正式形成，而1931年《新月诗选》（陈梦家编选）的出版，则可以看作该诗派的一个总结，也标志着该诗派的结束。为新月社诗歌理论作出了最重要贡献的是闻一多。他曾系统地提出了新格律诗的理论，认为诗是"做"出来的，主张戴着格律的脚镣跳舞，并提出了著名的"三美"主张，即"音乐的美"（音节）、"绘画的美"（词藻）、"建筑的美"（节的匀称和句的均齐）新月社是20世纪20年代末期一个影响较大的文学社团。它的前身是1923年北京的新月社，先以聚餐会形式出现，后来发展为俱乐部。参加者有梁启超、胡适、徐志摩、余上沅、丁西林、林徽音等人。

社名是徐志摩依据泰戈尔诗集《新月集》而起的，意在以"它那纤弱的一弯分明暗示着，怀抱着未来的圆满"（徐志摩《新月的态度》）。1924年12月，胡适、陈西滢、徐志摩等建立现代评论社；1925年10月到1926年10月，徐志摩接编《晨报副刊》，办《诗镌》、《剧刊》。撰稿人多数为新月社成员，或主要是新月社成员。1926年秋，北伐战争进入高潮，新月社成员有的南下，有的出国，俱乐部的活动遂告终止。1927年春，原新月社的骨干胡适、徐志摩、余上沅等人筹办新月书店，1928年3月创办《新月》月刊，新月社的活动由此而正式开始，参加的成员还有罗隆基、梁实秋、潘光旦、储安平、刘英士、张禹九、闻一多、邵洵美等人。

除《新月》月刊外，新月书店还编辑出版了"现代文化丛书"及《诗刊》、《新月诗选》等。1931年11月，新月社的发起人和骨干徐志摩机坠身亡，该社活动日衰。1933年6月，《新月》杂志出至第4卷第7期后停刊，书店为商务印书馆接收，新月社便宣告解散。新月社俱乐部时期，成员复杂，思想殊异，有时候能表现一定的反对封建军阀的进步倾向，如《晨报·诗镌》就出过"纪念三·一八专号"；但它从一开始就表现了右翼资产阶级的思想政治倾向。他们反对中国共产党领导的革命运动，反对马克思主义理论和社会主义的苏联，在《晨报副刊》上曾进行"苏俄仇友"问题和"党化教育问题"的讨论，发表了反对共产主义革命思想的政治论文。《新月》月刊创办以后，他们发表文章否定共产主义学说，反对党领导的工农革命运动，甚至表示"希望国民党剿共及早成功"，把共产党和国民党视为"一丘之貉"（罗隆基《论中国的共产》）。同时，在《新月》杂志上开展关于"人权与约法问题"的讨论，批评国民党的"一党独裁，要求取消对言论自由的压迫。

新月社虽然不是纯文艺的团体，其主要活动和影响却在文艺方面。在文艺思想和文艺运动中，新月社有一个逐渐右转直至与进步文艺运动相对抗的过程。北京新月社俱乐部的一些成员，如徐志摩开始还表现爱国主义感情和反对封建的民主思想；在五卅运动、女师大风潮、"三·一八"惨案中，徐志摩、陈西滢等现代评论社成员态度比较复杂，一面有诗作谴责军阀的罪行，一面发表杂文指责革命群众运动及其"领袖"，因而引起了以鲁迅为代表的进步文艺阵营的批评。1928 至 1929 年，新月社文艺理论家梁实秋，又以资产阶级人性论反对文学的阶级性，否定无产阶级革命文学运动，使新月社成为与进步的革命文学阵营相对抗的资产阶级文艺的主要代表，因此而受到鲁迅、冯乃超等人的批判。

新月社的文艺创作状况比较复杂。前期，在《晨报·诗镌》上，闻一多发表了《文艺与爱国——纪念三·一八》、《死水》等文章和诗作，表现了反对封建军阀的爱国民主精神。《新月》月刊又发表了闻一多的传记文学《杜甫》、陈楚淮的独幕剧《药》等，具有忧国忧民和同情人民疾苦的情怀。然多数文学作品则缺少深厚的社会内容，而更注意艺术技巧和风格的追求。如沈从文、凌叔华的小说，饶孟侃、方令孺、卞之琳等人的诗歌。徐志摩在《新月》月刊发表的《我不知道风是在那一个方向吹》、《秋虫》、《西窗》，流露出资产阶级幻想破灭之后的迷惘心境和恐惧革命风暴的心理。新月社的诗人们努力推行新诗格律化运动，相信"完美的形体是完美的精神唯一的表现"，努力追求诗歌"新格式与新音节的发见"（徐志摩《诗刊弁言》），对于新诗格律化和艺术美的探求有一定积极意义，同时也带来了唯美主义和形式主义的弊病。

新月社于 1926 年推行"国剧运动"，创办了北京艺术专科学校戏剧系，并在《晨报副刊》上开辟《剧刊》周刊，汇编了《国剧运动》一书，主张在新文学戏剧运动中借鉴传统的中国戏剧艺术。新月社还介绍了莎士比亚、哈代、布朗宁夫人、豪斯曼、曼斯菲尔、易卜生、奥尼尔、波德莱尔、魏尔兰、勃莱克等西方各种流派作家及西方现代诗人。他们的这些艺术活动、介绍及创作实践，对于新文学的艺术发展有一定的历史贡献，但是他们的一些成员艺术思想上所表现的"为艺术而艺术"的倾向和创作中庸俗颓废的气息，也对当时的文艺运动和创作产生了不良的影响。发表在《新月》第 1 期上的《"新月"的态度》一文。

第四节 语丝社

语丝社是中国现代文学史上的一个重要社团。从 1924 年底自 1930 年初，历时约五年多时间，以《语丝》周刊为依托，围绕着鲁迅和周作人，在"语丝社"的旗号下聚集了一批后来在文学史上留下赫赫名声的作家和学者，其中既有"五四"时期的文坛老将，亦有 1920 年代中期于文坛崭露头角的青年作者。除了周氏兄弟，语丝社其他重要成员有钱玄同、林语堂、刘半农、孙伏园、章川岛、李小峰、江绍原、顾颉刚、废名、俞平伯等人。

语丝社倡导"文明批评"与"社会批评"，实际上继承了《新青年》批判旧思想、旧文化、旧道德和鞭挞社会丑恶与黑暗的精神传统。在思想、文化及政治各条战线上，语丝社与"现代评论派"、北洋军阀政府、国民党新军阀及社会上的各种新与旧的黑暗势力发生了激烈的交锋。从人事上说语丝社与新潮社有非常密切的联系；鲁迅尽管没有参加北京时期语丝社的聚会活动，但以他巨大的感召力和在《语丝》杂志上撰写的大量文章成为"语丝派"的主将和领袖。语丝时期的鲁迅和周作人虽已失和，但同为语丝社的核心人物，他们在与社会上的敌对势力作斗争时却能联手作战，结成了暂时的统一战线。

语丝社早期重要成员李小峰在《语丝》杂志的基础上成立北新书局，语丝社因而与北新书局发生密切的联系。1927 年 10 月《语丝》杂志在北京被奉系军阀查封，之后迁上海出版，已先行抵达上海的鲁迅接替周作人任第四卷《语丝》周刊主编。但此时周作人等语丝社重要成员仍在北京，空间上的距离、时事的变化及人际关系上的一些纠葛，使早已存在的"语丝派"内部的分歧愈加凸显出来，此时语丝社在社会上的影响已无法和北京时期相比。当柔石和李小峰接手编辑第五卷《语丝》周刊时，语丝社事实上已经解体。

莽原社、未名社和狂飙社也是在 1920 年代中后期的中国文坛上产生过一定影响的文学社团。鲁迅是莽原社和未名社的领袖人物，这两个社团的其余成员均为崇仰鲁迅的思想、文学与人格的青年作家。鲁迅在语丝社之外团结青年作家成立莽原社，是因为他不满语丝社的"疲惫"与"灰色"，有意培养敢于向黑暗社会挑战的生力军；未名社的成立则主要是为了出版翻译著作和介绍外国文学。狂飙社是以高长虹为领袖的青年作家的群集，其成员具有强烈的社团意识，于批判旧思想旧文化方面表现出青年人特有的锐气，在社会上亦产生了一定的影响。高长虹也是莽原社的重要成员，他在鲁迅的领导下编辑《莽原》周刊，得到过鲁迅的赞赏和扶持。但鲁迅离开北京南下之后，莽原社内部"狂飙社作家群"与"安徽作家群"之间发生激烈冲突，高长虹迁怒于鲁迅，并公开向鲁迅宣战，导致了现代文学史上一场至今仍聚讼不休的公案。

没有《语丝》周刊，便没有语丝社。在 20 世纪上·半叶的中国，传媒当然没有今天这样发达和多样化，报刊杂志是当时传播思想文化的主要工具，文人要结社便必然要办报刊杂志；或者是反过来，既办了报刊杂志，便必然会在该报刊的基础上集合结社。语丝社属于后一种情况。朱光潜在论及报刊在现代中国的影响力时曾一针见血地指出："在现代中国，一个有势力的文学刊物比一个大学的影响还要更大，更深长。""一个作家只要在一家著名的刊物上发表几篇文章，那便可能名扬天下，从此便能靠卖文为生，并有可能获得相当高的社会地位（比如成为一名大学教授），从这个意义上说，杂志刊物真可说是当时社会上魔力无边的'怪物'了。而一个作家如果没有一个刊物作为自己发表作品的较稳定的阵地，那他的文学生涯便一定时刻处于一种危机感之中；即使某个文学社团的刊物接纳了他，其作品能在上面顺利地发表（这种情况极为罕见），但如果没能成为该社团的一员，他便仍然难免寄人篱下之感。"这可能是现代文学史上的作家们那么热衷于参加文学社团的一个最重要的原因，并非中国的作家们特别缺少"自我意识"和对自由的向往。

第四章　文学运动概括分析

第一节　文学革命与白话文学

文学革命开始于 1917 年。它是晚清文学改良运动在新的历史条件下的发展，是适应以思想革命为主要内容的新文化运动而发生的。是新文化运动的一个组成部分，对封建思想的批判必然地转向对封建主义文学的攻击，反对文言，提倡白话，反对旧文学，提倡新文学成了一场文学革命运动。在中国文学史上竖起一个鲜明的界碑，标示着古典文学的结束，现代文学的起始。

西方的军事、政治、经济、文化的入侵，大量翻译著作的进入，在落后与先进的碰撞中导致文学的改革。

胡适从欧美的意象派诗歌的启发下提出了《文学改良刍议》的主张，胡适、陈独秀都受到西方进化论的影响，推行文学的历史进化论。

周作人从欧洲文艺复兴中找到了人道主义的"人的文学"观念。

李大钊从马克思的历史唯物主义中确定了后来革命文学的

观念。

文学革命的发起和参与者大多有翻译西方文学的经历，西方文学的题材、创作手法、表现方法等广泛影响了早期新文学作家的创作观念。

外国文学为新文学提供了滋养和借鉴，为中国新文学提供了榜样，也培养了新文学的读者群。但外国文学是在特定的时间广泛进入中国的，由于时代对文学启蒙的功利化要求，以及译介者对外国文学的不全面充分了解，导致了中国读者对外国文学接受的片面性和有限性，中国文学对外国文学的接纳是在匆忙中进行的，从古典到现代，从一流作品到三流作品金子和泥沙俱入，造成了外国文学对中国新文学影响的复杂性、丰富性和驳杂性。

作为现代文学和文化全面走向现代化的开端，文学革命运动的意义是巨大的。

首先，五四新文化运动被认为是中国历史上一次空前的思想解放运动，而文学革命作为这一运动的组成部分，以激进的态度否定了以封建思想为其主导的传统文化体系，宣扬了个性解放、人性自觉、自由平等等新思想、新观念，为新文化运动的深入展开发挥了巨大作用。

其次，在中国文化现代转型的过程中，它为白话最终成为中国现代民族语言奠定了基础。经由晚清的白话运动和文学革命对白话文学的竭力倡导，终于在1920年，作为现代"国语"的白话纳入官方教育体制，1月，北洋政府教育部颁令全国国民学校，一、二年级的国文教育统一采用语体文（白话），这无疑承认了文学革命的合法性，更重要的是它成为民族文化转型的契机。

第三，打破中国文学孤立封闭的格局，建立了与世界文学的密切关系。文学革命完全改变了对待外来文化的态度，它以极为开放的胸襟持续不懈地翻译和介绍外国现代文学和文化思想，形成了一场大规模的文化吸收潮流。正是在这种文化引介的潮流中，西方自文艺复兴运动以来的各种思想和学说，在 20 世纪初的现代中国找到了通行的市场，不仅影响和构建了现代文学创作的风貌，也影响和构造着中国对现代化的追求和憧憬。

1919 年"五四"运动前后从北京推向全国的一场划时代的文体改革运动。它提倡书面语不用文言，改用白话或语体。白话文运动先在"文学革命"的口号下发动，进而在"思想革命"中发展，是新文化运动的·个重要环节。

运动的提倡者主要是胡适（1891—1962）、陈独秀（1880—1942）、钱玄同（1887—1939）、鲁迅（1881—1936）等。他们以《新青年》杂志为主要阵地，以北京大学进步师生为主力，同形形色色的文言维护者开展论战，赢得了白话文的胜利。

白话文运动的历史背景：文言文原是古人口语的摘要，早在先秦时代就已经出现。到西汉，封建统治者独尊儒家学派，记载这些经典的文言文也就成了不可更改的万古楷模。越到后世，文言文同实际口语的距离越远。这种情况是不能适应社会和语言的发展的。从唐宋以来，白话文书面语逐渐兴起。先是采用比较接近口语的"变文"、"语录"一类文体，传播佛教教义，后来随着资本主义因素的萌芽和市民阶级的抬头而出现了用当时口语来书写的明清章回小说。不过直到清代末年，白话文还只是局限在通俗文学的范围之内，未能改变文言文独尊的局面而作为通用的书面语。

历代不少学者为了让更多的人看懂书面文字，都主张书面语同口语相一致。1861 年，洪仁玕（1822—1864）根据洪秀全的指示，颁布《戒浮文巧言谕》，提出了改革文体的方针："不须古典之言""总须切实明透，使人一目了然"。又过了二三十年，资产阶级改良派为宣传变法维新、开发民智而提倡白话文。如黄遵宪（1848—1905）引俗话入诗，宣称"我手写我口"（《杂感》）；裘廷梁（1857—1943）认为"白话为维新之本"，发出了"崇白话而废文言"的口号；陈荣衮第一个明确主张报纸应该改用白话文；王照更声明自己制定的官话字母，只拼写"北人俗话"，不拼写文言。

同时，他们还积极写作通俗浅显的文章。梁启超（1873—1929）最先向霸占文坛的桐城派古文挑战，创制了"新文体"，用的虽还是文言，但平易畅达，杂以俚语、韵语及外国语法，已向着白话文迈出了第一步。接着白话书报在各地涌现，日见兴盛，其中白话报纸有 10 多种，白话教科书有 50 多种，白话小说有 1500 多种。可是直到辛亥革命（1911）之前，还没有人自觉地去实现以白话文代替文言文这个重大的变革。

从清代末年到民国初年，接连出现了几件可以决定文体改革方向的大事：一是科举制度的废除（1905）；二是辛亥革命推翻了封建皇帝；三是粉碎了袁世凯称帝迷梦（1916），《新青年》发出提倡科学和民主、打倒孔家店的号召。思想的解放带来文体的解放，觉醒了的广大人民群众，掀起了民主主义的浪潮，为白话文运动打下了群众基础。

第二节　多种小说形式的探索

当下的小说乃至整个文学写作，看似热闹繁荣，事实上存在着泡沫泛滥、创新匮乏等症候。其中一个重要的原因，是相当一部分作家淡化了短篇小说的创新意识和实践。

在生存困境的挤压下，短篇小说创作已经逐渐丢弃一些固有的优势和特征，但是新的审美品格尚未建立起来，现实性、深广度及多样性都被自我淡化，思想上和艺术上的创新动力都有所减弱。

短篇小说文体蕴含了强劲的创新潜能，它不仅促进自身文体的变化、演进，同时也引领中篇、长篇小说的变革、发展。重振短篇小说，引领文学创新，需要外部环境的优化和内部力量的激发。

在交响乐的演奏中，人们常常会听到一种清雅的乐音飘然穿越、从始至终，这就是第一小提琴。短篇小说之于小说家族乃至整个文学，恰如庞大乐队中的第一小提琴，它形体小巧、声音单纯，却往往起着引领整个乐队、提升整支乐曲的作用。

小说创作需要寻找引擎

当下的小说乃至整个文学写作，看似热闹繁荣，事实上存在着泡沫泛滥、外强内弱、平庸芜杂、创新匮乏等突出症候。造成这种现象的原因是复杂的、多方面的，其中一个重要而又未被人注意的内在原因，就是相当一部分作家淡化了短篇小说的创新意识与写作。短篇小说具有独特的地位、价值和功能，它是一个作家走向创作成熟的基石，是一个时代的小说持续发展的基础和引擎，因此有评论家把它称为"小说中的诗"、文学中的"轻骑兵"。但上世纪 90 年代后，伴随文学的边缘化，短篇小说滑向边缘的边缘。二十多年来，短篇小说当然也有探索、有进步，涌现出很多优秀作品，不过整体而言，它是平庸、保守、衰弱的，失去了短篇小说应有的思想和艺术的创新能力，进而牵制了小说乃至文学整体的锐气，而这一态势又影响着社会审美趣味的净化和提升。

今天的中国，正处于一个大变革的时代。从传统的农业文明向现代工业、科技文明和城市文化的嬗变，无疑是一场剧烈、持久的历史转型。相应地，一度作为文学主流的乡村文学也在向现代城市文学转化。面对转型，作家是作出了探索、付出了努力的，但其成就与时代的发展也是不匹配、不相称的。譬如长篇小说创作活跃，产量巨大，但真正能够深入到社会核心，扣准生活脉动，具有思想力度的作品并不多。譬如在表现世俗生活、人的欲望方面，不少作品热衷于描摹物质的强大、生存的艰难、欲望的释放、心灵的纠结，忽视和削弱了社会的进步、精神的力量和人性的超越等等。譬如在传统的乡村文学向现代城市文学的转型中，业已式微的乡村文学还没有找到新的生机和出路，但事实上乡村文学并不会"终结"，它依然有自己不可取代的价值。

而走向兴盛的城市文学则处在盲目生长的阶段，相当一部分写作者缺乏自觉的城市文化意识，在思想上、艺术上远未形成自己的写作范式。小说创作思想的浅薄化、内容的世俗化、叙事的粗俗化，已成为突出问题。

与中篇、长篇小说相比，短篇小说的境况和表现不尽相同。20世纪90年代之后，短篇小说受到"冷落"，比如文坛风气重长篇巨著而轻短篇文体，比如文学刊物压缩短篇小说版面、出版社不愿出版难以盈利的短篇小说集，等等。从创作者的角度来看，短篇小说构思难度大、写作产量低，难以带来社会效益和经济效益，无形中也削弱了作家的写作积极性。

短篇创作自我开拓的得与失

即便在这样的生存境遇中，短篇小说依然在内容的开拓、技巧的打磨以及语言的锤炼等方面有所探索，并富有成效。但是，短篇小说的自我推进主要集中在内容、技巧、叙事等层面，而在思想创新、方法变革、审美创造等方面，则近乎停滞、封闭。回望近年来的文学创作，我们有哪些短篇小说表现出新颖深邃、让人惊醒深思的思想内涵？有哪些短篇小说塑造了鲜明丰满、力透纸背的人物形象？有哪些短篇小说开创了一种全新的审美形式和叙事语言，进而带动中长篇小说共同形成一种文学现象或潮流？即便是文学研究者，也难以作答。

匈牙利著名美学家、文学批评家卢卡契曾赋予短篇小说很高的美学地位："短篇小说抑或是用大型史诗和戏剧的宏伟形式来反映真实的一种先行表现，抑或是在某个时期结束时的一种尾声，一个终点号。"他认为短篇小说是表现社会现实的"先驱"和"后卫"。当下中国的短篇小说，在小说以及文学的演变中、在表现社会生活中，并没有起到这种作用。

检视当下短篇小说，我们深切地感受到，它在生存困境的挤压下已逐渐丢弃一些固有的优势和特征，而新的审美品格尚未建立起来。在表现内容上，它多回避了现实社会的热点、焦点，淡化了自身的现实性；在思想探索上，它不再追求宏大、深刻，削弱了自己的深广度；在创作模式上，很多作家热衷于故事的奇特，形成雷同化的叙事模式，多种多样的创作样式越来越少见；在表现形式和叙事方法上，向西方现代派、后现代派的借鉴基本停滞，向中国古典小说艺术方法和写法上的取法也没有形成气候——短篇小说在思想和艺术上的创新活力大大减弱。

发挥短篇引领创新的潜能

关于短篇小说的特征和价值，前人已发表过数不胜数的精辟观点。短篇、中篇、长篇小说，同为小说家族中的兄弟姐妹，并无高下轻重之分，各有特点和优势，谁也不能代替谁。相较而言，短篇小说小巧精悍、个性鲜明、变化多样，同社会、读者的距离更近。外国作家如契诃夫、莫泊桑、马尔克斯、阿兰·罗布—格里耶、川端康成、海明威、博尔赫斯等，中国作家如鲁迅、茅盾、沈从文、沙汀、赵树理、周立波等，其短篇小说创作以及短篇小说观念，都深刻地启迪和影响着当代中国短篇小说的创作和变革。譬如意大利作家卡尔维诺认为短篇小说的任务是"揭示历史转折点，揭示重要时刻，揭示钟表结构上将来未知的一步跳跃，而不是今天那种滴答声"，就强调的是短篇小说的现实性、未来性。譬如毕飞宇认为有力量的短篇小说，"那一定是它涉及了生活和人性当中最核心的内容。这个最核心的内容也许和种族有关，也许和时代有关，也许和历史有关"。重视的是短篇小说思想内容的深广性。这些从不同角度、层面揭示的短篇小说规律，突出的是恒久不变的短篇小说的深层特征，如现实性、深广性、变易性等等，维护的是短篇小说的艺术个性。

短篇小说文体蕴含了强劲的创新潜能，它不仅促进自身文体的变化、演进，同时也能引领中篇、长篇小说的变革、发展。短篇小说的基本要素，如情节、人物、主题、结构、语言等，虽有一定的内在规律，但也有广阔的拓展空间和一定的自由度，可供革新、实验。短篇小说的创作方法，如写作模式、表现形式、叙事风格和语言风格等等，古今中外的作家已创造了丰富的理论和经验，今人完全可以兼收并蓄，形成自己的创作路子。韩少功说："我觉得实验性的小说最好是短篇，顶多中篇，长篇则完全没有必要。"韩少功自己就是一个执着的短篇小说探索者。他从初期的现实主义小说到中期的寻根小说，至后来的现代派小说，不断变革，其短篇小说实验带动了他的中篇、长篇小说创作。王蒙被称为小说文体的"探险家"，长中短篇小说皆擅，短篇中的精品更多。尤在60余年的写作生涯中，他对现实主义小说、意识流小说、讽刺和荒诞小说、新笔记体小说等，都进行过探索，并均有代表性短篇佳作。他把短篇小说实验中的成功经验运用到中长篇小说创作中，丰富和提升了后者的表现形式和审美品格。这两位作家的短篇小说创作，从某种程度上，启迪和带动了新时期以来短篇小说乃至中长篇小说的变革和发展。

历史的经验是珍贵的。短篇小说兴盛的时代，往往是小说创作乃至文学整体得以长足发展的时代。新中国成立初期至"十七年"时期，是当代中国文学史上短篇小说的第一个高峰期，它在社会动荡、文坛待兴的背景下艰难探寻，创造出了一种具有民族化、大众化、通俗化的小说形态。它的思想内容、表现形式和审美风格，为20世纪50年代中期之后的长篇小说确立了路向和规范。尽管这一时期的短篇小说带有浓重的"乌托邦"色彩，但它的朴素、清新、刚健至今令人神往。上世纪70年代后期开始的新时期文学，形成了短篇小说创作的第二个高峰期。短篇小说不仅成为文学破冰的"先驱"，同时成为思想解放的"前锋"。

1978年之后的现实主义潮流、1985年之后的实验主义潮流，大抵是由短篇小说轻骑突进，开辟新路，然后才有中篇小说的勃发、长篇小说的跟进的。散文随笔、报告文学、影视文学等，也无不在短篇小说的激发下活跃起来。新时期短篇小说尽管有芜杂、偏激的缺憾，但它变革的锐气和宏阔的胸襟，已成为当代文学史上的独特风景。这两个时期中国短篇小说的成功经验与影响，值得今天认真总结和汲纳。

转型、发展时期的中国，需要新颖、刚健的文学。卢卡契称小说是一个时代"具有代表性的形式"，是文学中的重器，而短篇小说则是小说家族中最有创新活力的文体。2013年获得诺贝尔文学奖的女作家爱丽丝·门罗说："我得奖对于短篇小说来说意义非凡。我希望人们能够意识到短篇小说是重要的艺术形式，让短篇小说还原它本来的地位。"人们期望借门罗获奖的契机，校正长篇小说独大、中篇小说风行的文学生态，进而恢复短篇小说的重要地位和作用。重振短篇小说，引领文学创新，是一个复杂而困难的文化"工程"，它的实现需要外部环境的优化和内部活力的激发。从外部环境看，需全社会的关注和重视，需要培育切实可行的有效扶植短篇小说创作的环境；从内部机制看，关键在于调动众多作家创作短篇小说的积极性，倡导思想和艺术上的探索、创新。譬如鼓励作家研读哲学和社科理论，提高自己的思想境界，从而赋予作品更新锐、高远的思想内涵，譬如作家加强形式创新意识，在"采用外国的良规"（如西方文学经验）和"择取中国的遗产"（如中国古典小说的叙事方法和语言）两个方面，转益多师，创造出新的短篇小说叙事形态和风格来，进而引导和提升整个小说创作，走出平庸，创造高峰。

第三节　文学运动、思潮、流派

文学运动

辛亥革命失败后，中国的思想文化方面出现了一股尊孔复古的逆流。但是，新兴的资产阶级新文化的蓬勃发展，使民主的思潮势不可挡。同时，由于民族资本主义经济的发展，民族资产阶级的力量增强，以及知识分子和工人阶级队伍的壮大，面对尊孔复古的谬论，激进的资产阶级知识分子发动了新文化运动。

五四运动后，随着马列主义的广泛传播和中国革命运动的高涨，新文学运动获得了长足的发展，取得了开拓性的成就。

文学运动的发展主要表现在诞生了一大批专门的文学团体和文艺刊物，文学观念的进一步更新发展，以及新文学作品的不断涌现。文学革命初期，几乎没有研究宣传新文学的团体和刊物。1921年到1923年，新文学团体和文艺刊物如雨后春笋般纷纷出现，全国有40多个文学社团和50多种文艺刊物。其中影响较大的和存在时间较长的是"文学研究会"、"创造社"及其所创办的刊物。

"文学研究会"是五四运动中出现最早的一个文学团体，由沈雁冰、郑振铎、许地山、周作人、朱希祖等人于1921年1月在北京发起成立。该组织是一个比较松散的文学团体，主要为联络感情，增进知识而成立，所以无统一的纲领和文学观点。但在创作方法上都趋于写实，即文学要反映时代精神，表现社会和人生，反对为艺术而艺术。"文学研究会"成立后，曾对商务印书馆在上海已经出版了11年的《小说月报》进行改革，使它成为新文学的第一个纯文艺刊物。此外"文学研究会"还创办了《文学旬刊》、《诗》月刊、《戏剧》月刊等。"文学研究会"汇集了中国当时许多著名作家，为中国新文学的发展做出了不可磨灭的贡献。

另一个著名的文学团体"创造社"由郭沫若、郁达夫、郑伯奇、田汉等人于1921年7月在上海发起成立。其成员大多数为留学生，他们长期旅居国外，对帝国主义有较深的感受和了解，同时对封建军阀统治下中国的落后极为不满，所以在创作上激越悲愤，尤为强调作家的自我表现，提倡灵感和天才，都趋于浪漫主义。同时又具有强烈的反抗精神和革命性，也比较注重文艺的社会使命，曾提出"革命文学"的口号，"创造社"的许多成员走上了革命道路。

"创造社"先后创办有《创造》季刊，《创造》月刊，《创造》周刊，《创造日》、《洪水》等刊物。此外，成立于1923年的"新月社"和成立于1924年的"语丝社"也是当时比较有影响的文学社团。"新月社"的主要撰稿人是闻一多、徐志摩等，出版有《新月》月刊。"语丝社"的主要撰稿人有鲁迅、刘半农、周作人、林语堂等，出版有《语丝》周刊。

此外，新文学运动的发展还表现在文学观念的更新上。绝大多数新文学运动的倡导者都主张文学应该是"表现人生"，他们坚决反对文学脱离现实的陈腐观念，指出只有反映现实社会生活，体现时代精神和民族风貌的文学作品，才算得上新文学和革命文学。这种文学观念的更新，对新文学运动的发展起到了很大的促进作用。大量的文学作品的产生是新文学运动取得重大成就的具体反映。鲁迅的短篇小说《呐喊》、《彷徨》和郭沫若的诗集《女神》等代表了新文学运动的最高成就。

文学思潮

文学思潮是在一定的时空范围内流行的文学观念与文学创作潮流，它与特定的社会思潮、哲学思想相关联，体现了一定历史时段内文学的主要趋向，同时它又会影响、规范此一时代中相当一部分作家的创作活动。任何作家总是处于一定的时空之中，他的心理与精神、观念与理想不能不与制约着创作主体诸条件的社会关系相联系，与一定时代的经济、政治、哲学思潮相关。因而，文学创作又是一种带有社会性的精神生产活动。即使是一位与当下现实主流有相当距离的作家，他的创作之中也总会印刻着他所处时代的痕迹。因此，在特定的时空条件之下进行创作的作家们往往会体现出近似的社会意识、文学观念、审美趣味。比如，五四时期的社会主导思潮是追求新文化，尤其是举起了个性解放、科学与民主的旗帜。处于这一时空的作家受到这一社会思潮的影响，在创作观念和创作实践中表现出对科学与民主的向往，对束缚个性实现的旧文化、旧传统的批判与抗议；同时，社会、政治、道德、哲学的新观念、新趋向，又渗入作为文学创作客体的现实生活的方方面面，进而酝酿、产生了新的文学趣味，形成群体性的艺术理想和要求。这又对作家的创作思想产生了重要影响，对作家新的美学观念的形成起催化、激发作用。

作为在一定时空范围内盛行的文学思想和文学创作的共同潮流、趋向，文学思潮是文学史上的一个重要的文学现象。

文学思潮之产生，首先与社会思潮有着紧密的关系。

文学是在一定的历史文化境况下发展的，作为观念领域的文学思想与思潮自然受到时代诸多文化思想潮流的影响。西方的文艺复兴和中国的新文化运动时期文学的大繁荣都离不开当时的社会思潮的大变动。胡适曾将中国的新文化运动称为"中国的文艺复兴"，不是没有道理的。文学思潮处于一定的时空，它与所处的哲学、道德、宗教、伦理等等观念组成的文化历史背景相联系。可以说文学思潮是一定文化历史语境中的产物，也是一定的社会的文化历史的组成部分，彼此互相联系、互为影响。西欧的文艺复兴，是封建制度开始衰落，走向解体，资本主义逐渐兴起时代产生的。它采取复兴古代希腊罗马古典文化的方式，在各个领域中宣传人文主义思想。它反对封建教会的桎梏，以人性对抗神性，主张个性自由，要求人的解放。这一时期中的文学，面对现实与现实中的人，使神性世俗化。薄伽立的小说肯定人的天性，嘲笑对人欲的禁忌。莎士比亚的作品歌颂爱情、自由、正直，揭示人性的伟大与渺小，崇高与卑劣，善良与罪恶，着力描写人和人的个性发展。这些作家的文学观念及其创作是受文艺复兴这一巨大的社会思潮的影响产生的，同时又是文艺复兴运动的有机组成部分和重要方面。中国五四新文化运动高举科学与民主的大旗，反对封建束缚与封建礼教，孔孟之道首当其冲受到冲击，在道德、哲学等各个领域张扬革新精神，要求个性解放，而批判旧文化、建设新文化成为现实社会发展的需要。在文学领域，作家们正是在科学与民主精神的感召下改变过去陈旧的文学观念，在新的审美意识指导下从事创作。鲁迅（188—1936）在《文化偏至论》里提出"养个性而张精神"，在《灯下漫笔》中说："实际上，中国人就从来没有争到过'人'的价格，至多不过是奴隶"，"所谓中国的文明者，其实不过是给阔人享用的人肉的宴席。所谓中国者，其实不过是安排这人肉宴席的厨房。"要"扫荡这食人者，掀掉这宴席，毁坏这厨房。"他在小说创作中成功地塑造了狂人、祥林嫂、子君等人物形象，与郭沫若（1892—1978）。郁达夫（1896—1945）、叶圣陶（1894—1988）、冰心（1901—1999）、丁玲（1994－1986）等一批作家作品汇成一股文学思潮，成为伟大的五四新文化运动的重要组成部分。这些作品大多取材于农民、市民、普通知识分子的生活，尊重人，重视人的个性，探究人的命运、人生的意义和社会问题，对当时的社会进步、对中国的文化历史进程起着重大的影响和作用。

第四节　五四新文学的理论探讨

自从鸦片战争打碎了清帝国的沉沉昏梦之后，中国逐步沦为半殖民地半封建的社会，自给自足的封建经济渐渐解体，资本主义商品生产因素有了一定积累，但积弱就要挨打的历史教训与现实情势进一步促使中国人努力寻求和探索富国强民的道路。

洋务运动"师夷长技以制夷"，模仿西方的"船坚炮利"和开矿筑路，以及介绍一些与此相关的声、光、电、化等技术和自然科学。维新志士认为"要开民智，非讲西学不可"，须"用西洋之术"，宣传民权思想，介绍西方社会政治学说，效仿西方实行君主立宪。资产阶级革命派输入民主共和观念，发动辛亥革命，推翻满清王朝，宣告了封建帝制的结束，虽未改变半殖民地半封建的社会性质，胜利果实也被袁世凯窃取，但为中国现代的社会转型创造了基本条件。袁世凯实行独裁统治，阴谋恢复帝制，出卖国家主权，资产阶级革命派创建的"共和"政府实际上成为了一块空头招牌。

无论是科技引进的尝试还是体制革命的努力都无一例外地陷入了失败境地。尤其是辛亥革命的失败给国人的刺激最为强烈，先进的知识分子从中清醒地意识到封建君主专制赖以存在的精神文化基础并未动摇，中国民众依旧处于愚昧、落后、麻木的精神状态之中，革命与群众存在着厚重的精神隔膜。于是，思想启蒙被推向实现中国社会现代化历史进程的最前沿。

五四新文学是 1919 年五四运动前后兴起和发展的一种新型文学。它是中国现代文学发展的历史起点，也是中国现代文学在形成过程中构建的第一座丰碑。

它出现在中国社会转型的 20 世纪之初，与这一时期出现的新文化一同诞生，也历史地构成了新文化的一个重要组成部分。

在它的思想内涵中，既直接含纳了 20 世纪中国社会转型所带来的种种风潮，也表现出了与新文化相一致的反传统、学西方的价值追求，从而形成了自己区别于中国传统文学的现代品格。这正是它的"新"之所在。

五四新文学的现代品格，主要表现在思想内容和艺术形式两个方面。

五四新文学的思想内容，往往以五四人的发现为中心源泉，致力反映和表现历史和现实中存在的人的命运、意识、情感，并在反映和表现人的命运、意识、情感的过程中，直接体现五四时代精神，特别是科学、民主和反封建的精神，反映五四时代的重大社会现实，呼喊出人的解放、个性解放的时代心声。

五四新文学的艺术形式，是在崭新文学思想的指导下构建的。它一反传统文学"文以载道"的艺术法则，从五四时期人的发现和人的解放的需要出发，遵循文学是"人的文学"、是"人生"的反映、是人的心灵表现的崭新观点，确立了自己的艺术方向。

在此基础上，五四新文学又从有利于塑造人物、有利于人表情达意的目的出发，抛弃了传统中国文学的正宗用语——文言，而全部采用白话，从而在最显在的形式方面与传统文学决裂，大踏步地走向现代。与此同时，五四新文学还自觉地接受了西方文学的影响，不仅接受了西方文学的"人化"原则，而且接受了西方文学的用语习惯、表现手法、结构技巧甚至文体形式，如白话诗、话剧等，从而在文学的形式方面全面实现了现代化。五四新文学主要由小说、散文、诗歌、戏剧四大体裁组成。在这四种体裁方面，不仅有众多杰出的作家、诗人，如鲁迅、郭沫若、朱自清、周作人、冰心等创作了众多优秀的作品，而且还产生了各种不同的流派，如在诗歌领域，就有现实主义诗歌流派和浪漫主义诗歌流派，在小说领域，则有"问题小说"、浪漫派小说、乡土派小说等，它们从不同方面显示了五四新文学的灿烂风貌。

五四新文学之所以能形成众多的流派，显示自己现代化的风采，与五四时期出现的众多新文学社团有密切的关系。这些文学社团，既为五四新文学的发展积聚了生力军，其本身也构成了五四新文学灿烂景观的一部分。因为，这些文学社团本身就代表了一定的流派，如，现实主义的文学研究会、语丝社、未名社、浅草沉钟社、民众戏剧社；浪漫主义的创造社、新月社、南国社、弥洒社等。

第五章　国学热与中国现当代文学研究

第一节　国学热概念

"国学"一词，古已有之。"国学"在中国古代，指的是国家一级的学校，与汉代的"太学"相当。唐代贞元中，李勃隐居读书于庐山白鹿洞，至南唐时，在其遗址建学馆，以授生徒，号为"庐山国学"。到宋代，又改称"白鹿洞书院"，这时的"国学"实为藏书与讲学之所。清末民初把"国学"同诸多"外学"相提并论。真正把"国学"同诸多"外学"相提并论，即作为一门统揽中国学术的概念提出来，则是在西学东渐、我国社会和学术文化处于空前转型的清末民初。《汉书．艺文志》对国学有一个基本的分类，将其分为六个部分。这六部分构成了国学的前身。

第一部分：六艺。指《诗》、《书》、《礼》、《乐》、《易》、《春秋》六部经典。六艺有大六艺，小六艺。小六艺是六种技术：礼、乐、射、御、书、术。是具体培养人的人格和各种技能的。大六艺，就是六经。任何时候，经总是排在首位的。这就是中国的精神，是国学精神里面很重要的东西。第二部分：诸子百家。第三部分：诗赋。第四部分：兵书。第五部分：术数。第六部分：方技。房中术、医术都是方技。当今社会如何定义国学这在学术界存在着若干不同的观点。章太炎先生称国学为一国固有之学术，吴宓先生称之为中国学术的总体，张岱年先生界定为中国学术的简称，曹伯韩先生认为，国学的范围是指西学输入以前中国原有的全部学术。还有一个与之相关联的说法：钱穆先生曾经条析中国的传统文化为人统、事统和学统，亦即为人、做事、治学的三大传统。

目前汕头大学王富仁教授提出了"新国学"概念，他认为新国学就是适应当代中国学术发展的需要提出来的，"新国学倡导中华文化的整体观念，各种文化的对立不要看得那么重，每个部分都是不可缺少的"，它视中国文化为一个结构整体，是包括中国古代学术和中国现当代学术在内的中国学术的总称。新国学强调的就是：政治、经济、文化是一个整体，谁也缺少不了谁。

国学热即为中国传统文化学习的热潮。近几年来，许多研究中国传统文学的学者，都呼吁、提倡，学习中国传统文化，不要忘本。于是这些学者就进而以不同方式进行了不同影响的宣传，激起了中国人民对重学中国传统文化的激情。文言文是国学的精华，在中考高考中所占比重越来越大，作为炎黄子孙，我们有义务学国学，宣传国学。

第二节　国学热兴起的原因及发展过程

经济发展

这次国学热的出现与 20 多年来中国经济的发展、国力的增强、国际地位的提高，有着密不可分的联系。

我们知道，自鸦片战争以来的一百多年间，中国从一个曾经在经济、政治、文化方面遥遥领先于世界的大国，沦落为在西方的洋枪洋炮面前不堪一击的封建帝国。巨大的反差，使国人在思考这个问题时，感情色彩占据了上风，认为中国社会之所以沦落到那个样子，全是传统文化、儒家思想惹的祸，于是，批判传统文化，否定儒家思想就成为了鸦片战争以后的主流思潮，主要表现在太平天国起义时期、五四时期、全国解放初期、"文革"时期和改革开放的最初十年。儒家思想先后遭遇过数次大劫难。

改革开放以来的20多年间，我们的社会走出了过去那种封闭保守的僵化状态，由以阶级斗争为纲走向以经济建设为中心，由计划经济走向市场经济，在各个方面取得了举世瞩目的成就。随着中国经济的发展以及与国际社会交往的日益频繁，中国人越来越迫切需要了解自己民族的历史，越来越需要表明自己民族所具有的独特价值的东西，这就激发了中国人复兴传统文化的强烈愿望。当我们试图从传统中寻找能代表我们民族的精神和文化象征时，挖掘传统文化及儒家思想中有价值、有益的思想资源就成为很自然的事，这也是我们这个民族文化自信和文化自觉的一种表现。这或许就是当今国学热产生的一个原因。

经济腾飞

亚洲四小龙就是指新加坡、韩国和中国的台湾、香港地区。新中国成立以后，大陆研究儒家的声音基本上消失了，儒家思想研究的重点转到了我国港台地区。港台地区研究儒学主要有两个地方，一个是中国香港地区的新亚书院，一个是中国台湾地区的东海大学。但在港台地区，真正兴起，真正受到重视是在上世纪七十年代之后。为什么？因为七十年代欧美经济不景气，而属于儒家文化圈的日本及亚洲四小龙却出现了经济的持续和快速增长，实现了经济腾飞，创造了一系列的"经济奇迹"。对这种现象，东西方学者很自然就要追问：这些国家和地区为什么会出现经济高速增长的势头？它背后的动因是什么？当人们试图探寻其中的深层原因时，惊奇地发现，这是得益于一种群体性的社会心理和社会文化，这种社会心理和社会文化的基础就是来源于有着数千年历史传统的儒家思想，就是来源于以儒家伦理为核心的"东亚价值观"。在这些学者看来，日本和亚洲四小龙经济腾飞的精神动力正是来自于儒家伦理，是对儒家伦理的成功应用和改造的结果。如日本著名企业家涩泽荣一在他的《论语加算盘》一书中，认为自己成功的经验就是算盘加《论语》，既讲精打细算赚钱之术，也讲儒家的忠恕之道，开创了儒家式经营之风。新加坡国立大学教授陈荣照也提出了儒教精神促进了新加坡经济起飞的观点。

中国作为一个具有两千多年儒家思想传统的国家，作为东亚儒家文化圈的核心，很自然就会产生一种联想：儒家文化、儒家伦理导致了亚洲四小龙的经济腾飞，当我们的经济要发展，要腾飞的时候，也必须重视对儒家文化、儒家伦理的研究。这或许是当前国学热形成的另一个重要原因。

大陆反哺

现代新儒学的发展经历了四个阶段：一是从"五四"新文化运动至 20 世纪 30 年代初，这是现代新儒学的开创期。这个时期的主要代表人物有梁漱溟、张君劢、熊十力等。二是从 20 世纪 30 年代初到 40 年代末，这是现代新儒学的发展期，主要代表人物有冯友兰、贺麟等。这两个阶段大致范围是 1919 年到 1949 年，是在大陆出现的。三是从 20 世纪 40 年代初到 70 年代末，这是现代新儒学的成熟期，主要代表人物有唐君毅、牟宗三、徐复观、钱穆、方东美等。四是从 20 世纪 80 年代初至今，这是现代新儒学的复兴期。主要代表人物有杜维明、成中英、刘述先等。第三代、第四代新儒家代表人物主要是在港台。

当代国学热的兴起与港台地区第三代、第四代新儒家的代表人物的努力是密不可分的。他们以接续和传播中国传统文化为己任，主张在西方文化面前，应该完好地保留中华民族文化的优良传统和国民精神。他们著书立说，四处讲学，身体力行，在世界一些主要国家和地区有很大的影响。他们的著作 20 世纪 80 年代以后陆陆续续在大陆出版并广为流传，大陆学者也兴起了对港台新儒学学者及其思想的研究高潮。随着研究的深入和交流的不断扩大，在中国大地上出现儒家文化热和国学热就成为一种必然的趋势。

华人推动

据说，我国目前在世界各地的华人大约有 3500 万，这些华人散居在世界的各个不同角落，能把他们联系在一起的就是他们对中国历史和中国文化的归属和认同，对具有共同的民族心理和价值观念的归属和认同，这一点是至关重要的。

我国每年举办的各种祭祀活动，如祭祀伏羲、祭祀黄帝、祭祀大禹、祭祀孔子等，都会有成千上万的海外华人回到祖国，共同祭祀中华民族的人文始祖和道德始祖，这些海外华人的思想情感和文化认同作为一种外力，也推动了当前国内国学热的升温。

形势变化

在国际上，这个变化主要表现在 20 世纪 90 年代以后，苏联解体，东欧巨变，马克思主义遭到了前所未有的挫折和危机，社会主义失败论、马克思主义过时论、共产主义渺茫论一时间甚嚣尘上，在思想文化领域和意识形态领域出现了一些真空地带。一个人总是需要有一种精神力量支撑的，这种思想不去填补，别的思想就会去填补，在这种背景下，人们发现，传统文化中就蕴藏着丰富的思想内容，而有些内容恰恰是我们当前建设中国特色社会主义所需要的，于是，从这种意义上说，从传统文化资源中寻找另一个精神的支柱，建构一套属于自己的道德信仰体系，就成为一种现实需求。这或许也是国学热兴起的重要原因。

社会冲突

我们说，当今的中国社会，是一个急速变化的时代，是一个面临重大转折的时代，是一个多元价值观碰撞和冲突的时代。中国社会与改革开放以前相比，社会财富极大增加，人民的生活水平大大提高，但在国家富裕和人民生活水平普遍提高的背后，很多人的精神世界和心灵家园却日益变得荒芜，他们感到不满足，感到困惑和迷茫。极端个人主义、拜金主义、享乐主义、功利主义有所泛滥。人们在问：难道经济发展必然导致道德滑坡吗？难道社会发展必然带来诚信缺失吗？传统文化中重人际关系、重社会和谐、重道德修养、重礼义廉耻、重道德自律、重理想人格、重和而不同等思想资源一下子成为全社会最需要了解最需要获得的东西，因为这些思想观念正是当今我们这个社会最缺乏的东西。人们试图通过对儒家思想、传统文化、国学的重视，来呼唤社会的道德良知，呼唤正义的力量，呼唤健全的理想人格，呼唤人性中善的本质；进而希望通过传播和弘扬中华民族优秀的传统文化，达到提高全民族的整体道德素

质，再现中华民族礼仪之邦的美好宿愿。这或许也是国学热产
生的一个重要原因。

构建和谐

一方面，从孔夫子到孙中山，中国传统文化中有许多珍贵
的思想文化遗产，有许多人民性和民主性的好东西。就是说，
国学热的兴起与近些年来我们一直提倡的以德治国、依法治国、
以人为本、和谐社会、和谐世界、与时俱进、执政为民、道德
修养以及义利观、荣辱观、礼义廉耻观等有密切的联系。因为
这些思想本身就是来源于中国传统文化，是中国传统文化中固
有的内容。另一方面，我们要建设中国特色社会主义，"中国特
色"从何而来？当然应该从中国的传统而来，应该从传统文化
中寻找"中国特色"的内容。离开中国传统文化，所谓的"中
国特色"也就无从谈起。正是有了党和国家的大力倡导，有了
学界和民间的积极配合，以德治国、以人为本、构建和谐社会、
社会主义荣辱观等理念已经深入人心，这也是当前国学热产生
与兴起的社会原因。

学媒联手

近些年来，一些高校纷纷成立有关国学、传统文化、儒释
道思想的研究机构，如中国人民大学国学院、清华大学思想文
化研究所、中国社会科学院儒教研究中心、安徽大学中国传统
文化研究院等，出版的学术著作及研究文章不计其数，每年都
要召开各种形式和规模的国内国际学术研讨会，在欧美、东亚、
东南亚等国家和地区，也有相当规模的研究机构和学术队伍。

媒体方面，阎崇年先生在《百家讲坛》讲清帝，刘心武讲
红楼，易中天讲三国，王立群讲史记，等等，这些学人雅俗共

赏的讲座，重新唤起了社会大众了解传统历史和文化的热情。

除了电视台外，还有纸质媒体、网络媒体的积极参与和推动，譬如《光明日报》专门开设了国学版，中文搜索引擎百度开设了"国学频道"，新浪网高调推出乾元国学博客圈，等等。

种种现象说明了中国人需要了解自己民族的历史文化，也说明了传统文化在中国具有深厚的社会土壤和民间基础，没有这个基础，国学热的出现是不可能的。

沟通交流全球化背景下多元文化的沟通和交流，促使我们寻找自己的民族之根和文化身份，国学热应需而生。

一个民族如果没有自己的科技，可能会亡国；但是，一个民族如果丧失了自己的文化，就要亡种，而亡种比亡国更可怕。对中华民族来说，传统文化是中华民族之成为中华民族的身份证和象征，是中华民族区别于其他民族，是中国人之为中国人而不是美国人、日本人的唯一标志。悠久的传统文化影响着中华民族的思维方式、民族心理、审美情趣和行为习惯。在经济全球化时代，我们应当更加尊重自己民族的传统文化，合理开发和利用传统文化这个重要资源，以应对全球化的挑战。这是国学热兴起的更深层次的原因。

当前这一股国学热、传统文化热，是我们对一百多年来批判和否定民族文化的一种自我反思，是对人类社会面临的一系列自然危机、社会危机和道德危机后的积极回应。我们应该顺应这股潮流，认真研究和解决当前社会所面临的诸多理论和现实问题，真正担当起弘扬中华民族优秀文化的历史重任，实现中华民族的伟大复兴。

第三节　国学热与中国现当代文学研究

在后革命时代和全球化的背景中，国学热的兴起已经成了一道独特的风景线。这意味着一直依赖于革命正义的中国现（当）代文学学科其存在的合理性和合法性受到了质疑，间接促成了它在大学的教学时数被普遍地压缩，学科对思想文化界的影响力明显地下降。应对之策，在于坚持五四文学革命的历史正当性，突出其作为新文学历史原点的意义，强化中国现（当）代文学与中国古代文学的思想艺术观念的差异性。对革命的反思，不能成为取消革命历史事实的理由。新文学不是在古典文学的基础上，而是沿着五四文学革命所开辟的方向走上了与现代社会民生密切相关的创作道路，而晚清文学的创新及其价值则要通过五四新文学的成就才能得到充分的体现。国学热的压力促使中国现（当）代文学学科反思自身的存在理由，同时也获得了动力来拓展其研究思路和研究领域。

一、后革命及全球化时代中的国学热

国学作为中国固有学问的一种称谓，是因章太炎的提倡而被广泛接受的。章太炎的"国学"包括中国古代哲学、文学、文字学、音韵学等各门学术，这是有别于西学的中国学术。

中国现代社会处在急剧的变革过程中。一波接着一波的革命，针对的基本都是中国固有的制度和文化传统。指导这些革命的思想，从空想社会主义，马克思列宁主义，到各种自由主义思想，都来自西方，甚至诸如科学救国、教育救国、实业救国等不同的文化思潮，也是发源于西方，被引进到国内并付诸社会实践的。面对强势的西学，国学实际上一直处在受压制的地位。在不少时候，引进的西学要发挥其影响，首先必须清除中国固有学术的障碍，所以常常可以看到现代思想史上一场又一场的对中国传统文化的批判，对保守的新儒学的批判。在这种革命的时代中，国学萎缩到了文字学、音韵学的狭小空间里，无法对整个社会进程施展思想的影响。

20世纪末，长期处于边缘地位的国学突然火了起来。先是西方把目光投向了东方，试图吸收东方尤其是中国儒家哲学的精髓，来调和其社会内部的矛盾。亚洲四小龙在经济上的成功得益于它们所处的中国文化圈的优势，这一成功的例证加强了儒学在国际上的影响。海外新儒学借助这一背景被高调引进大陆，对国内的学术界产生了重大影响。杜维明、林毓生这些海外新儒学的代表人物成了学界明星，本来几乎被人遗忘的熊十力、梁漱溟也被发掘出来，成为新儒学所推崇的偶像。到世纪之交，这一股国学热进一步渗透到社会经济思想文化领域的各个方面。昨天还在大谈德鲁克、波特和科特勒以及《基业长青》和《蓝海战略》的中国企业家，已经转奉孔孟、老庄、孙子以及《论语》、《易经》和《中国式管理》。清华传统文化与现代企业管理某高级研修班师资名单中，中华孔子学会会长兼北大儒藏中心主任汤一介、中国孙子兵法应用研究中心首席专家刘红松等赫然在列。北京大学、清华大学、复旦大学和武汉大学等校，瞄准商界高管、政府部门高官的国学培训班如同十几年前的 MBA 招生，正在如火如荼展开。易中天、于丹在央视开讲《三国》和《论语》，成了媒体红人。国学本来是作为批判性吸收的对象一下子成了一门显学，这种陡然转折的情形是上个世纪 80 年代和 80 年代以前不敢想象的。

仅仅是因为海外新儒学的推动吗，抑或是简单的历史循环？

情况并非如此简单。我认为国学热的兴起，最根本的是反映了后革命时代意识形态变化的一种趋势。在革命的年代，无论是社会政治革命，还是思想文化革命，占主导地位的都是一种激进主义的文化思潮，在意识形态上推崇革命的价值观，提倡造反有理，强调反叛精神和对传统文化的批判。在这样的革命时代，国学中代表传统文化精神的部分，常常难以逃避被批判、被压抑的命运，许多时候只能居于体制之外，不容易得到主流意识形态的认同。可是当这种激进的革命运动过去以后，时代的主题变成了发展经济，人们开始总结历史经验，反思激进革命的弊端，追求社会平稳的发展，革命的激情让位给了理性的改革。理性改革不同于激进革命最根本的地方，是它用对话和妥协来调整不同社会集团的利益，而不是用极端的方法彻底打碎原来的体制。这一思潮转向的一个突出标志是李泽厚提出"告别革命"的口号。李泽厚 1995 年出版了他与刘再复的谈话录《告别革命》，他在这本书中指出：20 世纪的中国是革命和政治压倒一切、排斥一切、渗透一切甚至主宰一切的世纪。20世纪的革命方式给中国带来了很深的灾难，认为革命是激情有余而理性不足，清末如果逐步改革倒可能成功，革命则一定失败。他的结论是：要改良，要进化，不要革命；为了十二亿人能吃饱饭，要发展经济，不能再革命了。李泽厚的观点由于简单地提倡"告别革命"，使革命历史无法从其自身的连续性上得到合理阐释，所以没能得到主流意识形态的认可，但主流意识形态自身其实也循着从革命到改革的方向调整策略，从而在带来经济高速发展的同时，促成了 90 年代新保守主义思潮的兴起。在这种倾向于保守的时代氛围中，传统文化得到重新评价。当人们以一种理性的眼光看待中国传统文化的时候，发现它原来并非像激进革命时代所认为的那样需要批判和扬弃的糟粕多，可以吸收利用的精华少，相反，其中蕴藏着许多值得现代社会好好利用的价值观和调节人际关系的经验，它与现代社会所追求的现代性并不构成根本的对立，反而可以相互协调，补救源自西方的现代文化的过分实用主义的不足。国学热正是在这样的时代背景中逐渐兴盛起来的。

当然，国学热的兴起还与全球化的背景有关。全球化在加强不同国家之间的经济联系的同时，并没有使民族国家和地域文化的疆界消失，在某些方面甚至还有加强的趋势。美国学者塞缪尔·亨廷顿指出，全球化带来的不是统一，而是分裂和混乱。他认为今后世界的冲突是"文明的冲突"："最普遍的、重要的和危险的冲突不是社会阶级之间、富人和穷人之间，或者其他以经济来划分的集团之间的冲突，而是属于不同文化之间的人民之间的冲突"。在这种情况下，"一个领域内的全球化，像经济全球化，并不自动意味着其他领域，如政治、文化领域中的全球化。"相反，民族身份，尤其是民族文化身份，成了抵制不合理全球化秩序的重要力量。作为世界上历史最为悠久、且又从未中断过的文化——中华文化，此时自然成了中华民族在全球化背景中增加民族自信心、主动参与全球化秩序建构的最为重要的精神资源。正是在这样的背景中，自上个世纪90年代开始，为了抵御西方中心主义对东方的后殖民想象，我们开始大力弘扬民族文化，国学作为民族文化的物质承担者和精神主体，顺理成章地受到了社会方方面面的高度关注，获得了大力发扬光大的历史机遇。

二、国学热的冲击与现当代文学学科的回应

弄清楚国学热的背景，就可以明白它的兴起构成了对中国现当代文学学科的巨大压力。中国现代文学作为一个学科虽然

是在上个世纪 50 年代初成立的，但它之所以能够成立，其实是以中国现代文学的诞生为基础的，而中国现代文学诞生却是采取了革命的形式，即五四文学革命通过一场文学加语言的革命，创建了一种反封建的内容和白话的形式相结合的新文学，从整体上实现了对中国传统文学的改造，使中国文学进入了一个全新的发展时期。这就表明，中国现代文学作为一门学科，它的合法性是五四文学革命所赋予的，它与反传统的文学革命是一种直接的血缘关系。此后新文学的发展，依然秉持着革命精神一路猛进，从五四文学革命到 20 年代末通过"革命文学"论争形成了左翼文学，再发展到表现无产阶级革命精神的解放区文学，中国新文学的发展始终充满革命的理想和激情。即使是那些比较温和的自由主义作家，其实也没有背离"革命"的精神。他们以现代白话语言和现代性的艺术形式表达现代人的思想情感，表现出对现代人性的关注和思考，充满了现代的意识，这是与文学革命直接联系在一起的。现代文学与"革命"的这种血缘联系，决定了它在后革命时代，会遭遇重大的危机。在后革命时代，革命的意义虽然没有中断，但对革命的阐释却发生了重大的变化，革命意义的表达更多地采取了能被这一时期民众更容易接受的形式，如在革命的话语里添加人性的元素，以强调革命的发生和推进从根本上说是符合人性的内在要求的，又如对革命历史的评价用"时代潮流"和"民族精神"的标准取代阶级正义的标准，使革命的意义在当下能拥有更为广泛的群众基础。但经过这样的阐释，原初与传统完全对立意义上的"革命"已经变成与传统达成了妥协甚至和解的"革命"，其内涵和基本的精神发生了重要的变化。国学热借助于后革命时代革命意义的这种削弱而兴起，也就意味着一直依赖于革命正义的中国现当代文学学科其存在的合理性和合法性受到了质疑，学科的独立性便成了一个问题。

这种危机已经逐渐表现出来了。先是中国现（当）代文学在大学的教学时数被普遍地压缩，压缩的规模大致占原来最高教学时数的三分之一，教学计划因而被迫调整，一些教学内容只得取消，或者改在选修课中来弥补。重要的是压缩课时的理由，一个主要的理由就是现代文学30年，加上当代文学至今50年，中国现当代文学总共八十余年，在时间长度上难以与中国古代文学的二千多年相比，而这八十余年的创作成果在成熟程度和艺术的精致度上也被认为难以与中国古代文学所创造的辉煌相提并论。这个理由表面看起来有些道理，可是它实际上已经改变了中国现代文学学科所处的地位。

中国现代文学学科成立时，是承担了意识形态使命的，它要从文学史方面证明从新民主主义革命到社会主义革命是顺应了历史规律的一个发展，证明新中国的成立是合乎历史逻辑的一个结果。现代文学的开端被设定在五四文学革命，意味着它是整个新民主主义革命的一个组成部分。从五四文学到三十年代的左翼文学，被阐释为新文学朝着无产阶级方向迈进的一大步，再从左翼文学到解放区文学、新中国文学，始终是沿着为人民的方向和为社会主义的方向前进的。在新文学的这一历史发展过程中所产生的不同观念、不同意见的碰撞和交锋，被表述为具有阶级斗争的意义。经过这样的处理，一部新文学史就成为新民主主义革命史的组成部分，承担着进行意识形态引导的重任，它的地位自然是中国古代文学所不能比拟的。

但把文学史当成革命史的一部分来书写，显然抹杀了文学史的个性和特点，它在学理上是经不起时间检验的。进入1980年代后，现代文学的研究者改变了述史的规则，转而按照启蒙主义的观点来建构中国现代文学史，通过重新解释以鲁迅为代表的一批作家的创作实践及其意义来为新时期的思想启蒙运动制造舆论，这同样是让现代文学史承担了文学以外的使命，拥有了重大的社会影响力，赢得了很高的学术地位。

可是到了 21 世纪，中国现代文学所享有的这些特殊荣耀已经风光不再了。这一方面是因为文学史按照不同的观念反复地改写，其意义已经变得相当含混。人们会问，中国现代文学史既然不能成为革命史的附庸，也不能成为思想启蒙史的翻版，那应该是一部什么样的史呢？按照审美的原则来写文学史，又该如何书写？现在市面上有难以计数的中国现代文学史版本，表面上看是学术繁荣，事实上却掩盖着思想和观念的混乱。反正你说你的，我说我的，众说纷纭，莫衷一是，这明显地削弱了中国现代文学史作为一门学科的学理力量。另一方面，当今受到迅猛发展的信息科技推动和风起云涌的世俗化潮流的挤压，文学的书写方式、传播方式、消费方式已经发生了重大变化，人们强烈地感受到传统意义上的文学的地位开始急剧下降。许多纯文学杂志难以为继，一些作家纷纷转向通俗文学，以博得大众的青睐，说明读者的兴趣已经转移，他们可以去翻翻时装杂志，看看足球评论，上网浏览各种花边新闻，满足一下世俗社会流行的好奇心，而对包含着深刻思想和沉重痛苦的大部头严肃文学作品却敬而远之。这是一个为欲望和消费所主导的时代，一个不需要深刻思想和崇高精神的时代。既如此，这些与大众的趣味隔了一层的严肃作品到底应该按照什么观念和原则来述史又有什么意义呢，对鲁迅如何阐释又关世俗民众什么干系呢？一句话，中国现代文学史如何书写，已经只是专业学者的一项工作，而与一般的民众无涉了。

一旦转变为一门纯粹的学术，抹平了与古代文学根本性的思想差异，只从审美方面而论，中国现代文学（包括当代文学）的分量确是难以与古代文学相比的。后者拥有太多的辉煌的名字，这是中国现当代文学相形见绌的。本来现当代文学是因为其现代性的品质以及与现代人的思想状态的紧密联系而拥有古代文学所没有的优势的，现在却只从娱乐消遣的方面来评说文学，它的这种优势就不复存在了，因为古代文学的许多优秀之作在某种意义上说更能满足现代人的消费要求。不仅如此，在当今消费主义流行的时代，国学可以充当凝聚民族精神的重要角色，而中国现当代文学学科却只能干着急，显得束手无策。其地位的此降彼升，一目了然。

在后革命的时代，中国现当代文学学科受到的压力还远不止这些。比如，我们改变了对五四文学革命的评价，改变了对一些保守主义文学思潮的评价，结果像王富仁先生所说的，我们陷入了困境："我们常常是带着一种莫名其妙的类似原罪感的心情！以退缩的方式应付这些挑战，甚至我们自己就是站在'五四'新文化运动和'五四'新文学运动的'反对党'的立场上提出问题和解决问题的：在晚清文学与'五四'新文学的关系上，我们愈来愈感到晚清文学的成就是令人惊喜的，越来越感到依照晚清文学发展的自然趋势中国文学就会走向新生，'五四'新文化运动那种激进的姿态原本是不应该有的，这造成了中国文化和中国文学的断裂。鲁迅对晚清'谴责小说'的评价是不公正的，茅盾对鸳鸯蝴蝶派小说的批评也是过于武断的；在'五四'新文化运动的倡导者与反对者林纾之间，我们对林纾抱有更多的同情，而认为'五四'新文化运动的发起者对林纾的批判是过激的；似乎《荆生》和《妖梦》的作者更加具有中国传统的宽容精神，而陈独秀等人对林纾的反驳则有悖于中国的传统美德——中庸之道；在'学衡派'与胡适等提倡白话文革新的'五四'新文化运动的发起人之间，我们感到反对'五四'新文化运动的'学衡派'倒体现了中国文化发展的正确方向，而胡适等'五四'新文化运动的发起人则是西方殖民主义文化的产物，背离了中华民族的优秀文化传统……所有这些，都能够得出这样一个结论：'五四'新文化运动原本是不应该发生的，或者是不应该由这样一些人发起的，或者由这些人发起而不应当发表这样一些激进的言论的。我认为，在这里，我们实际已经陷入了一个文化的陷阱：表面看来，我们是在'研究'中国现代文学，实际上我们是在'否定'中国现代文学。"

为了减轻国学热对中国现当代文学学科的压力，王富仁先生提出了新国学的概念。他的本意是想让中国现当代文学纳入新国学的框架里，享受与中国古代文学平等的地位。可是他的这种策略再怎么看也难以让从事现当代文学研究的人高兴起来。与其说这是为中国现当代文学学科找到了一条出路，不如说它本身就表明现当代文学学科面临着十分尴尬的处境。设置一个"新国学"的概念，把现代文学装进去，把古代文学也装进去，表面看来平等了，可实质上却是放逐了现代文学的现代性精神，抹平了与古代文学的本质差异，把不妥协的反抗精神调整为与古代文学和解和妥协了，这能不损害中国现代文学作为一门独立学科的存在基础吗？装到"新国学"的概念里，不是实现与古代文学平等的问题，而是现代文学被古代文学同化和接收的问题，是继中国古代文学中的先秦文学、两汉文学、魏晋南北朝文学、唐代文学、宋代文学及元明清文学之后的再增加一个现代文学的名目。因为"新国学"虽然加了一个"新"字，以示与传统的"国学"的区别，但再怎么区别，它毕竟还是一种国学，它的指向是"国学"这个概念所统率的关于古代学问的方向，而现代文学却是由五四文学革命催生的一种新文学，它的内涵和意义要以一种与古代文学相当不同的方式来体现，它应该有一个不同于中国古代文学的评价标准，才能显示其真正的价值。如果模糊了它的这种新特质，它就很难抵御来自中国古代文学方面的压力，最终难免被同化和接受的命运。王富仁先生是参与上个世纪 80 年代文学界新启蒙运动的一个杰出代表，像他这样一个高举启蒙主义旗帜的学者现在也不得不放下身段要在"新国学"的框架里寻找与中国古代文学平等的地位，这似乎正好说明中国精英知识分子在后革命时代已经被边缘化了的历史命运。他们的研究工作已经转入比较纯粹意义上的学术研究了，其对社会思潮的影响力度难以与上个世纪 80 年代的黄金时期相比。

中国现代文学（当代文学）学科的独立性和平等地位，应该通过坚持五四文学革命的历史正当性、突出其作为历史原点的意义来保证，应该通过强化其与中国古代文学的思想与艺术观念的差异性来保证。一句话，从战略上强化现代文学与古代文学的异质性，突出五四文学革命的划时代意义，而不是策略性地淡化乃至抹平它与古代文学的差异，模糊五四文学革命的意义，非如此中国现代文学学科的独立性和平等地位不能得到保证。我认为，坚持五四文学革命作为一个历史原点的意义，以它为标志来区别中国古代文学和中国现代文学，无论是从事实层面上说，还是从学理层面上说，都是站得住脚的，丝毫用不着心里发虚。因为新文学是在这个原点上诞生的，受到了这个原点所确立的新规则的规约，从而使它虽然与古典文学的传统保持着内在的联系，但它主要地不是按照古典文学的规则，而是按照在这个历史原点上所确立的新规则进行产生、流通与消费的，所以是一种不同于古典文学的新的文学。即使是现在的后革命时代，人们可以反思革命及其历史，但没有任何理由改变甚至取消革命的历史事实。五四文学革命造成了中国文学从传统到现代的重大转折这一事实是客观存在的，它的标志性的地位是不容抹杀的。

三、国学热对现当代文学学科的促进

不过，国学热对于中国现当代文学学科的压力，也促使后者进行深入的自我反思，从而对研究的方向和重点做了调整，或者是借鉴国学的研究方法，从而开拓了中国现当代文学研究的领域。

加强与古代文学及近代文学关系的研究，是中国现当代文学研究重点调整的一个重要方面。长期以来，人们关注五四文学革命对古代传统的革新乃至反叛，重视文学革命与西方文化的关系，因而忽视了现当代文学与古代文学以及近代文学的关系，其实这种关系是内在的、深刻的。这好像空气对人的生存至关重要，但却因为它重要到了人不能须臾离开的程度，好像已成了人的生命的有机部分，人们反而不会在平时意识到它存在的重要性。国学热的兴起使研究者清醒过来，改变了以前片面关注现当代文学与西方文化关系的做法，开始关注现当代文学与民族文化传统的联系，关注现代文学与近代文学的联系，于是发现在文学革命中诞生的新文学其实深受民族文化传统的影响，发现五四新文学的不少要素也已经在晚清文学中出现，如现代性的因素，包括观念的和形式的，在晚清文学中就已经存在了，这说明五四文学不是无源之水、无本之木，而是有来历的。这一发现，代表了现当代文学研究视野的拓展和视点的深入。但问题是这种拓展和深入要有一个基本限度，即不能因为现代文学与中国传统文化的内在关系而模糊了五四文学革命的意义，不能因为现代文学与晚清文学在时间上的承续关系而把现代文学的上限推向晚清文学，否则就超过了"度"，扭曲了现代文学与古代文学关系的性质，也扭曲了现代文学与晚清文学关系的性质。

一个民族的文化史本是一条历史的长河，它总是呈现连续性和阶段性相统一的结构。判断像五四文学革命这样重要的历史转折时刻的意义，关键看你是从变的角度还是从不变的角度来判断。如果从不变的角度视之，当可发现它与传统的历史联系，因为历史本来就是线性的、连续的；如果从变化的角度来考察，则又可以发现它与古典文学及其传统的巨大差异。于是问题回到了到底应该从变化的方面还是从不变的方面来评价五四文学革命？这个问题的答案，其实取决于目的。有两个目的：一是要证明五四文学革命与传统的联系，二是要证明五四文学革命与传统的对立。这两个命题都是可以证明的，因为它们从不同的方面反映了五四文学革命与传统既有联系又有对立的真实。而问题在于，这两个有待证明并且可以证明的命题，其重要性有没有等级差异？回答是肯定的，因为五四文学革命与传统的联系是隐性的，是通过传统自身的延续性得以实现的，是通过作家所受的民族文化的熏陶得以保证并体现出来的，而五四文学革命与传统的对立则是文学革命先驱自觉追求的结果。胡适的《文学改良刍议》的态度还比较温和，陈独秀的《文学革命论》把新文学与旧文学完全对立起来，周作人干脆把新旧文学的对立称为活文学与死文学的对立，这种自觉的激进态度显然更能代表五四文学革命的实质。

在反思五四文学革命的历史功过的研究中，王德威的"没有晚清，何来五四"的质问影响很大。在激进主义占据主导地位的文化氛围中，这提醒了研究者要保持清醒和冷静，重视新文学与民族文化传统的联系。后来不少学者超越 1917 年的上限，追溯新文学的源头，重视晚清文学的价值，都体现了这一种努力。但重要的是还必须同样清醒地意识到，这种重新审视是在新文学与古典文学传统的联系在相当程度上被忽视的时期才显示出它的意义的。换言之，强调晚清对"五四"的意义，只是问题的一个方面，是对一种客观事实的重新认定，它不应成为对事实的另一方面而且是更为重要的方面的遮蔽，这就是五四文学革命对传统的彻底批判。历史的真相是，新文学并没有按照晚清文学的路子发展下去，而是沿着五四文学革命的方向走上了与现代社会民生密切相关的创作道路。这种相关性并不一定只是现实主义，相反，还有许多浪漫主义的和现代主义的创作成果，但无论是哪种"主义"，此后的文学与中国社会民生问题紧紧相连却是一个事实。这个事实本身的得失也许有可以讨论之处，但它至少说明了，五四文学革命所确立的原则成了此后文学发展所遵循的规范。新保守主义者指责五四文学革命使中国文学的传统变得狭窄了，可是不应该忽视，这种所谓的"窄化"正是新文学传统的重要内容，它表明新文学的强烈的现实关怀精神，新文学的与社会民生问题的密切联系，它确立的是一种现代化的文学观念，也就是周作人代拟的文学研究会宣言中宣称的把文学当作高兴时的游戏和失意时的消遣的时代已经过去了，认为文学是一种有意义的工作的文学观念。这种文学观念此后又有发展，被注入了时代性的内容，但它的基本精神是前后一致的，即重视文学与社会人生的联系，把文学看成是一项有意义的工作，重视文学的陶冶人的情操、提升人的精神的作用，而不是仅仅满足于消费和娱乐的功能。文学革命的倡导者对软性文学的批判和此后文学沿着五四文学的方向重视文学的思想价值和审美价值，说明软性文学处于被压抑的状态中，而占据主导地位的恰恰是五四文学的传统。

当然，娱乐性的消费主义文学传统在经历了长期的压抑后，到了20世纪末又浮出历史地表。然而这是另外一个问题。它只是表明，在新的历史条件下产生了新的文学消费的欲望，但它也只是作为一种消费方式而存在，没有也不可能遮蔽另外的文学消费方式。因而，与其说它是对晚清文学传统的承续，还不如说它是直接产生于现实的土壤中的。如果一定要找一个文学的源头，与其找到晚清，还不如找到五四。道理也很简单，因为它的欲望化叙事，与晚清文学相隔太远。只要看一看现在的美女小说，其描写的大胆与赤裸，晚清文学是难以望其项背的，而且其内在的女权主义思想只有到女权主义思潮盛行以后才会有，对于晚清作家来说，那是他们做梦也难以想象的。

总之，我们可以重视晚清文学的价值，把它视为从古典文学到五四新文学的一个过渡阶段，但这不能成为否定五四文学革命的历史原点的地位，甚至把晚清文学看作是中国文学现代化的开端的理由。晚清文学再怎么新，也是新旧混杂的，五四文学再怎么与古典的传统有紧密的联系，也是一种划时代的文学。更尖锐点说，晚清文学的创新意义本身缺少可以值得称道的独立价值，它的价值要通过五四新文学的成就才能得到体现，因为它的许多创新要到五四新文学才能作为一种比较成熟的形式表现出来。五四新文学把晚清文学的许多创新消化吸收，在新的价值观念和审美原则基础上加以再创造，从而产生了比较成熟的新风格，使始自晚清文学的种种思想和艺术的探索结出了可喜的成果。正是在这样的意义上，我要把王德威先生的名言"没有晚清，何来五四"做点改动，改写成"没有五四，何需晚清"。这意思是说，"没有晚清，何来五四"若作为一种时间性的延续，是没有意义的，因为历史的发展本来就是从晚清的时代发展到五四的时代，这无需强调；但若作为一种价值判断，则"没有晚清，何来五四"作为对相当长时期里忽视晚清文学价值的倾向是一个及时的提醒，但在当前批评五四文学革命的激进姿态、淡化其历史原点地位的倾向已经显现的时候，还不如强调"没有五四，何需晚清"更有意义。"没有晚清，何来五四"，强调的是一个历史发展延续性的事实，它本身不可能导致把新文学的历史原点从五四改写为晚清，也容易使人忽视晚清文学的许多尚欠成熟的方面。"没有五四，何需晚清"，也不是不需要晚清，作为历史中的一个阶段，你哪怕不需要，它也是存在的。这里仅仅是强调，晚清文学的意义要通过五四的更为成熟的创新才能充分地体现出来，如果没有五四文学革命所造成的文学传统的革新，如果没有五四文学在新的思想和艺术基础上融合中西、大胆创新所取得的成果，如果没有五四文学的新传统对后来的重大影响，晚清文学探索本身的意义是否能得到确认还是一个问题。大量的晚清作品对当下的读者事实上没有什么吸引力，就可以看作是一个相关的证明。

国学热和中国现当代文学学科互动的积极成果，当然并不仅仅体现在加强了现当代文学与古代文学以及近代文学关系的研究，它还体现在其他一些方面，如借鉴国学的研究方法研究现当代文学，丰富了现当代文学的研究内容，拓展了现当代文学研究的领域。据我所知，武汉大学文学院於可训教授以编年体的形式编撰中国现当代文学史，得到了广泛的好评。他在研究的观念和方法上，变"以论带史"或"以论代史"为"论从史出"，突出强调文学史学科的客观性和科学性；在述史方法上，借鉴了《资治通鉴》的体例而又有所变通；在史料发掘、整理、钩沉、辑佚的过程中，也有新的发现，以富有说服力的史实，改变中国现当代文学研究的一些定论和成见。武汉大学文学院的金宏宇教授从他做博士论文开始，就把中国现当代文学各类文体的版本研究作为主要的研究方向，通过梳理作品（尤其是名著）的版本谱系，对校其不同版本，找出异文或修改内容，考察作品版本演进和修改的动因，探寻异文或修改导致的文本释义差异，总结作品版（文）本演进的规律，发掘其中蕴藏的丰富内涵，进而为文学批评、文学经典化或现当代文学史的写作提供更具体的材料和新的原则。这项研究的特色就是借鉴乾嘉朴学的方法，结合现代学术的治学经验，综合运用版本学、考据学、创作学、语言修辞学、阐释学、观念史学等不同学科的理论和经验，使版本研究与文本批评相结合，实证性研究和阐释性研究相结合，以期纠正中国现当代文学研究中学术倾向的某种疏离与空疏状态，并注意现当代文学作品版（文）本在演进过程中的动态性和复杂性，注意到文学研究中的版（文）本精确性问题。他的博士论文《中国现代长篇小说名著版本校评》在 2004 年获得全国百篇优秀博士论文提名奖。

据所知，借鉴国学的方法研究中国现当代文学已经取得了不少具有开创性意义的成果。可以预期，在将来还会有更多的学者从事这方面的探索，会取得更重要的研究成果。

第四节　关于国学热的思考

国学热是全球性的文化保守主义潮流与中国特色的文化传统相结合的必然产物，是民族文化自信、自觉的表现。同时，经济的飞速发展与道德的滑坡、诚信的缺失产生矛盾等问题，引起人们对传统文化这一思想资源的重视，试图通过传播和弘扬中华民族优秀的传统文化，来呼唤社会的道德良知、正义的力量、健全的理想人格，提高全民族的整体道德素质。

　　中国官方对当前的国学热是持支持的态度。2004 年国家宣布将开展"汉语桥"工程，在海外建立孔子学院和对外汉语教学基地，这是中国实施文化软实力战略和文化走出去战略的一个途径。此外，学界和媒体推动了国学热。近些年来，一些高校纷纷成立有关国学、传统文化、儒释道思想的研究机构，出版大量的学术著作及研究文章，召开各种形式和规模的国内国际学术研讨会，研究机构和学术队伍逐渐壮大。现代传媒的巨大影响和快餐文化的明星效应亦推动了国学热。学者与媒体结合，开办各种国学讲堂以及雅俗共赏的讲座，也在一定程度上激起了民众对传统文化的热情，国学的受众面扩大，经典走进平民，走进人们的日常生活。党和国家大力倡导，以德治国、以人为本、构建和谐社会、社会主义荣辱观等理念深入人心，这也是当前国学热的一个社会原因。针对目前我国出现的国学热潮我们要冷静思索它。传统文化的复兴，不能仅仅做一个博物馆，而应该是一种生活方式和行为准则，是一种活生生的东西。当前，在举办弘扬某类传统文化的活动时以发扬"传统"为名刻意"仿古"的现象，在中国各地是比较常见的。其实，刻意模仿古代的某些形式，却忽视对现代生活的反映和交融，其效果往往有限，甚至流于"形象工程"，那么此"热"可以说更是国学或传统文化的不幸。

　　我们应以普遍主义的立场去研究复兴国学，以一种探索真理的使命去研究国学。而不是从一种宏扬民族主义或寻求民族特殊利益的角度。在学习"国学"的时候，"取其精华去其糟粕"如果仅从民族利益的方向出发，复兴的则不是国学，反而毁掉了国学。当前国学热将为实现中华民族伟大复兴提供重要的精神动力。中华民族历来是世界各民族中强大的、极具影响力的民族，其绚烂多姿的文化长期以来处于世界各民族文化发展的前列。然而，自近代 1840 年鸦片战争后，中华民族的地位一落千丈。新中国成立后，特别是改革开放以来 20 多年的发展，我们终于找到了建设中国特色社会主义的正确道路，基本实现了现代化建设三步走战略的前两步目标，中国社会总体上进入到小康社会，为实现中华民族伟大复兴奠定了良好基础，中华民族的伟大复兴重新提上议程。而一个民族的伟大复兴，不仅是经济上的繁荣，更应该是文化上的昌明。因此，要实现中华民族的伟大复兴，必须弘扬和培育中华民族精神，实现民族文化的复兴。

总的来说，"国学热"有利于中华传统文化的继承，也为传统文化的发展提供了一个发展的机遇。但是国学的继承不是一味地好坏兼收，而是应该具有批判精神，取其精华，去其糟粕。"国学热"现象的出现不是偶然，而是多种因素综合的结果，但其中最重要的是改革开放以来中国自身经济的发展。

第六章　弗洛伊德与中国现当代文学

第一节　弗洛伊德的生平

西格蒙德·弗洛伊德（1856年—1939年），最有影响而有才智的学术开创者之一，精神分析的奠基人。美国社会学家P. 里夫曾说过："心理人"已取代政治人、宗教人或经济人而成为主导20世纪的自我形象，这在很大程度上要归功于弗洛伊德的远见卓识和他留下的几乎无穷尽的智慧遗产。

1856年5月6日，弗洛伊德出生于奥地利帝国摩拉维亚弗赖贝格（今捷克共和国普日博尔）。父亲雅科布是犹太毛皮商人。他在和弗洛伊德的母亲阿玛利·内桑森结婚前，曾结过一次婚。弗洛伊德诞生时，其父40岁，似乎是一个不亲近人而自居权威的人物，而母亲则给他较多的抚育和感情。弗洛伊德虽然有两个异母哥哥，但他和比他大一岁的侄子约翰的关系似乎更为密切，两人之间的关系提供了既是亲密的朋友又是互相痛恨的对手这样的两歧模式，在弗洛伊德的后期著作中时常再现这种模式。

1859年，由于经济原因，弗洛伊德全家迁到莱比锡。一年后又到维也纳。到纳粹并吞奥地利为止，弗洛伊德在此居住 78 年。弗洛伊德不喜欢这个帝国城市，部分是由于市民们经常反对犹太人。尽管如此，精神分析在一些重要方面反映了它由之产生的这个都市的文化和政治背景。例如，在哈布斯堡帝国，弗洛伊德的父辈常常是有自由倾向的理性主义者，他们所遭受的权力衰落可能促使弗洛伊德后来产生精神内部父亲权威易受伤害的感触。他对女孩们被诱奸这个主题的兴趣，同样也可追溯到维也纳人对妇女性生活的态度。

1873 年，弗洛伊德毕业于文科中学，在一次大学文章朗诵会上，他听到歌德论自然一文，可能因此受到鼓舞而转以医学为职业。在维也纳大学，他和当时有名的生理学家之一布吕克一起工作过。1882 年，弗洛伊德进入维也纳总医院，作为临床助教，受到精神病学家 T. 梅纳特及内科教授 H. 诺特纳格尔的教导。1885 年，弗洛伊德完成了他对脑髓的重要研究，被任命为神经病学讲师。这时他对可卡因的药理作用发生兴趣，对此研究了数年。虽然后来发现可卡因在眼外科学上有某些良好效果（现这个荣誉被归于弗洛伊德的朋友 C. 科勒），但总的结果是不幸的。弗洛伊德的这一倡导不仅使他的另一位密友马克索夫染上致命的药瘾，而且他的名誉在一个时期内也受到玷污。不管在解释这段插曲时是否要怀疑弗洛伊德具有作为一个科学家的审慎，但这和他终生总在尝试采用大胆的方法来减轻人类痛苦的做法是一致的。

在弗洛伊德的著作中，他的科学训练依然起了最重要的作用，至少他自己是这样认为的。在他的《科学心理学设计》（1895、1950 年出版）一书中，他承认他是想要为他的心灵学说找一个生理学的和唯物主义的基础。在这本书中，可见到一个机械论的神经生理学模式和一个有机的种系发生学模式在互相竞争，这在许多方面显示出弗洛伊德受到他那个时代科学的复杂影响。

第二节 弗洛伊德与他的精神分析

弗洛伊德的精神分析。弗洛伊德的精神分析，既是一种神经病和精神病的心理治疗方法，又是在医疗实践中逐渐形成的一套心理学的理论。尽管弗洛伊德经常表白他无意建立一种完备的理论体系，但实际上，他致力于精神分析学说凡六十年，写了很多著作，并且他对他的学说几经琢磨和修改，到他的晚期已经形成了一个完整的体系；不仅如此，而且他使自己的理论成了一种人生哲学，企图解决生活和社会的一系列重要的问题。人们可以从弗洛伊德的生平中，从他的主要著作中看到他的理论的发展道路。西方心理学史学家和哲学史学家对于弗洛伊德的理论发展史，一般是分为两个时期：以 1913 年作为分界线，1913 年以前的系统观点称为他的早期理论，他最后二十年在修订早期理论的基础上进一步形成的理论称为他的晚期理论。

一、弗洛伊德的早期理论

弗洛伊德的早期理论，这里介绍以下几个方面：意识和无意识。根据现代心理学的观点，所谓意识，是人所特有的反映客观现实的高级形式，是人有目的的自觉反映；这种反映，主要表现在认识活动上，即"意识到"的活动上。所谓无意识，一般是指不知不觉的、没有意识到的心理活动，不能用言语来表述。

在弗洛伊德的早期理论中认为，人的心理有两部分，一部分是意识，另一部分是无意识。弗洛伊德和布洛伊尔在治疗歇斯底里病中曾经发现，患者不能意识到自己的一切情绪经验。患者在催眠状态中，如果能够回忆起自己的有关病症的经验并向医生和盘托出，心里就会感到舒畅，病也就好。弗洛伊德认为，这是患者经历过的情绪经验受到压抑，被排挤到意识之外，潜伏在无意识之中，因此产生了病症。从这一早期的设想开始，弗洛伊德逐渐形成了他的意识和无意识的概念。这样，导致他认为，人的心理包括意识和无意识的两部分。

弗洛伊德认为，意识是与直接感知有关的心理部分，它包括个人现在意识到的和现在虽然没有意识到但可以想起来的；而无意识则是不能被本人意识到的，它包括个人的原始的盲目冲动、各种本能以及出生后和本能有关的欲望。这些冲动、本能、欲望，与社会风俗、习惯、道德、法律不相容而被压抑或被排挤到到意识阈之下（所谓意识阈，是指能否意识到的分界线），但是，它们并没有被消灭，仍然在不自觉地积极地活动着，追求满足。所以，无意识部分是人们过去经验的一个"大仓库"。由于弗洛伊德的无意识具有这样的性质，所以人们把他的无意识称为"潜意识"（英文是 subconsciousness，又译为"下意识"）。弗洛伊德又认为，在意识和无意识（潜意识）之间，还有一种"前意识"。前意识是意识的一部分，即前面所说的"现在虽然没有意识到但可以想起来的"那一部分。在弗洛伊德看来，前意识处在意识和无意识之间，它是可以召回来的部分，也就是可以回忆起来的经验；而无意识（潜意识）则是不可召回的。这样，实际弗洛伊德就把人的心理分为三个部分或三个层次：意识、前意识、无意识（潜意识）。

无意识（潜意识）的概念，是精神分析的核心部分，是弗洛伊德的理论的基础。在后来修正古典的精神分析（弗洛伊德的精神分析后来被称为古典的精神分析，以区别于新精神分析）的所有的人当中，不管修正的程度如何，都没有抛弃这一基本概念，否则，就不是精神分析学家了。

弗洛伊德在自己的理论中，把无意识（潜意识）提到了前所未有的高度，而意识只占一个次要的地位。他认为，"精神过程本身都是无意识的"，他反对把心理学说成是"意识内容的科学"。他不但认为，"有意识的精神过程只不过是一些孤立的过程"，而且还认为有一种"类似无意识的思维、无意识的意志这样一种东西"，对无意识过程的认可与否是影响到世界和科学一个决定性的倾向。因此，弗洛伊德主张，心理学的研究对象，主要应该是人的各种无意识的精神过程，也就是说，心理学应该是无意识（潜意识）内容的科学。

无意识动机

所谓无意识动机，在弗洛伊德看来，就是构成无意识（潜意识）的那些个人的原始的盲目冲动、各种本能以及出生后和本能有关的欲望等。（从这里我们看到，在弗洛伊德那里，无意识是由无意识动机组成的）无意识动机是行动的原因。弗洛伊德是强调对行为动机的探讨的。他在《日常生活的心理病理学》一书中，搜集了几百个关于无意失言、无意错误和不由自主动作的实例，用以说明或多或少的隐蔽的动机。

弗洛伊德在一个年终翻阅他的账簿时，因为看见一个病人的姓名重复出现而感到惊异，虽然他当时不知道这个病人究竟是谁。——其实，这个病人是他在前一年夏天的几个星期内在一个疗养所里每天看见的一个病人。弗洛伊德最后想起来了，这个病人是一个年轻的姑娘，患有歇斯底里症状，经他治好，只是在临别时她仍苦诉胃部有些痛，两个月之后，因胃癌而死。

弗洛伊德以他的独特方式，解释了这一类的事例，从而得出一种新的遗忘学说：凡是已经熟知的东西，虽然可以被排除于无意识中，却永远不会遗忘。他没有断言记忆的一切失败都是由有意的遗忘，但他肯定对任何显著的遗忘事例，都有充分的理由来设想某种动机的存在。

关于任何失言，或任何"偶发事件"，例如遗失或打破东西，弗洛伊德也这样认为。他觉得这种行为是有意的，虽然这种有意可以是无意识的。一个新娘遗失结婚戒指——这标志她有一种重新获得自由或至少从她的现在的新郎那里得到自由的隐蔽的愿望。

弗洛伊德认为，任何特殊事件的隐蔽的动机，都可以像梦的分析那样，通过自由联想来揭露。在这方面，弗洛伊德认为有可以保证探索无意识动机的一些指导原则。这样的原则之一是：凡是被禁止的东西，一定是被欲望的。如果不是人们愿望做的事，禁止就是不必要的。严厉禁止的事，一定是愿望的。另一个类似的指导原则是：凡是怕的东西大概都是被欲望的，怕是无意识欲望的一种假面具。弗洛伊德揣测，怕里藏有无意识的、被禁止的愿望；同理，过分焦虑一个人的平安，可以隐藏一种要伤害他的无意识欲望。

弗洛伊德指出，重要的行动和决择总是归因于动机的，只有在不重要的事件上，我们才会说我们能这样或那样行动而任意决择。他断言，哪儿没有意识的动机，哪儿必有一种无意识的动机。失言或任何"偶然事件"，一定是由某种隐蔽的欲望所激动的。这种隐蔽的欲望对一定的目标，虽然不一定完全达到它的目标，但可以干涉当时意识的目的，产生意外的结果。基于无意识动机，使弗洛伊德成为一个精神决定论者，当然是一个唯心的精神决定论者。他对精神决定论深信不疑。所谓精神决定论，是指人类的行为（每一动作、思想或情绪），都各有其充分的原因，虽则这些原因由于有机体和环境的复杂性，可以是很复杂的、难以清理的。在弗洛伊德那里，"精神的因"就是愿望、动机、意图。弗洛伊德的精神决定论思想，当应用于神经病的时候，意思是指每一变态的症状都有一种目的，为一种无意识的动机所驱策。

压抑学说

如前所述，无意识的动机是由原始冲动、各种本能以及出生后和本能有关的欲望所构成的，而这些冲动、本能、欲望与社会风俗、习惯、道德、法律等不相容时，就被压抑或被排挤到意识阈之下。但它们在意识之下并不是静止不动的，而是在不自觉地积极活动追求满足；它们的活动有时变得急迫，力求在行动中得到表现。当它们将要"侵入"到意识行动中时，就会在意识中唤起焦虑、羞耻和一种罪恶感，因而意识就予以"抵抗"，试图压抑。——无意识的动机向上向外推，而意识门口的"检查员"，就发挥它的检查作用施以相反的力量，向下向内压。

由于无意识的动机有时是突击的，意识门口的"检查员"就必须采取种种措施"防御机制"来保护，不让其侵入。

意识门口的"检查员"所采取的防御机制之一是"反动形成"——这一名词是费解的，意思是指"向后歪曲"，即夸张反面的动机。例如，你所喜爱和赞扬的一个人，有时可以引起你的敌对和厌恶之感。而你则以尽量扩大你对他的敬爱来对待他。另一种不甚明显的防御机制叫做"投射"——这是指你否认对你的朋友的仇恨。而反认为他对你的仇恨；罪过的一面在他不在你，因而你的罪过感转化为一种被迫害感。弗洛伊德认为，这些防御机制，不是意识的措施，不是故意想出和采取的；它们是"无意识的"。压抑和抵抗，也是"无意识的"。

意识的抵抗是存在的。弗洛伊德和布洛伊尔在治疗精神病时发现，很难使患者说出自己的情绪经验；当暗示患者努力回忆过去的情绪经验时，这些经验遇到很大的抵抗。例如，病人在自由联想过程中遇到某件难以为情的私事时就不愿说出。但无意识的抵抗是由病人随着一定的线索追忆一定经验的真正困难而显示出来的。

弗洛伊德认为，治疗精神病患者时所遇到的抵抗，这是精神分析的一件最难以应付而又重要的工作。如果患者继续拒绝承认被压抑的经验的存在，分析治疗便无法进行；只有当患者不再抵抗而接受分析时，病情才能得到改善。因此，为了使患者从无意识（潜意识）中挖掘出过去被压抑的情绪经验，从而使患者的疾病痊愈，精神分析者就得帮助患者进行自由联想以便克服抵抗。前述的"转移作用"即"移情"现象，弗洛伊德认为，这是患者克服抵抗的一种迂回方式。

梦的学说

前面说过，弗洛伊德在使用自由联想法的过程中，发现有的病人所回忆的和所报告的内容是他们入睡时所做的梦。于是，他用自由联想法对梦进行分析，并于 1897 年开始对自己进行自我分析，他发现，梦是通向无意识（潜意识）的一条迂回道路。弗洛伊德认为，通过对梦境的解释，可以发现精神病患者的最终的被压抑的欲望。因此，梦的解释也可以成为治疗精神病的一种方法。弗洛伊德关于梦的学说，体现在他于 1900 年发表的、轰动一时的《梦的解释》一书。

弗洛伊德认为，"梦并不是无意义的，并不是荒谬的，并不是以我们的观念储蓄的一部分休眠而另一部分开始觉醒为先决条件的。它是一种具有充分价值的精神现象，而且确实是一种愿望的满足；它在清醒时我们可以理解的精神动作的长链中占有它的位置，它是通过一种高度错综复杂的理智活动而被建造起来的。"他说："我必须坚持，梦实际上是具有重大含义的，一种释梦的科学程序是可能的。"

梦的实质，就是"一种愿望的满足"。我们从前面的叙述中已经知道，欲望虽然被压抑在无意识（潜意识）中，但它仍在不自觉地积极活动，寻求满足，由于在意识的门口有"检查员"的检查作用而不能得到满足；但是，当人们在睡眠的时候，由于检查作用的松懈，无意识（潜意识）中的欲望得以绕过"检查哨"（或者说绕过抵抗），并以化装（即伪装）的方式乘机闯入意识而成梦。所以，就是梦的内容，也并不是欲望的本来面目，还得加以分析和解释，才能寻得真正的根源。

有些梦，例如，口渴的人梦见喝水，就是容易理解的。但是，有时人会梦见各种各样的、不愉快的甚至使人感到痛苦或焦急的，以及东拉西扯毫无意义的梦境，这又怎样解释为"一种欲望的满足"呢？为了说明这一问题，弗洛伊德创用了两个名词——"显梦"和"隐义"。所谓显梦，它类似于假面具，是"梦所叙述的东西"、"梦的外显的内容"。所谓隐义，是假面具所掩盖的欲望是"那种隐匿的我们只有通过观念分析才能达到的东西"，是"内隐的梦的思想"。做梦好比编造谜语，显梦是谜语所说出来的内容即谜面，隐义是谜语未说出来的让人猜测的内容即谜底。这样，弗洛伊德就把梦境分成为两个部分——显梦和隐义。

弗洛伊德指出，"把内隐的梦改变为外显的梦的过程"叫做"梦的工作"，即我们通常所说的做梦；"以相反的方向所进行的、从外显的梦到内隐的梦的工作就是我们的'释梦的工作'"，即释梦。

弗洛伊德认为，梦的工作（即做梦）共有四种基本过程（或者说是四种工作方式）：第一种过程是"压缩作用"，即几种隐义以一种象征出现，也就是说，显梦是隐义的一种"简略的译本"。第二种过程是"转移作用"，即：一方面，将隐义中的因素加以转移，用不重要的替换重要的，用引喻代替原文；另一方面，把梦的思想的精神重点或中心加以转移。"梦的转移作用和梦的压缩作用是两个主要负责塑造梦的工匠。"第三种过程是戏剧化，即"梦中的描述手段"，就是把思想翻译成为视觉意象，也就是用具体的形象来表示抽象的欲望。第四种过程是润饰，即"二级加工"，这是指醒后把梦中颠倒的材料再加以条理化，使其更能掩饰真相。用弗洛伊德的话来说，就是"把梦的工作的最后产物发展为某种统一的东西，某种近于连贯的东西。"

弗洛伊德认为，我们不必过高地估计梦的工作。"除了压缩作用，转移作用，灵活的描述作用，以及使全体经受一次二级处理而外，它就再不能做其他的事情。""梦不可能意味着别的，而只能意味着梦的工作的结果，也就是内隐的梦的思想由梦的工作所译成的形式"。梦的解释，就是要把梦的重重的伪装揭开，由显梦寻求隐义。弗洛伊德说过："释梦就意味着寻求一种隐匿的意义"。

第三节　弗洛伊德思想在中国现代文学界的传播

弗洛伊德学说自 20 世纪 20 年代传入我国后，先后出现了两次"弗洛伊德热"。第一次开始于"五四"运动前后，并持续到 40 年代初期。这一时期，"弗洛伊德"主要通过两条渠道传入中国。一是从欧洲直接传入，主要是我国的一些心理学家和哲学家将弗洛伊德精神分析学说作为一种新思潮引进国内，偏重于科学主义；另一方面是经日本传入中国，主要是文艺人士，注重对学说的社会意义及其文艺指导价值的探讨，偏重于人文主义。

第二次是 1985 年，弗洛伊德学说通过多种渠道渗透到我们的思想、文化等诸多领域，传播范围甚广，家喻户晓，中国文学界再度掀起"弗洛伊德热"。

早在 1914 年 5 月 1 日出版的《东方杂志》十卷十一号上刊载的钱智修《梦之研究》一文中提及："梦的问题，其首先研究者为福留特博士，Dr. Sigmund Freud"，"福留特氏，为吾人所不愿遇见之者，乃为吾人所欲为所欲得者，当于梦中实现之"。弗洛伊德的精神分析学说自此开始传入。1919 年，在美国攻读心理学和生物学的汪敬熙在《新潮》第 2 卷第 4 期撰文介绍了 1919 年 7 月英国伦敦大学的六位心理学家关于弗洛伊德的本能和无意识理论的大辩论。接着在新潮第 2 卷第 5 期发表了《心理学之最近的趋势》介绍弗洛伊德的本能和无意识理论，指出精神分析学说对心理学有着重大影响。

1920 年的《东方杂志》十七卷二十二期上又刊登科学消息《佛洛特新心理学之一斑》，简明扼要却较早地介绍了弗氏学说。

1920 年，《时事新报》主编张东荪在《民铎》杂志的二卷五号上发表《论精神分析》，简要地介绍了弗洛伊德的生平，较为全面地介绍了精神分析理论，解释了"本能"、"发泄"、"里比多"、"自我"、"情结"、"压抑"等概念。

1921 年，朱光潜在《东方杂志》上发表了《福鲁德的隐意识与心理分析》（18 卷 14 号）一文，最早涉及弗洛伊德的文艺美学思想，高度赞扬"福鲁德的学说，一方面创造了心理分析一个独立科学，使神经病治疗学和变态心理学受莫大贡献；一方面放些光彩到文艺、宗教、教育、伦理上去"。

章士钊自 1923 年接触到弗洛伊德精神分析学说，兴味大起，觉得"反复诵之，词气骤难尽晓，故中途执卷未释"（《孤桐杂记》，1927）。后又全译了弗洛伊德在 1925 年撰写的《自传》，并与弗洛伊德建立了通信联系。章士钊翻译的《莤罗乙德叙传》，1930 年由商务印书馆出版，高觉敷在 20 世纪 20 年代中期翻译了弗洛伊德 1909 年在国克拉克大学的演讲《精神分析的起源与发展》，连载于《教育杂志》第 17 卷。他还在《教育杂志》、《学生杂志》、《中学生》等刊物上，撰文介绍精神分析学说。30 年代，他翻译出版了弗洛伊德的代表作《精神分析引论》和《精神分析引论新编》，这是后来一直通用的版本。

这些出自心理或哲学家或革新者的介绍，较为系统、客观且相对独立于其他学科，然而所产生的影响却大大偏离了引介者初时以之革新社会的目的。其在专业方向上的效应远不及在文学领域引起的反响，弗洛伊德精神分析学说在文学创作的道路上扬起了一面鲜亮的旗帜。

而现在，21 世纪初，随着中国社会的发展，人们的生活步伐越来越快，承受的压力也越来越大，对心理文学的需求也越来越大，对弗洛伊德的关注也越来越多。

第四节　弗洛伊德与中国现当代文学

弗洛伊德学说传入中国后，对中国现当代文学理论、文学创作、文学批评三个方面产生了深远影响。

（一）文学理论

文学理论方面的影响主要分为两部分，一是对中国现当代文学理论专著内容的影响，以朱光潜为例；二是对中国现当代作家文学观念的影响，以鲁迅为例。

朱光潜的研究较多地聚集在文艺心理学和美学两个方面，他对从柏拉图、亚里士多德以来的西方美学和文艺理论深有研究。朱光潜主要受克罗齐和尼采的影响，但他也十分了解弗洛伊德的文艺心理学思想。他在《文艺心理学》、《变态心理学》和《悲剧心理学》中都有提到弗洛伊德学说的相关内容。首先，朱光潜认为弗洛伊德对"压抑"和"移置"这两个概念的使用有其一定的独到之处；他也觉得无意识和梦的相关理论是有一定道理的，但他不太认同"文艺创作是无意识欲望升华"的观点，认为这种观点是对唯美主义的"为艺术而艺术"的一种反动。总体而言，朱光潜在西方美学各种观点作为参照的情况下，对于弗洛伊德主要持批判性态度。鲁迅是最早接触到弗洛伊德学说的中国作家之一，他对弗洛伊德的态度是变化着的：新奇——冷峻——批评——借鉴——扬弃。早在 1924 年，鲁迅就翻译了日本学者厨川白村的以弗洛伊德精神分析学为理论基础的《苦闷的象征》，他在译本引言中写道："厨川白村据柏格森一流的哲学，以进行不息的生命力为人类生活的根本，又从弗罗特一流的科学，寻出生命力的根柢来，即用以解释文艺——尤其是文学。"鲁迅并不完全认同弗洛伊德关于文学的观点，但他以辩证的眼光择选出了其中合理的部分，并将其运用到自己的小说创作中。他汲取了弗洛伊德的无意识说，在塑造人物时，深度挖掘人物的内心世界，达到了深层的心理现实主义境地。

（二）文学创作

对文学创作的影响主要体现在文学作品中对无意识和梦的描写，对性心理、变态心理的描写，对"性本能"学说的运用三个方面，分别以鲁迅、张爱玲和施蛰存为例。

鲁迅的代表作《狂人日记》中对一个精神病人的心理活动历程进行了详尽的描述，直接描写了人物的无意识心理和梦境。在《不周山》中根据弗洛伊德学说来解释"创造——人和文学的——缘起"。小说《弟兄》中通过梦的潜意识来刻画主人公张沛君的虚伪本质，《肥皂》也是从潜意识出发，描写四铭对街头女乞丐的贪欲。

张爱玲自觉运用弗洛伊德学说对人物的心理，特别是变态心理进行分析，在她的作品中，性心理以及性欲受压抑而产生的变态心理得到了深刻的描写，反映了当时中国封建传统思想压迫下女性的正常本能欲求受压抑而产生的变态现象，如《金锁记》中的母亲的生活愿望被压抑后的极端病态心理所带来的变态行为。《心经》中许小寒对父亲的畸恋就是对"恋父"情结——"俄狄浦斯情结"的直接演绎。《沉香屑·第一炉香》中的梁太太为了满足自己的性欲，以丫鬟和侄女为诱饵，笼络多个男性，葬送了亲侄女的一生。

施蛰存在描写人物和事件时尝试运用弗洛伊德的"性本能"说来解释，把人的本能冲动看作某些行为发展的内在动力，如《石秀》中的石秀身上表现出的性虐狂的变态心理和畸形的性欲望。《将军底头》将现实主义、浪漫主义和弗洛伊德主义融合在一起，展现了被压抑在主人公的无意识底层的性欲与信义的冲突——本我与自我相冲突的双重人格。

（三）文学批评

弗洛伊德本人就是一个在文学批评方面造诣颇深的大家人物，写过一系列有关文学批评方面的著作，还曾针对一些著名的文学家、艺术家以及历史人物进行心理分析。随着弗洛伊德学说的传入，中国诸多文学批评家在对古今中外文学作品进行研究时，都自觉地运用弗洛伊德的理论，主要体现在对作家创作动机和文学作品内容的分析和批评上。

郭沫若在《"西厢"艺术上之批判与作者之性格》一文中运用精神分析理论的"升华说"、泛性论、释梦说等来对屈原、蔡文姬、苏蕙、弥尔顿、席勒、托尔斯泰、陀思妥耶夫斯基等人的创作动机进行了分析，认为他们的很多作品或是由于国家危亡，政治制度残酷，或是由于作家个人遭遇的种种不幸，发愤创作而产生的。

潘光旦《小青之分析》一文运用弗洛伊德的变态心理理论对史料所记载的明末女子冯小青进行了分析。文章通过对冯小青生前生活的孤寂、喜于形语、临池自照，在临终之际请画师画像等情况的分析，断定其有"自恋癖"，并解释了这种变态心理的产生的原因。

弗洛伊德学说经过两起两落，在21世纪初再度发光发热。其精神分析理论及"性本能"说在毕淑敏等人的著作中也有体现，如《女心理师》中的主人公贺顿。另外，在弗洛伊德学说对中国现当代文学产生巨大影响的同时，这些反射也大大丰富了弗洛伊德学说，使其得到了充实和扩展。

第七章　中国现代文学思潮

第一节　白话文学思潮

　　所谓"白话文学思潮"，是指五四时期以倡导和创作白话文为主要内容的一种文学思潮。它是在批判文言文的过程中萌芽并发展的一种文学思潮。这种文学思潮是先于批判与启蒙文学思潮而出现的一种文学思潮。同时，也是与批判和启蒙文学思潮一同发展的文学思潮。一般说来，批判和启蒙的文学思潮主要关涉的是五四新文学思想内容，白话文学思潮所关涉的则主要是新文学的形式本体；批判、启蒙文学思潮主要是在批判旧文学及其文学观念，倡导新文学与新的文学观念中形成的，白话文学思潮则主要是在批判旧文学的用语——文言，倡导新文学的用语——白话的过程中形成的。从成效来看，白话文学思潮是发展得较为完备的文学思潮，也是成效更为显著的一种文学思潮，它的理论形式很完备，而创作形态则更为成功（创作形态就不谈了，主要谈理论形态）。

　　新思潮的不断涌进，使中国传统文学的正宗用语——文言，越来越无力承担反映社会历史变革的现实，表达新思潮内容的任务，越来越难以满足新时代对文学的新要求（如，新概念、新词汇的大量出现，而文言难以找到对应的词语；人们的生活观念社会节奏的变化，要求文学的用语也相应地简洁、明了等）。即时代的需要及文言不能适应时代发展的矛盾，是白话文学思潮兴起的最直接的社会原因。

陈独秀在《科学与人生观·序》中指出"常有人说，白话文的局面是胡适、陈独秀一班人闹出来的。其实这是我们的不虞之誉。中国近来产业发达，人口集中，白话文完全是应这个需要而发生而存在的。"

这一时期的知识分子，特别是留洋的知识分子思考中国文学发展的问题时，往往从人的需要出发来考虑文学的问题。当他们将文言与白话这两种文学用语与人的需要放在一起考虑时，他们发现，白话更有利于人表情达义；文言与白话相比，其效果就差得多，不仅"差得多"，有时简直就不利于作家表情达意，甚至在描写人时笑话百出（在下一节中我要具体论述。）我们知道，人在表情达意的时候，从构思到表达的过程，都需要借助语言这个工具，如果用文言作"表达"的工具，那么作家从构思到表达，就是这样一种局面："思维"时，运用的是"白话"；"表达"时，则要翻译成"文言"。

付斯年所说的，用文言进行表情达意时，当作家"得到一个新思想的时候"，他是"先有白话的意思"，即作家在思维时所用的是白话，而当思维成熟时，他要"表白的时候，自己翻成文言"。如此一来，在思维与表达之间就经过了"二度翻译"。付斯年说："自思想转为言语，经一度翻译，思想之失者，不知其几何矣"，"自言语转为文辞（文言）经二度之翻译，思想之失者，更不知其几何矣。"总之，用文言来表情达意，不可避免地要扼杀情与意的内容。

相反，用白话来表情达意就方便多了。从思维到表达，它是始终如一的，基本不会损伤思维的成果。正如付斯年所说："我以为白话是最能有想象，感情，体性，以表现和批评人生的，最能传布最好的思想而无阻碍的。何以故呢？因为我们人生日日所用的都是白话，我们日日所流露的所发生的种种感情，都是先从日用的白话里表现出来的。所以用白话来做文学，格外亲切，格外可以表现得出，批评得真。"

同时，从描写人，塑造人物来看，文言，使所有的人都用一种固定的腔调说话，而白话却可以让不同的人用不同的腔调说话。胡适在指出用文言写人物的弊端时就曾指出："明明是乡下老太婆说话，他们却要叫他打起唐宋八大家的古文腔儿；明明是极下流的妓女说话，他们却要他打起胡天游洪亮吉的骈文调子"，这种悖于人情的窘态，正是文言不近人情的必然结果，在形式上，它虽然也能把某种意思表达出来，然而，这种"意思"已经不具有文学的意味了，文学视为生命的"真"与"美"的意境，都被那不近人情的滑稽腔调扫得荡然无存，而文学的动人性，它的"善"意也就无以附丽了。

与之相比，白话的优势就显而易见了，"白话做的文学，则一字一字之间，都可经写得入微，写大总统说话的口吻，决不会变叫化子；叫化子不同大总统一样，口里文绉绉的。其余无论写什么人、什么事、什么情、什么境，都可运用自由，不生阻碍，并且可以为各人各事保存他们的个性。"正因为如此，所以，他们提倡白话和白话文。

西方式的"学校"教育，代替了中国的"学堂"教育体制。学习的内容也不仅仅限于中国的古典文化，大量西方文学的内容，使人们无法再一味强调用文言来作文。同时，文言作文也不是衡量人的才能的唯一标准了。所以，白话文运动也就在这样的一种教育背景下出现了。

我们知道，五四新文学先驱们是一批具有"双重智慧"的人物，当他们立足于中外文化的基础上，向中外文学的历史进行扫描时，他们发现了这样的历史事实：在外国文学史上，"欧洲三百年前各国国语的文学起来代替拉丁文学时，是语言文字的大解放；十八十九世纪法国、俄国、英国等国的人们提倡的文学改革，是诗的语言文字的解放；近几十年来西洋诗界的革命，是语言文字和文体的解放"。

在中国文学史上，从三百篇到明清小说，从韩愈倡导的"古文运动"的"文从字顺"，到近代梁启超等的"新文体"等等，每一次文学革新莫不以语言为改革的先导，"一代文辞的风气，必随一代语言以为转变"。面对这些历史的事实，以及从这种历史变革的规律中所得到的启示，使新文学先驱们几乎不能自制地激动起来了。胡适说："我到此时才敢正式承认中国今日需要的文学革命是用白话代替古文的革命，是用活的工具代替死的工具的革命"（逼上梁山）。这可以说是白话文学思潮兴起的又一个重要原因。

从语言对人的重要意义来看，如果说，生产工具的制造，是人摆脱动物性的标志的话，那么，应当说，文字、语言的出现，则是人类从蒙昧走向文明的起点。大家一定还记得《圣经》"旧约"第一篇故事"创世纪"中的"神创造天地"。上帝从第一天开始创造，第一天创造了"光"，第二天创造了"空气"，第三天创造了"树木"等植物，第四天创造了"星体"，第五天创造了各种"动物"，第六天，上帝按自己的形象创造了"人"，这万物、天地的主宰，第七天就休息了。在上帝前五天的创造中，它把世界上的一切都造好了，可却忘了将开启智慧的钥匙——语言交给人。《人论》的作者恩格斯·卡西尔面对这一切是多么感慨，他虽然不敢冒犯"神"，当他却以自己的渊博和睿智，得出了这样一个结论：人类智慧的起点是语言。具有"双重智慧"的新文学的先驱们，正是认识到了语言对人的重要意义，所以，在五四人的发现的同时，提出了用白话代替文言的主张，掀起了白话文学思潮。

第二节　现实主义文学思潮

现实主义是文学研究活动中最为常见的术语之一，但是由于人们常常在不同意义上使用这个术语，现实主义也因此成为文学理论中含义最为模糊的概念之一。一般来说，人们经常在三种意义上使用这个术语：其一是指一种文学思潮或文学运动；在这个意义上，现实主义是一个与特定时期相关的概念，指发生在文学史上某个时期的思潮、运动或流派；而作为思潮或流派的现实主义则有一个从开始到结束的历史过程。现实主义的另一个含义是指一种审美理想或文学精神；现实主义文学精神的根本特点在于它尤为强调文学对现实社会生活的关注与参与，这个意义上的现实主义具有相当宽泛的包容性，它实际上包含了一切严肃对待现实人生的文学，即使在某些浪漫主义或现代主义作家身上，人们也可以看到这种关注现实的文学精神。现实主义的第三种含义是指文学的一种表现形态或形态类型，其特点是以生活固有的样子来建构艺术世界，把文学视为现实生活的再现。

作为一种文学表现的形态类型，现实主义文学最为显著的风格特征是它的"写实性"。无论是对具体形象的塑造，细枝末节的刻画，还是在整体的表现形态上，现实主义文学都力求贴近社会生活现实，追求艺术虚构的真实感。韦勒克《文学研究中现实主义的概念》追溯了现实主义术语在欧美各国的发生史：这个概念在文学领域的具体运用是 1826 年。法国一作家撰文宣称忠实地摹仿自然提供的范本的现实主义信条日益增涨，它将是 19 世纪的写实文学。而这个术语的流行与画家库尔贝和小说家尚弗勒里的积极应用有关，库尔贝将自己被拒绝的作品贴上了现实主义的标签引发了一场论战，尚弗勒里 1857 年出版题为《现实主义》的文集，捍卫现实主义信条。同时其友人迪朗蒂又推出文学评论杂志《现实主义》，虽然昙花一现只出了六期，但其文风具论战性而产生广泛影响。被 20 世纪的现代主义先锋派视为保守的现实主义，在 19 世纪诞生之时也具有挑战文学成规的前卫品格。迪朗蒂曾明确地说："这个可怕的术语'现实主义'是它所代表的流派的颠覆者。说'现实主义'派是荒谬的，因为现实主义表示关于个人性的坦率而完美的表达；成规、模仿以及任何流派正是它所反对的东西"。准确地说，现实主义挑战的是浪漫主义的艺术成规，卫姆塞特和布鲁克斯在《西洋文学批评史》中就把现实主义理解为 19 世纪中叶的一种逆动，它抵制"不现实的各种事物"，迪朗蒂和尚弗勒里继承了 30 年代普朗什抵制浪漫主义的思想，尖锐地攻击雨果、缪塞、维尼等浪漫派作家，指责他们"无视自己的时代，企图从往昔的岁月里掘出僵尸，再给它们穿上历史的俗艳服装。"现实主义者则拒绝这种诗的谎言。因此现实主义是作为浪漫主义的对立面和论辩敌手出现的，它本源地含有反对幻想和伪饰、崇尚真实的意义。

现实主义经过泰纳、恩格斯、别林斯基直至 20 世纪卢卡契等理论家的发展和巴尔扎克、托尔斯泰等伟大作家的文学实践达到高潮。现实主义理论日趋完善，形成一套完整的话语成规。

它包括以下层面的涵义：

第一，真实客观地再现社会现实，这是现实主义术语的最根本的意义。达米安·格兰特用"应合"理论解释现实主义的客观性成规，他称应合为一种文学的认真心理，"如果文学忽视或贬低外在现实，希冀仅从恣意驰骋的想象汲取营养，并仅为想象而存在，这个认真心理就要提出抗议。"这强调的是文学对现实的忠诚和责任。韦勒克从现实主义反对浪漫主义的文学史背景来诠释这层涵义："它排斥虚无飘渺的幻想、排斥神话故事、排斥寓意与象征、排斥高度的风格化、排除纯粹的抽象与雕饰，它意味着我们不需要虚构，不需要神话故事，不需要梦幻世界。"这个意义上，企望真实地呈现社会生存的本真样态。作为浪漫主义的论辩敌手，作为社会边缘贫困小人物的代言，现实主义理论强调披露真实、戳穿伪饰现状的意识形态。也就是说，现实主义抵制作为布尔乔亚知识分子话语形态的浪漫主义，转而追求客观性，为那些堕入贫困被边缘化的弱势族群或阶层发声，显然具有素朴的人间情怀和人道精神。

现实主义客观再现当代社会现实的理论涵义在卢卡契的论述里得到了最深入的阐释。这位现实主义最忠诚的信仰者和最后的辩护师撰写了大量论著，总结现实主义艺术经验，回应现实主义在20世纪遭受的挑战。首先，从认识论的高度重新阐释了现实主义客观性的涵义："艺术的任务是对现实整体进行忠实和真实的描写。"卢卡契提出了对现实进行整体描写的现实主义艺术要求，所谓整体描写就是反映社会－历史的总体性，追求文学描写的广度，从整体的各个方面掌握社会生活；向深处突进探索隐藏在现象背面的本质因素，发现事物内在的整体关系。其次，卢卡契并没有把现实主义的客观性理解为排除任何主观因素的纯客观性，他不是把反映社会现实的文学视为一面静止的镜子。卢卡契肯定了主观认识的重要性，强调客观性和主观性的统一、外在世界与内心世界的统一。卢卡契两面作战，一面为现实主义的纯洁而与自然主义战斗，把福楼拜和左拉那种缺乏整体性的琐碎客观性排除出现实主义阵营；另一面又要回应现代主义的挑战，批评乔依斯、普罗斯特和其他现代派作家，认为他们使所有内容和所有形式都解体了。因此，现代主义达不到对现实整体的真实反映。

第二，广为人知的典型理论。典型论构成现实主义理论的一项核心内容，概括而言，典型论欲求解决的即是文学人物的特殊与一般的关系问题。黑格尔和谢林为典型论的流播奠定了美学基础，黑格尔认为性格是理想艺术表现的真正中心，一个性格之所以引人兴趣是它的完整性，而完整性则"是由于所代表的力量的普遍性与个别人物的特殊性融会在一起，在这种统一中变成本身统一的自己。"据韦勒克的历史追溯，典型术语的最初使用者是谢林，意指一种像神话一样具有巨大普遍性的人物。浪漫派首先广泛使用这个概念，典型概念从浪漫主义转移到现实主义，与巴尔扎克和泰纳的转用相关。在《人间喜剧》的序言里，巴尔扎克自称为社会典型的研究者，泰纳则频繁使用此术语讨论社会阶层人物的性格，逐渐演变成现实主义最重要的理论概念。典型也是别林斯基论俄国小说时常用工具，他甚至认为："典型性是创造的基本法则之一，没有它就没有创造……必须使人物一方面成为一个特殊世界人们的代表，同时还是一个完整的、个别的人。"果戈理笔下的科瓦辽夫少校不是一个科瓦辽夫少校，而是科瓦辽夫少校们，即使是描写挑水人也不是仅仅写某一个人，而是要借一个人写出一切挑水的人。这就是别林斯基所说的典型的本质。鲁迅的《阿Q正传》发表后让许多人不安，总以为写的是自己，独特的这一个阿Q拥有了巨大的共性，甚至成为国民性的代名词。现实主义把这种个性和共性的完美结合的文学形象称为典型形象。

第三，历史性的要求。在韦勒克看来，历史性是现实主义理论中比较可行的一个准则，他援引奥尔巴赫对《红与黑》的评述说明这一点："主人公'植根于一个政治、社会、经济的总体现实中，这个现实是具体的，同时又是不断发展的'"。韦勒克的看法是对的，现实主义确有历史性的维度。恩格斯在致玛·哈克奈斯信中说，"现实主义的意思是，除细节的真实外，还要再现典型环境中的典型人物"。把人物置身于一个政治、社会、经济的具体的总体现实中刻画才能达到"充分的现实主义"的高度。而且，这个具体的总体现实还是不断发展的，就像卢卡契所阐述的现实主义要塑造那些生动的辩证过程。"在这个过程中本质转化为现象并在现象中显示自己；它还塑造着这过程的那个侧面，即现象在过程运动时揭示着自己的本质。另一方面，这些个别的因素不仅包含着辩证的运动，互相转化，而且彼此间不断相互影响；它们是一个不间断的过程的诸因素。真正的艺术从而总是通过塑造这些因素的运动、发展、展开来表述人类生活的整体的。"简单地说，现实主义的历史性维度即是要求真实摹写复杂的社会关系，并且反映出复杂的社会关系的矛盾运动过程。现实主义的历史性要求，实质上是以社会分析为核心，即以摹写人的社会经验和社会本身的结构为艺术原则。而且现实主义竭力通过人的现实矛盾去揭示人与社会的辩证法则，现实主义确认：对社会现实观察得越仔细研究得越深入，对事件及细节的相互关系和矛盾运动理解得越透彻，就越能获得真实的力量。

第三节 复古主义文学思潮

复古主义，特指文化复古主义，是近代产生的一种文化思潮，它是在中西文化的对撞中产生的。康有为、梁启超是其主要代表。

自鸦片战争以来，西方资本主义列强用坚船利炮打开了中国的国门，使中国传统文化陷入了危亡的境地。在这种背景下，一些进步的知识分子开始寻找救国救民的道路。有人提出中国应该向西方文化学习，"师夷长技以制夷"，有的提出"中体西用"学说，主张在维护中国传统文化的道统不变的前提下，学习西方的先进科学技术和政治制度。还有的人主张完全放弃逐个传统文化，全盘接受西方的文化和价值观念。

在这种背景下，康有为、梁启超等人重新宣扬中国传统文化的价值和作用，认为传统文化的千年道统是不能丢弃的，中国文化的唯一出路就是重新确立传统文化的主导地位，他们坚决反对西化主张，要求返回孔孟之道，在社会上提倡遵孔运动，倡导诵经复古，并在各地建立"孔教会"，推行他们的文化复古主义主张。

文化复古主义虽然在肯定中国传统文化的作用方面，起到了一定的作用，但他们死守传统的教条，不肯对传统文化持扬弃的态度，不愿向西方先进文化学习，这是一种食古不化的形而上学观念，是完全错误的。在新文化运动中，文化复古主义思潮受到了新文化运动的猛烈批判。

第四节　浪漫主义文学思潮

　　浪漫主义文学产生于 18 世纪末，在 19 世纪上半叶达到繁荣时期，是西方近代文学最重要的思潮之一。在纵向上，浪漫主义文学是对文艺复兴时期人本主义理念的继承和发扬，也是对僵化的法国古典主义的有力反驳；在横向上，浪漫主义文学和随后出现的现实主义共同构成西方近代文学的两大体系，造就 19 世纪西方文学盛极一时的繁荣局面，对后来的现代主义和后现代主义文学产生了深远的影响。

　　浪漫主义与现实主义一样，作为一种文学观念和一种文学的表现方式，在世界各民族文学发展的初期，就已经出现了。但是作为一种文学思潮，一种文学表现类型，以及作为一个明确的文学理论概念，却是后来逐渐形成的；浪漫主义文学的发展也经历了一个漫长的历史过程。如果说浪漫主义文学最基本的特点是以充满激情的夸张方式来表现理想与愿望的话，那么，可以说，在世界各民族最初的文学活动中，就已经存在这种形态的文学了。例如，各个民族都有的远古神话、中国先秦文学中的《楚辞》，都有这样的特点。表现理想和幻想本是促成文学发生的重要原因之一，也是文学构成的基本要素之一，从这个意义上说，浪漫精神是文学的一个重要源头，文学从一开始就和浪漫主义有着极其密切的关系。

　　不过，明确地把浪漫主义作为一种文学精神来倡导、来鼓吹，以至于形成了一个波澜壮阔文学运动和文学思潮，在西方则始于 18 世纪末到 19 世纪 30、40 年代这个时期。其最先形成于德国，而后波及到英国、法国和俄国，在短短的十多年里，迅速发展成为一场风靡欧洲的文学运动,相继产生了许多有影响的作家和作品。文学理论中所说的浪漫主义主要指的就是这个时期的浪漫主义,浪漫主义作为一种文学类型,也是在这个时期形成的。

从文学本身的发展来看,浪漫主义文学思潮的盛行是反对古典主义文学的产物。所以在西方文学批评史上,人们常常以古典/浪漫的对立模式来描述它们之间的关系,以此说明浪漫主义文学思潮和运动产生的原因。韦勒克指出,"浪漫主义的意思简直包括一切不是按照古典传统写出的诗歌"。并指出这是一种"根据'古典的'与'浪漫的'之间的对立说法而建立的类型论"。这种对立或区别具体的含义是"指那种与新古典主义诗歌相对立并从中世纪和文艺复兴时期得到启发并以此为榜样的诗歌"。

第五节 现代主义文学思潮

现代主义是 20 世纪上半期欧美诸多具有反传统特征的文艺流派总称。新时期文学,结束了前三十年文学一元发展的封闭状态,步入开放的多元发展阶段。不仅在题材的开拓、主题的深化、人物形象的塑造上有所进步,而且在西方现代主义文学思潮的影响下,其文学观念、表现技巧、艺术形式也大大改观。新时期,西方现代主义在中国的滥觞,是由"文革"这一社会事件为之提供了产生的土壤。"文革"给民族带来沉重的灾难,人们陷入苦闷、仿徨、反思、困惑乃至绝望的思想境地。

现代主义文学属于 20 世纪资本主义文化的一部分。这种文学不主张用作品去再现生活,而是提倡从人的心理感受出发,表现生活对人的压抑和扭曲。在现代主义文学作品中，人物往往是变形的，故事往往是荒诞的，主题往往是绝望的。现代主义文学公认的开山鼻祖是塞万提斯的《堂吉诃德》和福楼拜的《情感教育》。而奥地利作家弗兰茨·卡夫卡、法国作家马赛尔·普鲁斯特、爱尔兰作家詹姆斯·乔伊斯则并称为西方现代主义文学的先驱和大师。

单纯从欧洲文学史的角度看，现代主义文学可以看作是 19 世纪传统的浪漫主义文学向唯美主义文学转变、现实主义文学向自然主义文学转变，均形成危机而另谋出路的结果。

以王尔德为代表的唯美主义文学，是浪漫主义文学随欧洲民族民主革命的低落而蜕变的产物，其继承了浪漫主义对社会现状的不满，却丧失了浪漫主义的批判与重建精神，遁入象牙塔，主张"为艺术而艺术"。这一观点直接影响了大批现代主义作家，尤以法国象征主义作家为最。

而以左拉为代表的自然主义文学，则是 19 世纪在欧洲盛极一时的现实主义文学蜕变的产物。它强调对外界现实的模仿，侧重描绘遗传和环境对人的决定性影响、病态事物和繁琐细节。可以说，自然主义文学作为桥梁连接了现实主义文学和现代主义文学。

此外，20 世纪欧洲艺术的发展几乎处处与现代主义文学同步前进。20 世纪初，以塞尚、高更和梵·高为代表的现代艺术的第一批大师主张用宽阔的笔触、粗犷的线条、鲜明的色彩来表现"主观化了的客观"。由于艺术和文学具有密切的亲缘关系，因此整个 20 世纪现代主义文学的发展都和现代艺术的发展相辅相成，有的时候甚至拧合成一个分支流派，比如超现实主义这一流派就同时包括了绘画、雕塑和文学。

第八章　现当代文学作品

第一节　文学革命与五四新文学

中国现代文学以五四文学革命为开端。在此之前，发生在19世纪末和20世纪初的文学改良运动，已显示了中国文学必然要革新的历史趋势。梁启超、黄遵宪等人提倡的"新民"、"救国"的近代文学改良精神，以及所发起的"诗界革命"、"小说界革命"与"新文体运动"等都为五四文学革命奠定了一定的基础。而在19世纪末和20世纪初已经开始的对西方文学的译介，也在客观上培养了人们对西方新的文学形式的接受习惯，并在一定程度上为新文学提供了借鉴。五四文学革命的直接背景和动力是五四新文化运动。以1915年陈独秀主编的《新青年》（第一卷名《青年》杂志）为标志兴起的新文化运动，以"民主"与"科学"为旗帜，以反对旧道德、提倡新道德，反对旧文学、提倡新文学为主要内容。陈独秀、吴虞、李大钊、鲁迅等各自著文批判封建专制主义与三纲五常等传统伦理道德观念；胡适、周作人提出要"重新估定一切价值"；《新青年》大力介绍自由平等学说、个性解放思想、社会进化论等，给人们提供了思想武器。这些，都从思想上为中国文学的真正革新准备了必要的条件。

五四文学革命是新文化运动的一个组成部分，对封建主义的批判必然地转向了对封建主义文学的攻击，反对文言、提倡白话，反对旧文学、提倡新文学是文学革命运动的主要任务。1917 年 1 月，《新青年》刊出胡适的《文学改良刍议》，从"八事"入手，即：须言之有物，不摹仿古人，须讲求文法，不作无病之呻吟，务去滥调套语，不用典，不讲对仗，不避俗字俗句。他主张书面语与口头语接近，要求以白话文学为"正宗"，是五四文学革命的"一个'发难'的信号"。同年 2 月的《新青年》上发表了陈独秀的《文学革命论》，提出"三大主义"，对整个封建旧文学宣战："曰推倒雕琢的阿谀的贵族文学，建设平易的抒情的国民文学；曰推倒陈腐的铺张的古典文学，建设新鲜的立诚的写实文学；曰推倒迂晦的艰涩的山林文学，建设明了的通俗的社会文学。"他把文学革命当做"开发文明"、改变"国民性"并借以"革新政治"的"利器"，同时也肯定文学自身独立存在的价值。胡适、陈独秀的"文学革命"的主张得到了广泛的响应。钱玄同在写给《新青年》编者的一系列公开信中，猛烈抨击旧文学，指斥一味拟古的骈文、散文为"选学妖孽"、"桐城谬种"，并从语言文学的演化说明提倡白话文的必要，竭力主张"文言一致"。刘半农发表了《我之文学改良观》等文，主张打破对旧文体的迷信，提出破旧韵造新韵、采用新式标点符号等具体倡议。钱玄同、刘半农还在《新青年》上发表了"双簧信"。钱玄同化名王敬轩，仿照旧文人的口吻，汇集其反对新文学和白话文的种种观点与言论，写成一封致《新青年》的信；刘半农根据王敬轩的信，逐一辩斥。此举引起了广泛的社会注意，扩大了新文学的影响，摆出了与旧文学对峙的主动姿态。

文学革命在 1918 年以后进一步深入和发展，《新青年》编辑部扩大，陈独秀又办了《每周评论》杂志，北大傅斯年、罗家伦等办了《新潮》月刊，一起提倡白话文，形成了新文学的统一战线，开展如何建设新文学的讨论。胡适发表了《建设的文学革命论》，提出"国语的文学，文学的国语"，周作人发表《人的文学》、《平民的文学》，提出"为人生"的文学的口号，从人性、人道主义的角度来要求新文学的内容。大家对怎样建设新诗、新小说、新戏剧也进行了探讨。文学革命带来文学观念、内容、语言载体、形式各方面全面的革新与解放，其实绩体现在创作上。1918 年 5 月，鲁迅发表了他的第一篇白话小说《狂人日记》，把矛头指向几千年的封建制度，小说的形式是完全现代化的。接着《新青年》、《新潮》上又陆续出现了一批新文学作品。胡适、沈尹默、刘半农进行了第一批白话新诗的尝试，有《鸽子》、《月夜》、《相隔一层纸》等。这一时期许多报刊都显示新文学创作的实绩。在五四以后的短短几年里，西方文艺复兴以来的各种文学思潮和左右着它们的哲学思潮都先后涌入中国。受各种不同文艺思潮与艺术方法影响的作家们组成文学社团，创办体现自己追求的文艺刊物。各种团体中，影响最大、最有代表性的是文学研究会和创造社。文学研究会 1921年 1 月在北京成立。发起人有周作人、朱希祖、蒋百里、郑振铎、耿济之、瞿世英、郭绍虞、孙伏园、沈雁冰、叶绍钧、许地山、王统照 12 人。文学研究会在创作上提倡"为人生"的文学，在创作方法上强调写实主义。同时，对文坛流行的鸳鸯蝴蝶派文学进行了批判。沈雁冰接编、革新的《小说月报》基本上成了文学研究会的会刊。

创造社 1921 年 7 月成立于日本东京。成员郭沫若、张资平、郁达夫、成仿吾、田寿昌等人都是当时在日本的留学生。他们创办《创造》季刊，《创造周报》、《创造日》、《洪水》等刊物，主张"为艺术而艺术"，强调文学必须忠实地表现作者自己"内心的要求"，重视文学的美感作用。创造社成员的作品大都侧重自我表现，带有浓厚的个人主观抒情色彩。创造社的文学活动以1925年"五卅"为界，分为前后两期。后期创造社新增加了李初梨、冯乃超、彭康、朱镜我、李一氓、阳翰笙等人，出版《创造月刊》、《文化批判》、《流沙》等杂志，提倡"表同情于无产阶级"的革命文学，思想明显左倾，1929年2月被当局查封。稍后的文学社团与文学研究会倾向相近的有语丝社、未名社等；与创造社倾向相近的有南国社、弥洒社、浅草—沉钟社。《语丝》周刊创办于1924年11月，多发表针砭时弊的杂感小品，以倡导这种幽默泼辣的"语丝文体"而获"语丝派"的称号。莽原社、未名社是20年代中期成立于北京的得到鲁迅扶持的青年作家社团，刊物有《莽原》、《未名》。南国社是田汉领导创立的一个综合性艺术社团，以戏剧的成就与影响最大。弥洒社1923年成立，发起人胡山源推崇创作灵感。浅草社成立于1922年，沉钟社成立于1924年，由原浅草社成员冯至、陈翔鹤等加上杨晦、蔡仪等组成。刊物有《浅草》季刊、《沉钟》周刊，致力于介绍外国文学，作品特点是朴实而带点悲凉，有浪漫主义色彩。湖畔诗社、新月社等也是具有自身鲜明特色的社团。湖畔诗社1922年成立，以写作爱情诗闻名。新月社1923年成立于北京，1927年在上海筹办新月书店和《新月》月刊。这是一个自由主义作家的文学团体，受西方唯美主义影响较深。闻一多、徐志摩倡导新格律诗，余上沅等对旧剧的"程式化"、"象征化"加以探讨。

五四文学革命与守旧的文学思想发生了冲突和斗争。1919

年初，新文学阵营开展了对以林纾为代表的守旧分子的斗争。林纾写了《论古文白话之相消长》、《致蔡鹤卿太史书》，对白话文大加讨伐，攻击北京大学的新派人物"覆孔孟，铲伦常"。又发表文言小说《荆生》、《妖梦》，咒骂文学革命人物。新文化的先驱蔡元培、李大钊和鲁迅都对林纾进行了批驳。1922年，新文学阵营又与"学衡派"进行了斗争。梅光迪、吴宓等创办的《学衡》杂志，因其观点态度相近而被称为"学衡派"。他们以融贯中西古今的姿态，标榜"昌明国粹，融化新知"，反对新文化运动和文学革命，思想倾向保守。在斗争中，鲁迅对学衡派的驳斥最为有力，《估〈学衡〉》揭露其"于新文化无伤，于国粹也差得远"。与《学衡》相呼应的有章士钊的《甲寅》上的复古论调。1923年他写了《评新文化运动》、《评新文学运动》，企图从理论上否定新文学。新文学阵营对此进行了全面有力的反击。

　　五四文学大致经历了三个阶段：1917年至1920年是新文学的萌芽期；1921年新文学社团出现到1926年北伐战争前夕，是文体大解放的创作活跃期；1926年春到1927年冬，创作一度沉寂。五四文学的革命有着深刻、伟大的历史意义：其一，在内容上彻底批判、否定了整个封建制度及其思想文化体系；始终贯穿、体现了个性解放、民主与科学、探索社会解放道路的启蒙思想主题；以农民、平民劳动者、新型知识分子等人物形象代替了旧文学主人公帝王将相、才子佳人。其二，文学观念发生了重大变化，传统的"文以载道"的文学观念被"人的文学"、"为人生的文学"、"为艺术的文学"、"平民的文学"等观念所取代。其三，文学语言获得了解放，文体形式经历了全面革新，创作方法进行了多样化探索，奠定了20世纪中国文学的基本审美价值取向和多元并存的接受心理基础。其四，建立了中国文学与世界文学的密切关系，自觉地借鉴、吸收外国文学及文化的营养，形成了面向世界而又不脱离传统的开放性现代文学。中国台湾地区文学是中国文学的一部分，受祖国内地五四新文化运动的影响，中国台湾地区新文学运动于 20 世纪 20 年代开始出现。其时中国台湾地区虽然尚处于日本殖民统治之下，但中国台湾地区知识分子和文化人仍然在精神上、思想上和文化上心系祖国。祖国内地发生的新文化运动，他们不但十分关心，而且还深受震动，于是，他们或在日本成立文化组织，或亲赴内地学习，以不同的方式，将五四新文化运动的精神带到中国台湾地区，组织并领导了中国台湾地区的新文化、新文学运动。中国台湾地区新文学，就是在这样的背景下产生的。

1920 年 1 月，在日本留学的中国台湾地区青年在东京成立了"新民会"。"新民会"虽然是一个文化政治团体，但它对 1921 年 10 月在台北成立的"台湾文化协会"产生了重大影响，而"台湾文化协会"则对中国台湾地区新文学运动的产生起了重要的推动作用。1923 年 4 月 15 日，《台湾民报》在东京创刊，并于 1927 年 7 月移入中国台湾地区发行。该刊致力于"用平易的汉字，或是通俗白话，介绍世界的事情，批评时事，报道学界的动静，……提倡文艺，指导社会，……启发中国台湾地区的文化"。该刊全部采用白话文，特辟文艺专栏，定期刊载文艺论文与作品。该刊的创办，对中国台湾地区新文学运动起了极大的催化作用，被称为是"台湾新文学运动的摇篮"。1920 年 7 月，陈炘在《台湾青年》创刊号上发表了《文学与职务》一文，提出近来中国提倡白话文学，是一种负有传播文明思想、改造社会使命的真正的文学，中国台湾地区文坛应朝这一方向去努力。接着，甘文芳发表《实社会与文学》，陈瑞明发表《日用文鼓吹论》。这三篇文章是中国台湾地区最早提出改革中国台湾地区文学、提倡白话文的文章。1923 年，黄呈聪和黄朝琴在《台湾》杂志上先后发表了《论普及白话文的新使命》和《汉文改革论》两篇文章，较为深入地提倡文学革命，并产生了广泛的影响。1924 年 4 月，曾在北京求学、深受五四新文学运动影响的张我军在《台湾民报》上发表了《致台湾青年的一封信》和《糟糕的台湾文学界》两篇文章，向中国台湾地区旧文坛发起猛烈攻击，这两篇文章受到守旧派的回击，于是，张我军又发表了《为台湾的文学界一哭》，予以回应。五四时期曾经出现过的新旧文学论战，在中国台湾地区再次上演。这次论战，既充分体现了内地对中国台湾地区新文学的影响，也意味着中国台湾地区新文学自身迈向了一个新的阶段。几乎在新旧文学论争的同时，中国台湾地区新文学提倡者就已经开始着手新文学的建设工作。他们以《台湾民报》为阵地，进行了这样一些工作：（1）介绍内地的新思潮和作家作品。（2）提出建设新文体的理论主张。（3）提出建设具有中国台湾地区特点文化的主张。（4）着手进行新文学的创作。

一、鲁迅

鲁迅（1881—1936），浙江绍兴人，原名周樟寿，字豫山，1892 年进三味书屋读书时改为豫才，1898 年去南京求学时取学名周树人。"鲁迅"是 1918 年 5 月在《新青年》上发表《狂人日记》时始用的笔名。他出身于没落的封建士大夫家庭。少年时代，正适家道式微，祖父周介孚因科场案入狱，父亲患病不起，从小康人家坠入困顿的途中，他深深领略了社会的世态炎凉。他母亲娘家在农村，使他从小有机会接触和了解农村与农民。1898 年，他到南京进了江南水师学堂，第二年又转入江南陆师学堂附设的矿务学堂。此间,他接触到了宣传变法维新的《时务报》和当时翻译过来的科学和文艺的书籍,受到很大影响,特别是阅读了严复翻译的《天演论》,接受了进化论思想,激发了变革图强的热情。1902 年 3 月鲁迅考取官费到日本留学,先在东京进了弘文学院。当时的东京是中国革命党人在海外活动的中心,留学生受其感染,轰轰烈烈地展开反清爱国运动,鲁迅积极参与了这些活动。与此同时,鲁迅阅读了大量进步书刊,如梁启超在东京出版的《清议报》、《新小说》、《新民丛报》等。这一时期,鲁迅的注意力主要在科学方面,除了译述爱国主义小说《斯巴达之魂》外,先后写了《说胡须》、《中国地质略论》等文章,分别介绍了居里夫人新发现的镭和研究了中国的地质矿产等。1904 年 4 月,鲁迅从弘文学院毕业。同年 9 月,他离开东京,前往仙台医专学医。鲁迅在仙台两年,一方面得到了老师藤野先生公正无私的关怀与帮助,另一方面也受到了一些日本学生的民族歧视。特别是在一次放映记录日俄战争的幻灯画片后,鲁迅受到了很大刺激:画面上是一个被日军捉住的说是为俄军当侦探的中国人,在他行将被日军砍头示众时,周围站着看热闹的同样是一群中国人,他们面对惨剧却神情麻木。在这一刺激之后,鲁迅深深感到:"医学并非一件紧要事,凡是愚弱的国民,即使体格如何健全,如何茁壮,也只能做毫无意义的示众的材料和看客","所以我们的第一要著,是在改变他们的精神,而善于改变精神的是,我那时以为当然要推文艺,于是想提倡文艺运动了"。(鲁迅:《〈呐喊〉自序》,《鲁迅全集》第 1 卷,人民文学出版社 1981 年版,第 417 页)1906 年 4 月初,鲁迅离开仙台回到东京,开始了他的文学活动。他先后发表了《人之历史》、《科学史教篇》、《文化偏至论》、《摩罗诗力说》等重要论文,其中《摩罗诗力说》介绍了欧洲文学史上许多具有反抗精神的诗人的事迹和作品，同时也阐述了他自己对文学的见解。从 1908 年起，鲁迅和周作人翻译了许多外国短篇小说，合编为《域外小说集》（二册），并在朋友的帮助下得以出版问世。鲁迅之所以译这些作品，乃是为了借他人之新声，发国民之愚昧。1909 年鲁迅离开日本返回祖国。

回国后鲁迅曾先后在杭州、绍兴任教。1911 年辛亥革命爆发，他在故乡绍兴积极参加宣传活动，并根据生活实感创作了以辛亥革命为背景的短篇文言小说《怀旧》。1912 年，他应教育总长蔡元培之邀，到南京临时政府教育部任职，不久，随部迁到北京。辛亥革命的失败，引起了鲁迅极大的愤怒和痛苦。他一度沉默，埋头抄古书，校古籍，同时也在沉默中考察思索着中国社会和历史各个方面的问题，包括总结了辛亥革命失败的教训。在十月革命的影响下，在五四思想启蒙运动和新文化运动的推动下，鲁迅从长期沉默和思索中走出，拿起文学武器，以新的姿态投身于新文化运动和新文学的建设之中。1918 年起，鲁迅参与《新青年》杂志的活动。

1918 年 5 月，鲁迅在《新青年》发表了在现代文学史上具有划时代意义的第一篇白话小说《狂人日记》。因其强烈的反封建的战斗性，加上形式的别致，小说发表后立即引起巨大反响。此后鲁迅一发而不可收，发表了一系列小说作品。除小说之外，鲁迅还在《新青年》的"随感录"栏目中发表了许多杂文，如《我之节烈观》、《我们现在怎样做父亲》等，对当时提出的妇女问题、家庭问题、青年问题等作了深刻分析，尖锐批判了传统的封建思想、文化道德，有力地推动了当时的思想革命和新文化运动。在文学创作之外，鲁迅还先后支持和组织了语丝社、未名社，出版《语丝》、《莽原》、《未名》等刊物，主编过《国民新报·文艺副刊》，还编辑了《未名丛刊》和《乌合丛书》等。1925 和 1926 年，他在先后发生的"女师大学潮"和"三·一八"惨案中声援学生，支持群众斗争。"三·一八"惨案后，鲁迅受北洋政府通缉的威胁，于 1926 年 8 月 26 日离开北京前往厦门大学担任文科教授。不久，又应中山大学之聘，于 1927 年 1 月抵达广州，任文科主任兼教务主任。到广州后，他有更多机会接触到一些共产党人和马克思主义的思想，他的思想也酝酿着一个巨大的飞跃。蒋介石"四·一二"反革命政变后，广州也于 4 月 15 日发生了大屠杀，鲁迅向学校当局要求营救被捕学生，没有结果，愤而辞去一切职务。1927 年 9 月鲁迅离开广州，10 月定居上海。在与创造社、太阳社进行的有关革命文学问题的论争中，鲁迅加深了对现实革命斗争的认识和对马克思主义的理解。1930 年中国左翼作家联盟成立，鲁迅列名发起人，并参加了"左联"的领导工作。这一时期，他先后编辑过《萌芽》、《前哨》、《十字街头》和《译文》等公开或秘密的刊物，并参与了《文学》和《太白》的编辑工作。在创作上，他主要是以杂文为武器，投身于反国民党文化"围剿"的斗争，同时也以历史为题材创作小说。1936 年 10 月 19 日，鲁迅在上海逝世。

鲁迅把毕生的精力献给了中国人民的革命文化事业和文学事业。他不愧为"中国文化革命的主将"，是"伟大的文学家"、"伟大的思想家和伟大的革命家"（毛泽东：《新民主主义论》，《毛泽东选集》第 4 卷，人民文学出版社 1964 年版）。鲁迅的思想是中国 20 世纪最宝贵的精神财富之一，他的思想具有丰富复杂、博大精深的特点。进化论是鲁迅前期思想的一个重要内容，鲁迅摒弃了进化论中"弱肉强食"等消极的因素，汲取了进化论中注重生存斗争、相信事物的新陈代谢和社会的不断进步、强调人类精神发展的重要性等积极因素。个性主义思想也是鲁迅早期思想的重要内容之一，从他所强调的"掊物质而张灵明，任个人而排众数"（鲁迅：《坟·文化偏至论》，《鲁迅全集》第 1 卷，人民文学出版社 1981 年版，第 46 页）的主张中，可以看出鲁迅所受尼采思想影响的痕迹。但鲁迅主要是从尼采思想那里汲取一种"图强"的精神，他呼唤精神界战士、主张与阻碍进步的庸众作战，其目的在于推进整个民族的进步。关于改造国民性问题的见解，也是鲁迅早期思想的重要组成部分。在寻求中华民族解放道路的进程中，鲁迅深深感受到了中国国民性的弱点、劣点，他坚信"国民性可以改造于将来"，因此决心"先行发露各样劣点，撕下那好看的假面来"（鲁迅：《华盖集·通讯》，《鲁迅全集》第 3 卷，人民文学出版社 1981 年版，第 26 页），以引起疗救的注意。但上述思想在鲁迅那里并非是一成不变的，鲁迅就曾说他在 1926 年前后，因目睹残酷现实，受到很大震动，原先所循着进化而进行的"思路因此轰毁"（鲁迅：《三闲集·序言》，《鲁迅全集》第 4 卷，人民文学出版社 1981 年版，第 5 页）。后期，鲁迅较多地接受了马克思主义的观点，克服了早期思想中的偏颇之处，思想更趋成熟。鲁迅是中国现代文学的开创者，他的文学创作最先显示了五四文学革命的实绩，而且在中国整个 20 世纪文学发展史中具有崇高的地位。

（一）《呐喊》、《彷徨》和《故事新编》

首先，鲁迅在小说创作方面取得了很高的成就。他创作于五四时期的白话短篇小说曾分别收入 1923 年 8 月由新潮出版社出版的《呐喊》和 1926 年 8 月由北新书局出版的《彷徨》两本小说集中。《呐喊》收 1918 至 1922 年所写的 14 篇小说（初版时收入 15 篇，1930 年 1 月第 13 次印刷时抽出《不周山》一篇），鲁迅把这个集子题作《呐喊》，意思是指他受新文化运动的鼓舞，"有时候仍不免呐喊几声，聊以慰藉那在寂寞里奔驰的猛士，使他不惮于前驱"。"但既然是呐喊，则当然须听将令的了"。（鲁迅：《呐喊·自序》，《鲁迅全集》第 1 卷，人民文学出版社 1981 年版，第 419 页）后来，鲁迅把这时的创作称为"遵命文学"，他说，"不过我所遵奉的，是那时革命的前驱者的命令，也是我自己所愿意遵奉的命令"（鲁迅：《南腔北调集·〈自选集〉自序》，《鲁迅全集》第 4 卷，人民文学出版社 1981 年版，第 456 页）。《彷徨》收 1924 至 1925 年写的 11 篇小说。鲁迅经历了五四新文化运动统一战线的分裂，一方面，他独立地同反动势力进行着坚韧的斗争；另一方面，由于还没有与当时正在走向高潮的革命运动相结合，暂时还没有看清历史发展的路径和前景，他"成了游勇，布不成阵"（鲁迅：《南腔北调集·〈自选集〉自序》，《鲁迅全集》第 4 卷，人民文学出版社 1981 年版，第 456 页），因而精神上有"寂寞"、"彷徨"之感。《彷徨》在反封建的内容上与《呐喊》相承续，艺术上则更加成熟。纵观《呐喊》和《彷徨》，它们无论是在思想性还是在艺术性上，都更多地具有内在的统一性。

《狂人日记》是中国现代文学史上第一篇白话小说，1918 年 5 月发表在《新青年》第 4 卷第 5 号，它标志着五四新文学创作的伟大开端。它以"表现的深切和格式的特别"（鲁迅：《中国新文学大系·小说二集序》，《鲁迅全集》第 6 卷，人民文学出版社 1981 年版，第 238 页），自一问世就引起了巨大的反响。《狂人日记》通过对一个"迫害狂"患者的精神状态和心理活动的描写，揭露了从社会到家庭的"吃人"现象，抨击了封建家族制度和礼教的"吃人"本质。在思想上，《狂人日记》是中国五四新文学的一篇总序，它体现了文学上的彻底反封建的总体倾向。《狂人日记》对封建制度和礼教的揭露与批判是多层次展开的。作品首先揭示了"狂人"周围的环境：人们对"狂人"的围观、注视、议论，赵贵翁奇怪的眼色，小孩子们铁青的脸，路上行人交头接耳的议论，一伙青面獠牙人的笑，以及赵家的狗叫，这一切构成了一个充满杀机的生存空间。接着，作品通过"狂人"的联想，把"狂人"所处的环境扩展到广大的社会：狼子村佃户告荒时讲的挖人心肝煎炒了吃，去年城里杀了犯人时还有痨病患者用馒头蘸血舐，吃徐锡麟，构成吃人的社会罗网。历史地看，狂人从"易子而食"、"食肉寝皮"的记述联想开去，引出了一个怵目惊心的发现："我翻开历史一查，这历史没有年代，歪歪斜斜的每页上都有写着'仁义道德'几个字。我横竖睡不着，仔细看了半夜，才从字缝里看出字来，满本都写着两个字'吃人'！"这个发现又把历史和现实具体的肉体上的吃人，上升到"仁义道德"等纲常名教吃人的更深的层次。在此基础上，作品还通过狂人的自省，把封建纲常名教"吃人"的含义引向深广。"四千年来时时吃人的地方，今天才明白，我也在其中混了多年"，"我未必无意之中，不吃了我妹子的几片肉"，狂人也被纲常名教毒害而成了吃人者。尤其是狂人所说的"有了四千年吃人履历"的"我"，显然不仅是狂人自身，而且是代指处于宗法制度和封建礼教之下的"中国人"，这无疑是说，纲常名教害了所有的中国人。作品由此完成了对封建礼教吃人本质的最深层次的揭露和批判。《狂人日记》在表现"礼教吃人"的同时，还表现了强烈的反抗和变革的精神。狂人面对因循数千年之久的传统思想，大胆地提出了"从来如此，便对么？"的质疑，这集中体现了大胆怀疑和否定一切的五四时代精神。狂人还面对面地向食人者发出了警告："要晓得将来容不得吃人的人，活在世上"，渴望不再吃人的更高级的"真人"出现，这表现了一种改变旧世界、创造新世界的朦胧理想。最后，狂人期望未来，瞩目下一代，发出了"救救孩子"的呼喊，这更是一种向封建主义抗争的号召，同时也向世人昭示了一条变革社会的途径。

在艺术表现上，《狂人日记》冲破了传统手法，大胆采用了现实主义与象征主义相结合的创作方法，形成了独特的艺术效果。现实主义与象征主义相结合，在《狂人日记》中是通过"狂人"这个特殊的艺术形象来实现的。狂人首先是真实的活生生的狂人，塑造这一形象用了现实主义方法。在《狂人日记》里，作家对狂人病态心理的描摹，准确入微地写出了狂人的精神病态。但是，作品把"反对肉体上吃人"提升到"揭露礼教吃人"，是通过象征主义来实现的。作者巧妙地在狂人的疯话里，用象征、隐喻的手法，一语双关地寄寓了读者完全能够领略的战斗的深意；作者巧妙地在狂人的环境氛围、人物关系中融入了极精彩的象征性描画，从而使之具有了一定的象征意义，使人对深刻丰富的"象外之意"产生联想。作品的思想性主要是通过象征主义方法来体现的。《阿Q正传》是鲁迅的代表作，也是中国现代小说创作上的一个杰出成就。自《阿Q正传》发表之日起，对它的理解和评价就是众说纷纭，不同时代、不同民族、不同层次的读者从不同的角度和侧面去读解它，其结论也不尽相同，这正是作品本身的丰富性所决定的。对阿Q形象的基本特征问题，学术界曾进行过长期的论争，目前趋向于认为阿Q是一个落后的不觉悟的带有精神病态的农民形象。阿Q首先是一个被剥夺得一无所有的贫苦农民。作品对阿Q的阶级地位和生活处境作了明确而具体的描写。阿Q又是一个深受封建观念侵蚀和毒害，带有小生产者狭隘保守特点的落后、不觉悟的农民。他不敢正视现实，常以健忘来解脱自己的痛苦；他同时又妄自尊大，进了几回城就瞧不起未庄人，又因城里人有不符合未庄生活习惯的地方便鄙薄城里人；他身上有"看客"式的无聊和冷酷，如向人们夸耀自己看到过杀革命党，并口口声声"杀头好看"；他更有不少符合"圣经贤传"的思想，如"不孝有三无后为大"、严于"男女之大防"等；他有着守旧的心态，如对钱大少爷的剪辫子深恶痛绝，称之为"假洋鬼子"，认为"辫子而至于假，就是没有了做人的资格"；他身上有着畏强凌弱的卑怯和势利，在受了强者凌辱后不敢反抗，转而欺侮更弱小者。阿Q的这些小生产者的弱点和深刻的传统观念，说明他是一个不觉悟的落后农民。阿Q的不觉悟，更突出地表现在他对"革命"的态度和认识上。他对革命的态度，并不说明政治上的真正觉醒，因为他对革命的认识十分幼稚、糊涂、错误。作品第七章写他在听说革命党进城的当天晚上，躺在土谷祠里朦胧中想象革命党到未庄的情形。这段想象表明，阿Q是带着传统观念来理解眼前的革命的。他不仅仍然厌恶没有辫子的人，不喜欢女人"脚太大"，而且他想象中的革命党只是"穿着崇正（祯）皇帝的素"，是为反清复明、改朝换代而已；阿Q神往革命，不是为了推翻豪绅阶级的统治，而只是"想跟别人一样"拿点东西，是"要什么就有什么"，可以随意夺取当年曾属于赵太爷、钱太爷们的"威福、子女、玉帛"；阿Q抱着狭隘的原始复仇主义，认为革命后"第一个该死的是小D和赵太爷"；阿Q还幻想着自己革命后可以奴役曾与他一样生活在底层的小D、王胡们。总之，阿Q这种革命观，是封建传统观念和小生产狭隘保守意识合成的产物。

阿Q思想性格最突出的特点是他的精神胜利法。他能用夸耀过去来解脱现实的苦恼，他连自己姓什么也说不清，却还这样夸耀："我先前——比你阔多啦！你算什么东西。"他能用虚无的未来宽解眼前的窘迫，他连老婆也没有，却还如此夸口："我的儿子会阔的多啦！"他能以自己的丑恶去骄人，别人说到他头上的癞疮疤时，他却认为别人"还不配"；他能用自轻自贱来掩盖自己所处的失败者的地位，他被别人打败了，就自轻自贱地承认自己是虫豸，并且立即从这种自轻自贱的"第一"中获取心理满足；他能用健忘来淡化所受的欺侮和屈辱，他吃了"假洋鬼子"的哭丧棒，便用"忘却"这件祖传法宝，将屈辱抛到脑后。总之，阿Q在实际上常常遭受挫折和屈辱，而精神上却永远优胜，总能得意而满足，所凭借的就是这种可悲的"精神胜利法"。在《阿Q正传》中，作者把探索中国农民问题（即农民在民主革命中的处境、地位）和考察中国革命问题联系在一起，作品通过对阿Q的遭遇和阿Q式的革命的描写，深刻地总结了辛亥革命之所以归于失败的历史教训。辛亥革命爆发后，赵太爷、钱太爷们和阿Q开始出现不同的动向。

小说通过赵太爷、钱太爷们从害怕革命、投机革命到垄断革命和镇压阿Q的描写，揭示出辛亥革命的悲剧：革命的对象不仅仍然执掌着政权，而且"骤然大阔"，发了"革命"财，而应在革命中得到解放的民众依旧是任人宰割的奴隶。小说着重揭示和批判了阿Q式的革命，触目惊心地写出了阿Q至死不觉悟和他可悲的"大团圆"的下场，由此暗示了辛亥革命更深层次的悲剧：革命没有真正唤醒民众，并未觉醒的民众糊里糊涂地参加革命，又糊里糊涂地被杀；而且可以想象，阿Q即使参加革命并掌握政权，他那样的落后的革命意识又将导致"革命"成为什么性质！《阿Q正传》要告诉人们的是：阿Q式的"革命"和杀害阿Q式的"革命"都只能使中国一天一天"沉入黑暗"；中国迫切需要真正的革命，而要使真革命获得胜利，首先需要有真的革命者和觉醒了的人民！《阿Q正传》具有广泛的社会意义：它画出了国人的灵魂，暴露了国民的弱点，达到了"揭出病苦，引起疗救的注意"的效果。《阿Q正传》具有深远的历史意义：作品所揭示的"阿Q精神"，作为一种历史的和社会的"病状"，将在相当长的一个历史阶段中存在，它将作为一面"镜子"，使人们从中窥测到这种精神的"病容"而时时警戒。《阿Q正传》具有独特而鲜明的艺术风格：一是外冷内热，作者将思想启蒙者的高度热情，在小说中转化为对阿Q的痛苦生活、愚昧无知和悲剧命运的深切同情，哀其不幸，怒其不争；转化为对辛亥革命中途夭折的无比痛惜；转化为对赵太爷、假洋鬼子之流凶残暴虐、横行乡里的憎恶、鄙视；二是以讽抒情，作者以讽刺手法批判了阿Q的落后、麻木和精神胜利法，鞭挞了赵太爷、假洋鬼子等人的凶残、卑劣，谴责了知县大老爷、把总、"民政帮办"的反动实质，而其讽刺，又贵在旨微而语婉，虽无一贬词，而情伪毕露，同时在讽刺背后处处隐含着作者改革社会重铸国魂的革命热情；三是形喜实悲，作品展示了阿Q种种可笑的行径、未庄人的种种可笑可鄙等一出出喜剧，但在这种喜剧性场面后面却都隐藏着深刻的悲剧，我们在被那些喜剧场面引得发笑的同时，又总是有一股无情的力量，把我们的笑变成一种含泪的笑，作品这种形喜实悲的悲喜剧色彩，正是作品产生巨大艺术魅力的重要因素之一。

　　从《狂人日记》开始的反封建主题的思路，在《呐喊》、《彷徨》其他篇中，从各个不同的角度、侧面在延伸着、扩展着。《孔乙己》、《白光》通过孔乙己和陈士诚的悲剧命运，揭露了封建科举制度的"吃人"；《明天》、《祝福》通过对中国农村妇女命运的揭示，深入而具体地写出了封建礼教的吃人本质；《药》、《阿Q正传》等作品从更深的层次揭示了封建思想意识和封建愚民政策的"吃人";《示众》等作品写出了"看客"的"吃人";即如《高老夫子》、《肥皂》等作品,又何尝不是写出了封建伦理道德的陈腐虚伪同样在"吃人"……鲁迅在《狂人日记》中所揭示的揭露封建制度和封建思想吃人的总主题,几乎贯穿在他的《呐喊》、《彷徨》中的每篇小说中。

在《呐喊》、《彷徨》中,农民题材的小说占有重要的位置。鲁迅深切同情中国农民的命运,他看到农民们所遭遇的苦难,也洞察他们的弱点与病态,当然也更理解造成他们精神上病弱的社会原因和历史原因。在创作中,鲁迅一方面把中国农民放在中国农村社会各种现实关系(经济、政治,尤其是文化心理和意识结构等)中加以再现,真实地反映了农民在辛亥革命前后的社会地位和经济地位,从而展现了一个未经彻底革命、变革和社会震荡的封建半封建农村的落后和闭塞的典型环境;另一方面,鲁迅着力塑造在这样一个典型环境中生存、挣扎的中国农民的典型性格,把解剖中国农民灵魂和改造"国民性"问题联系起来,从而通过对农民性格中的愚弱、麻木和落后的批判,导向对造成这种性格的社会根源的揭露和批判。在这方面,《阿Q正传》堪称代表,其他如《药》、《风波》、《故乡》等也是如此。《药》通过清末革命者夏瑜惨遭杀害,而他的鲜血却被愚昧的劳动群众"买"去治病的故事,真实地显示了中国旧民主主义革命的不彻底性和悲剧性。

由于这场革命没有真正唤起民众,因而缺少群众基础,不为广大群众所理解和接受。华老栓们的无知、迷信,既是落后、愚昧的民族社会生活的反映,也是旧民主主义革命失败的必然原因之一。《风波》的背景是1917年张勋复辟时期江南一个偏僻的农村。小说通过发生在乡场上的一场因"皇帝又要坐龙廷"而引起的"复辟"与"剪辫"风波,揭露了辛亥革命后中国农村的停滞、落后和农民的贫困、愚昧与精神麻木。这从更深刻的历史层次上揭示了辛亥革命的实际结果：中国封建社会的旧基础并没有被摧毁，由这个旧基础培育出来并维护这个旧基础的封建意识形态和落后愚昧的精神并没有被消灭。《故乡》中，辛亥革命后的农村却愈益萧条，纯朴的农民们仍然生活在困苦之中。作品最震动人心的还不仅是闰土的贫困，而是一声"老爷"中所显示的精神的麻木，以及在无出路之中把命运寄托于香炉和烛台的迷信和愚昧。鲁迅在中国旧民主主义革命的历史背景上，展示了农村现状和农民的生活图景，在与中国民主革命的联系中探索农民问题，这里所表明的是这样一个思想认识：中国必须有一场深刻而广泛的思想革命，这个革命的主要任务是清除以农民为中心的广大社会群众中根深蒂固的封建势力的影响。

在鲁迅的农民题材的小说中，同样值得重视的是他的一组以反映农村妇女命运为内容的作品，如《明天》、《祝福》、《离婚》等。在这些作品中，鲁迅在感受着农民及其他下层人民的精神苦痛，把批判锋芒指向毒害人民灵魂的封建宗法制度与思想的同时，更集中地对农民及其他小生产者自身的弱点进行了清醒的批判。《明天》中，单四嫂子的不幸不仅在寡妇丧子，更重要的是她周围一般人对于受苦人的冷漠以及她处在这样的氛围中不得不承受的精神上的孤独和空虚。《祝福》通过祥林嫂的悲剧命运，一方面批判了造成其悲剧的客观社会环境：封建的政权、族权、夫权、神权这四大绳索编织成的严密的网；另一方面，作品也把谴责的笔指向了祥林嫂周围的一大群不觉悟的有名无名的群众：婆婆的凶残、短工的麻木、堂伯收屋、鲁镇群众的奚落、柳妈告之以死的恐怖，他们和祥林嫂同属受压迫剥削的劳动者，然而偏偏又是他们维护着"三纲五常"，并用统治阶级的观念审视、责备、折磨着祥林嫂，不仅使她处于孤立无援的地步，而且构成了她悲剧的一个原因。作品的深刻之处在于，写出了祥林嫂的悲剧之所以不可避免，还在于她自身的原因：她满足于做稳了奴隶的地位，她的出逃、抗婚等反叛行为的背后却是"从一而终"的封建"女德"，她的捐门槛是出自在封建神权下感到的精神恐怖，她以封建礼教的是非为是非，这就注定了她的悲剧的命运。《离婚》写出了爱姑外表的刚强泼辣，敢于反抗，但同时却也从泼辣刚强的外壳下挖掘出了灵魂深处的软弱，在小说结尾，爱姑终于屈服。鲁迅正是通过对农民，包括广大农村妇女灵魂深处的病态与弱点的开掘，尖锐地提出了"改造国民性"的主题，在现代小说发展中产生了深远的影响。在《呐喊》、《彷徨》中还有大量知识分子题材的小说。鲁迅所写的知识分子题材小说有各种类型，其中有以深受封建科举制度毒害的下层知识分子为主人公的《孔乙己》和《白光》，有以封建卫道士为讽刺对象的《高老夫子》和《肥皂》，但鲁迅着力描写的、倾注了更多艺术心血的，是那些在中国民主革命中寻找道路，彷徨、苦闷与求索的知识分子，他们是一些具有一定现代意识，首先觉醒，然而又从前进道路上败退下来，带有浓重的悲剧色彩的人物，如《在酒楼上》中的吕纬甫、《孤独者》中的魏连殳、《伤逝》中的子君与涓生。对于最后一类知识分子，鲁迅一方面充分肯定他们的历史进步作用，一方面也着重揭示他们的精神痛苦和自身的精神危机。《在酒楼上》中的吕纬甫曾经是一个富有朝气的青年，在辛亥革命的高潮时期敢于议论改革，到城隍庙去拔神像的胡子。

可是十多年后却形容大改，锐气尽消，变得迂缓而颓唐，他"敷敷衍衍，模模糊糊"地靠教"子曰诗云"混日子，残酷的现实生活已将他的灵魂挤扁了，他无力继续为自己过去的理想而奋斗，只能凄苦地自嘲像一只苍蝇"飞了一个小圈子，又回来停在原地点，在颓唐消沉中无辜消磨着生命"。《孤独者》中的魏连殳曾经是一位"独战多数"的英雄，是一个使人害怕的"新党"，即使在五四高潮之后，也还敢于发表一些"无所顾忌的议论"，他在世人的侮辱、诽谤中顽强地活着。然而他只是孤独地挣扎着，终而失去了理想，最后采用玩世不恭的态度向社会进行着盲目的报复，甚至躬行起他"先前所憎恶所反对的一切"，拒斥起他"先前所崇仰、所主张的一切了"，成了一个真正的"失败者"。《伤逝》中涓生和子君的恋爱悲剧，固然有其客观的原因：中国封建势力的过于强大，社会过于黑暗，在实现广泛的社会解放之前，小资产阶级知识分子想要单独地实现他们的理想是不可能的；但作品对其主观原因的揭示同样是深刻的：这一对五四时期勇敢地冲出旧家庭的青年男女，由于把争取恋爱自由看做是人生奋斗的终极目标，眼光局限于小家庭凝固的安宁与幸福，缺乏更高远的社会理想来支撑他们的新生活，因而使他们既无力抵御社会经济的压力，爱情也失去附丽，结果，子君只好又回到顽固的父亲身边，最后凄惨地死去，而涓生则怀着矛盾、悔恨的心情，去寻找"新的生活"。鲁迅在他的小说中所提出的"知识分子历史命运与道路"的主题，在中国现代小说史上也是具有开创意义的。

　　《呐喊》、《彷徨》在艺术表现上做了许多成功的探索。在创作方法上，鲁迅开辟了多种创作方法的源头：《孔乙己》、《明天》、《阿Q正传》、《祝福》、《离婚》等作品显示了清醒的现实主义的特点；而《狂人日记》、《长明灯》则是现实主义与象征主义相结合的优秀之作；《肥皂》、《兄弟》、《白光》等对人物潜意识的描摹，在某些局部又带有心理剖析的色彩。在艺术风格上，《呐喊》、《彷徨》中的小说也显示出了多样化的特点：鲁迅作品在整体上注重白描，但也有出色的抒情小说（如《伤逝》、《孤独者》、《在酒楼上》等）和杰出的讽刺小说（如《高老夫子》、《肥皂》等），以及荡漾着乡情和乡风的乡土小说（如《故乡》、《风波》、《社戏》等）。在格式上，鲁迅的小说"几乎一篇有一篇新形式"（沈雁冰：《读〈呐喊〉》，《时事新报》1923年10月8日）：《狂人日记》所采用的是第一人称的主人公独语自白（日记体）的叙述方式；《孔乙己》通过截取人物生平片断的方式来概括人的一生；《药》从事件中途起笔；《离婚》则主要写了船上和尉老爷家这两个场面。这些写法，打破了中国传统小说有头有尾、单线叙述的格式。在表现手法上，《呐喊》、《彷徨》中的小说也堪称中国现代小说的典范。在情节的提炼和设置方面，鲁迅强调选材要严、开掘要深，他并不追求情节的离奇与曲折，而是严格依据表达的主题和塑造的人物性格的需要来设置和提炼情节，注意情节的深刻蕴含。在塑造人物方面，鲁迅注重采用"杂取种种人，合成一个"（鲁迅：《且介亭杂文末编·〈出关〉的"关"》，《鲁迅全集》第6卷，人民文学出版社1981年版，第519页）的办法，对生活中的原型进行充分的艺术集中和概括，使人物形象具有较为广泛的典型性。鲁迅强调写出人物的灵魂，要"显示灵魂的深"（鲁迅：《集外集·〈穷人〉小引》，《鲁迅全集》第4卷，人民文学出版社1981年版，第513页），因此他在塑造人物形象时，常常是以"画眼睛"的方式，通过眼睛这一心灵的窗户来"极省俭地画出一个人的特点"（鲁迅：《南腔北调集·我怎么做起小说来》，《鲁迅全集》第4卷，人民文学出版社1981年版，第513页）。

鲁迅在写人物时，还注重以个性化的人物语言来揭示人物的内心世界，有时即使"并不描写人物的模样，也能使读者看了人物对话，便好像目睹了说话的那些人"（鲁迅：《花边文学·看书琐记》，《鲁迅全集》第 5 卷，人民文学出版社 1981 年版，第 530 页）。此外，鲁迅小说在塑造人物时，还特别注重将人物摆在一定的环境中来加以表现，这种环境大到时代背景，小到人物具体生活的生存环境和生活氛围，从而使作品对人物性格形成原因的揭示和对人物性格社会意义、时代意义的揭示都得到了强化。总之，鲁迅的小说在艺术上一方面大胆借鉴了西洋小说的表现手法，另一方面又融合了中国传统小说的长处，从而创造了中国现代小说的新形式。

鲁迅在 20 年代创作的《补天》、《奔月》、《铸剑》和在 30 年代创作的《非攻》、《理水》、《采薇》、《出关》、《起死》等 8 篇历史小说，后来一并收入《故事新编》中。《故事新编》中的作品，在取材和写法上都不同于《呐喊》和《彷徨》。鲁迅自己认为，这是一部"神话、传说及史实的演义"的总集。（鲁迅：《南腔北调集·〈自选集〉自序》，《鲁迅全集》第 4 卷，人民文学出版社 1981 年版，第 456 页）他曾谈到历史小说写法上有"博考文献，言必有据"和"只取一点因由，随意点染，铺成一篇"这两大类型。而他自己的历史小说显然属于后者，即"叙事有时也有一点旧书上的根据，有时却不过信口开河"（鲁迅：《故事新编·序言》，《鲁迅全集》第 2 卷，人民文学出版社 1981 年版，第 342 页）。《补天》、《奔月》、《铸剑》3 篇写作于 1922 至 1926 年间，属于鲁迅前期的作品。《补天》作于 1922 年冬天，原名《不周山》，取材于女娲开天辟地，以黄土抟人，采石补天的神话。女娲用黄土造人，创造了人类，尔后人类互相残杀，共工与颛顼争权夺利，共工败，怒触不周山，天柱为之折断。女娲只得再"炼石补天"，苦心经营地修补世界。

在故事情节的展开中，作者着重描绘了女娲进行创造工作时的辛苦喜悦，借助女娲这个形象，热情赞颂了中国古代人民的劳动创造精神和创造毅力。《奔月》与《铸剑》均写作于1926 年岁末，是鲁迅在经历了"女师大学潮"和"三·一八"惨案后，离京南下，在厦门和广州时写的。《奔月》取材于民间流传的嫦娥奔月的神话，以传说中的善射英雄夷羿作为小说的主人公。鲁迅对羿这个人物进行了再创造，一方面表现了他惊人的射箭本领和英雄气概，另一方面则描绘了他在功成业就之后的寂寞与潦倒。小说还塑造了羿的贪图享乐的妻子嫦娥和忘恩负义的学生逢蒙：嫦娥偷吃了羿的不死之药，弃他而去；而逢蒙却以从羿那儿学来的本领反过来加害于他。然而作品突出了羿的勇敢豪迈的性格，虽然寂寞和孤独，但并不悲观，而且渴望着战斗。小说的主要情节都有古书上的根据，但在主人公身上倾注着作者本人的经验与心情。《铸剑》取材于古代一个动人的复仇故事。眉间尺的父亲在奉命为大王铸剑的任务完成之日，被多疑而残忍的大王杀掉。儿子眉间尺在为其父复仇的过程中，得黑衣义士宴之敖舍命相助，最后他们用自己的头颅来反抗暴政，与统治者同归于尽。小说在描写眉间尺的复仇行为时，着力描写了黑衣人宴之敖令人战栗的冷峻，他的全部精力集中在一个目标上，就是要为一切遭受苦难的人民复仇。这 3 篇历史小说，主要是通过古代的神话传说，歌颂了古代劳动人民的伟大的创造精神和复仇精神，赞扬了那些纯朴、正直、坚强的英雄人物，同时也无情地嘲笑和鞭挞了现实生活中的市侩习气和庸俗作风等。

《理水》、《采薇》、《出关》、《非攻》、《起死》比较集中地写于 1934 至 1935 年，是鲁迅后期之作。《非攻》与《理水》

是歌颂性的小说。在东北三省失守、榆关失陷、华北告急之时,鲁迅选取了墨子止楚攻宋的故事,创作了《非攻》。作品中的墨子,是一个机智、善辩、反对侵略、反抗强暴的古代思想家的形象。为了"于民有利",他不惜长途跋涉,同楚王、公输般及公孙高辩论、斗智,一面积极布置宋国做好战斗准备。由于墨子的远见卓识和随机应变,在与公输般斗云梯中取得了胜利,制止了一场不义的战争。小说在树立墨子这一理想人物形象的同时,也讽刺批评了那些在"九·一八"事变以后鼓吹"民气"的"空谈家",签订卖国密约的"外交家",暗示出国民党反动派政治腐败、军队无能等状况。《理水》歌颂了"中国的脊梁"式的人物——古代治水英雄大禹。小说用当时官场的庸俗腐败来反衬禹的伟大。在广大人民沦于一片汪洋、饥啼哀号,而政府官员及其御用文人却大办筵席、恣情享乐之际,一个样子平常、面目黑瘦如乞丐的大禹突然出现。在这"亮相"之后,又描写了他与众官员在如何治水上的一场争论,表现了他善于倾听百姓意见,总结父亲治水失败的教训,坚持改"湮"为"导"的机智与胆略。大禹在论战中力排众议、大胆革新的精神和那些官员们的昏聩顽固、墨守成规成为鲜明的对比。《理水》以讽刺的笔触,对文化山上学者们趾高气扬的无聊争论,水利局大官脑满肠肥、作威作福的丑恶嘴脸,在嬉笑怒骂中予以极度的轻蔑和严厉的鞭挞。《采薇》、《出关》与《起死》3篇小说,是以批判为主。《采薇》取材于武王伐纣的历史记载,通过周伯夷、叔齐"义不食周粟",欲隐逸而不能,终于饿死首阳山的描写,批判、否定了他们消极避世的思想。《出关》写的是孔老相争,老子失败后西出函谷关的故事,小说的主题是批判老子"消极无为"的思想。鲁迅此文,是针对30年代社会上出现的一种崇尚空谈的危险倾向而发的。《起死》

取材于《庄子·至乐》篇中的一个寓言故事,用庄子与骷髅的消极出世和积极入世的矛盾冲突来批判老庄哲学。情节是虚构的:庄子路遇1500年前死去的骷髅,施法术使其死而复生后,对方却揪住庄子向其讨还衣物,纠缠不清。庄子在狼狈不堪之际,不得不一反其"无是非观",而据理力争,喋喋不休地别生死,辨今古,分大小,明贵贱,从而自打耳光,并招来众人的笑骂,宣告了虚无主义的破产。这篇作品采用了讽刺短剧的形式,尖锐地鞭挞了30年代某些文人宣扬的"唯无是非观,庶几免是非"、"彼亦一是非,此亦一是非"的老庄哲学的欺骗性。

《故事新编》在写作上的鲜明特点之一是依据古籍和容纳现代。《故事新编》各篇的主要人物、主要事件,都有历史文献的依据,但"博考文献"只是作为鲁迅历史小说的"基础材料",在写法上,他只取"一点因由"加以"点染",即在历史材料基础上进行加工、提炼、改造和艺术虚构,将现代人的生活融入古人古事之中。经过这样的艺术创造,形成了《故事新编》的古今交融的艺术特点:古人和今人有机地纳入同一形象系列,古代情节与现代情节有机地交融一体,从而加强了作品的艺术感染力,取得更好的战斗效果。不是"将古人写得更死",而是将古人写活,这是《故事新编》又一个重要的艺术特色。古书的记载,以平面的记述为主,很少有对人物性格和内心世界的深入描绘。而鲁迅的历史小说则着重于对古人性格、精神和心理状态的深入开掘与扩展,并用"画眼睛"的手法加以渲染和强调。古人与现代人相距甚远,如何能将古人写活?在《故事新编》中,鲁迅主要是从现实生活出发,不给古人戴上光圈,不"神化"或"鬼化"古人,而是将古人当做人,寻找古今人思想感情上相通之处加以推想和发展。运用"油滑"

手段，在穿插性的喜剧人物身上，赋予现代化的细节，为"借古讽今"服务，这是《故事新编》的重要手段。鲁迅在《故事新编·自序》中说，由于《补天》中穿插了一个古衣冠的小丈夫，陷入了"油滑"的开端，还说"油滑是创作的大敌，我对于自己很不满"。但从《补天》开始直至13年之后的《出关》中的婢女阿金、《起死》中的汉子和巡警等，这种"油滑"或"开一点小玩笑"的写法不仅没去掉，却越来越发展了。这些穿插性的喜剧性人物，有时还满口现代生活的语言，如"OK"、"古貌林"、"海派会剥猪猡"、"来笃话啥西"等，油腔滑调。这很像是戏剧舞台上丑角的插科打诨，有些类似鲁迅故乡浙东戏剧中的"二丑艺术"。舞台上的二丑人物，有时可以脱离剧情而插入有关现代生活的语言、动作，作用是对现实进行讽刺。鲁迅历来喜爱民间艺术（包括民间戏曲），因而，可以把《故事新编》中的"油滑"看做是鲁迅吸取戏曲艺术的经验而作的一种尝试与创造。

（二）《野草》、《朝花夕拾》

鲁迅的散文诗集《野草》和回忆性散文集《朝花夕拾》均为中国现代散文中的精品。《野草》中的散文写于1924年至1926年，陆续发表在《语丝》上，加上出版前写的《题辞》，共24篇。《野草》的写作时间大体上与小说集《彷徨》相同，心境也基本一致。作品表现了鲁迅在苦闷、彷徨中求索的心路历程，作品所包含的丰富多样的内容和复杂矛盾的心情，既反映了时代的矛盾状态，又体现了鲁迅在思想大转变前夕所作的严肃的自我解剖。

《野草》最为动人的思想力量是在于作品所体现出的勇敢地面对而不是逃避现实黑暗的清醒的现实主义态度，以及作家尽管绝望、苦闷却始终坚持着的持续、韧性的战斗精神。这种态度和精神贯穿于全部《野草》。《秋夜》中的"我"作为一个清醒的"观察者",用他那深刻而敏锐的眼睛,撕去了被星、月装饰起来的秋夜的"天空"的神秘,把它的黑暗揭示给人间,指出它的凶残、卑劣、顽固、狡猾和虚弱,使它终于无法隐瞒那竭力隐瞒的凶相与丑态。他没有任何不切实际的梦幻,不仅看到了小粉红花的梦、落叶的梦都于身无补,而且警惕到小粉红花的美丽的梦对战斗的枣树可能发生的不利影响;他看透了夜游恶鸟的得意的飞鸣,不过是倚仗着秋夜的淫威,于是他"吃吃地"蔑视它、耻笑它。"我"赞扬了枣树的真正的战斗:虽然只剩下了落尽叶子的枝干,却"默默地铁似的直刺着奇怪而高的天空",表现了一种战士的无畏无惧的韧性战斗精神。《过客》中的"过客"经过长途跋涉,疲惫而又劳顿,然而他追寻着生命的呼唤,顽强而执著地前进着。

无论是世故的恳挚的劝告,还是天真的热情的安慰,都无法使他改变主意。他不清楚前面是什么所在,料不定能否走完,却还是谢绝一切"好意",拒绝一切"布施",依旧奋然向前走去。"过客"这一形象表现出的是一种上下求索、自强不息的斗争精神。《这样的战士》中的"这样的战士",处身于"无物之阵",遇见的是"一式的点头",然而他始终保持清醒、坚韧的战斗精神,在任何情况下都"举起了投枪"。"独战的战士"是《野草》独创的艺术形象,《秋夜》中的"枣树"、《过客》中的"客"、《这样的战士》中的高举投枪的战士等,都是这样的独战的战士。他们赋予鲁迅的孤独感以战斗的色彩,使《野草》呈现出一种悲壮的抒情风格。《野草》是鲁迅彷徨时期的作品,它真实地记录了作者在探索继续前进的道路上的思想矛盾,以及为了摆脱思想上的消极因素而开展的激烈的内心斗争和自我解剖。严肃而深刻地反省自己的空虚和寂寞情绪，毫不留情地解剖、坦示自己阴冷和灰暗的心理，是《野草》震撼读者心灵的重要原因。《希望》、《死火》、《影的告别》、《墓碣文》等篇都程度不同地抒写了他的苦闷、矛盾和彷徨。例如《影的告别》，"影"的命运十分寂寞，"黑暗"会将它"吞并"，"光明"又使它"消失"，作家借此表白了自己"彷徨于明暗之间"的内心痛苦。《野草》这种"彷徨"实质上是大革命前夕中国许多知识分子苦闷彷徨情绪的表现，因而有着深刻的历史的和现实的缘由。鲁迅在抒写他的苦闷、矛盾、彷徨时不免会生发出低回哀婉乃至悲怆之情，因而，《野草》中出现了不少可以视为"悲观"、"绝望"、"虚无"的形象。

然而作品同时也给世人留下了反抗绝望的激愤倔强的心声：《影的告别》中，"影"没有给自己预约一个光明的"白天"和"黄金世界"，而是"在黑暗里彷徨于无地"，这种"和黑暗捣乱"的态度，是对现实的战斗的执著；《希望》的结论可以说是对"绝望"的否定；《死火》中"死火"宁肯"烧完"也要重返"火宅"；《死后》中的"我"，为了驱逐他的敌人，决定索性不死，而"坐了起来"；《墓碣文》中的死者，也以"坐起"驱走了他的不敢真诚、大胆地看取社会、人生，不敢正视自身血肉的"酷爱温暖"的朋友，显示了无情地解剖别人也无情地解剖自己的勇气……《野草》昭示了鲁迅极其痛苦、极其艰难的心灵历程，从中我们可以看到：英雄之所以成为英雄，就在于他能够一面同厄运搏斗，一面进行紧张的"内省"，努力结清旧账，不断寻求新路。

《野草》还对病态的社会和黑暗的现实进行了无情的针砭和批判。《淡淡的血痕中》、《失掉的好地狱》把矛头直指当局者当前的罪行，喊出并点燃了深藏在群众心中的愤火；《失掉了的好地狱》还对新旧军阀争斗的形势作了预见性的估计。在《复仇》、《狗的驳诘》、《立论》、《死后》、《失掉的好地狱》、《淡淡的血痕中》、《颓败线的颤动》中，几千年的封建的政治压迫与文化专制的积淀造成的"主人"的凶残怯懦，"奴才"的巧猾、势利，"奴隶"们及弱者的麻木苟安以及求苟安自保而不能的难堪处境，这些都遭到了揭露和批判，其犀利与深刻程度与同时期的杂文相比，毫不逊色。《野草》是鲁迅在艺术探索上的新成果，也是中国现代散文诗走向成熟的第一个里程碑。散文诗是五四时期出现的一个新的文学品种，它是诗与散文的结合，或者说是散文形式写的诗，具备诗的构思和意境，却不必有诗的形式。由于散文诗省略了叙述的文字，采用以抒情为主的手法，所以往往篇幅较短，内容含蓄、凝炼。鲁迅的《野草》，深受外国散文诗的启发，在思想和艺术上大量吸取了外国文学的营养，《野草》的苦闷、彷徨情绪间接地反映着厨川白村《苦闷的象征》的影响；其深刻、警策与隐晦，以及一些形象的"尼采气"，多见于《查拉斯图拉如是说》及尼采其他箴言体著作；诗情温厚柔美处，又宛似屠格涅夫的散文诗；个别篇什（如《颓败线的颤动》）中对罪恶的描写，也有着波特莱尔《恶之花》的朦胧仿佛的影子。

和鲁迅的小说创作一样，散文诗《野草》完全是将吸取的外国文学的营养化为自己的血肉，是作家自己艺术天才的独创，开了中国散文诗的先河。在艺术上，《野草》采用的是以抒发内心感受为主的"小感触"的形式，具有哲理性、象征性和形象性相结合的艺术风格。《野草》最显著的特点，是在取象、造境、构思上的独特性。《野草》对现实景象和梦境的交错描写，把一些微妙难言的感觉、直觉、情绪、想象、意识与潜意识准确而生动地表现了出来，有着丰富的心理内涵。《野草》

思维的辩证性，在语言上表现为反义词语的相生相克，由此又派生出句式、节奏上的回环反复，旨远而词约，言尽而意永，常有一种弦外之音、言外之意、意外之情、情外之理，把散文诗的抒情特点及诗的意蕴发挥到了极致。象征、隐喻手法的大量运用，是《野草》又一显著的艺术特点。《野草》中，自然景物、人物或故事，往往既是写实的，而同时又具有象征和隐喻的意义。例如《秋夜》中秋天夜空的画面、《腊叶》中"病叶"特征的描画、《这样的战士》中战士的身影、《过客》中困顿的过客等，其背后都无不有着特定的象征和隐喻的内涵。写实的画面与象征、隐喻的内涵共同构成了一个幽深奇崛的艺术境界，从而发人深思，启发人去认识和探求人生，启发人以生活的哲理思考。

《朝花夕拾》共计10篇，写于1926年，都是带有回忆性质的叙事散文。最初陆续刊载于《莽原》，总题为《旧事重提》，1927年成书时改为现名。《朝花夕拾》的写作背景与《野草》大致相同，写作时间也有所重叠衔接。鲁迅当时的心情是"想在纷扰中寻找一点闲静来"，以回顾和反思以往的生活。这一组散文以深情、平易、清新、舒展的笔调，记述了自己童年、少年、青年时代的生活片断；抒发了对亲朋和师友的诚挚怀念；展现了家乡的风俗、中外的社会相貌、清末民初的时代剪影；寄托了对现实的思考。鲁迅的童年与青年时代，是风云变幻的年代，《朝花夕拾》虽然没有直接去描写重大的历史事件，但却是以个人遭遇抒写时代风云。虽然是一些生活片段，但经过作者对往事的回味、咀嚼和总结，连缀起来，却构成了一幅半封建半殖民地中国生活的风俗画。《朝花夕拾》与鲁迅的小说一样，善于以生活琐事反映社会面貌。《朝花夕拾》中所写的事和人，往往饱含着作家强烈的爱憎，闪烁着社会批判的锋芒，在平淡的叙述中寓有褒贬，在简洁的描述中分清是非，使回忆往事与批判现实融合在一起。

作为"回忆文"，这组散文基本上是追怀往事，但鲁迅行文中善于"以插曲表现大的事件"，从而在每篇中可以发现在叙事中往往掺有杂文笔法和对现实的批判。例如在给媚态的猫画像时，狠狠鞭挞了帮闲文人的丑态；在批判《二十四孝图》等封建读物时，作者也没忘记捎带抨击那些"以不情为伦纪，诬蔑了古人，教坏了后人"的"流言家"和"道学先生"，等等。《朝花夕拾》以叙事为主，但同时穿插了议论，融入了浓厚的抒情，是叙事和议论、抒情的有机结合。当作者回顾往事、重提旧事时，总是撷取那些体会最深切的典型感受，以抒发内心方式表达出来，从而赋予作品以抒情、感人的力量。清新恬淡与讽刺幽默的统一，是《朝花夕拾》的艺术风格。这一组回忆散文，基调是恬静明快的，读来亲切动人，但在恬静平淡的回忆中，却时时可见讽刺机锋和幽默笔调，使人咀嚼回味之余，深受启发。

（三）杂文

鲁迅从事过多种体裁的文学创作，数量最多的是杂文，他一生写下的大量杂文，编辑成集的共有 16 部之多。从 1918 年在《新青年》上发表"随感录"起至 1936 年逝世前未完篇的《因太炎先生而想起的二三事》止，杂文创作贯穿了鲁迅文学活动的始终。杂文是鲁迅这位精神界战士在思想、文化领域进行战斗和自我"释愤抒情"的重要文学形式。现代杂文正因鲁迅的积极倡导和大力实践，才得以从容踏入文学殿堂。

鲁迅的杂文创作以 1927 年为界，分为前后两个时期。鲁迅前期的杂文收入《坟》、《热风》、《华盖集》、《华盖集续编》

和《而已集》这 5 本杂文集中。广泛的社会批评和文明批评，是鲁迅前期杂文的特色，民主与科学是鲁迅前期杂文创作的指导思想，彻底的反帝反封建的精神是贯穿他杂感文始终的灵魂。他从进化论出发，以个性主义和人道主义为武器，对陈陈相因的普遍性的社会现象和文化心理进行了深入的剖析和批判。如《我之节烈观》、《我们现在怎样做父亲》从伦理道德角度批判封建节烈观念和父权主义；《说胡须》、《看镜有感》批判国粹主义；《春末闲谈》、《灯下漫笔》揭露封建社会的吃人本质。鲁迅前期杂文的主要内容有：反对国粹主义；批判迷信落后思想；反对封建礼教，主张妇女儿童和青年的社会解放；揭示和批判国民性的弱点；对"整理国故"的否定和对欧化绅士的批判；对"打落水狗"和"韧性战斗"精神的提倡；等等。1925年前后随着实际政治斗争的展开，鲁迅前期杂文增加了政治批评的内容，围绕着"女师大学潮"和"三·一八"惨案等重大事件，猛烈抨击了专制暴虐的北洋军阀政府和为虎作伥的现代评论派文人。《无花的蔷薇》、《记念刘和珍君》等篇满腔义愤地揭露了北洋军阀政府当局者的凶残和流言者的下劣，喊出了"沉默呵，沉默呵！不在沉默中爆发，就在沉默中灭亡"的悲切之声。1928年后鲁迅的杂文主要收入如下集子：《三闲集》、《二心集》、《南腔北调集》、《伪自由书》、《准风月谈》、《花边文学》、《且介亭杂文》、《且介亭杂文二集》、《且介亭杂文末编》（该集为鲁迅去世后由许广平编成）。鲁迅后期的杂文创作取得了更大的成就。鲁迅曾在《且介亭杂文二集》的《后记》中对自己的杂文创作做过这样的统计：1927 年以后的 9 年间，他的杂文比这以前的 9 年数量多了两倍；而这后 9 年中的最后 3 年的数量又等于前 6 年。

　　这说明，鲁迅的杂文越到后来创作数量越多。其中的原因是：其一，是30年代的严峻斗争形势所决定的，用鲁迅的话说，"现在是多么迫切的时候，作者的任务，是在对有害的事物立刻给以反响或抗争"（鲁迅：《且介亭杂文·序言》，《鲁迅全集》第6卷，人民文学出版社1981年版，第3页）；其二，是由杂文的文体特点所决定的，因为杂文短小精悍，像投枪、匕首，所以在30年代阶级斗争十分激烈、思想战线斗争十分频繁的情况下，可以发挥其战斗威力；其三，鲁迅此时思想发生了飞跃，已掌握马克思主义的批判的武器，对社会现象有更透彻的认识，这无疑有利于杂文的写作。因此，与前期杂文相比，此期杂文思想更为锐利，内容也更为丰富。鲁迅后期杂文的内容非常广泛：有政治评论，如揭露当局的反动统治和文化"围剿"的罪行等；有对文艺界各种现象的评论，如对文艺界表现出来的倒退、复旧的倾向的批判，对文坛"捧杀"与"骂杀"现象的批评，对青年作家作品的评论等；有各种思想评论，如对社会上各种错误思潮的批判、对各种错误的文艺观的批评等。值得注意的是，鲁迅后期杂文中，政治内容大大增加，对国民党政府的罪行和帝国主义的侵略进行了直接的揭露和愤怒的抗议。《为了忘却的记念》、《写在深夜里》控诉了国民党进行文化围剿、杀害"左联"五烈士的罪行。《中国人的生命圈》揭露日寇在"边境上是炸，炸，炸"，国民党在"腹地上也是炸，炸，炸"的暴行。同时，鲁迅后期仍然注意进行社会批评，写下了大量解剖中国社会思想的杂文。这些杂文仍像前期杂文那样对中国传统文明的弊病和各种丑恶的社会现象进行了综合性的解剖。《二丑艺术》、《爬和撞》、《帮闲法发隐》、《"题未定"草·二》等篇通过生动的形象，批判了二丑的投机艺术和小市民向上爬的市侩哲学，揭露了帮闲们的帮忙、帮凶的实质和"倚徙华洋之间，往来主奴之界"的西崽相。鲁迅后期以杂文形式扶正祛邪，坚持文化战线上的思想理论斗争。他积极扶持进步文学运动，并与该时期文坛上的民族主义文学、新月派、"自由人"、"第三种人"、"论语派"的形形色色理论展开论争。鲁迅后期杂文的文艺批评与政治批评、社会批评的关系更加密切，因而也是30年代中国社会思想和社会生活的最好的艺术记录。

善于抓取类型，画出富有典型意义的形象，使议论和形象相结合，这是鲁迅杂文的一个鲜明的艺术特点。可以说，鲁迅的杂文是诗化的政论，是政论化的诗；是绵密的逻辑和生动的形象的高度统一，是思想家的卓识和文学家的才华的高度统一。所谓"论时事不留面子，砭痼弊常取类型"（鲁迅：《伪自由书·前记》，《鲁迅全集》第5卷，人民文学出版社1981年版，第4页），就是这种统一的集中体现。如《中国人的生命圈》从"圈"到"线"到"〇"，层层推演，逻辑严密，议论深刻，并创造出了具体的形象，饱含了爱憎之情。从"砭痼弊"的立意出发，鲁迅的杂文塑造了一系列否定性的类型形象。

如：脖子上挂着铃铎作为知识阶级徽章领着群羊走上屠宰场的山羊（《一点比喻》），"折中，公允，调和，平正之状可掬"的巴儿狗（《论"费厄泼赖"应该缓行》），吸人血又先要哼哼发一套议论的蚊子（《夏三虫》），一面受着豢养、一面又预留退路的二丑（《二丑艺术》）……鲁迅对这些类型形象的塑造，融注了作者对社会的真知灼见，并且具有触类旁通的美感特征，这是鲁迅杂文突出的艺术成就。鲁迅的杂文善于运用生动、幽默的语言，展开逻辑严密的论点；善于运用联想，将不同时空发生的现象联系起来分析，增强了作品的历史底蕴和深邃内涵。鲁迅的杂文篇章短小精悍，笔墨凝炼犀利，锐利如匕首投枪。鲁迅杂文好用反语、夸张等幽默讽刺手法，亦庄亦谐，庄谐并出，往往三言两语就能画出敌人的"鬼脸"，语言简洁峭拔，充满幽默感。鲁迅杂文造语曲折，往往不直接得出结论，而采用比喻、暗示、对比等手段，通过叙述描画突出事物的内在矛盾，含不尽之意于言外。如《现代史》一文表面上显得文不对题，通篇都在写变戏法，实际上是以此比喻现代史，揭露了现代统治者巧立名目、盘剥人民的本质。语言曲折婉转，寓意深刻丰富，表现出驾驭语言的卓越才能。总之，鲁迅杂文是对中国议论性散文的创造性发展，它为中国文学创造了"杂文"这一富有生命力的文体范式。鲁迅把他充沛的才情、感兴与想象力，融入杂文中，而且表现得比他的其他作品更直截了当。因此，杂文是了解鲁迅思想、阅读理解他的其他作品的最好的参照资料。

三、小说创作

中国文学的第一篇具真正现代意义的小说，是鲁迅刊载于1918年《新青年》杂志上的短篇小说《狂人日记》。在《狂人日记》之后，鲁迅紧接着又为新文学奉献了《孔乙己》等优秀小说作品，它们共同以深刻的思想性与相当成熟的艺术技巧，为后来的新文学小说家们的创作树立了一个典范，也为中国现代小说的发展奠定了一个坚实的基础。1919年间，更多的作家们开始了小说创作。除鲁迅外，现代小说最早的作者还有1918年10月在《新青年》发表《老夫妻》，后来出版过短篇集《小雨点》的陈衡哲，以及《新潮》的作家群，即《雪夜》、《一个勤学的学生》的作者汪敬熙，《渔家》、《贞女》的作者杨振声，《这也是一个人》、《春游》的作者叶绍钧，《花匠》的作者俞平伯等人。《新潮》的作家们这时候的作品，"技术是幼稚的，往往留存着旧小说上的写法和情调"，但是"他们每作一篇，都是'有所为'而发"。(鲁迅:《中国新文学大系·小说二集导言》,《鲁迅全集》第6卷,人民文学出版社1981年版,第239页)这些作品或揭露现实的黑暗,或反映民间的疾苦,或描写身边琐事,都体现出艺术"为人生"的启蒙主义倾向。

1921年以后,现代文学的小说创作进入了作家群聚、流派竞起的繁荣时期。据统计,"在1922年至1926年的四五年间,新出现的小说家为1918年到1920年的五倍以上"(杨义:《中国现代小说史》第一卷,人民文学出版社1986年版,第122页)。作家们多聚集在一定的文学社团与流派下进行创作,使群体化和流派化成为这一时期小说创作的突出特征。文学研究会和创造社是当时两个最大的文学社团,聚集在它们旗帜下的作家也最多。文学研究会以"为人生"为基本创作宗旨,"为人生"而艺术,经文学研究会的自觉提倡,在五四时期文学中成为一股很大的潮流。要"为人生",就势必引起对人生的意义和目的的广泛思考,这反映在当时文学研究会诸作家的创作上,出现了"问题小说"的兴盛期。最有代表性的作品有:冰心的《斯人独憔悴》、《两个家庭》、《超人》,庐隐的《海滨故人》,许地山的《缀网劳蛛》、《商人妇》,王统照的《沉思》、《微笑》等,他们的作品从不同的角度提出了人生的问题。"问题小说"是以对现实的深切关注和浓郁的人道主义思想为基本特征,以揭示社会问题,表达对于人生与社会问题的思考和对于社会黑暗的批判为目的的。要"为人生",就要担负起指导人生的责任,对于提出的种种人生问题,这批作家也试图提出各自的解决办法。冰心认为,解决人生问题的办法是"爱",她让人们用爱去解决一切人生苦闷与烦恼。与冰心"爱的哲学"相反,庐隐要揭开欢乐的假面具,打破人们的迷梦,以此宣泄愤世厌世的情绪。许地山则试图用宗教意识来解人间苦闷,他告诉人们，命运就像一张网，必须以达观的态度来对待它，坚韧不懈地补缀破了的网就是人生意义之所在。王统照的药方是以"美"和"爱"来弥合缺陷、净化人生。"问题小说"表达了作者们一定的现实主义创作精神，寓含着作者们对生活的努力探寻与思考，同时，作品也多融杂着作者们较强的主观感情投射，所表现的主题多呈现出哲理性和象征性的趋向。

上述几位作家在五四初期的小说创作，都比较注重以写实的笔墨表现主观上的人生理想，带有理想主义色彩。"问题小说"总的水平是参差不齐的，文学形象性和生动性欠缺是它的主要不足。真正能够"冷静地谛视人生，客观的地，写实的地，描写着灰色的卑琐的人生的，是叶绍钧"（茅盾：《中国新文学大系·小说一集导言》，《中国新文学大系》（小说一集），上海良友图书出版公司 1935 年版，第 22 页）。虽然他也曾把"美"和"爱"当做生活的理想（如《阿凤》、《潜隐的爱》等），但1922 年后他的注意力更多地转向了现实生活，写下了《火灾》、《线下》、《城中》三个短篇集。其中最成功的是对小市民和中下层知识分子灰色人生的描写。

到 20 年代中期，"问题小说"逐渐式微，"乡土文学"则走向勃兴。"乡土文学"的兴起是"为人生"而艺术的文学向前发展的必然结果：中国当时乡村人口占全国总人口 90% 以上，要关注人生、表现人生，自然就不能忽视广大乡村人民的人生。乡土文学作家群崛起于 1923 年左右，代表作家有王鲁彦、废名、许钦文、彭家煌、许杰、蹇先艾、台静农等。这些作家都出身于全国各地的乡村，当时都寓居在北京与上海两地。在五四新的思想文化的观照下，他们对故乡社会有了更深的认识，同时，对遥远故乡亲人的思念也促使他们拿起笔，对他们记忆中的中国乡村社会进行描摹与揭示。

在文学团体上，他们分属文学研究会、语丝社、莽原社等，但共同的志趣使他们将笔触一致地投向了中国乡村，并表现出了共同的创作倾向。所以，他们虽然没有提出什么宣言口号，但在实践上却是在进行着一个文学流派的活动。以深厚的主体情感对中国乡村社会进行真切的描摹与心灵拥抱，是乡土文学小说作家群创作的突出特点。作家们一方面普遍地受到鲁迅乡村题材小说创作的深厚影响，对乡村社会进行俯视的批判和审视是他们共同追求的创作目标，写实的创作方法也基本构成了他们的创作特点；但另一方面，由于他们与乡村社会的紧密联系，他们的小说创作又不同程度地带有作者的主体情感投射，含泪的批判是他们创作的另一个突出特征。对乡村下层民众的贫穷和痛苦生活进行细致的描摹，表达对于普通农民不幸遭遇的深刻同情，是乡土文学小说作家们创作的一个主体内容。彭家煌的《陈四爹的牛》叙述了一个因丢了地主家的牛而无奈自杀的普通农民的悲惨故事；台静农的《红灯》以深刻同情的笔调叙写了一位乡村母亲的痛苦命运；许钦文的《石宕》则将笔触伸向社会底层的农民工：为生计所迫，他们被迫离开土地出外做工，尽管生命时刻受到威胁，但他们仍只有无奈地做下去。此外，许杰的《赌徒吉顺》、王任叔的《疲惫者》，以及废名的《浣衣母》，都表现了同样的主题。继承鲁迅《阿Q正传》的传统对中国乡村社会的愚昧落后进行揭示与批判，是乡土文学小说作家们创作的另一个特点。

许钦文的《鼻涕阿二》就塑造了一位像阿Q一样不觉醒的乡村妇女形象，她是一个封建制度下的受害者，但却没有任何觉醒的表现，永远在黑暗中沉沦；塞先艾的《水葬》以沉重的写实笔调，向人们展示了作者家乡贵州偏远乡村的水葬陋习，展示与批判了乡村民众的愚昧与麻木；许杰的《惨雾》冷峻而沉重，为人们描述了一场乡村械斗的残酷场景，作者的情感蕴于客观的描述之中；彭家煌的《怂恿》揭示了一个乡村地头蛇鱼肉百姓的丑恶行径，《活鬼》以讽刺的笔调嘲讽了旧中国乡村的小孩子娶大媳妇的风俗习惯，其浓烈的喜剧氛围下寓含强烈的讽刺意味。

乡土文学小说作家们为中国现代文学奉献了一批优秀的小说作品，真切地展现了"中国农村宗法形态和半殖民地形态的宽广而真实的图画"（严家炎：《中国现代小说流派史》，人民文学出版社1989年版，第68页），对现实民众的悲惨命运也作了真实深刻的描绘，对现实社会的黑暗进行了明确的批判，而且，这些作品现实主义色彩强烈，艺术表现风格又多样，对中国现代小说的走向成熟做出了自己突出的贡献。更为突出的是，乡土文学小说作家们还为中国现代文学提供了许多丰富多彩的地方风俗画，大大丰富了中国现代文学的文学画廊。由于作家们来自中国各地乡村，又注重客观描述地方生活，所以，他们展现的社会风俗画各具地方特色，不论是在地方景物描写上，还是在语言上，都体现出了浓郁的地域风貌特征。这些都为以后的中国现代乡土小说发展提供了有益的借鉴。

与"为人生"的现实主义小说同时发展的还有创造社和接近创造社的一批作家们表现自我的小说。创造社遵循的是"为艺术而艺术"的文学主张，小说的取材多为自己的经历和身边琐事，所以有"自叙小说"（或曰"身边小说"）之称。其小说创作的代表作家是郁达夫、郭沫若、张资平等。与文学研究会的现实主义和人道主义文学特征不同，创造社的小说创作呈现出浓烈的表现主义色彩。对自我心灵的强烈抒发、对生活的浪漫叙写，以及对于个性解放的热烈追求，是创造社作家小说创作的显著特征。围绕着创造社作家为中心，形成了一个有独特艺术追求的文学流派——浪漫抒情小说。这一流派以郁达夫、郭沫若为精神主导，成员还包括浅草—沉钟社的陈翔鹤、文学研究会的王以仁等人。这些作家的创作带有浓郁的抒情味，题材多以个人亲历或个人感受为主，他们叙事状物，都是为表达个人内心情怀，主体情感色彩投射强烈。郁达夫的《沉沦》、郭沫若的《漂流三部曲》是其中的代表作品。20 年代还有一些作家尝试创作了心理分析小说。例如郭沫若的《残春》、《叶罗提之墓》、《喀尔美罗姑娘》等就是最早运用意识流手法描写人物性心理的小说。再如鲁迅的《不周山》（《补天》），本意是"取了莆罗特说，来解释创造——人和文学的——缘起"（鲁迅：《故事新编·序言》，《鲁迅全集》第 2 卷，人民文学出版社 1981 年版，第 341 页）的。此后，还有叶灵凤的《昙花庵的春风》，上官碧的《看虹录》，许杰的《萤光中的灵隐》、《暮春》等，都是这种尝试的产物。1925 年前后，中国社会的局势有了较大的改变，现代小说的发展也有了相应的改变。在一些共产党人的倡导下，无产阶级革命文学的概念和有关创作方法开始进入现代文学的领域，一些先行者更尝试进入革命文学的创作领域。他们的创作取得了初步的成绩，得到了初步的社会反响。在小说创作上，最突出的革命文学作家是蒋光赤，他此时期的代表作品有《少年漂泊者》与《短裤党》等，前者写了一个参加革命前的少年漂流的过程，作品既反映出一定的客观社会现实，又带有较强的主观色彩；后者直接反映革命者的现实斗争与生活，在中国现代文学中最早塑造了革命者的形象，但形象存在较强的概念化缺陷。《短裤党》可视作是 20 年代文学与下一阶段文学的过渡期作品，在它的身上，已明显体现出下一阶段左翼文学的优点和缺失。

早在 1922 年，中国台湾地区就已开始出现新文学的小说创作，早期代表作有追风的《她要往何处去》（1922 年 4 月发表）、无知的《神秘的自制岛》、柳裳君的《犬羊祸》、云萍生的《月下》等。其中追风的《她要往何处去》是中国台湾地区现代文学史上的第一篇小说。到了 1926 年，中国台湾地区新文学中的一些奠基性的作品开始出现，小说方面主要有赖和的小说《斗闹热》与《一杆"称仔"》、杨云萍的《光临》、张我军的《买彩票》等。赖和（1894—1943），原名赖河，笔名懒云、甫三等，彰化人。赖和幼时在民间书塾接受中国古典文学的教育，1941 年毕业于台北医学校。在日本殖民统治时期曾两次入狱。赖和是中国台湾地区新文学的奠基者，也被称作"台湾的鲁迅"。他曾主持《台湾民报》文艺栏，参加过《台湾新民报》文艺栏及《南音》、《台湾新文学》等文艺杂志的编辑工作。赖和的主要作品有：小说《一杆"称仔"》、《可怜她死了》、《不如意的过年》、《善讼的人的故事》等 14 篇，新诗 11 首，随笔杂感 13 篇。1979 年，李南衡将这些作品编为《赖和先生全集》出版。赖和的小说创作，其题材大致可以分为四个方面：（一）日本殖民统治下中国台湾地区人民的悲惨遭遇；（二）日本殖民统治者的丑恶本质；（三）传统封建思想和旧势力的愚昧；（四）中国台湾地区知识分子的苦闷。赖和在他的小说创作中，坚持反帝、反封建的精神，以现实主义的创作手法，直面现实，反映人生，塑造了丰富多样的人物形象。赖和以自己的作品，展现了一个具有强烈的民族意识的现代中国台湾地区知识分子的情怀。小说《一杆"称仔"》描写的是日本警察压迫中国台湾地区民众，中国台湾地区民众奋起反抗的故事。中国台湾地区农民秦得参因穷困，向妻子娘家借了一支"金花"典了三元钱，以此做本钱做点卖青菜的小生意。由于当时日本殖民当局规定度量衡是官府的专利，秦得参无钱购买"称仔"（秤），只得向邻居借了一把。当秦得参在卖菜时，一巡警（日本人）想要他的青菜，他先假意问秦得参价钱如何，希冀秦得参送他青菜，不料秦得参只是想便宜卖给他，结果激怒了日本巡警，找茬说秦得参借来的"称仔""不堪庸了"（其实还很新），把秦得参的"称仔""打断掷弃"，并骂秦得参"畜生"。在日本殖民统治下（日本巡警为这种统治的体现者），中国台湾地区民众毫无人的尊严，秦得参不但"称仔"被折，生意没法做，而且还被关进监狱，当他妻子花钱把他从牢里救出来之后，秦得参觉得有一种"不明了的悲哀"，他有了"人不像个人，畜生，谁愿意做。这是什么世间？活着倒不若死了快乐"的想法，于是他在杀了"夜巡的警吏"之后，也结束了自己的生命。在这篇小说中，秦得参以生命为代价，维护了自己的尊严，反抗了日本殖民者。

如果说《一杆"称仔"》是从中国台湾地区民众的角度描写了日本警察的蛮横和卑鄙，揭示了日本殖民统治的残酷和黑暗，那么《不如意的过年》则以日本警察为主角，描写了一个日本警察在年终时由于从中国台湾地区民众那里收到的年礼不够丰盛，加之他感觉中国台湾地区民众越来越不驯顺，因此心怀恼怒，为了能让中国台湾地区民众感受到他的威严，他利用自己殖民者的地位优势，找茬为难中国台湾地区民众，大施淫威，直到满足了自己的统治欲后，才"呼呼地鼾在睡牢中，电光映在脸上"，分明写出一个典型的优胜者得意的面容。《一杆"称仔"》和《不如意的过年》这两篇小说体现了赖和强烈的民族意识，《可怜她死了》这篇作品则反映出赖和反思封建思想和批判传统旧势力的现代精神。在小说中，赖和写一个中国台湾地区女子阿金因家贫卖给了阿跨仔官家做童养媳，买她的人家对她尚好，无奈她的丈夫因参与罢工风潮，被警察打伤致死。

婆家因贫只好让她给财主阿力哥包养，结果阿力哥不久就喜新厌旧，决计抛弃她，而她此时已有身孕，最后在河边洗衣时落水而亡。在这篇小说中，赖和对中国台湾地区封建的"童养媳"制度和"包养"陋习进行了批判，对弱女子阿金的悲剧人生寄予了无限的同情。在艺术上，赖和的小说体现出较强的故事性、戏剧性和浓郁的地方色彩。在语言运用上，更是以口语化、生动性著称。特别是对中国台湾地区方言的成功运用，使赖和成为中国台湾地区新文学中极具代表性的一位作家，并代表了中国台湾地区新文学未来发展的一个方向。20年代的小说创作，是中国现代文学史上小说发展的很重要的时段。在短短的近十年间，它经历了由五四时期的草创，到流派纷呈的初步成熟与繁华时期的发展和演变。其中所积累的经验与教训，为现代小说下一阶段的发展提供了有益的借鉴，先驱们的卓越成绩，为中国现代文学奠定了坚实的基础。本阶段小说创作初步确立了现代小说的内容和形式。中国现代小说是一种与传统小说有着极大变异，甚至可以说是完全两样的文学形态。它的最大特点是其中的强烈的现代民主启蒙精神。作为一种现代意义的文学，它的服务对象不再是封建制度和封建思想而是广大的社会与人民大众，所以，它的内容也具备了强烈的现代意义。就现代小说的创作题材来看，知识分子、农村与农民生活是它两个大的中心内容。而且，在这些题材上，作者表现的是对于社会不平等不公正的批判，是对于被剥削被压迫者的深刻同情，是一种以现代立场对封建统治立场的挑战与反叛。现代的内容要求现代的形式，中国现代小说的形式与传统小说比较也有着大的发展。在西方先进小说艺术表现形式的观照下，作家们大胆突破了中国传统小说的表现方法与技巧。虽然这之中也难免有对西方文学生吞活剥者，但其中的优秀者，如鲁迅、叶绍钧、郁达夫等，既大胆突破了传统小说表现手法的单一，充分吸取西方文学的艺术技巧，又保留了传统文学中的独特和优异处，通过二者有机的融合，创造出现代小说丰富多样又有民族特点的表现形式。现实主义、浪漫主义，自叙小说、抒情小说、写实小说、乡土小说，中篇小说、短篇小说、长篇小说，各种题材、体裁与表现方法，在这里都得到了充分的尝试与表现。这些尝试，对于中国现代小说艺术的发展和走向最终成熟，有着不可忽略的巨大意义。本阶段的现代小说虽然还刚刚起步，但它却很快脱离了最初的稚气，取得了不俗的成绩，为后来者提供了样本与典范。从创作群体来讲，乡土小说作家群和浪漫主义作家群达到了本阶段流派创作的高峰，其中的不少作品达到了较高的思想艺术水准；就个体作家讲，中国现代文学的小说大师鲁迅在本阶段奉献了《呐喊》与《彷徨》两部优秀的短篇小说集，其中的不少篇章已成为了中国现代小说的典范。叶绍钧、郁达夫、王统照等作家所创作的许多作品也取得了很高的思想艺术成就。这些作品的出现，既为后来者提供了学习和借鉴的样本，也丰富了中国现代文学的创作宝库。此外，作家们在小说理论上也作了初步的总结与探索，这为下一阶段的小说创作提供了一定的理论准备。

（一）叶绍钧

叶绍钧（1894—1988），字圣陶，江苏苏州人。曾长期从事中小学教育工作。1919 年加入新潮社，同年在《新潮》上发表短篇小说《这也是一个人》，正式步入了新文坛，开始了坚韧而执著的现实主义文学之路。1921 年叶绍钧参与发起文学研究会，并很快成为其小说创作上的主力作家。在 20 年代中，叶绍钧先后出版了短篇小说集《隔膜》、《火灾》与《线下》，其中《隔膜》是中国现代文学史上继郁达夫《沉沦》之后的第二个短篇小说集。1928 年，叶绍钧出版了长篇小说《倪焕之》，这是一部在中国现代文学长篇小说发展史上具有阶段性意义的重要作品。在小说创作上，叶绍钧经历了从"问题小说"向更广泛的现实主义的发展过程。

在他创作的初期，是以对普泛"爱"的人道主义的追求作为他写作的题旨的。如《阿凤》、《寒晓的琴歌》等作品，就鲜明地表达了叶绍钧对于生活的爱心和人道主义的理想。在参加文学研究会以后，他的创作受到文学研究会"为人生"和写实主义的文学主张的强烈影响，创作思想有了一定的改变。他在继续关注现实社会问题和普通民众的生活的同时，也延续了他对于人生的积极思考。在创作思想上，基于对下层普通民众深刻同情的人道主义仍是他的基本创作思想，但更增加了对于社会的批判心理多侧面地在作品中得到了真实而充分的展现，人物形象跃于纸上，达到了很高的艺术水准。对于这一形象，茅盾先生有准确的论述："这把城市小资产阶级的没有社会意识，卑谦的利己主义，precaution，琐屑，临虚惊而失色，暂苟安而又喜，等等心理，描写得很透彻。"（沈雁冰：《王鲁彦论》，载《小说月报》1928 年第 19 卷 1 期）

除了教育界知识分子题材，叶绍钧还曾取农村生活题材，对中国农村的社会现实和农民的生活进行了表现。他的早期作品《这也是一个人》就是取材于农村社会，借一个农村妇女的悲惨命运演示，表达出对于社会的强烈控诉和对被欺凌与被侮辱者的深刻同情。这一题材的代表作品是叶绍钧刊载于 1933 年的《文学》杂志上的短篇小说《多收了三五斗》。作品反映的是当时农村中丰收成灾的畸形社会现象。这一年粮食丰收，农民们对生活满怀着希望，但一方面由于投机米商拼命压低米价，使农民们的实际收入大受影响，再则苛捐杂税多如牛毛，结果，农民们早先的希望被完全击破，丰收反而使农民比往年更穷。在作品中，作者站在农民的立场，以冷静的笔调叙写了事情发生的全过程，表现了农民们从喜到悲的情感和命运变迁，作者强烈的思想感情蕴藉于叙述中，作品表现出了较强的艺术感染力。

在上述领域之外，叶绍钧在早期创作的小说集《隔膜》中还曾涉足其他普通劳动人民的生活，在叙写人与人之间的隔膜与距离，表现作者爱与人道主义的思想主题的同时，对于普通劳动人民的穷苦生活也有所揭示。1925 年以后，随着社会政治的向前发展，叶绍钧的创作也表现出了新的趋向。他的创作题材已不仅局限在描写知识分子的"灰色人生"上，除了前述的农村题材的《多收了三五斗》外，《夜》、《某城纪事》等作品进入到现实时代革命的领域中，表现了叶绍钧在题材和思想上的突破。尤其是《夜》一篇，描写了一个年老妇女，在作为革命者的女儿、女婿被反动派屠杀之后，她忍辱含悲，毅然挑起了抚养年幼外孙的重任。老妇人的坚忍勇毅，在作品中得到了充分的表现。尤为突出的是作品所拥有的强烈的艺术感染力，小说绘声绘色的气氛的营造，使人有身临其境之感，在环境氛围与人物内心世界的协调上作品更是情景交融，表现出了高超的艺术技巧。题材的变化和思想的发展，相应导致了作品人物塑造和感情基调的变异。比较作者以往所主要塑造的弱者和怯者形象，这时候叶绍钧的笔下开始出现了全新的人物形象，他们敢于反抗、勇于自强，不再是怯弱的性格而是生活的挑战者、不屈者。如他创作于1926 年的《抗争》中的主人公小学教员郭先生，对于当局的贪污腐败进行了有力的抗争，在被免职后，他也敢于以新的姿态去迎接生活。此阶段叶绍钧作品的情绪氛围也较之前的完全的"灰色"有所转变，增加了一些光明和亮色，作者的感情也不再是单纯的对弱者的讽刺与揭露，增添了对于勇者的歌赞与褒扬。1928 年，叶绍钧创作出版了长篇小说《倪焕之》。作品的问世，标志着叶绍钧不但在小说体裁的开拓上做出了新的贡献，而且，在表现生活内容的广度上也有所拓展。作品最大的特点是将知识分子个人的人生道路与对时代社会命运的探求结合起来，在个人命运的展示中寓含着丰富的社会历史内容。从作品中，我们不但可以观阅到从辛亥革命到大革命失败的中国历史画卷，体会时代历史的波澜壮阔，而且还可以体察到一代中国知识分子的命运和人生探求轨迹，洞悉他们复杂丰富的内心世界。在艺术表现上，虽然作品的结构安排还略嫌沉闷，各篇章的写作上也不太均衡，但由于作者对作品所表现的教育题材有着丰厚的生活基础，对知识分子的生活也相当熟稔，所以，作品为人们奉献的颇为鲜明的主人公人物形象，具有一定的艺术感染力。尤为重要的是，在中国现代文学的长篇小说发展史上，无论是在表现社会生活面的广阔度上，还是在展现人物命运与历史命运的结合点上，作品都具有一定的开拓意义。它对中国现代小说的最终成熟具有着重要的阶段性意义。

在小说体裁之外，叶绍钧还创作过不少优秀的散文和童话作品，他是中国现代文学史上优秀的散文作家，也是中国现代童话创作的开创者。其中的散文作品《五月卅一日急雨中》、《没有秋虫的地方》和童话作品《稻草人》、《古代英雄的石像》等，都是中国现代文学史上的名篇。中国传统小说的结构方式和现代西方小说的结构方式，在叶绍钧的作品中有良好的结合与体现。对于人物心理活动的细致刻画，对环境氛围的描写与渲染，体现出了较高的艺术技巧和创新意义，丰富了正处于成

长中的中国现代小说的形式技巧，为中国现代小说的走向完善
与成熟做出了突出的贡献。在总体艺术风格上，叶绍钧以厚重
朴实见长。他遵循的基本创作方法是以写实为主要特征的现实
主义创作方法，他的写实笔调严谨而扎实，将深沉的个人情感
蕴涵于客观叙述中，使作品具备冷隽含蓄、蕴藉深沉的艺术特
点；叶绍钧描绘的故事，都是融于客观生活之中的现实社会，
他以对现实生活的客观缜密的描述，表现出谨严的生活态度与
社会观点；叶绍钧小说的篇章结构安排，也体现着严密细致的
基本特征，尽管他的小说表现形式多种多样，但围绕着主题与
生活进行切实的、周密的编排布局，是叶绍钧所有小说的一个
共同特点；在叙述语言上，叶绍钧也是从生活本身出发，注重
炼字炼句，语言精炼准确、纯正规范，这对于中国现代汉语的
规范化有着积极的意义。

（二）郁达夫

郁达夫（1896—1945），浙江富阳人。1913 年随兄赴日求
学，1921 年毕业于东京帝国大学。1920 年开始文学创作，1921
年与郭沫若、成仿吾等人一起在日本组建成立创造社。1922 年
回国。在日期间，郁达夫创作了《银灰色的死》、《沉沦》、《南
迁》等小说，于 1921 年结集为《沉沦》出版，这是中国现代
文学史上第一部短篇小说集。此后，郁达夫还为中国现代文学
奉献了《春风沉醉的晚上》、《薄奠》、《迟桂花》、《采石矶》
等著名小说作品。同时，郁达夫在散文、旧体诗词等领域亦有
很高的成就，是中国现代文学史上卓有成绩又独具风格的优秀
作家。郁达夫对于中国现代文学最突出的贡献是参与开创了中
国现代抒情小说传统，并在该领域的创作上取得了很大成就。

具体来说就是体现在"自叙传"小说的创作上。与叶绍钧

等文学研究会作家和乡土小说作家的以再现现实为表现生活的基本方法不同，郁达夫和他的创造社同道们选择的是以内心情感的表现作为主要的写作方法。他们的作品多以作家个人经历为创作基础，着重表达个人内心对于客观世界的感受，作品带有作家强烈的主观情感投射，表现出浓烈的抒情色彩和个人自剖色彩，而作品的叙述视角多是第一人称，主人公形象也多有作者的强烈投影，从而形成作者、叙述者与人物的三重合一。所以，一般文学史论者把这种小说称为"自叙传"小说或"身边小说"。郁达夫是"自叙传"小说的开创者与成就最卓著者。"自叙传"小说是中国现代抒情小说的开端，是与鲁迅所开创的现实主义小说双峰并峙的一种文学风格。

郁达夫早年创作的《沉沦》就是这种风格小说的典型作品。作品的主人公是一位留日学生，在留学的日子里，他深感祖国的落后贫困，并常陷入个人的性苦闷，在此背景下，他的思想充满着偏激的愤怒，甚至表现出一些变态的心理。在主人公的思想中，祖国的屡弱落后，被与个人的肉体痛苦紧密地联系起来，并通过主人公的痛苦和怨愤得到了充分的表现。最后，主人公在绝望之中跳海自杀，以他的不幸结局向那个时代提出了强烈控诉。《沉沦》开了中国现代抒情小说和自叙传小说的先河，作品以大胆直率的表现方法，真诚而充分地袒露了主人公隐秘的"性"心理世界，显示了作者对于封建礼教道德的反抗与批判以及对于个性解放的热烈追求，作者强烈的主体情感融注在作品中，使作品具有很强的震撼力。包括该作品的同题小说集问世后，因其描述的"露骨的真率"，引起了社会广泛的关注和评论，毁誉参半。但它在中国现代文学史上的地位却已经奠定，它的强烈突出的个性解放思想和鲜明独特的艺术风格，使它成为了中国现代文学史上的一部名篇。在《沉沦》之后，郁达夫继续他的"自叙传"小说的创作，如《茫茫夜》、《秋柳》、《空虚》等作品就是其中的几篇。这些作品都以一名叫于质夫的知识分子为主人公，他也曾留学日本，感受过异国游子的辛酸和祖国弱小的悲哀，回国以后，国内现实生活的压抑依然令他常陷入痛苦与苦闷之中。

与《沉沦》一样，国家的贫弱与个人生活的性苦闷是造成主人公心灵痛苦的双重根源。作品的表现方法和创作风格也与《沉沦》相似，抑郁、孤愤、感伤、自卑，仍是郁达夫此时创作的基本感情基调，浓郁的抒情色彩和强烈的自剖性仍是他重要的艺术创作特征。1923 年前后，郁达夫的创作风格有所改变。他的创作题材不再局限于知识分子领域，创作的感情基调也有所改变。如《春风沉醉的晚上》、《薄奠》二篇，就将题材领域进入到普通劳动者阶层，表现了普通劳动者的生活，塑造了劳动者人物形象。前者叙述的是作为知识分子的"我"与一名青年女工邻居之间发生的故事。虽然作品的重心是放在主人公的情感抒发上，但作品叙述的故事清晰完整，青年女工勤劳善良、朴实真诚的性格特征也很鲜明，他们共同的悲惨命运折射着社会的黑暗与不公，表达了作者对于社会的不满与控诉，女主人公的善良美好则成为这黑暗社会的一线微弱的光明。《薄奠》的主旨也大体相近，作品主人公是一位人力车夫，他的高尚品格不但博得了"我"的尊敬，还使"我"产生了与他的深厚友情。他的不幸命运是黑暗社会摧残的结果，也是对现实社会的沉重控诉。在这两部作品中，作者的主观表现色彩与抒情艺术特征仍然相当突出，但生活表现面的扩大、写实成分的增大，表现了作者思想的发展与艺术风格上的改变。

30 年代，郁达夫的创作风格又有新的转变，首先是作品反映的社会生活面更为宽广，关注中心由早期的"性"的苦闷的描写转移到了"生"的苦闷的思考，对于下层民众的生活也有更多的表现。与思想内容的变异相应，在艺术风格上，郁达夫也呈现了新的发展，作品客观再现的成分进一步强化，自我表现的成分转弱。他早期作品最突出的艺术上的强烈的主观抒情色彩、大胆直率的心理描绘和压抑感伤的创作基调，在30年代的作品中已不太突出，代之以沉静委婉的表现风格。这之中，在思想和题材转变上表现最突出的作品是《她是一个弱女子》。作品在鲜明的政治背景下，展示了三个女性截然不同的人生道路，作品以客观描写的表现方法为主，同时，作品对于主人公的人生价值观表示了明确的取舍和评判。艺术风格转变最显著的作品是他创作于1932年的短篇小说《迟桂花》。作者的视野进入了中国的乡村生活，这里所有的是远离喧嚣的山间的幽静、纯洁无邪的山村女性、亲切和睦的山村人际关系。在这种恬静的环境中，人物的心灵得到了洗礼，回归了安谧与宁静。虽然作品仍带有较浓的主观抒情色彩，也有较细致的心理描述，但作品总的趋向是少了青春的躁动多了中年人的沉稳，对生活的深层感受代替了青春期单纯的性苦闷，恬淡平和的艺术旨趣代替了热烈与感伤的情绪袒露。这标志着郁达夫创作风格的一种转型，也是他创作向更成熟迈进的一个表现。

后期的郁达夫还创作了《出奔》、《迷羊》等其他小说作品，表现了作者对于时代革命的向往与追随，但在艺术上，这些作品存在着较强的概念化的弊端。同时，郁达夫此时的主要创作精力转向了散文与旧体诗的创作，小说创作在社会上的影响已远远不如五四时期。抗战期间，郁达夫在海外积极从事民族抗日活动，表现出了强烈的爱国主义精神。1945年9月，郁达夫在印度尼西亚被日本侵略者杀害，光荣殉国。"自叙传"抒情小说，在中国现代文学史上是文学风格颇具特色的一种创作，它对于中国现代文学的完善与多样化发展具有重大的意义。郁达夫作为"自叙传"抒情小说的代表作家，自然是典型地体现了抒情小说的创作特征。而且，作为一个有代表意义的重要作家，他在创作中还体现出了强烈的个人风格特色并具有着自己独特的文学史意义。郁达夫的小说创作多取材于自身经历或个人真实的情感体验，敢于剖析自己的隐秘内心世界，对之进行大胆的披露和展示，是郁达夫创作很突出的一个特点。在郁达夫的自剖里，没有掩饰与回避，尤其是在性的方面，郁达夫坦率地将人物甚至有些变态的性心理披露出来，其惊世骇俗的程度，在当时社会是相当强烈的。这也是郁达夫小说创作在当时引起很大争议的一个主要原因。郁达夫的创作虽有大胆的性心理披露，但他不是着意于猎奇，而是借之表示对于封建道德虚伪性的批判和对于个性解放的张扬，其积极意义要大于消极意义。当然，作品中的颓废和没落色彩，是我们应该注意甄别的。

在作品中大胆而充分地展示自己的心理和感情世界，必然带上作者强烈的主体情感色彩。郁达夫的小说创作不强调故事情节的曲折复杂，也不是凭依人物命运的复杂变迁而取胜，他创作的最显著特点，事实上也构成着他小说创作的基本方式，就是以作者真挚的强烈的情感投射而感染读者，引起大众的共鸣。同时，作者也有意识地将主体情感的抒发与作品的情节发展结合起来，使二者得到很好的融合。读郁达夫的作品，也许你记不起其中的情节，但你一定会感触于主人公的（事实上也是作者的）感伤的甚至是不无颓废的、然而却又是真诚的情感，体会到作者强烈而浓郁的感情迸射。这也许是郁达夫小说所具有的独特艺术魅力。郁达夫的小说创作不以故事情节的曲折和塑造人物形象为目的，所以，他的作品的结构安排就自然地朝着散文化的方向发展。他不是把情感的抒发融于客观事物的叙写中，而是以情感流动为线索，将客观现实的描摹融入人物巨大的情感之流中。这样，他多数的小说作品，就不着意于对情节、结构的安排与提炼，人物情绪的波动就是小说情节的发展。后期的《迟桂花》、《薄奠》等作品，虽然加强了故事性和人物塑造，结构安排已变得缜密圆熟，但其以人物情绪作为小说结构安排基础的原则依然基本未变。此外，在具体的叙述方法上，郁达夫也突出了他的散文化特点。如他晚期的《迟桂花》等作品，特别注意对小说意境的营造，小说环境氛围与作品情调往往达到一种诗意的融合。郁达夫的文字清隽幽婉，感情色彩浓烈。无论状物写人，都既传神真切，又颇具抒情的韵味。尤其是他写景的文字，确实达到了情景交融、栩栩如生的境界，深刻体现出郁达夫所受到的中国古代小品文的影响，具有着中国传统文学艺术的强大感染力。除了小说创作，郁达夫在散文创作上也有很深的造诣，尤其是他的游记作品，可以说在现代文学中达到了很高成就。在叙事抒情、描景绘物上，都体现了作者精深的文字功力与不懈的艺术追求旨趣。在旧体诗词创作上，郁达夫也取得了很高的艺术成就，他是中国现代文学史上屈指可数的旧体诗名家之一。

第二节　30 年代文学

1928—1937 年是中国现代文学史上的第二个十年，又统称为 30 年代文学。以五四文学革命为开端的中国新文学，到 1928 年发生了重要转折，其转折点就是 1928 年新文学队伍发生的新的组合以及随之开始的关于无产阶级革命文学的倡导和论争。无产阶级革命文学的倡导和兴起有着特定的历史背景和深刻的历史原因。

首先，大革命失败以后，中国革命进入了无产阶级单独领导中国革命的新时期，现实政治斗争和新的革命形势，要求无产阶级在文学上提出自己明确的口号，旗帜鲜明地宣传自己的文艺主张，建设无产阶级文学。其次，1928 年前后，正是国际无产阶级文学运动波澜壮阔地展开的时候，国际无产阶级文学运动包括苏联文学和西方有革命倾向的作家、作品等对中国文学界以很大的影响。第三，大革命失败以后，大批原来参加实际革命工作的知识分子纷纷汇聚上海，多半以文艺为武器继续从事革命活动，即从实际的政治革命直接走向了革命的文学，提供了组织无产阶级革命文学队伍的可能性。第四，由于马克思主义思想和国际无产阶级文学思潮的影响，大批小资产阶级知识分子思想急剧左转，革命的小资产阶级作家由于历史原因，暂时成了无产阶级文化的代表。

上述历史原因，导致了中国 30 年代无产阶级文学运动的兴起。无产阶级革命文学的倡导运动首先由后期创造社和太阳社成员发起。1928 年，创造社除老成员郭沫若、成仿吾等人外，又新增加了刚从日本回国的冯乃超、李初梨、彭康、朱镜我等文学青年，继续出版《创作月刊》，又新创刊《文化批判》。太阳社于 1927 年底成立，主要成员有蒋光慈、钱杏邨、孟超等人，出版刊物有《太阳月刊》、《海风周刊》等。1928 年 1 月，郭沫若在《创造月刊》上宣称"个人主义的文艺老早过去了"，"代替它们而起的"将是"无产阶级文艺"。此后，在《文化批判》、《流沙》和太阳社的《太阳月刊》等刊物上发表了许多提倡无产阶级文学的文章。这些倡导初步论述了革命文学的根本性质、任务，接触到作家世界观的转变问题。革命文学的倡导者明确要"以农工大众为我们的对象"、"要使我们的媒质接近农工大众的用语"（成仿吾：《从文学革命到革命文学》，《创造月刊》第 1 卷第 9 期，1928 年 2 月 1 日），但倡导者把文学的功能、作用归结为对实际革命运动的直接实践作用，在一定程度上让宣传作用、标语口号替代了文学的自身价值。创造社和太阳社举起无产阶级革命文学的旗帜，为 30 年代革命文学的发展做出了贡献，但他们或夸大文艺作用，或忽视文艺特征、轻视生活，或主张作家世界观的突变，对五四文学革命给予过多的否定，甚至把小资产阶级作家当做革命的对象，把批判矛头对准了鲁迅、茅盾、叶绍钧、郁达夫等，这些又都显示出无产阶级革命文学初创期的幼稚和不成熟。

鲁迅在与创造社的论争中肯定无产阶级革命文学的提倡，他对倡导无产阶级文学的意见是，"当先求内容的充实和技巧的上达，不必忙于挂招牌"。针对创造社忽视艺术特性的错误，他指出"一切文艺固是宣传，而一切宣传却并非全是文艺"（鲁迅：《三闲集·文艺与革命》，《鲁迅全集》第 4 卷，人民文学出版社 1981 年版，第 84 页）。在此同时，茅盾主张描写小资产阶级的生活和他们的苦闷，如他在《蚀》三部曲中所写的那样。他在《从牯岭到东京》等文中批评了创造社有革命热情而忽视艺术性，形成标语口号化，既不能正确表现无产阶级意识，又不为工农大众所接受。1930 年，中国左翼作家联盟在上海成立。事先鲁迅与创造社、太阳社共同召开过以"清算过去和确定目前文学运动底任务"为中心的讨论会。在此基础上，1930年 3 月 2 日，鲁迅、冯雪峰、冯乃超、李初梨、蒋光慈、钱杏邨、田汉、阳翰笙等四十余人出席了中国左翼作家联盟的成立大会。郭沫若、茅盾、郁达夫都参加了"左联"。会上通过了"左联"理论纲领，宣告以"站在无产阶级解放斗争的战线上"，"援助而且从事无产阶级艺术的产生"作为"左联"的奋斗目标。鲁迅作了《对于左翼作家联盟的意见》的重要讲话，对无产阶级文学倡导期的经验教训作了科学总结，号召"左联"在"目的都在工农大众"的共同目标下扩大联合战线，"造出大群的新战士"。鲁迅的讲话是马克思主义文艺理论与中国文艺运动实践相结合的重要理论收获。"左联"进行了一系列的文学活动：

1. 马克思主义文艺理论的译介与传播。他们成立了马克思主义文艺理论研究会，加强对马克思主义文艺理论的翻译、介绍和研究工作。1928 年以来，先后出版了《文艺理论小丛书》、《科学的文艺论丛书》。瞿秋白写了《马克思恩格斯和文学上的现实主义》等文章，周扬又发表了《社会主义的现实主义与革命的浪漫主义》，第一次向国内介绍了"社会主义现实主义"的理论。

2. 自觉地加强了与世界文学，特别是世界无产阶级文学运动的联系。他们设立国际文化研究会，介绍苏联文学作品和西方进步作家的作品。鲁迅和其他作家还积极引入和批判性地吸收俄国和西欧的资本主义文学遗产。

3. 推进文艺大众化运动。"左联"将文学的大众化作为建设无产阶级革命文学的"第一个重大问题"。讨论文艺大众化问题，尤其是为大众所熟悉的旧形式的问题，讨论如何对民族文化批判地继承，以克服五四新文学中所存在的脱离大众的"欧化"倾向。讨论中，鲁迅的"拿来主义"是如何对待中外文化遗产的基本理论问题上的重要突破，对现代文学的现代化与民族化发展有重要影响与意义。

4. 积极开展创作，"左联"作家如鲁迅、茅盾、丁玲、张天翼等都有出色的成就，同时也培养了大批新作家。

一、茅盾

茅盾（1896—1981），原名沈德鸿，字雁冰，浙江乌镇人。茅盾出生于一个书香门第家庭，从小受到父母亲良好的教育，尤其是母亲刚毅的思想品格对茅盾的思想有很大的影响。在童年与少年时代，茅盾接受了严格的传统启蒙教育，同时，他从小就爱好传统的通俗文学，阅读过大量的中国古典小说。这些，为他以后的文学创作打下了良好的语言和文学基础。1913 年茅盾考入北京大学预科，在这里，他初步接触到西方作家的原著作品，三年后，预科期满，因家庭经济所困，他于 1916 年进入上海商务印书馆工作，并在编辑工作之余从事翻译和写作，开始走上文坛。在五四新文化运动中，茅盾是一个热烈的拥护者和积极的参与者。早在 1920 年初，茅盾就发表了《现在文学家的责任是什么？》和《新旧文学平议之评议》等论文，为五四新文化运动摇旗助阵，其中提出的"文学为人生"的主张，更是成为稍后成立的文学研究会的基本精神之先声。

所以，次年茅盾作为中坚力量参与组建了文学研究会之后，就很自然地成为了社团的主要理论家。在五四期间，茅盾写作了《〈小说月报〉改革宣言》、《文学与政治社会》等大量的文学理论文章，阐述和完善了"为人生的艺术"的文学观念。他从一开始就大力提倡写实主义文学和自然主义文学，主张文学应该反映时代和社会，表现下层民众的痛苦生活，揭露社会的黑暗与腐朽。这些文学观念，在针砭当时文学界的消遣文学和游戏文学、与封建复古主义者和鸳鸯蝴蝶派斗争方面，起到了很大的作用。同时，茅盾还在 1921 年接手改组了《小说月报》，并担任了杂志的主编工作，使刊物由一个旧文学的发表地改变成为文学研究会和新文学作家们发表作品和传达先进思想的重要阵地。在此期间，茅盾还翻译介绍了大量的外国文学作品，尤其是大力翻译了苏联和东欧的现实主义文学作品。这些介绍与翻译，对于文学研究会的现实主义文学乃至中国现实主义文学的发展都起到了重要的作用。茅盾还是中国现代文学史上最早从事共产主义运动的作家之一。

他在1921年即成为中国共产党的首批党员，并积极地参加了党的组建与宣传工作。1925年，茅盾直接参加了"五卅"运动，写下了许多文章，对军阀反动派进行了有力抨击，讴歌了革命斗士。从"五卅"至1927年间，茅盾曾担任过国民党中央宣传部秘书和国民政府《民国日报》总主笔等职，一直以一个革命先行者的身份置身于社会革命的旋涡中心，见识了许多的人和事，也经历了内心思想的变动与发展。这一段复杂的生活经验，为他以后的创作提供了丰富的素材，并有大量而直接的反映。

1927年大革命失败，给茅盾的心灵带来了沉重的打击，他曾陷入痛苦与迷惘之中。在痛苦的心境中，他开始了小说创作。他此时期创作的《从牯岭到东京》等论文以及小说《蚀》三部曲，典型地表现了他的矛盾复杂心态。《蚀》是一部表现大革命时代知识分子的生活和心态变迁的作品，凝聚着作者深刻而真实的内心感受。由于时代社会局面的复杂难测，加上作者本人思想也是在矛盾中逡巡，所以作品的思想内涵包含着迷惘与失意，甚至给人以空虚失落之感。作品问世后，引起较大的社会反响，也受到不少作家的批评。一方面缘于内心精神的困惑，一方面缘于受到国民党通缉的现实压力，1928年7月，茅盾踏上了东渡日本之路。在日本期间，茅盾完成了短篇小说集《野蔷薇》中部分短篇小说的创作。这些作品，与前面的《蚀》等作品一样，都是作者充满着痛苦和迷惘的心灵世界的真实体现，也表现出作者廓清心灵的惶惑、对于以往道路进行冷静反思的强烈企望。在艺术上，这些作品都表现出了较高的艺术技巧，尤其是人物心理描写非常细腻真切，描画了许多在时代风云激荡下的中国知识分子的真实形象，其中的不少篇章，是中国现代文学史上颇为优秀的作品。在日本期间，茅盾还进行了关于神话的学术研究，表现出较深的学术造诣。他还积极地参加了国内的"革命文学"讨论，撰写了有关理论与批评文字，论文《读〈倪焕之〉》是他本阶段文学批评的杰作。1929 年，在日本的茅盾创作了长篇小说《虹》。作品虽未卒章，但内容还是相当完整的。

作品真实地展示了一代知识分子在从五四到"五卅"的时代历史中寻求新的生活道路的心路历程，将人物的生活道路与真实而广阔的社会现实背景结合起来，具有较强的写实色彩。主人公梅行素女士是封建旧家庭中的叛逆者，她受到五四新思潮的影响，对于时代的个性解放有着深刻的自觉和追求愿望，在时代精神的感召下，她冲破了封建旧家庭的种种束缚，毅然独身一人走上了社会，开始了自己的奋斗与追求之路。社会对待梅女士这样的奋斗者是悭吝而严酷的，在她的追求道路上充满了社会的欺骗、轻蔑与挑衅，她也经受了心灵的苦闷、彷徨和失望。在这一点上，《虹》的主题与前面的《蚀》等相近，但《虹》表现出了新的积极的意义趣向，人物命运也有了新的发展。在革命者梁刚夫的启发与引导下，梅行素逐步走出了迷惘与彷徨，开始以一种奋发昂扬的姿态向着接近人民大众的新的生活迈进。通过梅行素女士形象的塑造，茅盾表现出了昔日自我的改观和发展，也标志着茅盾开始走出了长期的思想迷惘与困惑期，试图以一种表现知识分子与人民大众相结合的方式走出昔日的彷徨阴影。茅盾创作上的这一转变，与时代文学向左倾的"革命文学"方向发展有着显著的联系，也表现着茅盾思想上的一次自我蜕变。作品的趋向是有意义的，但由于作者的生活经验与所欲表现的思想观念之间还有着一定的距离，因此，作品在某些地方存在着概念化和公式化的弊病，艺术表现较前反而有所不足。

1930 年冬，茅盾从日本回国，积极地参加了"左联"的活动，并一度担任"左联"的执行书记，与鲁迅并肩作战，有力地促进了左翼文学的蓬勃发展，反击了国民党的文化围剿。同时，茅盾开始创作中篇小说《路》与《三人行》。《路》探讨了30 年代青年知识分子的道路问题，作品通过表现主人公在生活道路上的曲折与摸索，明确提出"寻找革命者的引导"这一作品主旨。《三人行》描写了 30 年代初三个对社会不满的青年学生三种不同的人生选择：许本以"忍耐"和"期待"的态度对待人生，但在家庭变故之后，他的思想走向另一个极端，充满对人生的积极挑战愿望，最后，在一桩堂吉诃德式的助人壮举中，他丧失了自己的生命；惠原是一个对现实持厌恶与虚无态度者，在时代现实的感召下，他的思想发生了变化，开始看到了未来的一线光芒；云也经历了家庭的变异，但他选择的是走向实际的革命斗争道路。作者意在通过对三人生活选择的评判，突出革命道路是知识分子唯一正确可行的选择。这两部作品，表现了茅盾在他早就关注的知识分子道路问题上的新的探索，但作品的主观意图性太强，人物概念化、理念化倾向明显，影响了作品的艺术感染力。1932 年到 1937 年间，是茅盾创作的鼎盛时期。1933 年，茅盾创作出版了长篇小说《子夜》，作品以深广的社会思考和成熟的艺术技巧而轰动当时，奠定了茅盾在中国现代文学史上的重要地位。此外，这一时期他还创作发表了著名的短篇小说"农村三部曲"（《春蚕》、《秋收》、《残冬》）和中篇小说《林家铺子》等，出版了《春蚕》、《泡沫》、《烟云集》三个短篇小说集和《印象·感想·回忆》、《速写与随笔》等散文集。

本时期茅盾还进行了大量的文学理论和批评工作，系统地评论分析了五四以来的现实主义作家作品，同时，他还为革命文学的发展提出了建设性的理论意见。抗战爆发后，茅盾以积极的爱国主义精神参与了国统区的许多文艺建设工作，并创做出了《第一阶段的故事》等文学作品，歌颂了抗战军民的爱国主义精神，揭露了背弃时代和大众的汉奸与卖国行为，以文艺的形式为民族革命战争进行服务。

在 1940 年前后，茅盾创作了长篇小说《腐蚀》和《霜叶红似二月花》（第一部）等作品。《腐蚀》是一篇旨在揭露国民党的反动特务统治的作品。作品的生活背景是抗战后期的重庆，主人公赵惠明原是一个青年学生，在自我利欲和外在诱惑的侵袭下，她逐步堕落为一个特务分子，但她还没有完全泯灭人性，在黑暗的沉沦中她还保持着一种强烈的自新愿望。作品以主人公直抒胸臆的日记体形式写作，将人物复杂矛盾的内心世界充分地展示出来，既对社会现实进行了深刻的揭露，也塑造了真切生动的人物形象，具备较强的艺术感染力。作品问世以后，引起了很大的社会反响，这也是茅盾 40 年代创作的一个高峰。《霜叶红似二月花》（第一部），作者"本来打算写从'五四'到 1927 年这一时期的政治、社会和思想的大变动"（茅盾：《霜叶红似二月花·新版后记》，《茅盾文集》第 6 卷，人民文学出版社 1958 年版，第 258 页）。作品的背景是辛亥革命到五四前夕的一个江南小县城。在很不完整的第一部里，作品已初步体现出对于广阔社会的宏观把握企图，并有许多精彩的家庭生活描写。作品的表现方法也较多地吸取了传统文学的长处，呈现出浓郁的民族风格特点。遗憾的是作品未能深入继续地写下去。

解放后，茅盾主要从事行政领导工作，兼写作一些文学评论文章，停止了文学创作。1981 年，茅盾逝世。以他所留下的稿费建立的"茅盾文学奖"是当代长篇小说的一个重要的奖项，表现了茅盾对于人民和文学的热爱。作为中国现代文学史上的一位杰出的文学大师，茅盾以其丰硕的创作成果和富有特色的艺术创作特点，为中国现代小说的成熟与发展做出了相当突出的贡献。他小说创作的最大特点是，关注时代的风云变幻，以相应的文学创作表现出时代风采。所以，他的作品多选择表现社会的重大题材，侧重对社会作全面而广阔的全景式摹画。像他的《子夜》、《蚀》、"农村三部曲"及《腐蚀》等代表作都体现出这一特点。受作者关注时代的创作思想的影响，茅盾的小说在艺术风格上也表现出相应的特征，他的作品不但结构安排强调恢弘阔大，具有纵横捭阖的宏大气势，而且，还都寓含着作者较强的理念色彩，表现出作者试图通过文学把握社会和时代规律的思想愿望，这使茅盾的小说具备较强的理论高度，对于社会有冷峻深刻的解剖力。

但这有时也会使他的作品存在着艺术性、形象性上的不足。在创作方法上，茅盾遵循的是现实主义的表现方法。对现实的客观的切实的描写、真实地再现现实生活，是茅盾创作的突出特点。在茅盾的影响下，在现代文学史上曾出现了一大批追随他的创作风格的作者和作品，茅盾和这些作家的创作被后来一些文学史家称为"社会剖析派小说"（参见严家炎：《中国现代小说流派史》，人民文学出版社 1989 年版，第 175 页）。茅盾的艺术创作受到西方 19 世纪批判现实主义文学的深重影响，但同时在他的不少作品中也显现出作者在中国传统文学上的深厚造诣，呈现出中国传统文学风格的独特魅力。茅盾的《子夜》是中国现代文学史上最早成熟的长篇小说，是现代文学史上长篇小说的一块丰碑。他的中短篇小说成就也颇为突出，在小说结构安排、语言运用等方面，都为现代小说提供了许多成功的典范。在小说创作之外，茅盾同时还是现代文学史上著名的散文大家，他的散文创作的数量达百万言之巨，其中有《白杨礼赞》、《卖豆腐的哨子》等散文名篇，具有很高的艺术价值。他的文学理论和文学批评在中国现代文学批评史上也独树一帜、卓有成就，他不仅很早就从事了现代文学批评，并且一直持续着这方面的工作，是中国现代文学史上最重要的文学批评家之一。

（一）《蚀》、《野蔷薇》

《蚀》是茅盾小说创作的处女作，它由三个各自独立成篇、相互间又有内在联系的中篇小说《幻灭》、《动摇》、《追求》所组成。作品写作时间是 1927 年 9 月至 1928 年 6 月。这时，正是茅盾在痛苦与困惑地思考着大革命失败的原因和知识分子的未来去向的时候，作品真实地反映了作者内心的困惑与矛盾。所以，作者在投稿发表时所用的笔名就是"矛盾"，后由编辑叶绍钧改为"茅盾"。三部小说基本以时间为序，完整而清晰地再现了大革命失败前后的青年知识分子的心态和命运。作品先是在 1927 至 1928 年的《小说月报》上连载，1930 年结集为《蚀》出版。

《蚀》是时代矛盾和痛苦的产物。大革命的失败，给中国的青年知识分子的打击与震撼是巨大的，茅盾作为这些青年中的一员，真切地感受到了这一痛苦，也沉入过深刻的自我矛盾。他创作《蚀》的目的，就是要表现"现代青年在革命壮潮中所

经过的三个时期：（1）革命前夕的亢昂兴奋和革命即到面前时
的幻灭；（2）革命斗争剧烈时的动摇；（3）幻灭动摇后不甘寂
寞尚思作最后的追求"（茅盾：《从牯岭到东京》，载《小说月
报》第19卷第10期，1928年10月）。作品的事件和人物都由
这一主题所统率，表现出浓烈的情感特征与时代气息。《幻灭》
描写的是一个小资产阶级女性的个性解放史，她的对个性解放
的由追求至幻灭的全过程。作品的主人公静女士是一个在温馨
的家庭中长大的青年女学生，她对于社会有着良好的愿望与诗
意的设想，在这个希望被现实世界的困扰所击破以后，她转而
寻求男女爱情，希望借爱情来刺激平静沉滞的生命，但轻率的
爱情使她尝到的只是苦果。她又转而向往着革命的新生活，但
再次陷入了失望之中。

　　通过静女士追求道路的幻灭，作品展示了当时的社会现实
状貌，表达了作者对于现实社会的批判，现实充满着残酷与丑
恶，是造成静女士追求之梦破灭的根本原因，作品对之的批判
态度是明确的；作者塑造出这一形象，也表现出了对于小资产
阶级知识分子的软弱和不切实际思想的批判；同时，作品对人
物投注的较多的同情，则又传达出了作者内在的自我思想矛盾。
如果说《幻灭》着重展现的是知识分子的内心世界的话，那么
《动摇》则是侧重于对知识分子生存的社会现实环境的再现。
作品借对一个小城市的政治风云变幻的描摹，真实地展现了时
代社会的艰难与残酷，以及许多"革命"的虚伪残暴真相。知
识分子革命干部方罗兰在革命事业上优柔寡断，他的决策失误
导致了革命事业失败。

　　作品在叙写方罗兰事业方面的同时，还描写了他爱情与家
庭生活的一面，在拥有传统女性美的妻子陆梅丽和具有现代新
潮时代气质的女性孙舞阳之间，方罗兰也是犹豫的、"动摇"

的。方罗兰的形象在某个方面体现着作者对于知识分子弱点的反思与批判。作品中的胡国光本是一个劣绅，却伪装革命混入革命队伍，篡夺了革命的重要位置，在革命活动中，他投机取巧，以极"左"的面貌出现，破坏革命者的声誉，最后以残暴的手段镇压革命者。这一形象，也是现代文学史上较早出现的颇具典型性的反面人物形象。《动摇》如一面镜子，从一个小县城的政治风云变幻，折射出整个时代的历史状貌，也体现出作者对于现实的深沉忧虑和悲观性评价。

《追求》写的是大革命失败以后知识分子的人生追求悲剧。曾经为革命的潮流所激荡的青年知识分子，在社会的白色恐怖下，内心充满着失落、惶惑、苦闷与颓唐，但他们又不甘于受黑暗社会的压迫，对生活作了新的挣扎与追求。这一追求是无力的、充满着内在自我矛盾的。作品主要写了三类人物的追求道路。一个是张曼青，他选择的追求方式是教育，因为他认为他们自己这一代已经没有希望了，中国的希望只能在下一代。最终，他的教育强国梦完全破灭，他也成为一个社会的完全失意者。一个是王仲昭，他对新闻改革有一定的追求趣向，但他选择以追求爱情来躲避现实的压力。作品对这种爱情至上、以爱情为避世方式行为的虚伪性与浅薄性进行了充分揭示。作品塑造得最成功的人物形象是章秋柳，她在革命失败、精神受到挫折以后，以一种畸形的方式对社会表示反抗，她追求的是肉欲的放纵，是放浪形骸、随波逐流。她的命运是绝望的却又是悲壮的。通过对这三类方式不同、失败的结局却完全一样的追求者命运的展示，《追求》揭示了大革命失败后弥漫在知识分子中的困顿迷惘的情绪状况，从而真实地再现了时代历史状貌，反映了那一特定时代背景下的社会思想。由于《蚀》表现着失意的知识分子的生活，加上作品表现的主题思想也是充满着自我矛盾和失意情感，所以，作品问世后，引起了各种不同的评价，甚至出现了严厉的批评。但是，客观上，作品确是真实地再现了大革命失败前后一代小资产阶级知识分子的心灵历史，揭示了时代社会的历史真相，是时代社会的真实体现。

同时，在艺术上，作品将客观描写与主观感情的投射相统一，使作品的艺术技巧介于再现与表现之间，得到二者相融合的长处。此外，作品在人物心理描写、象征手法的运用等方面，也表现出了卓越的技巧。这些特点，使《蚀》具有了恒久的艺术生命力，是现实主义创作方法与现代主义艺术技巧相融合的尝试范例。《野蔷薇》是茅盾 1929 年 7 月出版的短篇小说集，它收录了作者创作于 1928 年至 1929 年的数篇短篇小说。具代表性的作品有《创造》、《自杀》、《诗与散文》、《昙》等。这些作品都以恋爱为题材，通过对时代青年知识分子生活苦闷、寄希望于爱情而最终又只能在迷惘中盘旋的现实心灵状况的描写，表现了与《蚀》相近似的"追求"与"幻灭"的主题。《野蔷薇》的突出意义更体现在其艺术价值上，在创作中，茅盾较多地借鉴了现代西方文学的表现方法，尤为突出的是作品细腻真切的心理描写和运用环境氛围对人物心理的渲染烘托，使作品具有很高的内在统一性，表现出独特魅力和艺术价值。应该说，这些作品是中国现代文学史上较早出现的优秀短篇小说。如《诗与散文》一篇，描写的是一个青年学生的爱情故事。青年丙在空虚无聊里，希望借肉欲的放纵来充实自己，他勾引了邻居的少妇，把性爱视为生命的"散文"，但他又希望着纯情的表妹的爱，把她作为生命的"诗"来追求。最后，他"诗"与"散文"二者都失去了，只能希望去寻求别的道路。作品对人物的充满踌躇与犹疑的心理把握得非常准确，表现得也非常真切细腻，具有较高的艺术性。再如《昙》，也是如此。

主人公张女士本是一个娴静的青年女学生，但因为面临着家庭包办婚姻的压力，又受着女友的欺骗，所以，她处在个人命运与前途的歧路上，陷入了爱情的追求与逃避、家庭的反抗与退缩的两难之中。作品真切地描绘了人物的矛盾心理尤其是复杂的性心理活动，人物形象跃然纸上。

《蚀》和《野蔷薇》作为茅盾早期的小说创作代表作品，在题材、主题和艺术技巧上都有着一定的联系。它们共同地成为时代大众、尤其是小资产阶级知识分子生活的真实记录者，具有独特的社会意义，又有着较高的艺术价值。它们显示了茅盾早期创作的突出成就。

（二）《子夜》

《子夜》是茅盾的长篇小说代表作，也是中国现代文学史上具重要意义的一部作品。《子夜》的问世，标志着从五四时期发轫的中国现代长篇小说至此已经完全发展成熟。所以，《子夜》一问世，即引起了很大的社会反响，以至于有论者把作品出版的 1933 年称为"《子夜》年"。（瞿秋白：《〈子夜〉和国货年》，《申报》1933 年 3 月 12 日）《子夜》的写作时间是1931 年 10 月至 1932 年底，1933 年 1 月由开明书店出版。与茅盾以前创作作品是由于对自己生活经验的有感而发不同，《子夜》的创作是作者有意识地为了一种思想观念的宣扬去体验生活和进行创作的。1930 年间的中国文化界曾发生了一场关于中国社会性质的论战，茅盾就是意图以小说的形式来参与这场论战，通过小说的形式昭示他对于中国社会性质的思考，阐述他的关于资本主义在中国没有出路的思想观点。恰好在这一时期，茅盾有机会深入接触到当时中国工商界的生活，这给他的创作提供了丰富的生活素材。茅盾创作这部结构宏大的作品，意在反映中国社会的三方面内容："（一）民族工业在帝国主义经济侵略的压迫下，在世界经济恐慌的影响下，在农村破产的环境下，为要自保，使用更加残酷的手段加紧对工人阶级的剥削；（二）因此引起了工人阶级的经济的政治的斗争；（三）当时的南北大战，农村经济破产以及农民暴动又加深了民族工业的恐慌。"（茅盾：《〈子夜〉是怎样写成的》，《新疆日报》1939年6月1日"绿洲"副刊）从作品创作的实际成果来看，虽然第三条线农民生活上显得比较单薄些，但整体而言，作品确是基本上为我们展示了一幅30年代中国的全景式生活图画，表现了当时社会内部的错综复杂的社会阶级关系和矛盾构成，同时，作品还真实全面地展示了中国民族资产阶级的衰败过程，揭示了中国民族资产阶级在帝国主义、买办资产阶级、统治阶级几重压迫和与工人阶级不可调和矛盾下的必然悲剧命运，从而对中国社会的现实本质和未来社会发展趋向做出了自己的独到思考。《子夜》描绘的生活面广阔，塑造的人物形象众多，其中表现得最真切的社会画面是大都市的资本家生活，塑造最成功的人物形象是民族资本家吴荪甫。由于作者在几个场景下展现了吴荪甫的生活，表现了他在不同生活下的性格侧面，所以，吴荪甫这个人物形象立体感强，并且体现出了其在时代人物中的代表性，具有一定的典型意义。

　　吴荪甫是中国特定历史环境下的中国民族资产阶级的一个失败了的英雄人物形象。他是一个曾游历过欧美、具有资本主义管理知识和开拓期资产阶级性格与气魄的民族资本家，他的理想是在中国发展民族实业，摆脱帝国主义和买办阶级的束缚，最终在中国实现资本主义。因此，在与帝国主义经济侵略进行斗争、发展民族工业的过程中的起初阶段，他表现出了果敢、冒险、刚强、自信的性格，也显示了大胆的气魄和有远见的管理能力。但在强大的帝国主义经济侵略面前，他的经济计划连连受挫，公司也面临倒闭的危险。这时候，吴荪甫的民族资产阶级的动摇性和妥协性开始充分显示了出来，在失意的情境中，他以孤注一掷的方式与赵伯韬在公债市场上决一死战，最后遭到了惨败。作品展现人物性格的主要背景是他与买办资本家赵伯韬间的斗法过程，在这一环境中，吴荪甫作为民族资产阶级的进步性和反动性、果敢性和妥协性得到了充分的表现，尤其是作品的第十七章，深刻而细腻地刻画了在与赵伯韬争斗失败后处于失意与悲观中的吴荪甫的行为和心境，描绘出了吴荪甫的深刻本质。作品还描述了处于与工人阶级矛盾和家庭生活矛盾中的吴荪甫。对待工人，吴荪甫采取的是转嫁危机、残酷压迫的方法，他收买工头屠维岳，依靠军警武力镇压工人运动，在工人的斗争面前，他既痛恨又充满恐惧。对待双桥镇的农民暴动，吴荪甫也同样表现出他的反动本质，他大骂国民党不开杀戒，大骂红军是土匪。

在家庭生活中，吴荪甫是一个家庭的暴君，他以封建家长的权威在公馆内颐指气使，充分显示出中国民族资产阶级与封建思想不可割断的联系。但同时，作品也描写了吴荪甫的孤独，在家庭中，他得不到妻子的理解；在事业上，他也是孤立无援，得不到强有力的支持。吴荪甫的形象充分显示了中国民族资产阶级的两重性，他一方面反对帝国主义的经济压迫与侵略，期待着民族自强，一方面又对工人阶级和农民运动满怀仇恨；他一方面不满国民党的无能统治，一方面又要依靠反动力量去帮他维持秩序、镇压工人运动。这种两重性，决定了吴荪甫的性格上的分化，决定了他的色厉内荏与外强中干，也决定了他的不可避免的失败命运。吴荪甫的事业悲剧，是整个中国民族资产阶级悲剧的一个缩影，它显示了作者对于当时中国的社会现实性质和对于中国未来发展方向的思考结果。因为作品描写吴荪甫事业的失败，揭示了其失败的主要原因不是因为人物主观上的因素，而是社会历史的必然所至，或者说，是现实时代决定了吴荪甫的失败命运。作品塑造吴荪甫这一形象，强调的是形象的典型性，强调的是他的这一失败的不可避免性和失败背后所隐藏的巨大社会背景。吴荪甫的形象及其失败命运，形象地揭示了当时中国社会现实的半封建半殖民主义性质的实质，更回答了在中国实行资本主义道路的不可行性。

　　吴荪甫之外，《子夜》还塑造了赵伯韬、屠维岳和冯云卿等几个成功的人物形象。赵伯韬是一名买办资本家，他是外国垄断资产阶级的走狗，与反动统治阶级有着千丝万缕的联系，他的目的是要秉承帝国主义的旨意，消灭和吞并中国的民族工业。在个人形象上，赵伯韬是一个心狠手辣、诡计多端又贪婪无耻、淫荡腐朽的社会公害，他不但以狡诈的手段逼得吴荪甫破产，实现了他吞并吴荪甫的目的，而且，他还以卑鄙无耻的手段玩弄女性，并以此为荣。赵伯韬这一形象，充分展示了剥削阶级的丑恶本性，也寄予了作者的强烈愤怒与鄙视。屠维岳是一名资本家的走狗。但作者对这一形象并没有简单化，而是赋予了他丰富复杂的人物性格，从而使形象呈现出较强的立体性和艺术性。他起初也有一定的反抗精神，表现出一定的自尊要求，但当他一旦被吴荪甫看中、被吴荪甫选定为奴才之后，他就向吴荪甫完全的投靠，死心塌地地为吴荪甫卖命。在分化、镇压工人的罢工运动时，他的阴险狡诈得到了较充分的揭示。屠维岳这个人物形象表现出丰富复杂的性格内涵，是中国现代文学史上同类形象中较为优秀的一个。冯云卿本是一个乡下地主，因为农民运动，他离开乡下来到上海，希望在上海的投机市场中捞一把。

但他出师不利，在股票交易中，他遭到赵伯韬的算计，损失惨重。为了重整旗鼓，他不惜以亲生女儿作为诱饵去勾引赵伯韬，以期套取赵伯韬公债买卖的秘密。在作品中，冯云卿出卖女儿前的不无矛盾又充满龌龊的内心世界得到了真切细腻的表现，他虽然心疼女儿，也为封建礼教所折磨，但为了经济私利，最终还是向金钱世界投了降。纷繁复杂的人物世界，宏大宽阔的社会场景，构成了《子夜》丰富的社会内容和诸多头绪，也形成了作品气势宏伟的艺术构架这一突出的艺术特征。作为一部长篇小说，作品涉及的内容非常广泛，从乡村到大都市，从普通工人到大资本家，从交易场斗法到家庭日常生活，作品无所不包，都有所展现，但作品的结构安排却是有条不紊，层次清晰。作品以吴老太爷到上海及去世开篇，将全书人物作了一个大展阅，也展开了吴荪甫的事业规划，同时吴荪甫的家庭矛盾线索也在此初步显露，并埋下了工运、农运和公债斗法三条线索，这些都为故事的下一步发展作了充分的铺垫；然后，作品以吴荪甫与赵伯韬斗法为主线，与其他几条线索交织展开，使情节疏密相间地逐步向前推进；作品最后，吴荪甫的命运有了明确的结局，各条线索也分别有了完整的收束。这种纵横捭阖、气势宏大的结构安排，体现出作者不凡的艺术气魄与胆识，具有大家的风范。

对于生活场景的准确描写，对于人物心理的细致把握，是《子夜》另外两个突出的艺术特点。《子夜》描述的生活场景非常广泛，很多地方的描述，作品都做到了绘声绘色，精彩生动。尤为突出的是作品对吴荪甫与赵伯韬公债斗法的场所——证券交易所的描写，真是淋漓尽致，颇具巴尔扎克与左拉之风，既充分地透射出人物的深刻内心世界，又为我们展示了一幅时代生活的真实图画。人物心理描写是茅盾的特长，《子夜》也不例外。比如前面所述的冯云卿在教女儿去勾引赵伯韬时的心理活动：他"脑子里滚来滚去只有三个东西：女儿漂亮，金钱可爱，老赵容易上钩"。同时，他又不能不忍受内心的痛苦与折磨，他"忍不住打一个冷噤，心直跳"，"突又扑簌簌落下几滴眼泪"。人物内心的卑劣无耻得到了充分的表现。再如吴老太爷进城那一节，作品对人物的下意识和幻觉作了细致的描写，把一个"古老社会的僵尸"在大都市文化冲击下的颓态作了形象的表现。

此外，《子夜》还通篇运用了象征的艺术表现手法，最典型的是《太上感应篇》在作品中的几次出现，既象征着封建制度和思想的没落命运，对于作品主题也是一个很好的隐喻。当然，《子夜》也并非没有缺失。比较作品中对都市生活的精彩描绘，作品在描述工人阶级和农民生活场景时显得较为单薄，人物形象也存在概念化的缺陷。这显然是作者用力不均所致，也因为作者对于乡村和工人生活相对不熟悉、缺乏丰富的生活素材。同时，《子夜》的理念化色彩强烈的特点，既有其优越之处，也有其不足。按照理念去演示生活，必然会对生活本身的丰富性和复杂性构成影响，也多少有悖于文学表现真实生活的创作规律。这些都多少影响了作品艺术的完整性。但整体而言，瑕不掩瑜，《子夜》的思想价值和艺术魅力还是很突出的。作品所展示的丰富社会背景，可以作为30年代中国社会的一个缩影，使作品具有了丰富的社会学意义，也体现了作者的史诗性追求。作品对于时代社会的宏观把握和准确剖析，对于人物形象本质的深入揭示，则充分体现出了现实主义创作的独特魅力。

二、巴金

巴金（1904—2005），原名李尧棠，字芾甘，"巴金"是他发表小说《灭亡》时开始使用的笔名。巴金出生于四川成都一个封建官僚地主家庭。他的母亲是她童年时代的第一位先生，"她很完满地体现了一个'爱'字，她使我知道人间的温暖，她使我知道爱与被爱的幸福，她常常用温和的口气，对我解释种种的事情。她教我爱一切的人，不管他们贫或富；她教我帮助那些在困苦中需要扶持的人；她教我同情那些境遇不好的婢仆，怜恤他们，不要把自己看得比他们高，动辄将他们打骂。"（巴金：《短简·我的几个先生》，《巴金全集》第 13 卷，人民文学出版社 1990 年版，第 15 页）这种"爱的教育"实质上已带有一定程度的民主与人道主义色彩，使巴金幼小的心田里从此埋下"博爱"的种子，对巴金后来的思想发展起了重大的启蒙作用。1914 年、1917 年巴金的母亲、父亲相继病故，这两件事对巴金来说，是他人生道路上的一大激变。特别是父亲的死使"这个富裕的大家庭变成了一个专制的大王国。在和平的、友爱的表面下我看见了仇恨的倾轧和斗争；同时在我的渴望自由发展的青年的精神上，'压迫'像沉重的石块重重地压着"（巴金：《家庭的环境》，《巴金选集》第 10 卷，四川人民出版社 1982 年版，第 62 页）。

这些压迫主要来自陈旧的封建家庭观念与长辈的威权。在这虚伪而阴森的礼教的囚牢中，巴金清晰地看到了自己的兄弟姐妹在挣扎、受难以至死亡。于是，他心中燃起了"憎恨"的火焰，"接着'爱'来的就是这个'恨'字"，从此，巴金的目光开始从仆人、从自己同辈人的不幸遭遇中转向了社会，并由家庭的专制意识到整个社会的僵化、腐朽与不公。五四新文化运动的发生，各种广泛传播的"主义"与思潮，使巴金受到了从未有过的鼓舞与启示。在这些崭新的思想资源中，最先打开少年巴金心扉的是克鲁泡特金的政论《告少年》与廖抗夫的剧本《夜未央》。克鲁泡特金是俄国 19 世纪 70 年代无政府主义思想的理论家，巴金由于受到他的启蒙而对他的人格以及他的全部著作推崇备至，从此巴金开始研究起安那其主义；《夜未央》描写的是俄国民粹主义者的革命斗争生活，巴金对他们为了人民的解放而不惜牺牲自己宝贵生命的大无畏英雄气概极为景仰，从此他大量阅读了俄国革命民主主义者与民粹主义革命家的传记与著作，这就使他早期思想中革命民粹主义的思想内容得到了加强。同时，也产生了无政府主义与革命民主主义的"矛盾"。巴金早期世界观实质是"把革命民主主义的内核裹藏在无政府主义的外衣之中"，"虽然他早期世界观中有反动成分，但那革命民主主义的战斗精神却是深深扎根在他的内心深处。由于我国反封建的任务相当艰巨，持续的时间又相当长，这就给他的热情提供了一个广阔的时间和空间。随着历史的发展，他的思想也更加成熟"。（汪应果：《巴金论》，上海文艺出版社1985 版，第 60 页）正由于巴金对我国进行民主革命的历史任务有着深刻的理解，因此也就可以理解那属于巴金创作风格所特有的火样热情何以历久不衰。

1923 年，巴金离开闭塞的四川到上海、南京等地求学，1927 年，巴金赴法国留学，在异国单调苦闷的日子里，巴金开始了他的第一部中篇小说《灭亡》的创作。巴金最早的创作，是发表于 1922 年的《文学旬刊》与 1923 年《妇女杂志》上的一些新诗和散文，这些作品大多带有习作性质，而《灭亡》的诞生则标志着作家文学生涯的正式开始。小说反映的是北伐战争之前 1926 年左右军阀孙传芳统治下的上海生活。作品以阴沉的笔调刻画了一幅阶级对立的血淋淋的画面，并在这一背景上刻画了一个憎恨人类的主人公——杜大心。他有强烈的正义感，有无畏的献身精神，人民的苦难与个人的不幸齐集于一身，使他变得异常阴郁、孤僻，在一次刺杀戒严司令的行动中不幸牺牲后，他的女友继承他的遗志，成功地组织了工人的罢工。《灭亡》发表后在当时寻求进步的青年读者中间激起很大反响。在杜大心身上，最特出的特点是"恨人类"，这种"恨人类"的思想仅仅是作家面对反革命阵营的疯狂反扑所激起的无比愤懑"绝望"的情绪。

作品详细地表现了这个"恨人类"思想的成因。首先，它植根于"人类爱"的思想之中。杜大心之所以由爱成恨，一方面是因为残酷的阶级压迫的现实使他对"爱"产生了怀疑，特别是他发现这种"爱"的理论过去在某些人的嘴里分明含有欺骗的成分；另一方面是杜大心对群众的不觉悟感到痛心和失望。其次，杜大心的"恨人类"思想实际上是有着不很明确但又颇为实在的阶级内容的，因为他所恨的基本上全是剥削者。因此这种"恨人类"的思想虽然巴金表述得不准确，但基本上还是正确地反映了作者一种阶级意识的新觉醒。"《灭亡》当然不是一部成功的作品"，巴金自己这样说过。然而，在巴金的创作中却自有它的重要意义，它已经表现出巴金小说创作的某些基本特色。作品中大量是作者感情的直接或间接的倾诉，诚如作家所说，"我写的是感情，不是生活"（巴金：《谈我的短篇小说》，《人民文学》1958年6月号）。作品并不注重对人物个性的刻画，对环境也只作一般的描写，情节线索简单，未跳出"革命＋恋爱"的公式，写景大多带有象征色彩，它的创作方法还不是充分现实主义的。值得注意的是，在艺术特色上，巴金已经在他的处女作中显示了自己心理刻画的技巧，包括运用

"意识流"这种表现手法。1928 年底，巴金离开法国回国，仍然居住在上海。从 1929 年到 1949 年底，他一共创作了 18 部中长篇小说、12 本短篇小说集、16 部散文随笔集、还有大量翻译作品。在这当中，中长篇小说无疑代表着巴金建国前创作的主要成就。比较著名的有《灭亡》（1929）、《死去的太阳》（1933）、《激流三部曲》（《家》、《春》、《秋》，1933—1940）、《爱情三部曲》（包括《雾》、《雨》、《电》，1935）、《火》（第一、二部，1940，1942）、《憩园》（1944）、《第四病室》（1945）、《寒夜》（1947）等。在早期创作中，巴金自己所喜爱的是总题为《爱情三部曲》的三个中篇。《爱情三部曲》的重要性在于：它是巴金早年对"革命"这一重大的社会问题进行紧张而又持久思索的总结，是作家早期世界观的形象化展现。作品探索了革命的道路，思考了革命者的人生观、政治观以及他们对友谊、婚姻、爱情、家庭等多方面的态度，涉及面异常广泛，因此是一部巴金心目中所认为的革命者的"生活教科书"。

30 年代是巴金中长篇小说的丰收期，也是巴金短篇小说创作的高峰期。从 1929 年至 1936 年，短短八年期间，他一共写下 63 篇短篇小说，出版了《复仇集》、《光明集》、《电椅集》、《抹布集》、《将军集》、《沉默集》（一、二）、《沉落集》、《神·鬼·人》和《长生塔》等十个短篇集。在同时代作家中，如此高产是少见的。这些小说的题材非常广泛，涉及的生活面也很宽：从国外到国内，从南方到北方，用作家的话说，"不仅是一个阶级，差不多全人类都要借我的笔来倾诉他们的痛苦了"（巴金：《光明集·序》，《巴金全集》第 9 卷，人民文学出版社 1989 版）。这些作品虽然写得不够深刻，但也反映了 30 年代的社会现实，倾吐了人民的心声，起了较大的进步作用。

　　这些短篇小说按照题材来划分，大致上可归为三类。第一类作品，数量较多又较有特色，以反映外国人民的生活为主。这可以说是巴金的一个独特的贡献。把外国人的生活作为主要内容来写而且数量如此众多，在中国现代文学史上，巴金要数第一人。这类作品集中在《复仇集》、《沉默集》（二）中，此外，《电椅集》、《光明集》中也有一部分。这些作品大多取材于1927年作家在法国的所见所闻以及1935年作家在日本的经历，另有几篇则是取材于在中国活动的一些外国革命者的事迹。从主题上看，这些作品主要是全力以赴地攻击资本主义制度中一切丑恶的和不合理的现象，同时表达中国人民和世界人民那种亲密无间的友谊。其中收在《沉默集》（二）中的《马拉的死》、《丹东的悲哀》、《罗伯斯庇尔的秘密》等三篇比较特别，反映的是百数十年前的法国大革命，其目的则是如巴金在《沉默集·序言》中所说，是为了"不敢忘历史的教训而已"。第二类作品，以反映国内各阶层人民的苦难生活以及他们的反抗斗争为主要内容，其中，反映普通劳动人民生活的作品占最大分量。描写农民生活的主要收在《将军集》和《抹布集》中。当然，由于作家对这方面生活并不很熟悉，因此总的说来，这部分作品并不算很成功。但是，透过作家的描写还是可以看出：人民在挣扎，人民在反抗。从而从一个侧面展示了30年代旧中国惨淡而又严峻的现实。第三类作品是童话，主要收在《长生塔》中。一般说来，童话可以作为一种文体单列，然而，巴金的童话却没有多少儿童文学的特点，它只是作家为了便于对社会现实表达自己的看法而借助的一种形式，因此对孩子们并没有多少艺术魅力。严格地说，巴金采用童话的形式，只是为了使作品通过反动的书报审查制度，其实质仍然是现实的象征，里面几乎每个形象、每句关键性的话，都影射着现实生活或表达着"革命"的主题。

综观 30 年代巴金的短篇小说，其艺术上与同期其他短篇小说家相比，还是呈现出一些不同的特点。在形式上，巴金多"用第一人称写小说"。这是由于作家在创作上一贯偏重于感情的宣泄，而第一人称的写法无疑比较适合抒发情感；在人物塑造上，巴金注重对人的心灵的探索，并从人的心理的角度来透视社会。因此他往往注意人的复杂性格，而不愿作简单的好人坏人的伦理判断。从小说的结构上看，巴金早期短篇小说中往往由一个说故事的主人公来对读者娓娓长谈，有时大故事里套小故事，或几个似乎互不相关的故事互相交织，但却表现了共同的主题。

（一）《激流三部曲》

巴金的代表作是包括《家》（1933）、《春》（1938）、《秋》（1940）三部小说的《激流三部曲》，作家晚年也认为，这是他一生最好的作品。《激流三部曲》中，《家》的成就最高，影响最大。巴金在《〈激流〉总序》中声称："在这里我所欲展示给读者的乃是描写过去十多年的一幅图画，自然这里只有生活底一部分，但已经可以看见那一股由爱与恨，欢乐与受苦所组成的生活之激流是如何地在动荡了。"作品所写的正是这样一股生活的激流：一方面随着封建宗法制度的崩溃，垂死的封建统治力量疯狂地吞噬着年轻的生命；另一方面，深为革命潮流所吸引的青年一代开始了觉醒、挣扎与斗争的悲壮历程。《激流三部曲》所反映的内容时间跨度从 1919 年到 1924 年，正是中国历史处于转折时期这一风起云涌的动荡时代，背景是当时中国还很闭塞的内地——四川成都。

三部曲的第一部《家》，描写了高氏三兄弟的恋爱故事，特别是通过高觉慧与婢女鸣凤的爱情悲剧和高觉新与钱梅芬及瑞珏的恋爱悲剧，集中展现了在高老太爷统治下，充满着虚伪和罪恶的封建大家庭制度的典型形态。作品所蕴含的思想内容是异常深广的。其一，控诉封建家庭制度。作品以四川成都一个广有田产、几代为官的封建大家族——高氏家族为中心，描写了在历史的嬗变过程中，封建家族制度、封建礼教以及由此形成的传统习惯势力的腐朽、愚妄和凶残。在这种描写中，作品倾注了作者对封建家庭制度的愤怒，他"要向一个垂死的制度叫出我控诉！"要通过对高氏大家族的败落事实宣告一个不合理的制度的死刑。其二，作品喊出了青年一代的呼声。作者在《关于〈家〉》一文中说，"我要为过去那无数的无名的牺牲者'喊冤'！我要从恶魔的爪牙下救出那些失掉青春的青年。"（巴金：《关于〈家〉》，《巴金全集》第 1 卷，人民文学出版社1986 年版，第 442 页）因此，在作品中描写了青年一代的觉醒和反抗。在民主主义新思潮的启迪下，在血迹斑斑的事实教育之下，大家族的青年一代中终于崛起了不屈的叛逆者，他们在艰难的处境中挣扎、反抗，终于冲破牢笼踏上寻求理想人生的路。作品借屠格涅夫的话表达了青年一代的呼声："我们是青年，不是畸形人，不是愚人，我们应当把幸福争过来。"这既是为青年一代呼吁，也是号召广大青年起来反抗封建专制制度，投身于民主革命的洪流，去实现自身的解放，实现人生的理想。其三，作品以批判旧家庭制度为窗口，进而对整个旧社会旧制度进行了批判。作品中写到高觉慧由反抗家庭专制走向反对社会专制，大胆宣传新思潮，参加反军阀反政府的斗争，与孔教会长冯乐山进行斗争，等等，这使作品的思想内容由反对封建家庭制度延伸到了对整个黑暗社会、整个旧制度的批判上，由揭示旧家庭的崩溃扩大到揭示旧制度不可避免的必然灭亡的命运。三部曲的第二部《春》主要描写的是淑英抗婚的故事以及与之相对的惠表妹的悲剧事件。最后一部《秋》表现的是旧家庭分崩离析、"树倒猢狲散"的结局。

在《激流三部曲》所塑造的众多人物形象群体中，高觉慧无疑是最具有重要意义的一个。他是一个新人的典型。他从对劳动者朴素的爱和对封建制度的恨出发，走向资产阶级改良主义和民主主义，最后又走向社会斗争。高觉慧的主要性格特征是叛逆性，这主要体现在：①他置高老太爷的反对于不顾，积极参加了学生反帝反封建的政治运动，直至被高老太爷关在家中。这是政治斗争在家庭里的反映，高觉慧敢于坚持自己的政治态度，坚决站在进步的立场上。②觉慧反对窒息青年生命的封建家庭制度，不愿意再做封建阶级的孝子贤孙，而希望走自己的路，去实现自身的人生价值。尽管他还不知道自己的路该怎么走，理想比较朦胧，但他坚决不再走封建阶级的老路这一点是非常明确的，他自觉地成为封建阶级的逆子贰臣。③觉慧反对封建阶级荒淫无耻的生活，鄙视高家长辈们之间的勾心斗角、尔虞我诈。他追求一种文明生活，时时感到一种道德的崇高感。④觉慧反对封建的婚姻制度，不赞成"父母之命，媒妁之言"。他不仅追求婚姻恋爱的自由，敢于爱上家中的婢女鸣凤，而且对他的哥哥觉民和琴的自由恋爱也给予支持，帮助觉民抗婚，做出了封建家庭里没人敢做的事情。⑤觉慧反对封建迷信。高老太爷病重时，陈姨太请人来捉鬼，觉慧与之展开针锋相对的斗争；后来他又否定了陈姨太"血光之灾"的鬼话，反对把瑞珏搬到城外去分娩。⑥觉慧反对封建的等级制度，对下层婢女、仆人平等相待。而他与鸣凤的相爱，就是平等、民主思想的表现。最后，觉慧勇敢地离家出走，表现了他与旧家庭的决裂。

　　觉慧的主导性格是叛逆，但诚如作者所指出的，这是一个"大胆"而"幼稚"的"叛徒"，他既有大胆的一面，也有幼稚的一面。"大胆"表现为不顾忌、不害怕、不妥协，而"幼稚"则表现为他思想上的局限。觉慧反抗的思想基础还只是资产阶级的个性解放，因此凡是危及他个性自由的都坚决反对，而一旦这种危害暂时不存在或感觉不到时，他的叛逆性会有所缓和，当高老太爷临终前答应取消觉民的包办婚姻时，觉慧与高老太爷之间似乎又达成了一种"和解"。另外，他的平等思想并不彻底，时时还会暴露出他身上旧思想习性的残留。他与鸣凤相爱，一方面反映出他的平等意识；另一方面，在他们的交往与平日对话中，觉慧身上时时会不自觉地流露出一种优越感，尤其是最后对鸣凤的"放弃"，其行动中所表露出的深层意识仍是不平等的：他自认为有主宰别人幸福的权力，他可以在愿意的时候对一个下等人施爱，使她获得幸福，也可以在他认为必要的时候使这种幸福全部被剥夺。鸣凤的死当然主要是封建专制制度造成的，但与觉慧的"放弃"亦有直接的关系。正因如此，他才在鸣凤死后那样深深地自责。作者正是真实地写出了这个人物的复杂性，才使这个形象更加丰满，有血有肉，更加能深刻地反映出从旧营垒中走出的小资产阶级知识分子在反抗旧社会旧制度的同时，自身所必然带有的某种矛盾性。

　　觉慧在作品中的作用在于：首先，通过这个形象，作者表明，只有革命才是唯一的出路，逃离家庭、个性解放，仅仅是第一步而已。在这方面，巴金显然超过了同时期一般作家的思想水平。其次，觉慧作为高家的第一个掘墓人，以后在《春》、《秋》中仍不断地给这个家庭以巨大影响，这就使他成为高公馆内部这股汹涌"激流"的原动力。《激流三部曲》还塑造了一个在专制主义重压下的病态灵魂——高觉新。他是一个重要的贯穿全书的中心人物。

觉新的典型意义在于：①他的软弱动摇的性格完全是封建专制主义及封建家族制度造成的，他的悲剧集中反映了这种制度对健康人性的戕害。觉新原是一个"相貌清秀"、"聪慧好学"的青年，思想进步，心地善良、正直、忠厚，应该说是很有前途的。但是实际上他却因为父亲的一句话，因为择偶时一次荒唐透顶的拈阄把前途断送了。他的聪明才智被用来做三亲六故的婚娶、丧葬、陪客、庆典的主持或帮手，必须依着长辈的意志躬行他所反对的一切。他变成这样，完全是由家族制度决定的，觉新是长房长孙，即所谓"承重孙"，这一角色派定要由他来负责大家庭未来的主要责任。这种家庭结构就决定要觉新来维护这个制度，处处对这种家庭机制起保证作用。这样，现实和理想就出现了尖锐的冲突，于是就造成了觉新性格的两重性。作品正是通过这个人物人格的分裂控诉了这种大家庭制度。②觉新身上也表现出在封建专制主义重压下我们民族的懦弱苟且的国民性。根源于封建等级制度以及封建传统思想的毒害，这两者结合起来就成为强大的政治力量和思想的统治力量。觉新所处的环境，上边有冯乐山、高老太爷，还有克明、克安、克定等长辈，他们像高高的金字塔重重地压在他的头上，使他动弹不得。除此而外，在觉新的周围还有一个无形的刽子手，这就是封建观念，这是觉新无法克服的又一道障碍。正因为处处怕别人说闲话，时时考虑"光宗耀祖"，担心高家从他手中败落，害怕承担不孝的罪名，如此等等，他每次总是自告奋勇地把头往绞索中伸去，其事事退让的心理就在这种环境里形成了。

作为《激流三部曲》中塑造得最有个性的艺术形象之一，巴金对高觉新的塑造很注意挖掘他内心的复杂性：表面上看，觉新是个动摇的人物，而实际上他内心却经历着新旧两种观念的激烈冲突。巴金将这种冲突写成是民族积淀心理在西方民主思想冲击下的痛苦挣扎，从而体现出历史的深度。为写好人物的心理活动，作者还让觉新大段倾诉自己的内心情感，并用了很多富有人情味的细节回忆，强烈地衬托出人物心境。巴金也十分注意表现觉新的人性美，他与瑞珏在不幸中相濡以沫的爱情描写构成了作品中极为动人的篇章。总之，觉新作为中国新文学史上"多余人"的代表，其艺术魅力是显而易见的。

高老太爷在《激流三部曲》的第一部《家》中也是一个重要的、值得注意的人物形象。他是封建大家族的统治者，是封建家长制的代表。作家着重突出了他性格中的专横、虚伪和孤独感。他由于权力高度集中，专横暴戾的性格发展到极点，他的意志就是不可抗拒的法律，他凭一时喜怒决定别人的命运，例如在觉民的婚姻问题上，独断专行，见觉民抗婚，不仅声称脱离祖孙关系，还荒唐地让觉慧顶替。他又很虚伪，口头上仁义道德，要儿孙读"教孝戒淫"书，实际上灵魂丑恶，奢侈荒淫，行将就木，却还会为花旦神魂颠倒。他临终产生孤独感，是与他面对高家衰败、零落的现实有关，克安、克定的胡作非为，使他深感"失望和孤寂"，觉慧、觉民的叛逆举动，更使他预感到无法挽回家庭衰落的颓势。他临死前的"忏悔"，真实地表现出人性的复杂。这说明作者并没有简单地处理这个反面人物，而是揭示出了他人性复杂的一面。这个人物的复杂性不仅表现在他的临终忏悔上，而且还显示在他处于新旧交替的时代所具有的矛盾的文化心态：出于繁荣家族的考虑，他顺应时势，送克明留学日本，送觉民、觉慧进外语学校，不让觉新走"仕途"老路，要其从商，他还拥有实业公司不少股票，这些都似乎是在努力使高家由封建经济形态向资本主义商品经济形态转化；但就这个人物整个的心理特质、日常行为规范、思想意识而言，仍是属于封建主义的，他总是在按封建纲常建立家庭秩序。作品正因为写出了这个人物性格的复杂性，所以避免了反面人物脸谱化、漫画化的弊病。《激流三部曲》不仅在思想上达到了相当的高度，而且在艺术上也取得了较高的成就。

作品的艺术特色可以归纳为这样四个方面：①作品具有很高的典型化程度。作品中巴金将高家作为整个社会的代表或"缩影"来写，通过家庭矛盾反映社会冲突，反映出19世纪末20世纪初旧中国的整个社会动态，反映出时代的本质规律。高公馆里，发生在主仆之间、新老两代之间、夫权统治与妇女反抗的斗争之间、新旧思想以及主子内部矛盾关系之间的错综复杂的对抗，就是当时社会上各种尖锐矛盾的缩影，而高家金字塔型的权力结构就集中体现了中国社会几千年封建专制主义的法则，作品所描写的社会生活和揭示的问题都有着很强的典型性。②在塑造人物形象方面，运用抒情化方式，注重发掘人物的内在的美。作品中出现的人物光有名有姓的就有六十多个，他们性格鲜明，面目各异。巴金在表现人物，尤其是表现肯定型人物形象时，重在刻画人物内心的心灵美、人情美，重在传情。以鸣凤、瑞珏和梅这三位女性为例，作品在刻画她们时让她们三位都和"梅花"发生了联系——鸣凤在梅园采梅，瑞珏爱画梅，梅表妹则以梅为名，从而表现出她们"质本洁来还洁去"的梅花品格。再如，作品在展示她们的内心活动时，有意识地写出了这三个人物心理的共同点，这就是：在最困难的时候也想到别人，想到对方，从而表达出巴金毕生所求的一个"爱"字。③在结构上以事件为主线索，以场面串联故事。《家》中的学潮、过年、军阀混战、鸣凤之死……《春》中的海儿之死、蕙的婚礼、淑英出走……《秋》中的枚的婚礼、蕙的安葬直至大火、分家，这些大大小小的事件联结在一起，构成了网中的结，并通过场面描写把各种人物汇聚起来，再往下一个事件推去。而前后场面常有所呼应，形成作品的完整性。④在风俗画的描写中寄寓作家强烈的道德评判。作品中对吃年夜饭的描写，对放花炮的描写都异常精彩，但作家的目的全在于揭示这些风俗画后面的阶级对立，在于否定这种风俗画及其背后的社会表征。

《激流三部曲》在中国现代文学史上有着非常独特的意义和重要的地位。首先，这部作品是我国现代文学史上集中描写封建大家庭的兴衰史并集中抨击封建专制主义制度的重要作品。中国现代文学史上有不少作家在探索民族的思想现代化之路时，都曾经不约而同地将目光投向过"家庭"，通过对"家庭"的解剖来批判封建文化。对封建专制主义及封建家族制度的攻击是从鲁迅开始的，这一主题可以说从我国现代文学诞生的第一天起就吸引了一切进步作家的注意。这是因为，一批现代思想先驱们已经认识到，正是封建专制主义以及封建家族制度造成我国社会的长期停滞不前，它是我国落后贫穷的总根源，因而成为我国现代文学中的重大主题之一是相当自然的。

但是，在鲁迅之后，真正在广度与深度这两方面将这一主题集中表现并加以推进的，当数巴金的《激流三部曲》。这部作品全面揭示了封建专制主义的特征、弊端和罪恶，指出了它必然灭亡的命运，是现代文学史上抨击这一罪恶制度的一座丰碑。其次，这部作品是现代文学史上反映五四精神的一部重要的长篇小说。五四运动是20世纪初期中国历史上的伟大事件，但它在现代文学史上却一直未能有所反映。《激流三部曲》虽然不是直接描写五四运动的，在作品中，这场运动仅仅以背景的方式出现，但它却充分表达了五四的时代精神，反映了那一代青年人的奋起与追求，表现了一种崭新的价值观念在中国大地上的诞生。从某种意义上说，《激流三部曲》是我国现代文学中描绘五四风云的一幅杰出的插图。第三，《激流三部曲》对中国现代长篇小说这一体裁的发展具有十分重大的作用。五四以后，中国新文学受西方影响，各种文体都发生了巨大的变化，小说这一形式也是如此。如何在摒弃了中国旧传统小说的内容与形式之后创造适应新观念、新内容的新形式？现代文学史上不少杰出的小说家从不同的途径对此进行了探索。巴金在这方面的一个明显特点是，以学习西方小说的艺术形式与技巧为主，并且，由于巴金较多地吸收了法国资产阶级人文主义和俄国革命民主主义对旧制度批判的巨大热情，因此，其作品常常偏重于情感的抒发。而《激流三部曲》正是巴金这一艺术风格、特点的集中表现，它的问世为我国现代中、长篇小说走向成熟做出了贡献。

（二）《寒夜》、《憩园》

《寒夜》是最能代表巴金后期创作水平与风格的一部长篇力作。作品写于 1944 年一个寒冷的冬夜里，完成于 1946 年底。作品描绘的是一个小公务员如何在现实生活的重压下所经历的家庭破裂的悲剧，并且通过他揭示了旧中国正直善良的知识分子的命运，暴露了抗战后期"国统区"的黑暗现实。

作品中的人物并不多，主要人物仅三个：汪文宣和他的母亲以及妻子曾树生。小说的主人公汪文宣与曾树生是一对大学毕业、自由恋爱结婚的夫妇。他们都曾经受过西方新思潮的影响，有过改造社会的理想，但是，在严峻的现实苦难中，他们不仅未能实现最初的理想，而且自身也成为一幕社会悲剧的主角。汪文宣在一家"半官半商的图书公司"担任校对工作，曾树生则在一家私立银行里当职员。抗战期间，一家人从上海来到四川，由于国民党反动政府的腐败，他们的生活每况愈下，这种困苦的环境加深了婆媳之间的不和，于是，汪文宣便处于两头受气的地位。这种家庭纠纷与冷酷的社会现实结合起来，构成了汪文宣不可抵抗的沉重负担。他生了肺病，但是他还挣扎，还敷衍，还挨着日子过。

然而妻子毕竟离开了他，公司也将他辞退了，他的生命之火就这样一点一点地熄灭了。就在日本宣布投降、国人欢庆抗战胜利的时候，他孤寂地死去了。《寒夜》在艺术上最突出的成就在于详尽地刻画了汪文宣这个人物的屈辱心理，深刻地表现了一个被侮辱被损害的病态灵魂以及造成这个人物灵魂创伤的社会原因。在汪文宣这个人物身上有许多值得肯定的因素。他正直，不愿巴结上司；他善良，即使身陷困境还关心着朋友；他爱国，直到生命的最后一息还念念不忘抗战的胜利……然而，他又是个有着病态心理、内心分裂的人。他自卑自贱，当妻子被别的男人带走时，他不敢出面阻止；他在闹家庭纠纷时，只能自己打自己；他毫无主见，一切看别人的眼色行事……作家正是通过汪文宣性格的扭曲来尖锐地抨击万恶的旧社会的，因为人的性格是社会关系的反映。他的死首先来自物质方面的社会原因：日本侵略战争、国民党官员的横征暴敛，造成他生活的极度贫困，以至最终累得吐血；其次才是家庭的、精神方面的原因：大后方风气的腐败促使他的妻子给人当"花瓶"，从而造成家庭内部的不和，无休止的争吵造成他极度的心灵痛苦。这样，巴金就在这个小公务员的悲剧中总体地揭露了国民党反动统治的罪恶，从而使作品具有极大的批判力量。

曾树生也是小说中刻画得较有深度的人物。巴金准确地揭示了这个人物的性格特征以及性格变化的轨迹。她年轻美丽，精力充沛，但内心深处却异常孤独、苦闷。这苦闷除了自己的理想在黑暗的现实中幻灭之外，还有她在家庭中所受到的精神折磨：她爱自己的丈夫，但病入膏肓的丈夫不仅使她身心得不到满足，而且感到一种恐惧和压抑；她的婆婆虽然也是一个知识分子，但两人的价值观却相距甚远，以至互相仇视。正当她苦闷无依的时候，年轻、富有而又健壮的陈主任出现在她的面前，她经不住引诱，倒进了他的怀抱，并最终决定离开丈夫随陈主任去了兰州。

运用"心灵辩证法"，细腻入微地挖掘人物的内心世界，是作品在艺术上的一个鲜明的特色。在《寒夜》里，人物的心理描写不再是静态的、孤立的，而是透彻地揭示了那些隐蔽的心理过程，并且揭示出人物的心理活动是怎样在对立的情势下运动的。比如，曾树生决定离家去兰州，这个决定是在各方面影响下做出的，然而这些影响却常常使她的心理朝着相反方向运动。当她回家征求丈夫意见时，出乎意料的是丈夫同意她走，而这反倒使她犹豫了，反而使她违心地说出"我不走"这句话来。与巴金的前期作品《家》相比，《寒夜》在艺术上的一个明显的、巨大的变化无疑是由"热"而"冷"。《家》通过鸣凤、梅、瑞珏三位女性的悲剧向封建专制制度发出愤怒的"我控诉"，并通过觉慧、觉民等新人形象表达了对新生活的热烈追求。而在《寒夜》中，作家对旧社会不共戴天的仇恨和猛烈的抨击，开始变为对黑暗社会现实的更为冷静、客观同时也更为深刻的剖析。作品的笔调是冷峻的，气氛是肃杀的，就像作品的标题一样，给予读者的感受是逼人的冬夜的寒气。这一变化，表明了作家艺术功力的深化。《憩园》写于1941年初，完成于1944年。40年代初，巴金曾经回了一趟四川老家，旧地重游，特别是目睹故居的颓败，巴金无限感慨，"被一种奇异的感情抓住了"，仿佛找到了某种失落已久的"遥远的旧梦"。

于是，他开始了构思，这就是中篇小说《憩园》。作品借助一座被称为"憩园"的公馆为背景，表现了杨、姚两个富贵人家共同的悲剧命运。"憩园"的旧主人杨老三整日吃喝嫖赌，败尽了祖上的家产，沦落为乞丐。长期的游手好闲、好逸恶劳，已使他丧失了起码的谋生能力，而根深蒂固的封建等级观念又使他不屑于自食其力，习惯了寄生虫的生活，万般无奈之下只好靠偷窃为生，最后被妻儿赶出家庭，在监狱里很不光彩地死去。作品一方面揭示了杨老三是他那个家庭悲剧的直接制造者；另一方面也写出了这个人物在某种程度上也是封建制度的受害者，并给予了这个人物一定程度的同情。"憩园"的新主人姚国栋与杨老三一样，从祖上那里继承了大量财富，过着花天酒地、醉生梦死的生活。在他们夫妻的娇纵与金钱的腐蚀下，儿子小虎也不务正业，沦为蛮横无理、无恶不作的纨绔子弟。小虎的最后死去，实际上象征了这些依靠遗产生活的封建家族的必然破落。如果说《激流三部曲》揭示的是封建专制制度对蓬勃向上的年轻一代的扼杀的话，那么，《憩园》则反映了这种腐朽的制度对其自身成员人性的扭曲与毒害。

《憩园》的艺术风格与巴金其他的作品均有不同。作品中既有游子归家寻梦的怀旧情绪，又有对人事变迁的哀伤、感慨，对于自己笔下的这些行将衰亡的人物，巴金也是同情多于愤怒、叹息多于批判，这就使作品通篇蒙上了一层凄美的、抒情的调子，其文字也不像巴金的其他作品那样愤激、急促，而是相当舒缓、婉约。《憩园》的构思也别具一格，作品把两个互不相关的家庭故事巧妙地扭结在一起，写杨家主要以倒叙交代，写姚家则突出情节的不确定性、传奇性，两者互相映衬，构成了一种韵味丰盈的复调关系。尤为值得称道的是，《憩园》的叙述已不再是巴金早期小说中常见的主观化叙述，即作者主体的思想感情常常直接渗透于文本的字里行间，使得全篇都突出地外显着作者的主观情绪，而是有意识地设置了一个故事的总叙述者"我"，这个"我"一方面冷静地、客观地叙述着杨、姚两家的悲欢离合；一方面则不时地从故事中跳出，以局外人的身份评说着笔下的人事沧桑，从而起到了一种较好的间离效果，给予读者以别样的阅读感受。

三、老舍

老舍（1899—1966），生于北京，满族（正红旗），原名舒庆春，字舍予。父亲在八国联军入侵北京时阵亡，母亲在清贫中抚养他成长。1913 年初考入京师第三中学，后因交不起学费而辍学，同年入北京师范学校，1918 年 7 月毕业。先后任过小学校长、劝学员、中学教员，1922 年在北京接受基督教洗礼，1924 年赴英国东方学院任教五年，1925 年在英国开始创作长篇小说。他有各种体裁的成功作品，小说、戏剧成就卓越，建国前以长篇小说最有影响，为中国现代长篇小说大家。此外，他还写过多样风格的散文、新旧体诗和鼓词、旧剧等。建国后，他创作的话剧的大量演出产生了很大影响，《茶馆》赢得了世界声誉；杰出的小说《正红旗下》刚开了一个头，未能写成。"文化大革命"起，他投湖殉难。五四给了老舍白话语言的工具，1921 年 5 月他发表了处女作《她的失败》（此作载于日本广岛高师的《海外新声》第 1 卷第 2 期，可参看《中国现代文学研究丛刊》1995 年第 1 期吴福辉《十五年来的现代小说研究》一文），次年初，又在他任教的天津南开学校的《南开季刊》上发表了短篇小说《小铃儿》。

在英国任伦敦大学东方学院中文讲师期间，到 1929 年夏返国之前，他完成了三部长篇小说：《老张的哲学》（1926）、《赵子曰》（1927）、《二马》（1929），先后在《小说月报》上连载。《老张的哲学》反映的是老舍当京郊劝学员时目睹的一段现实生活。老舍以信奉"钱本位"市侩哲学的老张，为自己捞钱，用恶劣手段拆散两对年轻恋人的情节为主线，展现了20年代黑暗势力的摧残逼迫下的北京普通市民的悲剧命运，在笑声中暴露了社会的丑恶、腐朽。《赵子曰》的主角是一群住在北京"天台公寓"里的大学生，透过对赵子曰们喝酒、做官、玩女人的生活态度的观照，剖析了他们卑微的心理和空虚的灵魂。作品中的欧阳天风与《老张的哲学》中的主人公堪称一丘之貉，而有正义感和上进心的李景纯则寄托着作者的希望。《二马》在老舍早期三部长篇中，更加注意艺术上的锤炼，其背景是英国。小说以马则仁（老马）、马威（小马）父子从北京到伦敦的生活轨迹为经，以中英两国国民性的比较为纬，展开了较为广阔的画面。

小说讽刺了老马这个怯弱虚荣、思想僵化的"'老'民族里的一个'老'分子"。他与赵子曰有某种相通之处（都有点阿Q性格的烙印），但是，老舍在《二马》中从马氏父子之间的冲突，引发了对历史转折时期新旧两代人无可调和的撞击的思考，通过揭示他们的不同心态，鞭挞了旧势力对新事物的扼杀，反映了新生力量的挣扎，并且触及了东西方不同民族之间要求心灵沟通的愿望与这种愿望和现实之间的矛盾。《二马》使老舍前期创作达到了一个高度，他在新旧交替与中西对比的整体思维中透视了民族心态的各个层面。在对国民劣根性批判的同时，企望以现代精神对传统素质进行调整，从而塑造新一代中国人的灵魂。以北京市民社会为观察视野，用讽刺与幽默兼备的笔调表现生活，是这三部作品共同的特色。虽然作者的美学风格尚未臻成熟，时有为幽默而幽默甚至流于油滑之处，但已见老舍整个创作格局的端倪。

1929年老舍离英返国途中在新加坡逗留数月，写作了又一部长篇小说《小坡的生日》。这部童话体的作品，借小坡梦入"影儿国"的历险奇遇，表现了作者对被压迫民族的深切同情和"联合世界上弱小民族共同奋斗"的希望。回国后到抗战爆发前，老舍执教于济南齐鲁大学和青岛山东大学，同时，创作了六部长篇，即《猫城记》（1932）、《离婚》（1933）、《牛天赐传》（1934）、《骆驼祥子》（1936）、《文博士》（1936—1937），另有写于1930—1931年间的《大明湖》，原稿被战火所焚，未能出版；一部中篇《新时代的旧悲剧》（1935）及三个短篇小说集（《赶集》、《樱海集》、《蛤藻集》），显示出旺盛的创作力。《猫城记》写地球人"我"火星探险失事，被猫国人所俘，遍览猫国的政治、经济、文化、教育、军事，了解其愚昧、麻木、苟且偷安的国民性，目睹其自相残害并被"矮人"灭绝。科幻小说的形式中寄寓着明显的讽刺意旨。作品借猫人丑恶行径的描写，对中国这个古老民族的劣根性作了淋漓尽致、痛心疾首的剖析，并间接地抨击了国民党政府内政外交的腐败、无能。老舍擅长于表现人性和国民性，但缺乏鲁迅那样的政治批判力，他把政党都称为"哄"，时而对"大家夫斯基哄"和信仰"马祖大仙"的青年学生作讽刺，对革命政党领导的人民革命斗争相当隔膜。小说中浓厚的悲观色彩，反映了作者内心的矛盾痛苦。《猫城记》复杂的思想倾向长期以来引起过不同的评价，但作品所表达的对国民党统治政权的辛辣讽刺，和对半殖民地半封建的旧中国国民性的严厉批判的主导倾向是应该肯定的。《离婚》通过对北平财政所几个科员家庭风波的描写，由性格心理入手批判市民性格的文化系统，反映老李那样的市民知识分子的现代悲哀。小说主人公之一张大哥，是中国市民的庸俗无聊性格的代表，其"敷衍"生活的态度在国民中具有典型性。

作品在暴露官场腐败、社会黑暗的同时，对因循守旧、敷衍、妥协的生存哲学进行讽刺与彻底否定。老舍的文化批判方式，对市民性格和造成这种性格的社会生活环境、思想渊源和文化传统的揭示都有不可替代的价值。他的适度而有节制的幽默艺术更成熟了。《离婚》标志着老舍创作思想艺术的新高度，《骆驼祥子》通过劳动者题材将他的成就更鲜明地突出在世人眼前。从抗战爆发到全国解放，是老舍创作的又一阶段。这一时期他的主要作品有长篇《火葬》（1944）、《四世同堂》（1944—1948）、《鼓书艺人》（1949）；中篇《我这一辈子》（1947）、中篇小说集《月牙集》；短篇小说集《火车集》、《贫血集》、《东海巴山集》、《微神集》；话剧《残雾》、《张自忠》、《面子问题》等九种；长诗《剑北篇》以及相当数量的通俗性大众化作品。这些作品内容广泛，风格各异，显示出老舍艺术创造的深厚功力。

《鼓书艺人》是老舍40年代末应邀在美讲学期间写成，1952年，在纽约出版了英文译本，80年代译为中文。小说以抗战时期从北方流落到重庆的鼓书艺人的遭遇为题材，着重写了方宝庆和唐四爷两个艺人之家。由艺人们的痛苦与抗争，揭开了旧中国城市的又一个阴暗的角落，是老舍的城市底层社会的生活长卷中不可或缺的组成部分。在艺人方宝庆父女对旧生活秩序的反抗、对新生活的积极寻求中，显示了老舍从对小人物的同情或批判转向注重他们的觉醒与抗争的重大变化。革命者形象的生活引导作用和抗战的大时代气息，给老舍的作品增添了前所未有的坚定昂扬的气息。短篇中的佳作《月牙儿》、《微神》、《断魂枪》、《柳家大院》、《黑白李》、《上任》等有很高的艺术造诣或思想价值。《月牙儿》根据被毁于"一二·八"战火的长篇小说《大明湖》重写，小说展示了母女两代相继被迫沦为暗娼的悲剧，发出了对非人世界的血泪控诉。《月牙儿》是以散文诗笔法来写小说，贯穿全作的"月牙儿"犹如一首乐曲的主旋律，是主人公命运的诗意象征，具有构成境界、渲染气氛、烘托心理、联络结构、含蓄点题等多重作用，既加强了情节的韵律感，又使小说从头至尾洋溢着一种凄清哀婉的情愫，有震撼人心的艺术魅力。《月牙儿》与《微神》等以另一种方法写被侮辱被损害者，作品略带象征神秘的气息，现实与梦境交融，具有浓郁的抒情风格。

　　老舍短篇小说中刻画了形形色色的下层市民的形象：拉车的、缝穷的、出卖肉体谋生的、掌柜的、落伍的拳师、没上山的强盗、吃洋教的、逃兵、教员、学生、洋博士、官僚、刻薄的房东、虚伪的女善人……作者同情下层人民的苦难，也为他们间的冷漠、歧视、相互残害痛心。《柳家大院》中，王家小媳妇在受统治阶级道德毒害的、与她地位相同的穷人们看热闹的冷漠中走向绝路。作品写出了劳动者心灵上的精神奴役的巨大创伤。《黑白李》注目时代思潮，在弟兄俩的宗教徒与革命者的相互映衬中塑造人物。老舍的短篇小说主要的仍然是对旧中国黑暗社会的批判、对于人性的表现。老舍在民族传统文化的反思和批判中表现人，以自己的方式继承了从鲁迅开始的关于"国民性"的思考，他的创作中一致显示着探索这一重大文化问题的热忱。在《老张的哲学》、《赵子曰》和《二马》三部最早的长篇中，老舍借着对老张、赵子曰、马则仁等人物的描绘刻画，就相当深入地剖析了中国国民的精神弱点，被金钱锈损了灵魂的老张、浑浑噩噩的赵子曰、抱残守缺的马则仁，不仅个性都颇为鲜明，而且由于被置放在中国民族的文化传统之中加以表现，而显示出一定程度的复杂性。作品指出，老马的"好歹活着"的混世哲学"便是中国半生不死的一个原因"。《二马》在老马和小马新旧两代人的对比之外，又表现中西民族文化性格、心态的对比，对中国传统文化进行了以世界文化为参照的透视，显示了开阔的世界文化意识。这种中西文化对比在现代文化史上并不新鲜，但小说中的形象展示则是老舍独辟的艺术蹊径，后来在《小坡的生日》中还有不同音色与形式的回响，《猫城记》里的发展变异也有深刻的片面，在"猫国"历览，读者处处可以发现中国社会现实、中国传统文化母体身上的毒瘤，剖析得相当深入。《离婚》在黑暗腐败的背景上展示了小市民的庸俗无聊，揭示了传统文化如何毒化老李这样的知识分子而使他们痛苦无力。这是老舍对市民性格及造成这类性格的思想文化传统反思的结晶，表现了作者对民族文化批判意识的高度自觉。《骆驼祥子》、《月牙儿》等转换了解剖对象，对底层贫苦市民同情又痛苦的注视，形成了文化批判的另样表现，对社会制度的抨击的力度更为突出。史诗体的《四世同堂》及《大地龙蛇》，则表达了老舍希望在民族战争的大时代里清算历史文化中的病态遗传而又从中汲取力量的新的思想高度，满怀着对民族性更新的信念。老舍是继鲁迅之后坚持不懈地反思民族传统、进行文化批判的杰出作家。

表现北京市民社会的生活内容，是老舍以文化批判的态度对传统小说表现的对象进行开拓与改造的重要领域。他的国民性批判也多是借此体现，中国人的国民性在市民阶层中体现得相当充分与全面，而北京又是保存中华民族传统文化最为典型、最为突出的文化古城。老舍对北京口语熟悉而有感情，反复琢磨加工，于俗白中求飘逸，简练而极富表现力，他还注意音节的韵律和谐。同时，老舍将西方语言的特点有机地融入日常语言的表现方式中，在思想内容与语言形式的统一融和中获得精湛自然的完美表达。老舍对雍容的皇城文化氛围的感受，从母亲那里得来的开朗，阅读英国作家狄更斯等人作品的心得，结合在一起，使他的文化批判中含蕴丰富、独具一格的老舍式幽默。老舍把幽默看成是一种"心态"，是一种生命的润滑剂。他的幽默中多寄予深厚的同情，并有着正义作为道德价值准则。他的幽默也有发展变化，早期常夸张而有失节制，"为幽默而幽默"；《二马》则以古典主义的"节制"加以调节。他曾一度"故意禁止幽默"，却又发现艺术个性有可能失落，乃立意"返归幽默"，但已不再追求表面的笑料，使幽默"出自事实本身的可笑"，这就是标志着他幽默风格成熟的《离婚》。老舍成熟的幽默以悲喜剧相交融、讽刺与抒情相渗透，将语言的机智与哲学的观照融为一炉。老舍是现代文学史上最有成就的幽默小说家。

（一）《骆驼祥子》

长篇小说《骆驼祥子》是老舍当职业作家后以全副心力写成的作品，最初连载于《宇宙风》杂志（1936年9月—1937年10月），1939年首出单行本。小说主人公祥子从乡间来到北平，拉洋车为生。他勤劳朴实，善良正直，富有责任感与同情心。他的生活理想就是拉上自己的车，做一个独立的劳动者。经过三年在风雨血汗中的努力，祥子买上辆新车。可是很快地在一次军阀混战中，连人带车被抓，他丢了车；祥子没有放弃他买车的理想，刚积攒了够买一辆车的钱，又被孙侦探敲诈一空；车厂厂主刘四的女儿虎妞引诱祥子，迫使他不情愿地与其结了婚，用虎妞的钱买上辆车，虎妞难产而死，祥子只好卖了车还债。三起三落，祥子自暴自弃了，他日渐堕落，吃喝嫖赌，谋财害命，昔日"体面的，要强的，好梦想的，利己的，个人的，健壮的，伟大的"祥子，成了"堕落的，自私的，不幸的社会病胎里的产儿，个人主义的末路鬼"！祥子的生活经历是一个悲剧。从客观方面说来，造成祥子悲剧的原因主要有两方面：一是把人变成鬼的旧社会的逼迫。祥子想自己买一辆人力车的愿望，正像农民想拥有土地一样，只不过是一个独立的劳动者的最低愿望，然而这一正当的愿望在那个社会里却是个奢望。祥子历尽艰辛，三起三落，求独立自主而终不可得，因为他面对着一个强大的、罪恶的、病态的社会。人力车夫祥子只能成为这个病态社会的牺牲品。他未能以个人的力量成功地与这个黑暗社会抗衡，社会却把他从"人"变成了"鬼"。二是车厂主女儿虎妞的诱骗。祥子的生活理想与虎妞的生活理想毫无共同之处，存在着尖锐的冲突。他们的婚姻是没有爱情的"强扭的瓜"，有的只是虎妞对于祥子的性欲要求；对于祥子来说，虎妞的纠缠是一种灾难。虎妞的生活模式支配了祥子的生活，也是他走向深渊的原因之一。他曾经企图反抗命运却最终屈从于命运的安排，他曾经对虎妞干预他的生活目的的企图有所抵制却最终受制于她。

老舍的现实主义深刻性在于对祥子主观方面的悲剧因素的发掘。老舍写出了生活对祥子的限制，揭示了他思想上的局限与性格心理上的弱点。祥子与生俱来的小农意识、狭隘的眼光，他的个人奋斗的思想，是构成他的悲剧的主观因素。祥子无法看清当时社会的本质，他的个人奋斗也根本不是劳动者摆脱穷困的求生之路。关于车的理想，即使实现了也并不能保证其生活的幸福与成功，即有了自己的车也还会失去，而且物质上的成功也未见得就能在心灵上幸福。祥子的悲剧恰恰在于：他从一开始就执著地自以为只要拼命苦干，就可以改变自身的命运，一旦期望落空就立即走到反面去。

为个人努力的，也知道怎样毁了自己，祥子的悲剧是对个人奋斗道路的彻底否定。祥子虽然是个体力上的强者，心灵上却常常是个弱者。在接踵而来的打击面前，他逐渐地自暴自弃起来，他对生活中出现的那许多问题无力做出解答，而只会自问：招谁惹谁了？虎妞亡故以后，他还有过与小福子共同开始新生活的梦想，可小福子的自杀让他精神上崩溃了，他泯灭了人性，失去了全部道德价值，从人道走入了兽道。祥子的悲剧是沉沦的悲剧，是性格、命运和人类生存的悲剧。人物典型的成功塑造，是《骆驼祥子》的重要艺术成就。作品中的人物形象以祥子和虎妞最为突出。祥子代表了农村破产而涌入城市的一批农民的遭际。祥子的性格的刻画，是在由要强到堕落的生命过程中展示的。老舍设置了祥子从初步成功到彻底堕落的生命历程。他开始自己的奋斗史时，像一棵树那样"坚壮、沉默、而又有生气"。他年轻力壮，善良正直，乐于帮助与他命运相同的穷人。

他坚韧、顽强，风里雨里地咬牙、饭里茶里地自苦，把"车"当成了宗教般的生命目标。他自信、自尊、鄙弃一班洋车夫的沦落。老舍以赞扬的笔调开始了祥子的形象刻画。买上了车以后，祥子就连遭厄运。他丢了车，却被一个母老虎一样的虎妞缠住了。想要的得不到，或是得到了也毫无保障；不想得到的东西，却被强加到头上。他捍卫过自己"车"的生存价值，反抗过虎妞的生活模式，不愿受她的钳制。虎妞死了，也带走了祥子的全部生存资本。老舍以饱蘸血泪的笔刻画着祥子痛苦挣扎的形象。祥子不再有希望买车，小福子也已不在人世，祥子终于绝望了，他跌倒再也没能站起来。他开始躬行过去反对过的一切：他吃、他喝、他赌、他懒、他狡猾、他掏坏、打架、占便宜，为了六十个大洋出卖人命，甚至连原来作为立身之本的拉车，他也讨厌了。他成了行尸走肉。残酷的现实扭曲了他的性格，吞噬了这个一度有着强大生存能力的个人奋斗者。老舍在控诉罪恶的社会、恶势力的同时，也毫不留情地对祥子从个人主义的一端走向另一极端而自甘堕落给予了尖锐的批判。老舍从祥子的精神内面揭示出来的悲剧更具有警世的力量。

虎妞是车厂主刘四的女儿，后来又做了车夫祥子的妻子。老舍对她的性格表现是在双重身份的复杂关系中凸现出来的。她是"拴车的"女儿，又是"拉车的"妻子。她沾染着剥削者家庭的好逸恶劳、善玩心计的诸般市侩习气，缺乏教养，粗俗刁泼。被父亲出于私心而延宕了青春，她心中颇有积怨，终于父女反目；对爱情与幸福的追求长期被压抑，身受封建剥削家庭的损害，心理也有所变态，她是刘四的另一种压迫对象和牺牲品。嫁给祥子，她并不真的甘心一辈子做出臭汗的车夫的老婆，却想把祥子拉上她的生活轨道：凭心路吃饭。虎妞对于祥子的爱是以不平等的态度体现着的，在爱的成分中更多的是畸形的性的纠缠与索取，这样的单极中心的"爱"是对祥子心灵与肉体双重的摧残，虎妞害了祥子。是不合理的社会和剥削家庭造成了她的不幸，而她介入祥子的生活，又造成了祥子身心崩溃的悲剧结局。虎妞破坏了祥子个人奋斗的目标，是导致祥子走向堕落的诱因之一。她是受害者，又是害人者。《骆驼祥子》还展示了生活在祥子周围的下层社会的小人物群像：老马祖孙、二强子、小福子、绰号"白面口袋"的妓女，等等，他们构成了祥子悲剧的深广背景，给祥子的悲剧提供了更多的现实根据。其中小福子的形象尤为令人难忘。母亲去世以后，小福子为了养活酗酒的父亲和年幼的弟弟，被迫嫁给一个军官，又遭遗弃而沦为暗娼，最后冤死在白房子（下等妓院）里。

她愿与祥子相濡以沫，然而他们无法结合。她的悲惨遭遇，是对祥子的人生悲剧的一个重要的延伸与补充。小说结构不离"车"的意象核心，以祥子遭遇的一系列事件为主干，而这些事件无不是与"车"紧密相连，老舍名之以"拴桩法"。这样的结构紧凑集中，祥子的性格展示既不离开他安身立命的"车"，又不缺乏广阔的社会环境和多重人际关系。因车而"三起三落"，因车而和虎妞产生"爱情"纠葛，单纯中有错综。这种结构图式既有核心又有辐射，通过祥子与周围人的关系，把笔触伸向更广大的不同阶级、不同家庭的生活之中，真实地、较为全面地反映了当时社会的黑暗景象，又借此自然地揭示了祥子悲剧的必然性与社会意义。老舍写出"灵的文学"来的主张，在人物塑造上体现得很鲜明。作者是以深入人物之心的心来塑造人物，所以小说善于用丰富、多变、细腻的手法描写人物的心理活动和心理变化。祥子的性情沉默、木讷，他的语言在内心。他的愿望、追求、痛苦都是通过态度、动作、内心的质问等心理形式表现出来。祥子对于车的安身立命的感情和"态度"的心理展示，贯穿了小说的全部叙述。第一次买车时，他手哆嗦得厉害、几乎要哭出来，这是以动作、情状写心理。买车的钱被孙侦探敲诈抢走以后，他攥紧了拳头，追问"我招谁惹谁了?"当无法实现理想的时候，"对于车，他不再那么爱惜了"，这是祥子对生活失望的心理。虎妞的性格心理也很逼真，她对于刘四又拉又抗，她对于祥子又骗又哄，使足了心计，写得极为细腻、准确，个性十分鲜明。老舍善于刻画人物心理的艺术功力几乎体现在所有人物的塑造上，尤其以揭示人物的灵魂痛苦为最。

《骆驼祥子》的地域文化特点非常突出，地理人文环境、

民风习俗、北京人的语言特征，比比皆是。祥子及其周围各种
人物的描写，都被老舍置于一个人们极为熟悉的文化环境中。
北平洋车夫的"门派"、虎妞筹办婚礼的民俗、祥子拉车的路
线……无一不透出北平特有的地方文化色彩。老舍采用经他加
工提炼了的北京口语，生动鲜明地描绘北京的自然景观和社会
风情，准确传神地刻画北平下层社会民众的言谈心理，简洁朴
实、自然明快。文字"极平易，澄清如无波的湖水"又"添上
些亲切，新鲜，恰当，活泼的味儿"（老舍：《我怎样写〈骆驼
祥子〉》，《老舍文集》第 15 卷，人民文学出版社 1990 年版，
第 204 页）。他还善于有选择地使用北京土语，增加语言的地方
风味，都是取自北平人的唇舌，又符合人物的身份、个性、教
养。作品的叙述语言也多用精确流畅的北京口语，同时能融古
铸今化洋，长短句的精心配置与灵活调度，增加了语言的节奏
感。在老舍手里，俗白、清浅的北京口语显示了魅力和光彩。
《骆驼祥子》充分体现了老舍是一位致力于民族化、大众化、
现代化的语言艺术大师。

（二）《四世同堂》

《四世同堂》（1944—1948）是老舍的长篇巨构，全书一百
章，八十多万字，分《惶惑》、《偷生》、《饥荒》三部。前两部
写于抗战时期，曾报纸连载，出版于抗战胜利之后，《饥荒》
在美国讲学期间完成，1949 年曾在美国节译出版，1982 年才全
部在国内出版。《四世同堂》写古都北平沦陷后，人民身为亡
国奴的精神痛史、恨史，在反映全民抗战的作品中别开生面。
这是老舍小说创作也是中国现代小说的一块丰碑，它标志着老
舍现实主义创作的伟大成就。与一般同类题材的作品不同，《四
世同堂》并没有着重暴露日本侵略者的罪行，描写他们杀人放

火、奸淫掳掠的暴行，而是通过描写战争八年之间北平每一个人、每家每户、每日每时都经历着的痛苦与屈辱，有力地鞭挞了那些武士道战争狂人和"有奶便是娘"的民族败类，是中国人民发出强烈控诉的精神灵魂史！小说选取北平西城一条普通的小羊圈胡同（地理原型小杨家胡同为老舍的出生地），作为故都这座"亡城"的缩影，以祁家四代人的境遇为中心，展开了广阔的历史画面与错综的事实。小说真实反映了北平人在外族侵略者的统治下灵魂遭受凌迟的痛史，剖示了他们封闭自守、苟且敷衍、惶惑偷生的思想精神负累，并进而对民族精神素质和心理状态进行了清醒剔透的反省，提供了映现40年代沦陷区人民心态的一面镜子。正因为《四世同堂》这部恨史，不仅恨敌人的凶残，恨民族败类的无耻，而且也恨国民的惶惑与偷生，这就使作品的爱国主义显示出了不同凡响的音调与难得的深度，它没有停留在肤浅的抗敌爱国、民族自尊的表层意义上，在貌似滞缓蹒跚的生活里折射出时代之光。祁老者为侵略者的枪炮打碎了他安度晚年的希望而痛苦；祁天佑仅求做一个安分守己的商人，却被诬为"奸商"；祁瑞宣在报国和家庭伦理的选择中惶惑与偷生；祁瑞丰竟无耻地做了汉奸。战争像一块试金石，考验着北平的每一个人。在严峻的现实面前，"亡国奴"的奇耻大辱与深刻痛苦也咬啮着他们的良知，然而更多的却是"惶惑"中的"偷生"！

《四世同堂》是民族灵魂与前途的启示录。老舍期待着中华民族在战火中的新生，以真挚的感情和沉着的信念，展示北平下层人民缓慢而艰难的觉醒过程，赞扬了他们以多种方式表现出来的反抗。连保守的祁老人也敢于横眉怒斥侵略者和民族败类，传统的诗酒文人钱默吟的坚定的民族气节与积极的斗争行动，青年司机钱仲石壮烈地与敌人同归于尽，车夫小崔反抗暴敌而掉了脑袋，学生虽然被迫参加敌伪组织的游行却谁也不肯举校旗，相声艺人则巧妙地以隐语宣泄对敌人无情的讥刺……一致体现了中华民族不甘做亡国奴的不屈灵魂。《四世同堂》突破了老舍以往每部作品一般集中塑造一两个或几个人物的构思框架，显示了开阔的视野和宏大的气魄。一个完整的民族传统文化形象统摄了几个北平市民形象系列，全书描写了一百多个人物，其中重要的也有三四十个。

以祁家为主，冠家为辅，而钱家则穿插其间，旁及几个大杂院中的家庭，一类属小康之家，一类是处于最底层的个体劳动者。芸芸众生中，老派市民、新派市民和城市贫民三大形象系列，最为突出。而在这些形象系列内部，又有各种不同个性、不同倾向、走了不同道路的差异。祁老人是"四世同堂"的祁家的长者。他思想守旧，胆小怕事，因循着照旧法维持四世同堂的家族生活。侵略者把战火烧到了家门口，他还一厢情愿地以为只要顶上大门便可以万事大吉。国家和民族的危亡，他可以不管，侵略者对他习惯的文化生活方式的破坏却给了他切肤之痛，庙市上没有了"兔儿爷"，他伤心了。残酷的战争与北平沦陷的现实击碎了安度晚年的幻梦，他的心中逐渐萌生了仇恨和反抗的种子，并敢于怒斥侵略者的罪恶和卖国者的丑行。老一辈北平市民灵魂震动、觉醒、抗争的过程，在祁老人身上得到了令人信服的反映，这个新时代中的旧人物塑造得血肉丰满、光彩照人。钱默吟是一个旧式知识分子，老舍对他的塑造经过了一个从名士风范到侠义风骨的侧重点的转移过程。战前，他是一个沉浸于诗书、佳酿、花草之中的老夫子，"好像一本古书似的……宽大、雅静、尊严"。侵略者毁坏了他的家庭、他的宁静的生活方式，儿子的壮烈牺牲与自己的被捕使他成了另外一个人，他身上爆发出了中国传统文化中的道德力量：杀身成仁的民族气节与操守，他勇敢地跨入了反抗者的行列。这反映了老舍创作思想的重要发展。老舍在小说中明确指出，传统文化"是应该用筛子筛一下的"，筛去了"灰土"，"剩下的是几块真金"，是"真正中国文化的真实的力量"，"是一种可以革新的基础"。在小说中，钱默吟以及天佑太太、韵梅都是这样的具有"金子"般性格和道德力量的人物。天佑太太、韵梅这两个普通的家庭主妇，平时成天操心老人孩子、油盐酱醋，民族危难一旦降临，她们就挺身而出，坚毅沉着，识大体讲大义。在与全民族共同经历亡国奴生活的艰苦磨难中，她们把自己无私的关怀与爱由家庭扩展到了整个国家与民族。

祁瑞宣作为"四世同堂"的第三代，既有打上鲜明的北平传统文化烙印的老一代市民的性格遗传，又接受了前辈所不曾接受过的新式教育，他的行为在二者之间徘徊。他是祁家的长房长孙，负有家庭的责任。他善良、正直、爱国，却又软弱忍从，受着传统文化思想的束缚，既想"尽孝"、又想"尽忠"，只得在不能两全的境地中优柔寡断、苦闷不已。在他身上集中体现了家庭观念与民族意识之间的矛盾，但是在他的思想中爱国思想还是占主导方面。存在于他周围的爱国救亡的激流有力地冲激着他、教育着他，他终于从矛盾、苦闷中得到解脱，走上反侵略的新生之路（甚至为地下革命刊物写稿）。瑞宣从苦闷中觉醒走向反抗的过程，是体现在他身上的国民精神弱点被逐渐清除的过程，是他不断摆脱传统文化影响的过程。在他的身上寄托着老舍对苦难民族在战争的血与火中自救新生的希望。他不同于高觉新，是老舍市民形象系列中的一个独创。瑞宣的弟弟瑞全是个热血青年，在瑞宣的支持下，他较早地觉醒，较早地走上反抗的道路，在他的身上，寄托着作者的热情和理想，这新生的一代是四世同堂的祁氏家族的未来和希望。瑞丰这个祁家的败家子（也是民族的败类）与小说中另一个人物冠晓荷刻画得相当成功，并不脸谱化，老舍怀着对这类蛆虫的极大鄙夷，剔挖出这些丑类肮脏发臭的灵魂，达到了一定的深度。祁瑞丰一身的市侩气，却想附庸风雅；冠晓荷一肚子的小算盘，却收获不多，两个汉奸都俗不可耐，结局也同样的不妙，但都有自己的个性，相互不会混同。冠晓荷的老婆大赤包，粗鄙、势利、没心没肝、奸诈狠毒，也被作者剥露得入骨三分。作品中的其他汉奸，也都互不重复。小说中还有一批生活在亡国之都最底层的贫苦市民。在国破家亡的年头，他们比往日更为痛苦、屈辱，饱尝着亡国奴的苦味。在这些最普通、最平凡的老百姓身上，既有着自尊自重、诚实仗义的美德，又有着忍辱偷生、敷衍苟且等等的陋习，作者都给予了恰如其分的表现，同时也透视出蕴藏在他们心中的复仇的怒火。

人力车夫小崔在大是大非面前，在民族存亡的危急关头，决不与汉奸们同流合污，最终遇害。小崔这样的普通老百姓的爱国精神和民族气节闪耀着动人的光彩。老舍在《四世同堂》中体现出了伟大的艺术创造力。小说表现的时间范围，包括了八年抗战的全过程，从珍珠港事件到日本人投降，都有直接、间接的反映；从空间范围来说，它的笔触遍及北京的小胡同、大杂院、街头、郊外、广场、商店、戏园、监狱、刑场、旅馆、妓院、公园、古庙、学校乃至日伪机关、大使馆……简直就是一幅沦陷了的北平社会的全景图。这种长河奔流的结构方式是对"拴桩"式的《离婚》、《骆驼祥子》的重大发展，其多线索的宏大叙述，在深广度、笔力、气势上都是自觉的史诗式的追求。它的核心叙事对象虽然只是个小胡同，但却开拓、波及到整个北平、中国、世界，在有限的天地中见出了广阔的时代与世界的风云。

在人物关系的设置上，它以小羊圈胡同中的祁家四代人的生活为中心，呈辐射型、网络状展开。小说中展现了多重矛盾，既有中国人民与外国侵略者的矛盾，又有维护民族尊严者与出卖民族利益者的矛盾，也有同一个家庭内部的上与下之间、正与邪之间的矛盾，还有同一市民阶层中的其他矛盾，头绪繁多，但不枝不蔓。老舍善于在铺叙中节制，结构谨严得体，使得现代叙事中具有古典的匀调之美。《四世同堂》是老舍"感情的记录"。远在重庆对故乡北京深切真挚的爱恋与怀念，是这部作品的成因之一。叙述者深沉中的激愤、愤懑中的傲然正气和壮烈情怀，贯注在人物塑造与事件叙述中，处处能撞击读者的心灵。老舍的感情有时也幽默地显现着，如对下层市民充满生活情趣的带有幽默感的描写，但小说中更多的是以辛辣的笔调对敌寇与汉奸进行无情的暴露、鞭挞。《四世同堂》鲜明地体现着作家主体的文化反思。小说叙事中心的"四世同堂"之家，实质上是中国礼教文化的象征。老舍抓住了这一文化意象，把它置于小羊圈胡同的具体环境和广阔深邃的民族抗战的历史文化背景上加以表现，对体现了民族文化精髓的北平文化进行了沉痛的反思。小说以明确的批判意识揭露了浮游在北平市民中的民族劣根性，以理性审视的目光，对"民族的遗传病"作了穿透性的剖析，企望在战火中焚毁国民性的劣根性，显示了改造与重塑"国民性"的努力。从这个意义上说，作者选择的小羊圈胡同就成了北京近代思想文化变迁的缩影。即使在冠晓荷、大赤包这类人身上，作者也没有放弃从文化的角度对他们加以观照，他称冠晓荷"是北平文化里的一个虫，可是他并没有钻到文化的深处去，他的文化只有一张纸那么薄"。他讥刺大赤包"不懂什么叫文化，正像鱼不知道水是什么化合的一样。但是，鱼若是会浮水，她便也会戏弄文化"。老舍对"国民性"根源的文化剖析有着鲜明的 40 年代的民族文化总体反思的时代特征。《四世同堂》对于民族文化的典型北平文化的描写与议论，使作品给人相当厚重的历史感和文化感。

四、沈从文

沈从文（1902—1988），原名沈岳焕，笔名休芸芸、甲辰、懋琳、璇若、上官碧等，湖南凤凰人。他所生长的沅水流域，位于湘西，地处湘、川、黔三省交界处，是苗、侗、土家族等少数民族聚居的地方。沈从文出生于当地一个颇有名望的行伍世家，身上流淌着汉、苗族的血液。1917 年 8 月，照当地从行伍中求出身的习惯，尚在少年的沈从文即以预备兵名义入伍。此后在长达 5 年多的时间里随部队辗转于沅水流域，广泛了解了"旧中国一小角隅好坏人事"，以及许多离奇古怪的人生，积累了宝贵的生活经验和创作素材。1922 年夏，受五四思潮影响，沈从文只身离开湘西，来到北京，欲于地方积习所定的生活道路之外，寻求别样的人生。在北京，升学未成，在困境中开始学习写作。郁达夫的《给一个文学青年的公开状》曾生动描述过其困境。1924 年底沈从文开始陆续在《晨报副刊》、《现代评论》、《小说月报》等刊物上发表作品。1926 年出版了第一部作品集《鸭子》。1928 年被胡适聘为上海中国公学讲师，1931 年应杨振声之邀至青岛大学任教。1933 年返回北京，先后与杨振声、萧乾一起主编《大公报·文艺》副刊（《大公报·文艺》在天津出版，系以京、津为中心的北方作家的主要文学阵地之一，沈从文参与了 1933 年 9 月至 1936 年 3 月的主编工作，1936 年 4 月至 1938 年 8 月由萧乾单独署名发稿），有力地扩大了京派的影响。抗战爆发后先后任西南师范学院副教授、西南联大北京大学教授，抗战胜利后任北京大学教授，并主编

《大公报》、《益世报》等四种报纸的文学副刊。

建国后长期在历史博物馆工作，出版有《中国古代服饰研究》（1981年）。沈从文的文学创作大致可以分为三个时期。1924年至1930年是其创作的成长期。在此时期以其奇异的生活经历及湘西社会独特风情的描写吸引了当时读者和文坛的目光。1931年至1938年是创作的丰盛期，也是成熟期，中篇小说《边城》，长篇小说《长河》（第一卷）、《八骏图》、《新与旧》、《月下小景》、《阿黑小史》以及《湘行散记》等大量不同风格的重要作品都发表于这一时期。在本时期他以自己丰硕的创作成为京派小说的杰出代表。1939年至1949年的十年间，其创作数量有所衰减，日渐沉浸于对于社会历史、现实人生的沉思，在散文与小说中都显示了明显的知性。综观沈从文的创作，小说题材主要有湘西人生（包括湘西军队生活、湘西少数民族生活以及部分童话及旧传说的改写）和现代都市人生两大类，其中描写军队生活、湘西少数民族生活的作品以他青少年时代的生活经验为基础，这些作品的内容显然与作者青少年生活经验的特点有密切的关系。从自传性的《卒伍》中可以见出，沈从文在军队中是个"少爷兵"，他没有受过刻苦的训练，没有上过炮火连天的前线，没有普通士兵奸淫掳掠升官发财的痛快，也没有辗转于征途的饥渴劳顿的惨淡，然而他却有观看屠戮平民的特殊经历。这一观看者的生活位置赋予了其观察政治军事生活的特有距离与角度，以军队生活为题材的作品如《入伍后》、《会明》、《传事兵》、《卒伍》、《虎雏》、《我的教育》等篇中，给读者的不是沉着痛快惨烈的人生，不是军人有别于常人的一面，乃是军人普通人的一面。

沈从文脱离湘西，进入北京，置身于都市新文化中的经历，恰恰与其湘西经历构成对比。他在生存的威胁中带着切肤之痛认识都市，艰辛地挣扎、奋斗的青壮年的都市人生与愉快无忧的青少年的湘西经历形成强烈的对比，这一倾向强烈的对比中，既包含了湘西原生美与都市现代恶的客观性，也渗透了作者强烈的主观情感，二者的融合，构成了沈从文以一个乡村叙事者的眼光打量、批判都市文明的基础。经过奋斗，一个没有学历的青年终于在留学生聚集的大学中占有一席之地，在文坛上占有一个无可替代的位置。与这一过程同步，沈从文完成了自己的现代启蒙，对于乡村，他已经是一个现代都市的知识分子，具备了批判性观照故乡湘西的可能，由此，沈从文取得了对于生活的双重距离，获得了超越都市、乡村的独特视角。30 年代国内政治斗争空前激烈，政治通常以其最直接最强烈的形式——战争——表现，社会充满着"动荡"。沈从文在湘西看杀人的经历给了他观察政治——军事的独特尺度，他淡然于"动荡"、"变"，疏离于社会政治，与左翼文坛注目于社会历史之"变"，注目于社会政治、经济层面的动荡及其对于人的影响不同，沈从文潜心于表现"于历史似乎毫无关系"的人性之"常"。他注目于民族的历史与文化，他关注人性，认为"一个伟大作品，总是表现人性最真切的欲望！"并称自己创作的神庙里"供奉的是'人性'"，通过创作构筑自己的理想。

沈从文的理想由小说中的湘西与都市两部分构成，这两部分相互对比、相互发明，前者使后者"真正呈现出病态"。后者则使前者"具有了理想化了的形态"。在"湘西世界"中，沈从文正面提取了未被现代文明浸润扭曲的人生形式。《龙朱》、《媚金·豹子·与那羊》、《神巫之爱》和《月下小景》以民间传说和佛经故事敷衍成篇，从未染现代文明之前的历史中寻绎理想的人生形式。这些作品中洋溢着化外民族青年男女真挚、热烈、活泼的生命活力，作者借此讴歌了野性的原生命形态。这里作者"蕴藏的热情"是明显可见的，但是，我们亦应看到"那作品背后隐伏的悲痛"（沈从文：《〈从文小说习作选〉代序》，《沈从文文集》第 11 卷，花城出版社、三联书店中国香港地区分店 1984 年版，第 44 页）。《边城》既是现实的，也是理想的，它展示了沈从文的理想的人生形式。当他把这种原生命形态放到"地方的好习惯是消灭了，民族的热情是下降了"（沈从文：《媚金·豹子·与那羊》，《沈从文文集》第 2 卷，花城出版社、三联书店中国香港地区分店 1984 年版，第 395—396 页）的现代环境中来表现时，由这种生命形态所引发的人生悲喜剧就出现了。《柏子》、《萧萧》、《灯》、《丈夫》等篇，在对"乡下人"性格特征的展现中，对湘西乡村儿女人生悲喜剧进行了价值重估。这些作品中的"乡下人"，其道德风貌、人生形式与过去的世界紧密相连，俨然出乎原始的文化环境，他们热情、勇敢、忠诚、善良，纯洁高尚，合乎自然。

但是，与此相伴随的是原始的愚昧，他们视非人的雇佣制、童养媳制和卖淫制为天经地义，对于自我悲剧性的实存状态浑然不觉，对自我命运无从把握。无论是柏子的"从不曾预备要人怜悯，也不知道可怜自己"，萧萧的始终处于被动的人生状态，老兵的奴隶式的忠诚，乡下丈夫对失去丈夫权利的懵然，都反映了作者在价值重估中对乡下人生存方式的沉痛反省。与《边城》等描绘的静态画面不同，写于抗战时期的《长河》（第一卷）是在动态的现实中展现乡野素朴的人生形式的。它描写沅水辰河流域一个盛产桔柚的乡镇，乡风纯朴，生活如一潭静水。最初搅动这潭静水的是传闻中的"新生活运动"，天真单纯的人们把"新生活"与兵荒马乱相联系，心理上罩上了一层阴影。真正威胁桔乡宁静的，是驻镇的保安队和强买强卖、为非作歹的保安队长。小说写出了社会历史之变，以此映衬了乡间素朴美好的人生形式之"常";老水手的愚憨、质朴,滕长顺的义气、公正,三黑子的雄强、不屈,夭夭的活泼、乐观,都表现了美好人性面对生活剧变时的不同应对形式。作者通过对"这个地方一些平凡人物生活上的'常'与'变',以及在两相乘除中所有的哀乐"(沈从文:《〈长河〉题记》,《沈从文文集》第 7 卷,花城出版社、三联书店中国香港地区分店 1984 年版,第 5 页)的描写,讴歌了具有朴素道德美的人性,同时也为在时代大力挤压下美好人性的行将失落唱出了一曲沉痛的挽歌。

在沈从文的小说世界中,《八骏图》系列占据了一个重要的位置,这一系列包括《绅士的太太》、《或人的太太》、《某夫妇》、《大小阮》、《有学问的人》、《焕乎先生》、《一日的故事》等作品。与《边城》的理想人生形式相对照,《八骏图》系列中作家生动地展现了他眼中的世界病态。《绅士的太太》一文开头写道:"我不是写几个可以用你们石头打他的妇人,我是为你们高等人造一面镜子。"这实际上可视为沈从文都市小说的一个总序言。在这类小说中,他以一个"乡村叙事者""自然人性"的眼光,观看上流社会道德沦丧的种种面影,鞭挞"衣冠社会"的堕落和人性扭曲。《绅士的太太》以流利的笔致揭露了两个绅士家庭内部绅士淑女们的种种丑行:绅士的偷情,太太的通奸,少爷的乱伦……物欲横流的社会中,所谓高等人精神空虚、道德沦丧,已异化为两足的低等动物。《八骏图》则代表了沈从文都市文化批判的最高成就。沈从文是一个文体家。他所写的小说"更近于小品散文,于描写虽同样尽力,于结构更疏忽了。照一般说法,短篇小说的一般条件,所谓'事物的中心','人物的中心','提高'或'拉紧',我全没有顾全到。也是有意这样作,我只平平地写去,到要完了就止。事情完全是平常的事情，故既不夸张也不剪裁的就把它写下来了"。他自谓"没有写过一篇一般人所谓小说的小说"，不满足于将小说"限于一种定型格式中"，自觉地抵制将故事结构化、戏剧化，希望在"糅小说故事散文游记而为一的"新实验之外，更有一种"新的形式"，即用"写故事方法，带点'保存原料'意味"。（沈从文：《石子船·后记》，《沈从文文集》第 3 卷，花城出版社、三联书店中国香港地区分店 1984 年版，第 90 页）在小说叙事格局方面，沈从文的小说与鲁迅《药》、《离婚》等作品的客观呈现的小说传统不同，他的作品中总有一个不知疲倦的讲述者、评论者，引领读者进入湘西世界，为读者介绍那里的山山水水，评论那里的人事。通过这一特殊的叙事者，沈从文得心应手地表现着他所观看到的大量人生故事。在题材的选择上，他不愿写"一摊血一把眼泪"，而喜欢用微笑来表现人类痛苦。（沈从文：《废邮存底·给一个写诗的》，《沈从文文集》第 11 卷，花城出版社、三联书店中国香港地区分店 1984 年版，第 303 页）即使写杀戮，《菜园》、《大小阮》等也是把这一背景推远，从侧面写去。他最擅长描写的是本身就富有牧歌因素的爱情，如《雨后》、《三三》、《边城》等。在描写这类题材时，他又着意于"人与自然的契合"，以清淡的散文笔调去抒写自然风物。如《边城》对酉水岸边的吊脚楼，茶峒的码头、绳渡，碧溪的竹篁、白塔等都作了细致的描绘，精心勾画出一幅湘西风景图和风俗画。这些风物描写与情调切合其作品中显现的理想的人生形式。

融写实、记"梦"、象征于一炉，也是沈从文小说的一个重要特色。沈从文在《烛虚·小说作者和读者》中认为小说包含两个部分："一是社会现象"，"二是梦的现象"；写小说"必须把'现实'和'梦'两种成分相混合"。从总体上看，沈从文小说有很强的写实性。《柏子》、《萧萧》等对人生实存状态的描写，都是一种现实主义的把握。但是沈从文小说为了追求理想的人生形式又自觉地掺入了"梦"的成分。《月下小景》写爱情悲剧，却用男女主人公含笑殉情作结；《边城》将人物和环境作了理想化的处理，都可以分明看出作者主观理想的张扬。沈从文小说还善用象征。《菜园》里的菊花，《夫妇》中的野花，《八骏图》中的大海，其涵义都超越了形象本身。至于《边城》更是一种整体的象征。不但白塔的坍塌和重修分别象征着古老湘西的终结和新的人际关系的重造，而且翠翠的爱情波折和无望等待从整体上成了人类生存处境的象征。融写实、记梦、象征于一炉，大大丰富了小说的抒情容量。沈从文小说的体式丰富多样，语言古朴简峭。他不拘常例、常格，采用过对话体、书信体、日记体、童话、神话等多种体式。与结构上刻意求新相表里的，是讲究"文字组织的美丽"，他因此被称为"文字的魔术师"。他的小说语言具有独立的风貌："格调古朴，句式简峭，主干凸出，少夸饰，不铺张，单纯而又厚实，朴讷却又传神"（凌宇：《从边城走向世界》，三联书店 1985 年版，第 318 页）。他的小说语言是在杂糅古典文学的句式、提炼湘西方言的基础上形成的。沈从文以其独特的风格为京派小说的发展做出了重要贡献。

（一）《边城》

《边城》是沈从文的代表作，也是支撑他所构筑的湘西世界的柱石。沈从文说："我要表现的本是一种'人生的形式'，一种'优美，健康，自然而又不悖乎人性的人生形式'。"（沈从文：《〈从文小说习作选〉代序》，《沈从文文集》第 11 卷，花城出版社、三联书店中国香港地区分店 1984 年版，第 45 页）

《边城》首先不是一个充满戏剧性具有西洋近代小说结构的故事情节，而是一首关于生命境界的真实的也是理想化的诗。《边城》的人生是在人与自然的和谐中展开的。清澈见底的白河水，翠色逼人的茶峒的山，河边的吊脚楼，掩映在桃李花树间的人家。作为这一自然山水长卷的一个部分是人的活动。作者浓墨重彩地渲染了茶峒民性的淳厚：这里的人们无不轻利重义、守信自约；"即便是娼妓，也常常较之讲道德知羞耻的城市中绅士还更可信任"。总之，这里的"一切莫不极有秩序，人民也莫不安分乐生"。人们与山水相依，和谐共处。《边城》是小说，但相关的山水自然的描写和人文介绍——如白河、茶峒等地的风物，却具有"风物志"、"风俗志"的纪实意味。作者的散文集《湘西》的《白河流域的几个码头》中，关于白河、茶峒的部分就摘引了《边城》中的介绍。其写实性说明，美丽的自然、半自给自足的自然经济与纯朴的人相辅相成。因此，小说中的山水自然描写并不是人物活动的环境，而是气韵生动、包孕天人的中国山水。

在《边城》这幅山水长卷中，翠翠是它的灵魂。作者在山清水秀的自然中，重点描绘了翠翠优美、健康、自然的人生。翠翠在茶峒的青山绿水中长大，大自然既赋予她清明如水晶的眸子，也养育了她清澈纯净的性格。叙事者说她"为人天真活泼，处处俨然如一只小兽物。人又那么乖，如山头黄麂一样，从不想到残忍事情，从不发愁，从不动气……"她天真善良，恬静自守；情窦初开之后，内心对于爱情有着渴望，但亦仅仅止于希望，在希望中等待，在等待中希望，不管他何时回来，也不管他能不能回来。看似顺乎自然，不怨不争，内心却贞静自守，有所不为；面对灾难与逆境，坦然领受，哀伤中充盈着坚韧。作品中其他人物如老船工的古朴厚道、天保的豁达大度、傩送的笃情专情、顺顺的豪爽慷慨、杨马兵的热诚质朴，作为美好道德品性的象征，都从或一方面展现了理想人生形式的内涵。《边城》中的人物描写是中国画式的，而不是油画的、雕塑的，它不追求人物的多方面的复杂性格、多层次的复杂心灵描写与揭示，它追求的是传神写意，情景相生，山水的光影与人文的风流交融，呈现出美丽的人生境界。《边城》所展现的人生形式具有它的真实性。湘西社会曾经有过那样单纯、朴素的人生，有过牧歌般的乡村生活；尽管"'现代'二字已到了湘西"。

对于人性而言，单纯、朴素、美丽的人性始终不会泯灭。对于沈从文的人生经历而言，在故乡愉快的少年人生所留下的真挚的情感永远是真实的。然而它又是理想化的。小说中翠翠所生活的环境是最简单的：过着简单的供给制生活（他们为公家摆渡的报酬是每月"三斗米，七百钱"），不涉及现代社会经济生活；只有一个外祖父和一条狗，既无兄妹，更无亲戚，不涉及复杂的人伦关系；独居山脚水边，远离村镇，甚至没有邻居，不涉足社区，翠翠的社区活动只是偶尔去镇上买点东西，或在端午节去看划船，因此小说中的时间与空间对于翠翠只有生理—心理的意义。从本质上看，《边城》所处理的时间与空间并不是运动着的社会历史时空。作者勾画出的这个新奇独特的"边城"，是一个极度净化、理想化的世界。他的理想是为湘西民族和整个中华民族的文化精神注入美德和新的活力，并观照民族品德重造的未来走向。他在谈到《边城》的创作时说："拟将'过去'和'当前'对照，所谓民族品德的消失与重造，可能从什么方面着手。"（沈从文：《〈长河〉题记》，《沈从文文集》第7卷，花城出版社、三联书店中国香港地区分店1984年版，第4页）他期待着将这种理想化的生命形式"保留些本质在年轻人的血里或梦里”，去重造我们民族的品德。

《边城》的世界其实并不平静，尽管作者无意将故事的悲剧内涵写得触目惊心，其故事情节仍然包含了强烈的悲剧性。小说中，在地处湘、川、黔三省交界的“边城”小镇茶峒，船总顺顺的两个儿子天保和傩送同时爱上了老船工的外孙女翠翠，翠翠则在内心深处爱着“美甲一方”的傩送。天保自知求爱无望，也为了成全弟弟，驾船外出，在闯滩时不幸遇难。悲痛不已的傩送对于兄长之死无法忘怀，只得撇下儿女情，也驾舟出走。老船工经不住如此打击，在一个暴风雨之夜溘然长逝，留下了孤独的翠翠。翠翠守着渡船深情地等待着傩送的归来，尽管他“也许永远不回来了，也许明天回来”。沈从文无意开掘边城人生，尤其是翠翠人生的悲剧内涵，也无意在小说中刻画其悲剧性格。在边城，人生的欲望尽管与任何地方的人一样，但是那欲望始终是淡然的。老船工对于自己的生活是满足的，“我有了口粮，三斗米，七百钱，够了”，再无别的要求。翠翠心中有所爱有所求，却并不为此挣扎奋斗。天保与傩送，两人同时爱上翠翠，天保在明白求爱无望后就悄然退出，成全弟弟，并未在占有欲的支配下上演一出惨烈的决斗故事。翠翠母亲的故事在小说中先后被叙述了七次，这一高频叙事与翠翠的故事交替呼应。在翠翠母亲的故事中，他们在爱的要求遭到阻力之际，对于环境没有采取任何抗争，双双殉情。饱经风霜的老船工眼看翠翠走上她母亲这条路，为避免悲剧命运，尽了自己的努力，而这些却促成了翠翠的悲剧，形成了对于人事的讽刺。人在环境面前的顺乎自然、安于命运的人生态度正是沈从文处理悲剧性题材时异于其他新文学作家之处。但是，母女两代人的婚姻悲剧客观上说明，即便在美丽的“边城”，作为人类最基本欲望之一的性爱的欲求也不能得到满足。翠翠父亲的惨烈、杨马兵的凄苦、天保的绝望、傩送的两难,昭示着这世外桃源深层的不幸,为美丽添上一层忧伤的底色。《边城》的故事时间是独特的。

景物只有季节的变化,人物似乎只有年龄的变化,时间是静止的。中国近、现代历史的剧变外在于边城世界。变化的只是年长的日日老去,如树叶般凋落;年轻的日日成熟,由于成熟,生理心理发生变化,于是有爱的故事的发生。因此边城的故事时间是年轻人的,尤其是翠翠的。随着时间的增长给翠翠带来的那点变化对于翠翠是朦胧的,一切仿佛在梦中。"一切总永远那么静寂,所有人民每个日子皆在这种单纯寂寞里过去"。历时性社会生活遂被以共时性方式叙述。《边城》的叙述是独特的:小说的大部分内容是以概述的方式叙述的,如传统国画的散点透视,随物赋形,移步换形,而较少西洋画式的定点透视——从一个特定时空的点展开描写的呈现。静止的时间与共时性的叙述决定了小说语言的特殊性。一方面,叙述者利用概述的权力架构了一个价值体系(比如乡村与都市的对立对比:"即便是娼妓,也常常较之讲道德知羞耻的城市中人还更可信任"),并且随时对于笔下人物予以褒贬(如说天保、傩送"又和气亲人,不骄惰,不浮华,不倚势凌人,故父子三人在茶峒边境上为人所提及时,人人对这个名姓无不加以一种尊敬")。另一方面,适应叙述的需要,常常使用"皆"、"必"、"从"、"从不"等语词,以实现对于叙述频率的调整,营造出悠然淡远的意味。

沈从文是一位有着独立性的作家,他的大量作品构成了一个表现人性之"常"的独立自足的艺术系统,《边城》是其重要的代表作。人性中有不变的因素,但即便是不变的因素也因时代的不同而有不同的表现形式。在充满血与火的动荡不安的时代里有意回避从政治、经济角度去表现尖锐的社会斗争，既不可避免地与时代文艺主潮严重脱节，也不可避免地影响了剖析人的深度。在人类发展的长河中，历史的进步常常需要以人的扭曲为代价，这是一个无法两全的两难境地。而且，沈从文疏离政治的立场是以其青少年时代在军阀混战中看杀人的经历为基础的，而军阀混战与 30 年代国共两党的政治军事斗争有着本质的区别。不区别这些问题上的是非，极易走上保守的道路，导致对宗法式社会的美化和对现代生活的否弃。现代都市当然有它的丑恶、肮脏和数不清的罪恶，但是现代都市作为现代文明的集中地，更有它的魅力、光荣与梦想，从社会历史的角度看，它是人类社会进步的产物，看不到这一点，乃是对于历史进步的否定。当然，沈从文小说中人与自然和谐相处的天人合一的境界，人们对于欲望的淡然态度，对于欲望过分膨胀的现代人、对于无厌地索取掠夺环境的现代病，不啻一剂清凉散。沈从文小说在探索理想的人生形式时贯注了关于人的改造的思想，这触及到了 20 世纪中国文学改造民族性格的基本命题。他企盼通过民族品德的重造，进而探索"中国应当如何重新另造"（沈从文：《若墨先生》，《沈从文文集》第 4 卷，花城出版社、三联书店中国香港地区分店 1984 年版，第 299 页）。这些是他作品中最富于积极意义的现代思想。正是这一点在使其作品题材偏离时代文艺主潮的同时，又保持了它的现代品格。这正是沈从文小说意蕴的复杂性所在。

（二）《八骏图》

关于《八骏图》，沈从文曾说："我写它的用意，只是在组织一个梦境。至于用来表现人在各种限制下所见出的性心理错综情感，我从中抽象出式样不同的几种人，用语言、行为、联想、比喻以及其他方式来描写它。"（沈从文：《水云——我怎么创造故事，故事怎么创造我》，《沈从文文集》第 10 卷，花城出版社、三联书店中国香港地区分店 1984 年版，第 272 页）在《八骏图》的《题记》中，沈从文认为，知识分子中"大多数人都十分懒惰，拘谨，小气，又全是营养不足，睡眠不足，生殖力不足。这种人数目既多，自然而然会产生一个观念，就是不大追问一件事情的是非好坏，有'自己不做算聪明，别人做来却嘲笑'的观念"。"这种观念反映社会与民族的堕落。憎恶这种近于被阉割过的寺宦观念，应当是每个有血性的青年人的感觉。"（沈从文：《八骏图·题记》，《沈从文文集》第 6 卷，花城出版社、三联书店中国香港地区分店 1984 年版，第 166 页）因此，《八骏图》是对于知识者的一个解剖，同时也是对于民族之病的一个诊察。《八骏图》写的几种人都是病态的：受现代文明的压抑，教授们生命活力退化，性意识已经严重扭曲；表面上道貌岸然，内心深处却龌龊不堪。教授甲已经是六个孩子的父亲，可是他的房子里半裸女画与保肾丸并陈；教授乙散步时三句话不离女人，特别不能忘怀于海边穿新式浴衣的青年女子；教授丙说自己已经老了，于恋爱无所关心了，却目光不离爱神像的凹凸处，并且会联想到身材苗条圆熟的内侄女……这群"近于被阉割过的寺宦"，急需由作为自然人生象征的海来治疗。既要恢复生命的活力，又不要堕落为行尸走肉。对于所写的这些人的不自然的人生形式，沈从文当然投以讽刺，在讽刺的背后，透露出作家理想的人生观，即与都市里扭曲的人性对比的乡下人人性的自然舒展。这样的人生形式寄寓在他构筑的湘西世界中。

沈从文曾建议读者将《柏子》与《八骏图》对照起来在读，"就可明白对于道德的态度，城市与乡村的好恶，知识阶级与抹布阶级的爱憎"的区别。（沈从文：《〈从文小说习作选〉代序》，《沈从文文集》第 11 卷，花城出版社、三联书店中国香港地区分店 1984 年版，第 44 页）而沈从文一再宣称"我是个乡下人，走到任何地方照例都带了一把尺，一把秤，和普通社会总是不合。一切来到我命运中的事事物物，我有我自己的尺寸和分量，来证实生命的价值和意义。我用不着你们名叫社会为制定的那个东西，我讨厌一般标准，尤其是什么思想家为扭曲蠹蚀人性而定下的乡愿蠢事。这种思想算什么？不过是少年时男女欲望受压抑，中年时权势欲望受打击，老年时体力活动受限制，因之用这个来弥补自己并向人间复仇的人病态的表示罢了。这种人从来就是不健康的，哪能够希望有个健康的人生观"（沈从文：《水云——我怎么创造故事，故事怎么创造我》，《沈从文文集》第 10 卷，花城出版社、三联书店中国香港地区分店 1984 年版，第 266 页）。

《八骏图》运用了复杂的叙事手法。对于教授甲、乙、丙、丁、戊、庚、辛，作者调动多种叙述声音，或让人物自述，或对话，或描写，揭示出各自鲜为人知的灵魂的一角隅。小说中达士先生的书信构成一个多功能的独立的叙事声音。这是一个参与故事的有限视角，通过达士的声音，教授们的精神病态（性变态）被分析得淋漓尽致："从医学观点看来，皆好像有一点病"，"这些人富于学识，却不曾享受过什么人生。便是心灵上的欲望，也被抑制着、堵塞着"。达士的书信恰似一个人物评价大纲。在大纲之后，作者一一展示教授们的灵魂。首先通过第三人称叙述者表现教授甲。这个讲述者与达士的感官（主要是眼睛）组合成一个特别的叙事方位。通过达士的眼睛和意识的过滤，物理学家教授甲的房间留下的印象是：六个孩子围绕的全家福照片，枕头边放着的一部《疑雨集》，一部《五百家香艳诗》，蚊帐里挂着的一幅半裸体的香烟广告美女画；窗台上放着的红色保肾丸小瓶子、鱼肝油瓶子和头痛膏。寥寥几笔，入木三分地呈现出一个多欲且为欲所困的教授甲。作者写教授甲，描写简练，讽刺辛辣而不动声色。必须指出，关于达士的眼睛所见的叙述在小说中具有双重功能：一方面，通过这一双特殊的眼睛侧面描写了教授甲；另一方面，这双眼睛所见的内容同时表明了眼睛主人的兴奋中心，或者说无意识中暴露了眼睛主人的思想意识状态，甚至还展现了其潜意识的内容，这一段简练的描写，实有一石二鸟之用。作者描写生物学家教授乙，仍是第三人称叙述，但这里的叙述者只限于介绍达士与教授乙的行踪，而以直接引语的形式引述了二人的对话。介绍行踪时，突出了乙的对于海边沙滩"一队穿着新式浴衣的青年女子"不能忘情以至不愿离开海滩，甚至忍不住"从女人一个脚印上拾起一枚闪放珍珠光泽的小小蚌螺壳，用手指轻轻地很情欲地拂拭着壳上粘附的沙子"的典型细节；这些叙述凸现出一个对于女性身体有着无尽欲望而又受到压抑的形象。

在对话描写中，在乙似乎无谓的北京、上海比较论，将太太放在乡下而过独身生活的方便论中，揭示了其"胡闹"经验及深藏的强烈的胡闹欲望。作者写对话时并未将双方的话语全部写出，而是交替遮掩其中一人，通过对于特定语境中一方话语的叙述，另一方话语的内容读者已经可以想见，免去了通常对话描写的唠叨之弊，收到简练、流畅之效。道德哲学教授丙也是通过第三人称叙述者叙述，但是通过直接引语引入了教授丙的长篇独白式话语。教授丙的叙述实际上已经构成一个独立的叙述声音。这个声音的意义是双重的。一方面教授丙作为叙述者提供了一个视精神与肉体为对立、分立的人生故事，但是更重要的是这个故事其实是教授丙所讲的人的寓言，显示了叙述者自己的观点。就是说教授丙讲述的精神恋妻子病死的故事，同时也是他两性观的独白。在教授丙看来，精神恋中女性的死缘于没有发展兽性，"要她好，简便得很，发展兽性自然会好"。在教授丙的词典中，人是两立的，性爱是两立的，一面是精神，一面就是兽性。丙的故事其实正是对于丙的形象的重要勾画，而他一边看爱神照片一边同"苗条圆熟"的女孩子的对话则泄漏了其内心的秘密，揭出道德哲学教授的蠢蠢欲动的"兽性"来。

哲学教授丁是个哲学崇虚论者，然而他并不自杀，因为他很情欲地爱着一些女人，他只是在想象荒唐中疯人似的爱着她们，既不想让她们知道，更避免结婚，"我只想等到她有了四十岁，把那点女人极重要的光彩大部分已失去时，我再去告她，她失去了的，在我心上还好好的存在"。"爱她，如何能长久得到她？一切给她，什么是我？若没有我。怎么爱她？"这是一个偏执的自恋狂。哲学教授不是讲授哲学的人，而是被哲学讲述的人，既无常识，也无主体性。作家在描写时主要通过达士与教授丁的辩论完成。教授戊是个结婚一年又离婚的人，作者通过直接引语引出戊对于为什么离婚的回答。在教授戊看来，所谓恋爱只是文学中的杜撰，事实上男女之间无非结婚生子受牵制，所以"想把女人的影响，女人的牵制，尤其是同过家庭生活那种无趣味的牵制，在摆脱得开时趁早摆脱开"。这是一个恋爱虚无论者与自我主义者。历史学教授辛则通过达士未婚妻的来信略加勾勒：他同达士所说"真不大像他平时为人"，"简直是个疯子"。至于经济学家教授庚，在达士眼中是唯一健康的人，其证据便是"有一个美丽女子常常来到寄宿舍，拜访经济学者庚"。

其实教授庚并未描写，只是通过叙述教授庚以及常常到他宿舍的女子的描写，深入刻画达士，谈及八骏中的己。主人公达士先生也是"八骏"之一。在小说中，他首先是一个观察者、批评者、叙事者，但是他同时是作家的讽刺对象。在诊断其他七人时达士俨然一个医生，在与黄衣女子的关系中，他也是个病人。达士在到青岛的两年前，曾经有过恋爱悲剧，当时他曾经立意"到乡下生活十年，把最重要的一段日子费去"。似乎无法排遣失恋的悲伤，然而两年后他正在热恋之中，并且已经"不大看得懂那点日记与那个旧信上面所有的情绪"。未婚妻远在异地，在信中达士对未婚妻信誓旦旦地说："这信上有个我，与我在此所见社会上的种种，小米大的事也不会瞒你。"但是有关黄衣女子的事情和感想只保留在日记本上，一点也没有透露给未婚妻。其实黄衣女子一出现就引起了达士的兴趣，他在她们常走的地方去散步，刻意制造若干次的"不期而遇"，"无形中却增加了一种好印象"，待得女子主动表现出爱意时，却又逃避，并且自信自己有免疫力，相信自己的理性的力量。然而他终于还是竟因那一对美丽眼睛的诱惑而推迟了归期。作家在写达士之人性被扭曲时，用笔讲究，如传统小说的"草蛇灰线"，一切在似有似无之间，看似漫不经心，其实构思严谨，一气贯注。与对于七教授的讽刺不同，在对于达士的讽刺中，展开的却是严肃的主题。达士两年前失恋后的情感是真挚，然而情感却是特定境遇下人的反应，也随着境遇的改变而改变，两年后的达士不仅改变了，而且已经"不大看得懂那点日记与那个旧信上面所有的情绪"。情感如此，理性也靠不住。达士要把在青岛所见的一切都告诉未婚妻，"小米大的事也不"隐瞒，达士并未存心作伪，然而感性、情感半点不由人，他的理性终于被情感战胜，掉入了"大海"。达士的故事正是对于七教授故事的深入阐释：凡不顾及生命的要求而以空洞的道德、哲学拘束自己的，生命的感性、感情必与它捣乱，令其口是心非，令其表里不一，令其作伪，令其献丑。正是在这个意义上，乡下人的舒展的人性才是健康的人性。

五、曹禺

曹禺是现代中国最杰出的戏剧家，他的《雷雨》、《日出》、《北京人》等代表剧目标志着中国现代话剧艺术的成熟。曹禺，原名万家宝，1910 年 9 月 24 日出生在天津一个封建官僚家庭。他的父亲官场失意，整个家庭的气氛是沉闷的。曹禺的生母在他出生后三天就因产褥热去世，继母将他抚养大。曹禺在这大家庭里孤独寂寞地成长，他常常一人躲在自己的房间读书，也经常随继母出入戏园，观看了京剧、昆曲、河北梆子、京韵大鼓、唐山落子等许多地方戏曲，以及当时流行的文明新戏，欣赏到谭鑫培、龚云甫、杨小楼、陈德霖、余秋岩等许多著名演员的精彩表演，对戏曲产生了强烈兴趣。1922 年起曹禺就读于南开中学，他广泛阅读鲁迅、郭沫若、郁达夫等新文学作家的作品，并开始写作发表诗歌、小说、散文，自 1925 年起参加著名的南开新剧团，在南开中学排演新戏。他先后演出过《压迫》（丁西林）、《玩偶之家》、《国民之敌》（易卜生）、《织工》（霍普特曼）等剧，并参与改编演出《吝啬鬼》（莫里哀）、《争强》（高尔斯华馁）、《新村正》（南开新剧团代表剧目），这些戏剧实践使他懂得了舞台，加深了对戏剧艺术特殊规律的理解。1930 年曹禺升入南开大学，第二年转入清华大学西洋文学系。大学时代是曹禺思想发展的重要阶段。家庭衰败，父亲去世，使他深切感受到世态的炎凉并在对人生思考中发奋努力。

他读过佛老、诵过圣经，也求教过柏拉图、尼采、叔本华、林肯，研读过孙中山的著作。1931 年"九·一八"事变后，他又在高昂的抗日救亡运动中和同学去保定、长城一带宣传抗日救国，接触社会，尤其是接触士兵、工人等下层人民，也就是在这过程中曹禺确定了"我要写戏"的人生道路。他大量阅读了西方现代戏剧家莎士比亚、易卜生、契诃夫的戏剧作品，经过五年的酝酿构思，终于在 1933 年清华毕业前完成他的第一部戏剧作品《雷雨》。剧本得到巴金的赞许和推荐，1934 年 7 月发表在郑振铎、章靳以主编的《文学季刊》一卷三期。1935 年4 月首先由中国留日学生在东京演出。郭沫若观看演出并为日译本作序，赞扬"《雷雨》的确是一篇难得的优秀的力作"，"作者在中国作家中应该是杰出的一个"。《雷雨》上演后引起文艺界的重视，其艺术魅力经久不衰，几十年来一直是最受欢迎的剧作之一。1935 年曹禺写出了第二部戏剧《日出》，再次引起强烈反响。1936 年曹禺应聘到南京国立剧校任教，其间创作并发表了《原野》。抗战爆发后，曹禺随剧校辗转到重庆江安。在高涨的救亡激情中，曹禺与宋之的合作改编抗战剧《黑字二十八》，接着他又创作《蜕变》以表现"我们民族在抗战中一种'蜕'旧'变'新的气象"。《蜕变》以后，曹禺又回到了《雷雨》、《日出》《原野》的戏路，以四幕剧《北京人》表现抗战前北京一个没落的封建世家的崩溃。1942 年曹禺离开国立剧专来到重庆，在长江边一艘轮船上将巴金的小说《家》改编成戏剧，在这一戏剧艺术的再创造中，剧作家改变了原作以觉慧为中心，着重表现青年人与旧秩序抗争的构架，把在小说中并不重要的瑞珏提到主人公的地位，以觉新与瑞珏结婚开始，着重揭示觉新、瑞珏和梅芬三人的婚姻不幸和痛苦。新中国成立后，曹禺带着强烈的"翻身"感满怀喜悦地走进新生活，他历任中央戏剧学院副院长、北京人民艺术剧院院长、中国戏剧家协会主席等职，先后为共和国创作了以北京协和医院为背景，揭露美帝国主义侵略罪行的《明朗的天》；以战国时代越王卧薪尝胆为题材，激励人们奋发图强的《胆剑篇》（与梅迁、于是之合作，曹禺执笔），和歌颂民族团结的《王昭君》。1996年12月13日曹禺病逝于北京。

曹禺在30至40年代的戏剧创作，如《雷雨》、《日出》、《原野》、《北京人》代表了曹禺戏剧的艺术风格和主要成就。曹禺的这些戏剧引人注目地借鉴古典戏剧的命运悲剧，把那种表现古希腊贵族阶层的生活状态和命运悲剧的美学观念和艺术形式"拿来"，抒写他那"素来有些忧郁而暗涩"的心灵所感受到的"被压抑的愤懑"和"家的梦魇"。引起曹禺戏剧创作冲动的是"复杂而原始的情绪"，曹禺总是在他那些戏剧场景背后设置一个没出场的神秘"力量"在控制和摧毁剧中人，表现剧中人"受自己——情感的或理解的——捉弄，一种不可知的力量——机遇的或是环境的——捉弄"（曹禺：《雷雨·序》，《雷雨》，文化生活出版社1936年版）。他在写作《雷雨》时，"如原始的祖先们对那些不可理解的现象睁大惊奇的眼……连绵不断地若有若无地闪示这一点隐秘——这种宇宙里斗争的'残忍'和'冷酷'。在这斗争的背后或有一个主宰来使用他的管辖"（曹禺：《雷雨·序》，《雷雨》，文化生活出版社1936年版）。因此，在《雷雨》的八个角色之外，还有一个"没有写进去"的"第九个角色"，"他几乎总是在场，他手下操纵其余八个傀儡"。他在写作《日出》时，"故意叫金八不露面，令他无影无踪，却时时操纵场面上的人物，他代表一种可怕的黑暗势力"（曹禺：《日出·跋》，《日出》，文化生活出版社1936年版）。而那些台上充满各式欲望的人物，在弱肉强食链中一个被一个"吃掉"，而最后的潘月亭又被金八所摧毁。在《原野》里，是"父债子还"、"恶有恶报"的"报应"观念在冥冥之中制控着人物的命运，以致强悍复仇的仇虎始终走不出莽莽茫茫的林子，丢不开焦母那凄厉的令人恐慌的叫魂声。在《北京人》里，剧作家以曾文清徒然无力的挣扎和愫方无价值的情感寄托表现出人不能掌握自己的命运的悲哀与无奈，而剧终愫方的觉悟和出走，则表示此时剧作家的社会理想正在取代这种命运观。剧作家带着观众以悲悯的心态俯视剧中人怎样盲目地争执着，在情感的火坑里打滚，用尽心力来拯救自己，而不知千万仞的深渊在眼前张着巨大的口。

曹禺戏剧表现这种在人之上、控制和摧毁人的"力量"，是与揭露现实黑暗、控诉社会罪恶结合在一起的，这些剧作总是有意识地透视从辛亥革命到抗战时期中国社会的阶级矛盾。从这一意义上说，曹禺的戏剧不仅是命运悲剧，也是社会悲剧。《雷雨》揭露资本家周朴园进行了血腥的原始资本积累和以卑鄙手段镇压工人反抗。《日出》揭露半殖民地半封建的都市社会里尔虞我诈、弱肉强食、纸醉金迷的腐败与黑暗。《原野》揭露在辛亥革命后的农村社会里，恶霸地主与反动政权勾结对农民的残酷统治。在《北京人》中，是对封建主义社会垂死衰亡的揭示和对新生命新生活的向往。曹禺在构建这些"命运"的故事时，表现了五四时代精神，注入了他的社会理想，发动了对现实的批判。因此，尽管曹禺戏剧追求"古老的感觉"，流露出不同程度的命运悲剧色彩，但不脱离社会、不落后时代、不背离于现实。他写作《雷雨》、《日出》、《北京人》时，尽管没有有意识地去配合什么，去讽刺或攻击什么，但由于他进步的民主的思想和人道主义精神，他戏剧创作的题材与情感来自于社会的现实，适应了新民主主义革命的要求，具有鲜明的时代特征。实际上是用同人民一样的被抑压的愤懑，"毁谤着中国的家庭和社会"，"暴露大家庭的罪恶"。这也是鲁迅把他称作

"新出现的左翼戏剧家"的原因。（见尼姆·威尔士：《现代中国文学运动》，《新文学史料》1997年第2期）

曹禺戏剧创作在揭露黑暗的同时也向往着光明，他把剧作命名为《雷雨》、《日出》、《北京人》，以及在《日出》剧作里有意识地引录《老子》和《圣经》，正是他的政治理想抱负的诗化表露。他在写《日出》时明确表示"我要的是太阳"，"我写出了希望，一种令人兴奋的希望，我暗示出一个伟大的未来……我相信我说的未来，我也想到应该正面迎上去"。这就是剧作家为什么在《日出》里不断穿插打夯工人的雄壮、有力的歌声的思想基础。在《日出》前，他就在《雷雨》中描写了矿工鲁大海的刚强有力。在《日出》后他在《原野》里肯定农民复仇的合理性；在《北京人》中，他又让汽车修理工砸开曾公馆的大门，引领愫方走向新生之路。可以看出，他是把工人群众当做未来生活的"主角"、人类社会的"希望"和为中国迎来"日出"的人，曹禺不仅如许多评论家所说的具有"雷雨"情结，而且，他也因为这种向往光明的社会理想而具有"日出"情结。曹禺戏剧创作"复杂原始的情绪"与他社会理想的融合，还表现为他在戏剧创作中对原始生命力的肯定或赞美。在《雷雨》中是表现繁漪和鲁大海的力度，对繁漪，是表现她"雷雨般的激烈性格"和"原始的野性"，为本能的情欲所驱使对专制家庭做勇敢无畏的反抗；对鲁大海，是强调他"满蓄着精力的"、"粗暴"、"生硬"、"横蛮"之类的力度感。在《日出》中，是描写那作为背景的打夯的小工们"沉重的石硪一下一下落在土里，那声音传到观众的耳里是一个大生命浩浩荡荡地向前推、向前进，洋洋溢溢地充满了宇宙"。在《原野》里，是莽莽苍苍的原野，"土地是沉郁的，生命藏在里面"，是那"充满强烈生命力的汉子"仇虎和那"眉头藏着泼野"、"黑眼睛里蓄满魅力和强悍"的花金子。在《北京人》中，是那富有象征意味的修理卡车的巨人，"他的巨大的手掌似乎轻轻便可折断了任何别人的脖颈，他整个是力量，野得可怕的力量，充沛丰满的生命和人类日后无穷的希望都似乎在这个人身内藏蓄着"。剧作家还特意让人类学博士评说"北京人"："这是人类的祖先，这是人类的希望，那时候的人要爱就爱，要恨就恨，要哭就哭，要喊就喊……他们常年依着自己的性情，自由地活着，没有礼教来拘束，没有文明来捆绑……"这种对自由、对强悍、对力度，甚至对原始生命力、对原始野性的赞美，因为时代精神的注入而具有现代性，使人感觉到其中蕴含着对封建礼教束缚的抗争，对人的健全自由发展的憧憬，也有五四时期"劳工神圣"和左翼文学中社会主义思想的某种折射。

曹禺对自己的戏剧创作说过一句十分重要的话："现实主义的东西，不能那么现实"（1982年5月26日曹禺与田本相谈话记录，转引自田本相《曹禺传》，北京十月出版社1988年版）。曹禺在大学时代读易卜生时就为易卜生"是个纯真的诗人"和"各种精神状态的探索者"而打动，在他开始写作戏剧时，他宣称"我写的是一首诗，一首叙事诗"。（曹禺：《〈雷雨〉的写作》，《杂文》1935年第2期）他追求和强调的是戏剧在反映现实的基础上又高于现实的超越感或距离感，能使观众就如观看古典命运悲剧那样"俯视那些挣扎的芸芸众生"，能对命运的"残酷"产生恐惧和怜悯。因此，他注重表现戏剧的"神"和"味"，即那种积淀着传统艺术审美文化心理的能够与现实拉开一定距离的"古老的感觉"，这种与古希腊命运悲剧相通的"复杂而原始的情绪"使曹禺戏剧具有了向人类普遍性提升的趋势，而他接受的时代精神和左翼文学的影响，又使他的戏剧具有与时代同步的现代性。

正因为此，曹禺的戏剧超越了五四前后热闹一时的文明戏，也超越了五四后热衷于"问题"的社会剧，而将中国现代戏剧推向一个新时代。曹禺戏剧创作非常重视写人物，他经常说，他很难讲清楚早期戏剧写什么，是怎么出来的，但是有一点他很清楚，他是要写人，引发他戏剧审美创造的每每是几个他感受很深的人物，甚至有他亲近的人的影子，他说："一切戏剧都写人物，而我倾心追求的是把人的灵魂、人的心理、人的内心世界的细微的感情写出来。""我这点很清楚，一定得把人物写透、写深，让他活起来，有着活人的灵魂"。（1982 年 5 月 26 日曹禺与田本相谈话记录，转引自田本相《曹禺传》，北京十月出版社 1988 年版）曹禺戏剧创作人物都是把剧中人作为"人"来写，注重揭示其性格的丰富性与复杂性。他写他同情心爱的人物，并不回避这些人物的弱点；他写他所憎恶的人物，也没有将其简单地写成概念化的丑角。他说："我深深地憎恶他们，却又不自主地怜悯他们的许多聪明（如李石清、潘月亭之类）。奇怪的是这两种情绪并行不悖，憎恨的情绪愈高，怜悯他们的心也愈重，究竟是他们玩弄人，还是为人所玩弄呢？"（曹禺：《日出·跋》，《日出》，文化生活出版社 1936 年版）因此，曹禺剧作的主要人物不是公式化概念化的形象，不是单一平面的性格，而是大多具有多侧面多层面的性格内涵，因为性格的丰富性而成为"说不尽"的"圆型人物"。《北京人》中的曾思懿是剧作家怀着憎恶之情塑造的反面形象。写她"整天满脸堆着笑容，心里却藏着刀"，虚伪自私、猜忌多疑、欺善怕恶，然而剧作家又指出曾家毕竟靠她支撑，她整日算计伤害别人，但有时也流露出作为儿媳、妻子、母亲的真实感情。她曾阻止霆与袁圆玩，是出于她所希望的儿子"长进"；她几次三番嘲讽曾文清"恍惚"，也不无一点夫妻情分；她对"恨极"了的曾皓使尽手段，但当杜家真的抬走棺材抵债，她也不禁"有些难过"，显然她并非是恶的化身，她的精明能干、家族之情与她的骄横恣肆、自私伪善有机统一在一起，才形成这个如此丰富的性格生命。同样，剧作家对他所同情或赞美的人物，也是写出了其性格的不同侧面，如为爱情作困兽之斗的果敢阴挚的繁漪，也曾退而求其次地求周萍将她一起带走，当她发现周鲁两家的"一个更悲惨的命运"时，又"不由自主"地产生"愧恨"，曹禺在为《雷雨》作序时进一步说明：繁漪可爱不在她的"可爱"处，而正在她的"不可爱处"。（曹禺：《雷雨·序》，《雷雨》，文化生活出版社 1936 年版）历经许多苦难的刚毅善良的侍萍，发现自己又来到周公馆时也流露出些许的迟疑；美丽而聪明的陈白露在一群丑态百出的上层人中间显得那么高傲，她尽情地嘲讽他们但又甘愿接受他们，无力走出那座豪华的饭店。苦大仇深为复仇而来的仇虎最终谋杀的却是他童年的好友——孱弱的焦大星和焦大星无辜的儿子。所以，夜半林中焦母的唤魂声在仇虎听来才如此的凄厉和恐惧。曹禺戏剧出色塑造的侍萍、繁漪、陈白露、金子、愫方等一系列女性形象，都是心灵受到压抑情感复杂的人物。这种成功是由于剧作家真实而多侧面地描写血肉丰满的人物性格，既肯定了她们正当的个人要求，颂扬了她们符合传统美德或时代精神的个人品质，揭示她们内心的美好，也表现在对她们灵魂弱点与局限进行的剖析，尽管剧作家显然是更多地给予她们以同情与怜悯。这就使得曹禺戏剧的人物塑造远远地超越了当时剧坛流行的简单化概念化的模式，呈现出丰富复杂的性格特色，蕴含丰富内涵和咀嚼不尽的"魅惑力"。

曹禺是位有着丰富舞台经验，了解剧场，懂得观众的剧作家。他深知观众"要故事、要穿插、要紧张的场面"（曹禺：

《日出·跋》，《日出》，文化生活出版社 1936 年版）。他的戏剧具有强烈的戏剧性，或者是显在的扣人心弦的情节冲突，或是内在的情感波澜的激荡起伏。曹禺戏剧总是在经过长久的蓄势，情节风暴即将来临之际拉开帷幕，或者是在"雷雨"之前，或者是在"日出"之前，或者是行将复仇，或者是即将出走，人物一出场就已经带着过去的许多积怨，并迅速展开冲突。一个场面比一个场面深化。每幕都有一个小高潮，又不断趋向全剧的高潮。最为典型的是《雷雨》，剧中人不断地从现在的戏中发现过去的戏，而被发现的过去的戏又推动现在戏的发展。从第一幕到第四幕一个个具有强烈戏剧性的动作连接发生，情节起伏跌宕，构成曹禺戏剧高强度的内在张力。

　　以"散点透视"法结构的《日出》同样针线细密，处处有"戏"，并时有紧张强烈的冲突，剧中潘月亭与李石清几个回合的较量没有刀光剑影，却是精彩的唇枪舌战，两人含沙射影，旁敲侧击，你来我往，你死我活，最终两败俱伤。当然，强烈的戏剧性不一定体现在外在的人物间的交锋，有时也可以表现为人物自身的内在冲突，表现为人物内在情感的波涛汹涌。创作《北京人》时曹禺倾心于契诃夫，有意识地追求"平淡"的戏剧风格，这种"平淡"仍然蕴含着强烈的戏剧性。《北京人》中曾文清与愫方相爱，不能不警惕曾思懿，而思懿为了控制曾文清，也不能不紧张提防愫方，这三人因各自的情感而陷入矛盾冲突中。思懿当着愫方的面逼文清把信还给愫方，是矛盾冲突的一次爆发，此时此刻，三人都陷入感情激荡的旋涡，思懿的妒嫉、愫方的尴尬和文清的愤慨都极为强烈。同样是表现戏剧人物的内在动作，曹禺还在戏剧中设置了一些精彩的抒情场景，如《日出》中陈白露对逝去青春的回忆、《北京人》中愫方与瑞贞相互倾述心曲、《家》中觉新和瑞珏在新婚之夜的感人独白等。曹禺同样十分重视锤炼戏剧语言，他给每位剧中人所写的台词，都是发自剧中人的内心深处，带有鲜明的性格特征，并随着剧情、性格的发展而变化。《日出》中那些活动在陈白露休息室的上层社会人物都具有高度性格化的语言，使人闻其声如见其人。顾八奶奶一上场就忙着说"爱情的伟大，伟大的爱情"，说自己"顶悲剧，顶痛苦，顶热烈，顶没有法子"，活现出矫揉造作和俗不可耐。张乔治的洋奴相和虚伪性同样表现在他那中英文交杂的言语中。年轻的交际花陈白露在不同场合的语言又表现出她性格的不同侧面：在过去恋人方达生面前，她指着窗上的霜花硬说"像我！"并欢欣地拍着手说："你看，这头发，这头发简直是我！"她那少女时代的稚气仿佛又回到身上；在靠山银行经理潘月亭面前，她用"傻孩子"、"老爸爸"等带有嘲弄的玩笑来逗乐；为保护"小东西"，她又以声色俱厉的流氓腔对付打上门来的流氓黑三一伙；而当她最后服下安眠药后又哀伤地自语："这一么一年一轻，这一么一美"，流露出她在绝望中对生命的留恋。

曹禺戏剧的语言准确生动地表现出剧中人在特定情境中的内心情感，具有丰富的潜台词，在《雷雨》第一幕，繁漪这样询问四凤：繁：他倒是惦记我（停一下，忽然）他现在还起来么？四：谁？繁：（没想到四凤这样问，忙收敛一下）嗯——自然是大少爷。四：我不知道。……繁：哦（看四凤，想着自己的经历）嗯（低语）难说的很（忽而抬起头来，眼睛睁开）这么说，他在这几天就走，究竟到什么地方呢？四：（胆怯地）您说的是大少爷？从表面上看，这是主妇向婢女打听大少爷的消息的平常交谈，而实际双方都明了对方是情敌，于是一个旁敲侧击，一个谨慎设防，一问一答之间内心都很紧张，既想从对方那里了解信息又怕对方看破自己的秘密。在周朴园的客厅，还有一段十分精彩的对话，侍萍要求在临走前看一看她分别三十年的儿子周萍，可周萍来后却重重打了鲁大海两个耳光，侍萍悲愤地大哭，走向周萍：鲁：（大哭起来）哦，这真是一群强盗（走至萍面前，抽咽）你是萍——凭，凭什么打我的孩子？萍：你是谁？鲁：我是你的——你打的这个人的妈。

作为一位母亲，多想看到离别三十年的儿子，可这个儿子却当着她的面打了她的另一个儿子，她悲愤地责问周萍，却不能说出母亲的身份。从"萍"到"凭"，从"你的"到"你打的这个人的"，两次欲言又止转换语意的话语让我们看到她内心的极度悲苦。从1907年中国第一个话剧团体"春柳社"成立到《雷雨》以前，中国话剧虽然经历了四分之一世纪的历程，却还没有出现成熟的作品。在五四前虽有话剧却没有话剧作家，当时演出的剧目不是翻译的外国故事，就是改编的传统故事，没有真正的话剧创作。五四以后到30年代，虽有话剧作家但没有成熟的话剧作品，除田汉、丁西林少数剧作家的作品外，一般剧本或者脱不出移植改编的窠臼，或者形式简陋单调，话剧成了缺乏戏剧性的对话体故事，既不能同小说争夺读者，也不能同戏曲争取观众，话剧创作远远落后于小说和新诗。进入30年代，由于左翼戏剧运动的兴起，反映工农生活和小市民阶层生活的社会现实题材戏剧大为增加，但艺术上多流于公式化。《雷雨》的诞生，开创了中国话剧的"《雷雨》时代"，年轻的曹禺以他的《雷雨》、《日出》等优秀剧作标志了中国现代话剧走向成熟。剧作家以自己的话语，成功地运用古典的和易卜生、契诃夫等人的写实戏剧的叙述模式，写出了具有鲜明个性与时代性相统一的戏剧故事，塑造出在这戏剧故事中站立起来的人物形象。

（一）《雷雨》、《日出》

四幕剧《雷雨》在一天时间（上午到午夜两点钟）、两个舞台背景（周家客厅和鲁家住居）内集中表现出周、鲁两家三十年来错综复杂的人物关系，和在一个雷雨之夜所发生的人物悲剧。曹禺以罕见的大手笔将人物错综复杂的血缘关系和人物纠葛交织在一起，构成了丰富、紧张、扣人心弦的戏剧性。《雷雨》就在这样的一个充满矛盾纠葛的故事中揭露周朴园封建专制家庭的罪恶，鞭挞封建专制赖以生存的黑暗社会，批判封建专制与虚伪道德。尽管刚开始写作《雷雨》时，曹禺并没有什么明确的改造社会的使命感，但写着写着，他就隐隐感觉仿佛有一种情感的潮水汹涌而来，推动着自己，使他发泄出被压抑的愤懑，驱动他去抨击旧中国的家庭和社会，并借鉴古希腊的命运悲剧表现"对宇宙间许多神秘事物的一种不可言喻的憧憬"。《雷雨》中各个人物之间的错综复杂的血缘关系和人事纠葛，构成一张复杂的网，但主要有三对矛盾，组成全剧三条情节线索：一条是周朴园和繁漪的矛盾，反映着封建专制对爱情的禁锢压迫与争取家庭民主自由要求的斗争；一条是周朴园与侍萍的矛盾，反映着剥削阶级对被侮辱被损害的下层人民所犯的罪恶；还有一条是周朴园与鲁大海的矛盾，反映着资产阶级对工人阶级的压迫。周朴园是全剧的中心，他与繁漪的冲突是剧情发展的中心线索，其他线索围绕这条中心线索而展开。周朴园是作品主要人物之一。这是一个带着封建胎记的资本家，在这个人物形象身上，集中表现了专横、自私、阴险、冷酷、虚伪的性格特点，而这种性格特点又主要是通过上述三对矛盾来展开的。与繁漪的关系中，主要表现了他的专横自私，第二幕中强迫繁漪吃药这场戏最能体现这一特点。与鲁大海的关系中，揭示了周朴园阴险凶残的特点。而与侍萍的关系中则突出表现了周朴园的冷酷和虚伪。对于这样一个很容易简单化公式化处理的反面角色，曹禺仍是将他作为一个"人"来刻画，一方面明确地写出他的冷酷、专制、刚愎、自私，一方面也不断地描写他对侍萍的怀念：保持家里原有的陈设，夏天不许开窗，向来人打听"梅家的一个年轻小姐很贤惠，也很规矩……"甚至执意要穿有着侍萍手记的那件旧衬衫。而当他发现侍萍就站在他面前时，他又立刻紧张和猜疑起来，暴露出自私和残酷的本性。他同意侍萍在不说出生母身份的情况下见周萍，到了深夜，当侍萍再次来到周家，他又叫来周萍"跪下，萍儿！……这是你的生母"。对侍萍的怀念确实已经成为周朴园排解孤寂，甚至是自我标榜的一种心理平衡。在与侍萍的关系中，周朴园表现出二重乃至多重的性格侧面，一方面冷酷，一方面温情；一方面狡诈，一方面坦率。前者是他性格的基本方面，后者尽管是次要的，却又不是可有可无的，两者集于一身，周朴园才成之为周朴园，他才真正显示出活生生的人的性格和情感。同时，周朴园对旧情的怀恋，在一定程度上也影响了侍萍，影响她竭力阻止鲁大海的一切报复行为，不准他伤害周家任何一个人。

繁漪是曹禺构思《雷雨》时最早想出，也是感受最为真切的人物。在这个悲剧女性身上，闪耀着剧作家独特的戏剧审美发现和艺术才能的光华。繁漪出身名门，知书达理，新思潮的冲击使她自我意识觉醒，她渴望得到自由和幸福，然而却生活在一个带有浓厚封建色彩的资产阶级家庭，她的性格被扭曲，变得乖戾阴郁，在第一幕"吃药"时，她痛苦地忍受了周朴园的专制，随着她与周萍关系的渐趋紧张，她对周朴园的专制开始顶撞，继而嘲弄，最后爆发为反抗与报复。她不顾一切地紧紧抓住周萍不放，并反驳周萍说"我不后悔"、"我的良心叫我不这样看"，可见剧作家要肯定的不是乱伦，而是繁漪个性解放的要求和反叛封建道德的勇气。她与周萍的关系，不是像《红楼梦》把它作为剥削阶级道德沦丧的征兆，也不是如《俄狄浦斯王》用以表现希腊悲剧式的"命运"的不可抗拒，而是归结于繁漪正当的爱情要求被环境逼成畸形发展的悲剧。在周公馆那个专制家庭里，周萍是唯一能慰藉她心灵的寄托，为了爱，她付出了全部的身心，舍弃了名誉、名分，一旦发现这一切换来的只是再一次受骗，她的恨就爆发了。在"最残酷的爱和最不忍的恨"的情感驱使下，她最终点燃了烧毁周公馆这座地狱的导火索，同时也毁灭了自己。"雷雨"般的性格和对封建势力及其道德观点的大胆蔑视、勇敢反叛，使繁漪成为五四新文学人物画廊里一个令人瞩目的具有强烈时代精神和个性特征的人物形象。作品对周萍这个形象的刻画是对周朴园性格描写的一个补充。他对繁漪的始乱终弃，以及与婢女的爱恋，让人在他身上看到了当年周朴园的影子，这是周朴园这个畸形家庭孕育化成的畸形性格。侍萍、四凤在作品中的戏不如繁漪突出，但更令人同情感愤，通过这两个下层劳动妇女形象，从另一角度深刻地揭露了带封建性的资产阶级伦理道德的虚伪和残酷，控诉了畸形社会的罪恶。

曹禺《雷雨》的成功，除了塑造了一系列生动、富有个性而又具有典型性的人物形象外，在艺术上还有如下主要特色：其一，独特的结构艺术。《雷雨》的剧情包含了前后三十年时间的内容，为了能让这些内容浓缩到一天时间内来表现，其结构上采用了"回溯法"，即以"现在的戏"为开端，让"过去的戏"穿插其间，正面展示"现在"正发生着的事件，以回溯过去的事来推动"现在"剧情的发展，这种"回溯法"使结构凝炼、情节紧凑、矛盾集中。《雷雨》在处理戏剧冲突时，采用的是网状结构类型，即在全剧中设置一个主要情节线索，让次要情节线索和各种戏剧矛盾围绕这一主要情节的发展来展开，同时各种矛盾和冲突之间又具有巧合性联系，一环扣一环，互相引发，互为因果，各种冲突不断促进和推动主要戏剧冲突的激化，以推进主要情节的完成。《雷雨》还善于运用有关情节结构的各种技巧，如对重点与穿插、期待与悬念、发现与陡转等方面的处理都非常出色。其二，富有丰富潜台词和具有充分个性化的戏剧语言。《雷雨》中不同人物有不同的语言特色，他们的生活经验、教养、地位、心理，乃至说话的场合和环境气氛的不同，决定了所使用的词汇、语句、语调、节奏的不同。曹禺能够非常细致地把握并写出这种种不同特点的台词，不仅注意戏剧语言的个性化，而且讲究语言的动作性，即在人物语言中寄寓着潜在的内心活动，有丰富的潜台词，观众通过人物台词能感受到话中之话、弦外之音。其三，追求戏剧的诗意。曹禺说过："我写《雷雨》是在写一首诗。"（曹禺：《简谈〈雷雨〉》，《收获》1979 年第 2 期）雷雨般的作家的热情与雷雨这一自然界的形象浑然一体，形成一个完整的情景交融的诗意境界。诗意的人物和诗意的语言也增强了全剧的诗意。

　　《雷雨》发表后，曹禺怀着对腐烂社会"时日何丧，予及汝偕亡"的极端憎恶的感情与抨击态度，创做出又一部四幕戏剧《日出》，从 1936 年 6 月至 9 月连载于《文学月刊》第一期至第四期上。如果说《雷雨》是一部家庭悲剧，那么《日出》则是一部社会悲剧。《日出》比起《雷雨》来，其艺术视野扩展了，现实主义精神也深化了，它展示出半封建半殖民地社会"损不足以奉有余"的都市生活的图景，对现实的揭示和剖析更加深刻，剧作家借此表达出对旧制度势不两立的彻底批判态

度，也表达出他戏剧审判创造中对"太阳"的憧憬。《日出》
描写一位叫陈白露的交际花，她住在一个大都市的高级饭店里，
一方面联系着银行家、富孀、留洋博士、职员等一批人，由此
展示出上层社会的罪恶和腐烂；另一方面，她联系着书生方达
生、贫苦小姑娘"小东西"等，由此展现了下层社会的痛苦和
不幸。在《日出》里，剧作家带着深厚的同情描写下层社会
"不足者"的苦难，沦落风尘却有"金子般良心"的下层妓女
翠喜的煎熬，落入魔爪的"小东西"的以死抗争和失业小职员
黄省三在贫病中的挣扎无告。同时，也以近乎漫画的戏谑手法
勾勒上层社会"有余者"的群丑图。这是曹禺喜剧才能的最初
显现。这里有俗不可耐的富孀顾八奶奶，油头粉面的"面首"
胡四，虚伪做作满口洋文的张乔治，包括逢迎狡黠的茶房王福
生，构成令人鄙视和憎恶的又一世界。在这对立的两个世界里，
人物都是充分强化与简化的，而在这两者之间，以卑琐和孤注
一掷的方式向上爬却终于失败的李石清，性格要复杂得多。他
卑琐而又不甘于贫贱，"额头上有许多经历的皱纹，一条条的细
沟，蓄满了他在人生所遭受的羞辱、穷困和酸辛"，也记录他不
甘贫困而费尽的心机。

在强烈的爬上"有余者"的欲望驱使下，他不择手段谋求
"翻身"，一方面，无情地裁削像黄省三那样贫病无依的小职
员，另一方面又以偷看银行抵押合同要挟潘月亭，为了逢迎
"有余者"，他不顾自己的儿子病重，当了自己的大氅让太太陪
达官贵人打牌，在私下里，在抱怨的太太的面前，他也感到痛
苦，他憎恨"这个世界没有公理，没有平等。什么道德、服务，
那是他们骗人……"诅咒自己"不要脸"、"不要人格"，但这
只能驱使他"破釜沉舟地跟他们拼"，他当上银行襄理刚得意
几天又被潘月亭革除，然而他没有离开，借着公债市场风云突

变对潘月亭做了更加尖刻的奚落，以发泄他所遭受到的羞辱："我叫一个流氓耍了，我只是穷，你叫一个更大的流氓耍了，他要你的命。"《日出》正是在这一些人物的徒然挣扎中显示"宇宙的残忍"，即"人被捉弄着"的困境。

陈白露是《日出》的中心人物，她美丽、聪慧，总是将她骄傲的心态化作嘲讽的笑挂在嘴角，然而又不时流露那种漂泊人特有的倦怠和厌恶。因此"在热闹的时候总想着寂寞，寂寞了又常想起热闹"。她以前的恋人方达生来访，唤醒了她对"我从前有过这么一个时期"的回忆："喜欢太阳""喜欢春天""喜欢年青"的爱华女校的高材生"竹筠"，因为父亲去世，"家里更穷"而"一个人闯出来"，她跟一位诗人到乡下度过一段"天堂似的日子"，又在"平淡、无聊、厌烦"中分手，成为"卖给这个地方"的交际花。一方面，她珍藏着自己美好的记忆，珍藏着她的骄傲和正义感，她是那个黑暗丑陋世界的一线光明，她嘲弄那些玩弄她的人，她也能挺身而出救助贫弱无依的"小东西"；而另一方面，像寓言中那习惯于金丝笼的鸟已失掉在自由的树林里盘旋的能力和兴趣，她"要人养活"，她要享受，她不能也不愿走出旅店豪华的休息室，最终在她的靠山潘月亭破产后，绝望而又不无留恋生命地微笑着服下安眠药，在日出前永远地睡去。陈白露的死，是人性、人的美好希望、人的美好追求最终被金钱社会的罪恶魔爪扼杀、泯灭的悲剧。曹禺的《日出》在艺术形式上是一次新的创造。他创作《雷雨》时借鉴了易卜生《群鬼》的"回溯式"结构，当曹禺创作《日出》时，他要超越西方"结构剧""一类戏所笼罩的范围，试探一次新路"。不再精心构制那些"太像戏"的戏剧故事，不再将戏剧冲突交织集中在几个人身上，而是用"横断面的描写"，"用多少人生的零碎来阐明一个观念"，即他创作

《日出》时所要表达的对"人之道损不足以奉有余"的攻击。概括地讲，《日出》在戏剧结构上有如下特点：其一，矛盾冲突的生活化。即不再将戏剧冲突交织集中在几个人身上，也不再设置主要戏剧冲突，而是采用横断面的描写方法，从多个侧面来表现社会生活，用诸多生活的片断像绘画中的"色点"一样来构成一幅完整的画面。其二，矛盾冲突和生活画面虽然较分散，但有其内在的统一性，这种统一性是由内在的批判"损不足以奉有余"的社会制度的"观念"和外在的串缀全剧的串线人物去达到的。其三，采用暗场处理的方法，对戏剧结构起辅助作用。未出场的金八，作为始终牵制着场上人物命运的阴影，在结构上也成了各种事件的一条潜在的连缀线；而反复出现的打夯工人的歌声，构成一种氛围，客观上也起到了对全剧节奏的协调作用，增强了戏剧的整体感。

（二）《北京人》

0 年代，曹禺写出了代表他又一戏剧创作高峰的《北京人》。在这出戏里，更深刻地蕴蓄着他对现实的历史的深思，更真挚地透露着他的希望，也更深邃地体现着他的戏剧美学的追求。

四幕剧《北京人》描写的是腐朽的封建家庭的崩溃。曾经显赫的曾公馆如今无可奈何地衰败了，老一代人曾皓整日哀叹不肖子孙坐吃山空和迷恋着他的楠木棺材，曾家的第二代成为无所事事和不能有所作为的废物：长子曾文清文雅清俊却懦弱无能，长媳曾思懿将全部心思用于猜疑和勾心斗角上，女婿江泰留学归来却整日住在家里空发牢骚……他们像耗子一样活着，啮耗着自己的生命和这个世界。在曾公馆的旁边，剧作家特意设置了两户家庭，一家是曾家的邻居——开纱厂的暴发户杜家，另一家是曾家的房客——人类学研究者袁任敢和他的活泼的女儿袁园，以及身材魁梧力大无比的"汽车修理工"，剧作家的用心很明显，他是以杜家的"暴发"对照曾家在经济上的衰败，以袁家的生机对照曾家在精神上的腐朽。最后，剧作家让寄居在曾家的愫方觉悟，与冲破无爱婚姻的曾家第三代瑞贞在"北京人"的帮助下一同出走，寄托了他的社会理想和对光明的向往。

正如 1940 年《北京人》在重庆首演时，《新华日报》特意以醒目的字体报道演出的消息："具有柴霍甫的作风/对古旧衰老的社会/唱出最后的挽歌/以写实主义手法/从行将毁灭的废墟/绘出新生的光明"。《北京人》着力描写了曾文清与愫方这两个悲剧人物的内心冲突和不同命运。曾文清作为曾家的长子，有着难得的清俊飘逸的骨相，淳厚聪颖，"分明是一个温爱可亲的性格"，然而他那凹下去的眼睛里却流露出失望的神色，悲哀而沉郁。他的半生是在品茗、赋诗、绘画、赏花的空洞的生活中度过的，这种精致细腻然而却是寄生的士大夫情趣销蚀了他生命的活力，他身上本来可以健全发展的人的意气被耗褪了，沉滞懒散，懒于动作，懒于思想，懒于用心……无能和厌倦甚至使他"懒于"宣泄心中的痛苦，"懒到他不想感觉自己还有感觉"。当他与愫方在相对无言的沉默中互相获得哀惜与慰藉时，"却又生怕泄露一丝消息，不忍互通款曲"。在家道衰败、妻子猜忌和内心苦闷中，曾文清像那只"孤独的鸟""屡次决意跳出这窄狭的门槛"，但他实在是已经不会"飞"了，已经"飞不动"了，他只能很快疲惫无言地回到家里。如果说曾文清接受了封建传统士大夫文化的熏陶，那么江泰则是曾经留学国外接受过现代西方文化的教育，尽管形象不同，却都是与己无补、与人无补、与世无补，曾文清最终在曾公馆的纷乱中吞食鸦片，和江泰的徒有虚名一派空话一并宣告了这个封建世家无可挽回的败落。愫方是曹禺用心灵塑造的富有光彩的女性形象。如果说《雷雨》淋漓尽致地表现繁漪的激情，《日出》中赋予陈白露以诗意与哲理的意味，那么在《北京人》中，剧作家是在愫方富有传统美德的忧伤而坚韧的灵魂中注入了自己的审美理想。在曾公馆，寄人篱下的愫方最为深切地感受到这个衰败的封建世家的残酷，行将就木的曾皓在迷恋着棺材的同时紧紧抓住她不放，而心地险恶的曾思懿则对她不断冷讽热嘲。她像"整日笼罩在一片迷离的雾里，谁也猜不透她心底压抑着多少苦痛与哀愁"，年复一年，她从一个少女变成了三十岁"嫁不出去"的姑娘，她却依然温厚而慷慨地抚爱着曾家的其他人。她对瑞贞说："什么可怜的人我们都要帮助，我们不单是靠吃米才活着啊！"她支持曾文清出走，甚至愿牺牲自己来成全曾文清的"飞"。"他走了，他的父亲我可以帮他伺候，他的孩子，我可以帮他照料，他爱的字画我管，他爱的鸽子我喂，连他所不喜欢的人我都觉得该体贴……""为着他所不爱的也都是亲近过他的！"愫方是以坚韧的忍爱和无私的真爱，从悲凉的生活中感到了存在的意义和温馨，因此，当她述说"我们活着就是这么一大段凄悲又甜蜜的日子啊！叫你想想忍不住要哭，想想又忍不住要笑啊"时，她表达了对日常生活中真正诗意的体验。然而她的这种几乎是无私的情感却仍然被现实所无情捉弄，曾文清的疲惫回来轰毁了她自造的乌托邦，她的诗意幻想彻底破灭，促使她决意走出黑暗窒息的王国，去寻找新的生路。

曹禺写作《北京人》时，有意识地借鉴了契诃夫戏剧美学，他从《雷雨》紧张激荡的风格转向艺术的平淡，以"平淡的人生的铺叙"叙写发生在曾公馆里的生活故事，一个个琐碎的日常生活场景在戏剧舞台上展现，就像生活原生态那样朴实自然，剧情像流水那样随意展开，又延伸到剧中人物的内心世界，折射出人物心灵的丰富多彩与紧张冲突。戏剧从对剧中人物的情感体验、生活方式和人生态度的生动描写中，对中国传统文化进行历史观照。在那些老朽而迷恋棺材或文雅却"飞不动"的北京人面前，剧作家特意设置了象征中华民族祖先的北京人和象征中国前途的新一代北京人。以这种"不那么现实"的场景插入对照，使观众产生超越剧情的间离效果和距离感，得以用一种审视和"悲悯的眼光来俯视这群地上的人物"。在历史观照和文化批判这一层面上，剧作家于悲悯之外，又有了几分嘲讽，戏剧则由悲剧转向喜剧。

六、小说创作

30 年代文学以小说创作的成就最高，其中又以能够反映广阔的社会生活和深厚的历史内容、并且往往标志了一个时代的文学成就的长篇小说最为突出。这个时期出版了数以百计的长篇小说。1927 和 1928 年间，茅盾陆续发表了规模宏大的反映轰轰烈烈的大革命及革命失败以后的社会心理的长篇小说"《蚀》三部曲"（《幻灭》、《动摇》、《追求》），1929 年，他又创作了表现青年知识分子命运的长篇小说《虹》，而写于 1931 至 1932 年间的《子夜》则更因其巨大的艺术成就而被称为"是中国第一部写实主义的成功的长篇小说"（瞿秋白：《〈子夜〉和国货年》，《申报》1933 年 3 月 12 日。）。这个时期涌现出了一批优秀的中长篇小说，如叶绍钧的《倪焕之》、蒋光慈的《咆哮了的土地》、王统照的《山雨》、巴金的《家》、萧军的《八月的山村》、萧红的《生死场》、李劼人的《死水微澜》、老舍的《骆驼祥子》、王鲁彦的《野火》等。除中长篇小说之外，30 年代短篇小说也进入了一个丰收期，产生了大批优秀的

短篇小说作家和大量的短篇小说佳作。30 年代的小说作家可以依据其思想艺术倾向划分为以下几个主要的群落：左翼作家群

左翼作家群的代表性作家主要有蒋光慈、华汉（阳翰笙）、洪灵菲、胡也频、柔石、丁玲等无产阶级文学倡导期的革命作家及"左联"成立以后出现的一批青年作家，如张天翼、沙汀、艾芜、吴组缃、叶紫、蒋牧良、周文、萧军、萧红、端木蕻良、葛琴、草明、欧阳山等。蒋光慈等无产阶级文学倡导期的革命作家能够自觉地感应时代脉搏，怀着满腔的革命热情，以文学为革命呐喊，在当时产生了巨大的社会影响，对于一代青年奔向光明、走上革命道路起到了积极的作用。但是，由于这些作家缺乏充分的革命斗争经验，致使他们的作品缺少真切的生活实感，思想和热情都远甚于形象，存在着公式化、概念化倾向，更有一些作品还未脱小资产阶级情调，热衷表现流行的"革命加恋爱"主题，这都表现了初期革命文学的不甚成熟。

蒋光慈（1901—1931）在大革命失败之后，先后写出了《野祭》、《冲出云围的月亮》、《丽莎的哀怨》和《咆哮了的土地》（后改名为《田野的风》），后者被认为是他的代表作。《咆哮了的土地》以广阔的大革命为背景，反映了党所领导的早期的农民武装斗争以及青年知识分子在群众斗争之中的成长历程，与前面几部作品相比，它在艺术上克服了空洞的感情宣泄及概念化倾向，注重人物性格的刻画和复杂的内心世界的揭示，描写手法客观细致，具有较强的生活实感。洪灵菲创作了刻画革命流亡者形象、充满革命的浪漫气息的长篇小说《流亡》、《在洪流中》和《大海》等。华汉的长篇小说"《地泉》三部曲"（《深入》、《转换》、《复兴》）反映大革命后的社会变化，因为从政治观念上铺演故事而被瞿秋白批评为"革命的浪漫谛克"。柔石（1902—1931）创作了著名的中篇小说《二月》和短篇小

说《人鬼和他的妻的故事》、《为奴隶的母亲》，这些作品超离了当时公式化、概念化风气，具有真切的生活实感。《二月》在相对封闭的故事背景之中，通过追求理想、不甘沉沦的青年知识分子萧涧秋与普遍的守旧意识及丑恶现实的冲突，提出了小资产阶级知识分子在黑暗中寻找出路的问题，表现了柔石对中国知识分子道路的深沉思考。《为奴隶的母亲》则通过一个"典妻"的故事，如实书写了春宝娘这一忍辱负重的中国普通农妇的悲剧命运及真实灵魂。胡也频（1903—1931）分别于1929、1930 年写出了中篇小说《到莫斯科去》和长篇小说《光明在我们前面》，它们所写的虽然仍是知识分子的爱情与革命，但其历史背景却更加宏壮。《光明在我们前面》真实地表现了知识分子在"五卅"运动的教育下走向共产主义的思想历程，具有较高的历史认识价值。这一时期的丁玲（1904—1986）也以其中国现代第一个革命女作家的姿态，写出了《莎菲女士的日记》、《韦护》、《一九三〇年春上海（之一）》、《一九三〇年春上海（之二）》和《阿毛》、《田家冲》、《水》等一系列重要作品。

左翼青年作家的涌现，标志着左翼文学在创作上的进一步成熟。无产阶级文学倡导时期的种种不足，在左翼文学自身的发展中逐步得到纠正，而新出现的这一批青年作家，由于大都具有丰富的生活经历，也使他们在创作上避免"革命的浪漫谛克"的倾向及公式化、概念化的缺陷有了极大的可能。

杰出的讽刺小说家张天翼（1906—1985）创作了《包氏父子》、《笑》、《脊背与奶子》、《出走以后》、《同乡们》和中篇《万仞约》、《清明时节》等优秀的讽刺小说。蒋牧良、周文也都分别写出了《雷》、《集成四公》和《雪地》、《红丸》、《烟苗季》、《在白森镇》等擅长社会揭露的优秀的讽刺小说。沙汀

（1904—1992）的创作成就虽然主要是在下一个文学时期，但这一时期的创作已经初步奠定了他在左翼文学中的重要地位，成名作《法律外的航线》剪辑长江航线一艘外国商船上的一组镜头，在揭露帝国主义对于中国人民的欺凌的同时，又从侧面展示了长江两岸农村的斗争烈火。《丁跛公》、《代理县长》和《在祠堂里》等小说显示出作家着重揭示中国农村黑暗生活的题材取向及出色的讽刺才能、浓郁的地域色彩和深厚的人物刻画功力。艾芜（1904—1992）于1933年出版了第一部小说集《南行记》，以一个漂泊的知识者的眼光观察并叙述边疆异域特殊的下层人物的生活，刻画了偷马贼、烟贩子、滑竿夫、强盗和流浪汉等各种各样的下层流民形象。艾芜总是以其对人生的执著态度，书写着他们的苦难、悲愤与反抗，挖掘他们身上纯朴、善良的美好品德，表现下层人民金子一样的灵魂。《山峡中》被认为是艾芜早期创作的代表性作品。它写的是以魏大爷为首的一伙被生活所迫沦为窃贼的人们的生活。他们偷窃行盗，甚至杀人越货，但又不乏鲜明的爱憎之情和对生活的美好憧憬。小说在深刻揭示造成他们的性格扭曲和悲剧命运的社会根源，从而唤起人们的怜悯与同情的同时，将批判的矛头指向了社会。作品的突出之处在于成功地塑造了魏大爷及其外号叫野猫子的女儿的形象，刻画了他们丰富复杂的鲜明个性，饶有诗意的自然景物描写及流畅、自然、极富主观感情色彩的叙事语言使得作品具有浓郁的抒情性特点。吴组缃（1908—1994）以现实主义的创作方法反映30年代的农村破败，所创作的小说主要收入《西柳集》，作品的数量虽然不多，但却以其冷静细腻的观察、深刻的社会剖析、精当的表现与文体取得了较高的文学史地位。叶紫（1912—1939）的小说大都是表现大革命失败前后洞庭湖畔的农民生活和斗争的，在左翼作家之中，他以揭露农村尖锐的阶级压迫，表现血与火的阶级斗争著称，主要作品有短篇小说《丰收》、《向导》、《火》与中篇小说《星》等。

在左翼青年作家之中，有一批是在"九·一八"事变东北沦陷后流亡至上海及关内各地的作者，他们以对侵略者的仇恨和对可爱家乡的怀念，创作了一批反映东北人民的生活与斗争的文学作品，引起了文坛的广泛关注，这在文学史上被称为"东北作家群"，他们主要是萧军、萧红、端木蕻良、骆宾基、舒群、白朗、罗烽等，其中的多数后来都加入了"左联"，以萧军和萧红的创作成就最高。萧军（1907—1988）的代表作《八月的乡村》描写一支抗日游击队伍的成长，正面刻画了作为游击战士的新型农民形象，斗争尖锐，笔调与风格雄浑、遒劲，洋溢着英雄主义的战斗精神。萧红（1911—1942）这时期的代表作是被鲁迅称为表现了"北方人民的对于生的坚强，对于死的挣扎，却往往已经力透纸背"（鲁迅：《且介亭杂文末编·萧红作〈生死场〉序》，《鲁迅全集》第 6 卷，人民文学出版社 1981 年版，第 408 页）的《生死场》。小说描写了哈尔滨附近的农村市镇生活，表现了农民们的纯朴、苦难、愚昧、野蛮和他们的融会于民族解放斗争的生死挣扎与坚强抗争，显露了作家散漫自由、细腻精致的笔调和浓郁的抒情风格。此后，萧红又创作了收入《牛车上》、《旷野的呼喊》中的短篇小说及著名的讽刺长篇《马伯乐》。40 年代，她又创作了后期代表作长篇小说《呼兰河传》和短篇小说《小城三月》，以其独特的诗化小说风格奠定了文学史地位。

京派作家群。京派作家的思想倾向在当时基本上具有中间的或者自由主义的色彩。"京派"是 30 年代"左联"之外最重要的文学派别，指的是 20 年代末期至 30 年代，文学中心南移上海之后继续滞留北京或其他北方城市的一个自由主义作家群，当时亦称"北方作家"派。"京派"是一个涉及面较广的文学派别，包括一大批的作家、诗人及理论批评家，就小说家而言，主要有老舍（前期）、沈从文、废名（冯文炳）、老向、芦焚（师陀）和萧乾等人。老舍是30年代最重要的小说作家之一，他的小说塑造了性格各异的市民形象，创造了一个丰富的"市民世界"。老舍小说的"北京味儿"、幽默风，以及以北京话为基础的俗白和纯净凝炼的语言在中国现代文学中独具一格。沈从文是京派作家的主要代表。沈从文的小说主要有两种类型：第一，是以湘西生活为题材，努力挖掘和表现历经磨难的底层人民坚韧、顽强和纯朴、善良的美好人性的小说，这方面的代表作有《边城》、《三三》、《丈夫》等。第二，是讽刺绅士阶级和某些知识者以表现和批判人性沉沦的，如《八骏图》和《绅士的太太》等。废名这一时期写有小说《莫须有先生传》。老向的小说有《庶务日记》、《黄土泥》、《民间集》等。萧乾有短篇集《篱下集》和《栗子》。芦焚有短篇集《谷》、《里门拾记》和《落日光》等，《谷》曾获《大公报》文艺奖金。

"新感觉派"作家群。"新感觉派"是指30年代以《文学工场》、《无轨电车》和《现代》等杂志为主要阵地从事小说创作的一批作家，他们的创作主要受日本的新感觉派的影响。"新感觉派"小说内容上的新异之处在于其第一次用现代人的眼光来打量上海，用一种新异的现代的形式来表达这个东方大都会的城与人的神韵，在艺术上，注重表现人物的感觉心理，强调抓取人的刹那间的感受和感觉，以象征和暗示等艺术手法精细描写，所以，又被称为"心理分析派"。"新感觉派"小说的主要作家是施蛰存、穆时英、刘呐鸥。施蛰存成名的小说集是《上元灯》，但真正体现"新感觉派"小说特点的是其小说集《梅雨之夕》，这些小说注重逼视人物内心世界，从内部来开掘包括人的梦幻与变态心理的无意识领域。施蛰存的"新感觉派"时期并不很长，不久便转向了现实主义创作，写出了既有明显的现实主义特点，而又保有心理分析小说长处的短篇小说集《善女人的行品》和《小珍集》等，其中的《春阳》是较为优秀的成功之作。被称为是"新感觉派的圣手"和"鬼才"的穆时英的早期作品《南北极》尚是以写实手法表现城市黑社会和下层流民的生活，而自 1932 年起，他先后写出《公墓》、《上海的狐步舞》、《牡丹》、《白金的女体塑像》等作品，以印象和卡通式的笔法以及动态的结构、充满速率的表达方式来表现繁华的都市生活和都市人的精神危机，显示出典型的现代派品格。刘呐鸥的作品主要有短篇小说集《都市风景线》，作品也体现了"新感觉派"的基本特点。上述作家群落或文学流派之外比较独立的小说家中较有成就的主要还有叶绍钧、王鲁彦、王统照、许地山、李劼人等。就思想倾向而言，他们基本上属于革命民主主义的作家，在政治上虽然不如左翼作家鲜明和激进，但是与人民革命及时代步伐又保持了一致。巴金是 30 年代革命民主主义作家的杰出代表，也是中国现代文学史上最优秀的作家之一，其代表作《家》便写于 1931 年。叶绍钧出版于 1930 年的长篇小说《倪焕之》在广阔的历史背景当中书写知识分子历史道路，被茅盾赞誉为"扛鼎之作"，他的《多收了三五斗》是 30 年代反映当时中国农村"丰收成灾"现实的名篇之一。这批作家的优秀作品还有王鲁彦的《野火》（后改名为《愤怒的乡村》），王统照的《山雨》，许地山的《春桃》，李劼人的《死水微澜》、《暴风雨前》和《大波》等。30 年代中国台湾地区小说创作中的杰出代表是杨逵。杨逵（1905—1985），本名杨贵，台南新化人。1924 年到日本勤工俭学，1927 年返台，曾任《台湾文艺》编辑和《台湾新文学》主编。杨逵的主要创作有小说《送报夫》、《鹅妈妈出嫁》、《泥娃娃》、《萌芽》、《无医村》、《春光关不住》等，散文《智慧之门将要开了》等。1975 年和 1976 年先后出版小说集《鹅妈妈出嫁》和散文集《羊头集》。由于杨逵长期与日本殖民者和国民党专制统治者进行抗争，多次入狱，在中国台湾地区被称为"压不扁的玫瑰花"。

在杨逵的小说中，有着强烈的民族意识和阶级意识。在《送报夫》中，主人公杨君是个在日本的中国台湾地区青年，他来日本是因为五年前家里遭了变故，父亲因不同意日本制糖会社强征家里的土地惨遭毒打，含愤而死。土地被强行贱卖和父亲去世，使杨君全家日渐困顿，杨君离开母亲和三个弟妹到东京原本希望能找到工作，改变家里的经济困窘的经济状况。不料到了日本快一个月了却找不到工作。好不容易找到了一个送报的工作，在日本工友田中的帮助下，忍饥挨冻干了二十天却被赶走，所得还不及当初交给老板的保证金。正在走投无路之际，得到母亲来信，才知道两个妹妹已死，母亲和当了日本人走狗的哥哥断绝了关系，将弟弟托付给叔父后，把房子卖了，钱汇给杨君后上吊自杀。杨君在中国台湾地区和日本的遭遇，使他认识到不管是在中国台湾地区还是在日本，都有"好人"和"压迫人的人"两种人。在日本友人的帮助和共同努力下，他们这些送报夫团结起来，和老板进行了斗争并取得了胜利。杨逵在这篇小说中既写到了民族矛盾，也写到了阶级矛盾，代表了 30 年代中国台湾地区文学所能达到的思想高度。

与《送报夫》比起来，《模范村》则集中体现了杨逵对日本殖民者虚伪、残酷本质的揭露。《模范村》写日本殖民者为了建设所谓的"模范村"，罔顾中国台湾地区民众生活的实际，大做表面文章。为了迎接州知事的巡视，日本警察要求中国台湾地区民众把村子的外表弄得整洁体面，为此，中国台湾地区民众只好把杂乱的东西都堆在屋子里面，弄得家里凌乱不堪，连妈祖和观音的佛像也"只好委屈地藏在肮脏的破家具堆里"。在小说中，杨逵塑造了一个具有民族意识和反抗精神的中国台湾地区知识分子阮新生的形象，他留学日本，却反对自己的父亲和日本人合作；他是少爷，却爱上了平民女子；他是既得利益阶层成员，却和普通的中国台湾地区人站在一起。最后，他被父亲打破了头，远走他乡，而他留下的新思想、新观念和政治、经济、社会类的书籍，却在陈文治等村里的知识分子和年轻人中产生了作用和影响。在这篇小说中，杨逵把抵抗殖民统治的民族精神和塑造新型中国台湾地区知识分子的形象结合起来，成功地传达出他坚定的民族意识和富于抗争的知识分子情怀。

在杨逵创作于 30 年代的小说中，其艺术手法已相当成熟。在《送报夫》中，杨逵通过杨君的回忆和母亲的来信，设置了两条并进的线索，在两条线索上，各有一系列的人物，作者通过对不同系列中的人物的"共相"和"殊相"的对比，艺术地呈现出自己的思想观念。在《模范村》中，杨逵除了继续在结构的巧思和人物的塑造上用心用力之外，还在讽刺和象征等手法的运用上颇具匠心。《模范村》这一命名本身就充满了讽刺的意味，在小说的结尾，作者以"天上星儿在闪烁着，地下却黑暗得什么都看不见"，"一阵鸡啼声，打破了黑夜的寂静，远近的鸡都呼应了"，"鸡又啼了第二次，太阳光划破了黑幕，露出光彩来了"，"山后一道霞光，已经透过窗口射了进来"等充满象征意味的句子，表达了作者对中国台湾地区未来命运的乐观和期待——中国台湾地区虽然在日本黑暗的殖民统治之下，但只要有阮新生、陈文治这样具有民族意识和现代知识的中国台湾地区知识分子出现，它的未来终将是光明的。

无论是从思想内容还是从艺术成就看，杨逵的出现使 30 年代中国台湾地区新文学迈向了一个新的高度。

（一）丁玲、张天翼

丁玲（1904—1986），原名蒋伟（玮）、蒋冰之。湖南临澧人。青少年时期便受五四精神的影响，1923 年在上海大学中文系学习，不久赴北京并开始从事小说创作。1927 年大革命失败之后所写的《梦珂》和《莎菲女士的日记》引起了文学界的广泛关注。至 1929 年间先后写出的十多篇小说分别收入《在黑暗中》、《自杀日记》和《一个女人》三个集子中。1930 年参加"左联"前后，丁玲的创作在题材、格调与思想感情方面都开始发生明显的变化，创作了《韦护》、《一九三〇年春上海》、《田家冲》、《水》、《法网》、《奔》及长篇小说《母亲》等一大批作品，这些作品从对小资产阶级知识青年感情纠葛的描写转向了对工农大众的苦难和斗争的反映。1932 年，丁玲加入了中国共产党，并于同年底任"左联"党组书记。1933 年，丁玲被国民党当局逮捕，三年后由监禁地南京来到陕北，先后在西北战地服务团、《解放日报》和文协延安分会担任领导工作，并发表了《十八个》、《一颗未出膛的枪弹》和《我在霞村的时候》、《在医院中》等报告文学和小说作品。1946 年，丁玲到华北农村参加土改，1948 年出版了长篇小说《太阳照在桑干河上》。1949 年以后，曾先后担任《文艺报》、《人民文学》主编及中央宣传部文艺处长等其他领导职务。在丁玲的创作之中，引人注目的主要有两类作品：一类是以她的成名作《莎菲女士的日记》和后期的《我在霞村的时候》、《在医院中》为代表的被称为是女性的"自叙传、血泪书和忏悔录"（蓝棣之：《现代文学经典：症候式分析》，清华大学出版社 1998 年版，第 113 页）的一些作品；另一类是以早期的表现知识分子题材的《韦护》、《一九三〇年春上海》和表现工农斗争题材的《田家冲》、《水》以及后期表现土改题材的《太阳照在桑干河上》等为代表的小说，牢固地奠定了丁玲在革命作家中的突出地位。

　　《莎菲女士的日记》是一部日记体中篇小说，曾经给丁玲带来极大的声誉。主人公莎菲是个追求个性解放的女青年，她执拗地寻觅人生的意义却又找不到出路，鄙视世俗又不时感到有陷入纵情声色中的危险，重感情但更爱幻想与狂想。莎菲的形象具体地反映了历史投射在一部分知识青年身上的反抗而又带着病态的时代阴影，她的苦闷，是五四时期获得个性解放的激进青年在革命低潮中陷入苦闷彷徨的真实写照，包含着深厚的历史内涵。小说的心理描写真切细腻、生动逼真，代表了丁玲在这方面的艺术成就。《我在霞村的时候》写的是生长在北方的一个偏僻乡村的少女贞贞，她向往自由恋爱，为抗拒父母的包办婚姻而去外国教堂逃避，要求在教堂做"姑姑"，正在这时，却又被日本侵略军所俘虏，做了日本人的随军妓女，但在后来，她又利用自己的特殊身份，成为了人民抗日武装的情报员，经常冒着生命危险送回情报。丁玲以其巨大的艺术勇气，将贞贞这样一个被周围的人们认为是"丧失气节和贞操的无耻女人"，写成是"那么坦白，没有尘垢"的"洒脱、明朗、愉快"的"贞洁"的姑娘。小说以层层铺垫、引人入胜的艺术手法表现了有着特殊的经历及美好追求的女性与保守而卑俗的环境之间的冲突，随着作家沉着、平实的叙述，我们在关注人物命运的同时，不禁产生了对她的包含着一定的赞赏的深深的同情。《在医院中》同样具有这样的艺术特点。这篇小说通过向往革命而由上海来到延安的青年医生陆萍在一所医院中的见闻、感受、遭遇及其与环境的矛盾冲突，批评了不尊重知识与人才的弊病，在当时的共产党区域内部较早地提出了反对专制、愚昧、保守、落后等小生产习气的重要问题。

陆萍是丁玲对与其有着同样经历的奔赴延安的青年知识分子高度的艺术概括。她受到过较好的现代教育，有着较高的现代文明素养和科学文化知识，正是在这一点上，她与那些来自封建的山沟或者农村并且存在着严重的封建陋习、小生产习气和不科学不文明的生活习惯的"革命者"产生了冲突。表现这一点，充分显示出一个正直的现实主义作家的胆识与勇气。《在医院中》主要以主人公的命运和心理变化为结构线索，充分发挥了作家善于细腻、委婉、曲尽其情地刻画人物的艺术特长。

这些小说表现了作为一个女性作家的丁玲的体验与思考，它们所写的都是由女性作家的切身体验扩展开来的对女性疾苦和命运的关注，是 20 世纪中国文学中较早也是最集中的对于女性意识的有力表达。

《太阳照在桑干河上》是丁玲自觉实践毛泽东的延安文艺座谈会讲话精神的重要的创作收获。1946 至 1948 年间，丁玲数次参加华北农村的土地改革，获得了大量的创作积累。1946 年 11 月，她开始了《太阳照在桑干河上》的创作，1948 年 9 月初版问世。小说表现了河北北部农村从党中央发布《五四指示》（1946）到《中国土地法大纲》（1947）公布这一时期土改运动的发展。作品以华北一个叫暖水屯的村子为背景，真实生动地揭示了各阶层人们不同的精神状态，讴歌了中国农民在中国共产党的领导下所取得的巨大历史进步。《太阳照在桑干河上》的成就首先在于真实地反映了土改斗争中农村生活的复杂性，这一特点集中地表现为作家对农村阶级关系的准确把握与细致描写。丁玲一方面自觉运用马克思主义的阶级分析方法对变革时期的农村现实进行理性解剖，同时又坚持现实主义的创作原则，严格遵循现实生活的固有逻辑，并不回避或简单"净化"农村生活本身应有的复杂性和有机性，艺术地再现了变成生活原生态的历史真实，这在表现农村社会阶级关系的深度、广度、丰富性及有机性上，都超过了五四以来的同类题材作品。暖水屯有着明晰的阶级分野。以张裕民、程仁为代表的贫苦农民为一个方面，以钱文贵、李子俊为代表的地主阶级为另一方面。这两个阵营的冲突和斗争构成了小说的基本框架。

但是这两个阶级的关系却又是错综复杂、难解难分的。钱文贵是暖水屯有名的"八大尖"中的头一尖，而其儿子钱文却又是八路军战士，大女婿张正典是村治安委员，侄女黑妮与农会主任程仁又有爱情纠葛。钱文贵本人阴险凶残，他的亲哥哥钱文富却是一个朴实的农民，堂弟钱文虎还是农会干部。曾被错划为富农的富裕中农顾涌，其姻亲网已经伸入本村的最高层与最底层，而且还延伸至村外。此外，地主之间、农民之间甚至工作组内部也都充满了各种各样的矛盾。作家逼真地描写了这些复杂的社会关系以及这些社会关系之中人们的不同行为与心理，同时还深入描写了土地改革对农村社会结构的冲击以及由此而引发的农村社会关系的新变与重组。

成功的人物形象塑造也是《太阳照在桑干河上》所取得的重要成就。无论是农村新人形象，还是落后的反动地主，均都具有生动鲜明的个性特点及思想内涵。可贵的是，作家在刻画人物性格时，并不采取简单化的方法，而是注意人物性格的丰富性与复杂性，特别是相当真实地表现了与钱文贵的侄女黑妮相恋的农会主任程仁在斗争中的逡巡不前以及党支部书记张裕民在斗争中的思想顾虑，小说直率地描绘了中国农民的性格弱点与局限性，具有相当深刻的历史内涵。

《太阳照在桑干河上》也显示了丁玲善于深入细致地刻画人物心理的艺术特长，但在艺术上，也存在着个别人物（如黑妮）形象的刻画不够扎实及语言的芜杂等缺点。

张天翼（1906—1985），原名张元定，又名张一之，曾用名张无诤等。原籍湖南湘乡，生于南京。青少年时期曾因家贫辍学，当过小职员、记者和教员，常有失业之虞，因而广泛接触了下层社会，为其日后的创作积累了丰富的生活素材与人生体验并使其具有了鲜明的特色。1928 年正式从事写作，1929 年在鲁迅主编的《奔流》杂志发表短篇小说《三天半的梦》，此后，产量日多，逐渐以创作为业，艺术水平不断提高。30 年代前期出版的作品，短篇小说有《从空虚到充实》、《小彼得》、《蜜蜂》、《反论》、《移行》、《团圆》、《万仞约》、《春风》、《追》等集子，中篇小说有《清明时节》，长篇小说有《鬼土日记》、《一年》、《在城市里》等。当时的广大读者对文学创作中的感伤主义情调及"革命加恋爱"的公式感到厌倦，张天翼的小说给文学界带来了一股新鲜活泼的气息，拥有大量的读者。1932 年起，他还写过一些儿童文学作品，如《大林和小林》、《奇怪的地方》及《秃秃大王》等。张天翼的早期小说大多集中描写小市民的灰色人生与部分知识分子的庸俗、虚伪以及他们矛盾可笑的心理状态。这些人物空虚无聊，以喝酒、闲逛和谈情说爱来打发时光。他们有时也会感到苦闷与不满，但却无力自拔，甚至会自甘堕落。《从空虚到充实》里的荆野、《野猪肠子的悲哀》里的"猪肠子"、《移行》里的桑华，都是这类人物的典型代表。作家往往以诙谐辛辣的笔调剖析他们的灵魂、鞭挞他们的弱点。作者有时以漫画式的夸张手法对于一些以肉麻为有趣，玩着令人作呕的恋爱把戏的浪荡儿尽情嘲讽，在引人发笑之余使读者产生对丑恶事物的憎恶与鄙视。张天翼的小说以对小市民卑琐心理的刻画著称。短篇小说《包氏父子》便是这方面的代表作。小说中的老包是某公馆的一个门房,他望子成龙,一心希望儿子包国维能够读书上进,挤进上流社会。为此,他不仅节衣缩食,而且还千方百计地借债为其缴纳学费。而儿子包国维却不思进取、爱慕虚荣、追求享受,在资产阶级思想和富家子弟的不良影响下走上了堕落的道路,这正好和老包的良苦用心与期望适得其反。作品的结尾,当老包得知儿子因为打人而被学校开除、自己还须赔偿医药费用的时候,由于受不住希望的破灭和债务的重压而昏死过去。小说生动描绘了包氏父子两代人的性格与心理,在批判老包的小市民庸俗气息的同时,也揭露了资产阶级腐朽思想和生活方式对青少年的危害。

随着作者政治视野的日益开阔,阶级压迫和阶级斗争的主题开始在其小说中逐步强化(如中篇小说《清明时节》),一些作品还注意书写劳动人民在统治阶级的压迫和欺骗下的逐步觉醒(如《二十一个》)。卢沟桥事变后,抗日统一战线内部的矛盾和斗争开始尖锐地表现出来。人民群众的抗日热情空前高涨,而国统区的军政领导却害怕人民动员起来,他们极力控制救亡运动,实行统制与包办,为此,作家在1938年4月的《文艺阵地》创刊号上发表了揭露和讽刺这一现象的著名短篇小说《华威先生》。小说的主人公华威先生是一个不学无术、庸俗浅薄而又自命不凡、刚愎自用,有着极强的权力欲和统治欲的国民党文化官僚。他每天乘着黄包车东奔西跑,忙于出席各种会议,插足各种抗日活动,其实质无非是要人们"认定一个领导中心",把一个党派的狭隘利益与其个人私利充分融合,并不是真正地为了抗日。华威先生是张天翼贡献给中国现代人物画廊的一个独特典型,这一人物形象不仅在当时是对一种社会政治现象和人物类型的有力的揭露和概括，具有极大的认识价值和时代内涵，而且在客观上也表现出巨大的历史预见性。在艺术上，小说只是截取几个生活的片断和细节，通过人物的言行来刻画其性格特征，颇似一幅人物速写和"小品"，无论是内涵的深远、批判的锐利，还是讽刺的冷峭、节奏的明快及语言的捷劲、文体的圆熟，《华威先生》都堪称是张天翼的代表作。《华威先生》发表前后，张天翼还写了《谭九先生的工作》及《新生》，都是其讽刺佳作，后一并收入短篇集《速写三篇》。

（二）叶紫、吴组缃

叶紫（1912—1939）是"左联"后期出现的青年作家，原名俞鹤林。湖南益阳人。1922 年赴长沙求学。1925 年，叶紫在长沙求学期间，曾积极参加当时的学生运动。叔父俞璜为共产党员，在 1926 至 1927 年湖南农民运动高涨期间，曾任益阳县总工会、县农民协会会长兼农民自卫军大队长，在他的带领下，叶紫一家都积极参加了农民运动，其父俞达才及姐姐均曾担任农民运动组织的领导人。1927 年"四·一二"政变后，父亲、叔父及姐姐均被杀害，家中亲人在逃难途中多半也都死于非命，叶紫也开始了他的流亡生活。1929 年底，叶紫流浪至上海，不久加入中国共产党。1931 年春，以"共党嫌疑犯"罪被捕，后被营救。叶紫为生活所迫，曾先后做过弄堂学校的教员、函授学校的职员、书店的校对，当过警察，甚至为寺庙的和尚抄写签条。这样的家庭背景及生活经历为其创作奠定了雄厚而坚实的生活与思想基础。

1933 年 6 月，叶紫发表了第一篇小说《丰收》。此后，叶紫除陆续出版了短篇小说集《丰收》、《山村一夜》及中篇小说《星》以外，还发表了一些散文，另有未完成的中篇小说《菱》

和长篇小说《太阳从西边出来》等。叶紫的创作曾经受到鲁迅的亲切关怀。从1933年3月参加"左联"时起，他就开始得到鲁迅的指教。鲁迅在为其《丰收》所作的序中曾经充分肯定其创作的战斗意义，认为他的创作是"尽了当前的任务，也是对于压迫者的答复：文学是战斗的"，并且对其瞩望甚殷："我们希望将来还有看见作者的更多、更好的作品的时候"。（鲁迅：《且介亭杂文二集·叶紫作〈丰收〉序》，《鲁迅全集》第6卷，人民文学出版社1981年版，第220页）叶紫的大部分小说都真实表现了大革命失败前后洞庭湖畔农民的生活和斗争，书写农民的苦难、探讨农民的出路、反映农民的抗争是其创作的中心内容。叶紫在表现农村社会和农民命运时，特别注重对农村阶级关系的揭示，注重对农民中父子两代人的性格及其成长与冲突的展示，还特别注重对农村妇女命运的书写和对妇女解放问题的探讨。他的作品所表现的农村生活有着明晰的阶级分野。叶紫在塑造属于不同阶级阵营的人物形象时，特别注重刻画他们性格的丰富性和复杂性，不回避他们之间的性格冲突，这一点尤其突出地表现在对属于农民阶级的人物形象的刻画上面。

在处于被压迫和被剥削地位的农民阶级人物形象中，有云普叔（《丰收》）和杨七公公（《杨七公公过年》）这样的更多地带有农民意识和封建思想并对生活存有幻想而迟迟觉醒的老一辈农民，也有刘翁妈（《向导》）这样具有一定的阶级觉悟的英雄母亲，更有否定了保守的老一辈农民的人生哲学和生活道路，在现实的逼迫和认真的思考下义无反顾地走上反抗道路的新一代农民形象。《丰收》和《火》中的立秋和癞大哥、《杨七公公过年》中的福生、《向导》中刘翁妈的三个儿子，还有《星》中的梅春姐、《鱼》中机智的农民和《偷莲》中生气勃勃的农村妇女等，都是有着绚丽夺目的时代色彩的人物形象。正是他们的勇敢抗争和执著追求，代表了被压迫农民的真正出路，作家正是通过对这些人物形象的塑造表现了自己的思考，从而也寄托了自己的希望与理想。《丰收》是叶紫的成名作和代表作。小说写的是大革命失败后农民群众在地主阶级的残酷剥削和压迫之下苦苦挣扎于死亡线上的悲惨生活以及在此绝境中的觉醒与抗争，集中描写的是农村的"丰收成灾"这一悲剧性的社会畸形现象。在 30 年代的左翼文学创作中，表现农村的"丰收成灾"，是一个较为集中的题材领域。茅盾的《春蚕》和叶绍钧的《多收了三五斗》便是反映这一现象的名篇。但是，与《春蚕》和《多收了三五斗》相比，叶紫的《丰收》在对社会主要矛盾、时代精神的准确把握和对时代风云的描绘方面却是为前两篇作品所不及的。"《春蚕》用一个'洋'字暗示帝国主义的侵略给中国农村带来的灾难，未能正面描写农民苦难的根源；《多收了三五斗》则把矛头指向不法的商业资本，而未能全面揭示农民不幸的原因。至于农民的觉醒、反抗，《春蚕》的续篇《秋收》和《残冬》中只描写了农民的自发斗争；而《多收了三五斗》则只是表现了农民的不满情绪和对斗争的向往"（叶雪芬：《叶紫代表作·前言》，《叶紫代表作》，黄河文艺出版社 1987 年版）。《丰收》将农民的苦难置放于中国 30 年代的农村阶级关系和土地革命的广阔背景上，从政治、经济及农民自身的思想弱点等方面深入探究农民命运，深刻揭示出农民苦难的社会原因，指出了通过阶级斗争争取解放的根本途径。

《丰收》通过云普叔的形象与命运，充分揭示出，农民们可以凭自己的勤劳品质和顽强意志而战胜大自然的灾害夺取丰收，但却无法逃避残酷的阶级压迫所带来的贫困与破产。作为过惯了贫苦生活的老一辈农民，云普叔对生活并无过分的奢望，他卖掉屋子和女儿，带领家人与自然灾害拼死搏斗，奋力劳作，只是将全家人的温饱作为自己的最大梦想，但他怎么也无法料想，正当他迎来少有的丰收而沉醉于这一梦想之中的时候，谷价的狂跌、地主的盘剥和官府的苛捐杂税却将他的幻想击得粉碎。所有的收成不仅不够一家人的一顿温饱，在各种势力的共同欺诈和盘剥之下，最后还亏欠 3 担 3 斗多的谷子。在这里，叶紫的批判锋芒无疑是指向了整个社会制度，指向了国民党政权及其社会基础地主豪绅阶级。农民苦难的根源正是在于地主阶级和当时的国家政权之间的互相勾结与利用。在小说的结尾，云普叔终于在生活的教训之下逐步觉醒，走向了斗争。云普叔的命运遭际和最终觉醒，正是时代和历史的真实与必然。《丰收》中的立秋的形象是新一代农民的典型代表。与其父亲云普叔这样的老一辈农民不同，他受传统思想的影响较小，反对父亲靠劳动求生存的人生哲学，他对统治阶级有着清醒的认识，不抱任何幻想，相信只有通过斗争与反抗才能获得整个农民阶级的解放。他积极参加党所领导的抗租抗捐斗争，并在斗争中逐步走向了成熟。在《丰收》的续篇《火》中，立秋在斗争中英勇牺牲，献出了年轻的生命。立秋的形象表明了 30 年代农民的反抗与斗争已经超越了早期的自发阶段，开始在党的领导之下进行自觉战斗。《丰收》鲜明地体现了叶紫小说的艺术风格。作品洋溢着理想的光辉，充满昂扬的音调，尖锐激烈的矛盾冲突和残酷的斗争生活使得小说产生了悲壮沉雄的美学风格。

结构明晰、阵线分明，笔触阔大、时亦粗疏，却包孕着激越的时代风雨。这些特点同样体现在叶紫的其他优秀小说如《火》、《向导》与《星》之中。

吴组缃（1908—1994），安徽泾县人。原名吴祖襄，字仲华。中学时代开始在地方小报上发表诗文。1929 年入清华大学经济系，一年后转入中文系。1930 年发表短篇小说《离家的前夜》被视为其创作生涯的正式开始，以后陆续创作了《栀子花》、《官官的补品》、《菉竹山房》、《卍字金银花》、《黄昏》等作品。1934 年 1 月，代表作《一千八百担》发表于北平的《文艺季刊》创刊号，受到茅盾的高度评价。接着，又相继发表了《天下太平》、《樊家铺》和《铁闷子》等优秀作品，出版了短篇小说集《西柳集》和《饭余集》。抗战期间又有长篇小说《鸭嘴涝》（后改名《山洪》）问世。

吴组缃是中国现代文学史上少数的几位以不多的作品确立其文学史地位的作家。他以现实主义的创作方法反映 30 年代中国农村的破败，有着自己的独特风格，作品数量虽然不多，但每篇都很精当，有着较高的思想艺术水平。他的小说基本上可以分为两类：一类是批判封建礼教及旧的思想传统，表达对妇女的深切同情的，如《离家的前夜》、《卍字金银花》和《菉竹山房》等；另一类是描写农村的破产与凋敝，表现农民的苦难命运和对地主阶级的批判、憎恶与嘲讽的，如《官官的补品》、《一千八百担》、《天下太平》和《樊家铺》等。第一类作品中的代表作《菉竹山房》篇幅精短，虽然不足 5000 字，但却是现代文学中难得的精品。作品中的二姑，虽然束缚和殉葬于旧的封建礼教而终身守寡，但对侄儿、侄媳所表现出来的诡秘行为却透显出其内心所深藏的爱火。作品气氛阴森，象征了禁锢人欲的环境。小说平凡中见奇崛，细密与凝炼中透出曲折，显示出作者不凡的艺术功力。

第二类作品中的《天下太平》以深刻的嘲讽揭示了丑恶的社会环境和充满苦难与贫穷的生存现实对人的"逼迫"。《一千八百担》的副标题是"七月十五日宋氏大宗祠速写"。这篇数万字的小说并无什么复杂的情节，从头至尾着眼于宋家各房二十来个人物为争夺宗祠的"一千八百担"积谷而做的丑恶表演，通过地主阶级内部的勾心斗角，反映出当时的农村经济全面崩溃的现实，而在作品的结尾所出现的饥民的聚集和抢粮，则预示着农民运动的勃起和地主阶级的灭亡。作家截取生活断面，以短篇小说的结构与篇幅，主要通过白描和工笔式的对话，刻画了近二十个各有个性、生动逼真的人物形象。适当的方言、独特的风俗文化描写所产生的浓郁的地方色彩和细密而又流动的叙事风格使得作品具有了相当独特的艺术魅力。发表于1934年4月的《樊家铺》在吴组缃的小说创作中有着重要的位置。此前，他的作品虽然反映了30年代凋敝破败的农村现实，但却没有细致深入地刻画与展示农民的内心世界，而《樊家铺》则正面描绘了线子夫妇等平凡而独特的农民形象，表现了他们对黑暗现实的绝望与抗争。

善良纯朴的线子和她的丈夫小狗子，曾经想靠辛勤的劳动来改变自己的贫苦命运，但是，黑暗的现实却把他们逼入绝境，终于使得小狗子"杀人越货"，而线子却"逆伦弑母"。小说的这种结局，深刻地反映了农村破产所造成的"人心大变"，揭露了社会罪恶。如果说，作品对小狗子的"杀人越货"明确处理为原始性和自发性的抗争的话，那么，作家对线子弑母的处理却要复杂得多，其意义也更为深刻。作品主要以线子母女的思想性格冲突为主线。这种冲突，既是善与恶的伦理冲突，更是奴才主义、市侩主义和不愿做奴隶的觉醒意识之间的冲突。作品使人们看到了破产凋敝的农村到处潜伏着的革命潜能，而农民们只有破除线子母亲身上所表现出来的那种奴才主义和市侩主义，才能真正觉醒并使革命的潜能变成真正的革命现实。《樊家铺》的思想意义就在于鲜明地表现了农村之中觉醒的反抗者与奴才及市侩之间必然发生的冲突，从而在更深刻的层次上反映了已经开始的农村变局及其趋向。

小说《樊家铺》有着鲜明的艺术特点：一是善于表现尖锐的性格冲突并在这种冲突中进一步刻画人物的思想性格。作品从线子娘的出场与线子间的冲突开始，一直写到作品的结局所出现的弑母场面，一步一步地揭示出母女冲突激化的详细过程以及冲突的原因与实质，具有震撼人心的悲剧效果，表达了深刻的思想内涵。二是以心理剖析的方法来刻画人物形象。作品主要是通过细致地描绘线子丰富、曲折的内心活动来表现她的善良及其与丈夫小狗子的恩爱的，而她在与母亲的不断冲突之中所表现出来的怨恨与疯狂以及最后所出现的精神幻象，不仅深刻地刻画了真实、丰富的人物性格，也使情节的发展真实可信，具有了可靠的性格心理基础。三是对故事的情节结构的精巧安排。作品截取三个生活断面，且在同一地点，便于集中表现人物间的性格冲突。作品以线子母女的冲突为主线，而以小狗子的被迫铤而走险作为辅线，主线和辅线互相补充、虚实结合，使得作品既集中凝炼，又反映了广阔的社会矛盾与社会生活。另外，细致的景物描写及精警有力的对话和叙事语言也是作品的重要特点。

第三节　新时期文学

新时期的中国文学是从"文化大革命"宣告结束开始的。"文化大革命"结束后，文艺界结束了万马齐喑、百花凋零的局面，拨乱反正、正本清源是文艺界面临的首要任务。作为本期国家政治生活中的大事，拨乱反正和思想解放运动对新时期文学重建的影响是多方面的。1977 年 11 月，全国教育界首先开始批判"教育黑线专政"论；同一时期，《人民日报》编辑部邀请文艺界知名人士举行座谈会，茅盾、冰心、刘白羽、冯牧等著名作家、评论家纷纷发表文章，揭批林彪、"四人帮"炮制的《林彪同志委托江青同志召开的部队文艺工作座谈会纪要》及其所抛出的"文艺黑线专政论"，同时对他们鼓吹的"主题先行"、"三突出"等创作原则，都作了深入系统的批判。

1978 年 5 月，中国文学艺术界联合会在北京举行了第三届全国委员会第三次扩大会议，中断十年之久的全国文联及其所属的各个协会从此恢复工作。同年 12 月，党的十一届三中全会召开，会议批判了两个"凡是"的错误观点，确立了把党和国家的重点转移到社会主义建设上来的大政方针，一批冤假错案，包括文艺界的冤假错案，如《刘志丹》案、错划右派作家案、"胡风反革命集团案"等，开始得到平反和纠正。1979 年 10 月，第四次全国文代会在北京召开，这是在经历了建国 30 年的风风雨雨之后，文艺工作者的一次具有广泛代表性的"五世同堂"（包括了从茅盾、冰心、巴金、曹禺到 60 年代以及粉碎"四人帮"后成长起来的蒋子龙、冯骥才、谌容等五代作家）的盛会。邓小平代表党中央向大会致《祝词》，肯定了文艺工作者的成绩，并提出了任务和发展方向，使得这次大会在文学发展史上具有里程碑的意义。由于党的正确引导，大批在以前历次政治运动中受到不公正处理的作家、评论家恢复了文学创作和评论的自由与权利，文艺活动的环境有了根本性的转变，文艺界很快开始复苏繁荣，当代文学的发展在经历了噩梦一样的十年之后又开始回复到现实主义的艺术轨道上。"文化大革命"对人们思想的影响是深层的，十年的余毒阴魂不散，时时阻碍着文艺前进的道路，文艺创作者与评论家必须克服这种影响才能前进。

在十一届三中全会思想路线的指导下，从 1978 年直到 90

年代后期，文艺理论工作者经历了一系列的专题讨论与争鸣：理论方面包括共同美问题、人性论与人道主义问题、形象思维问题、文艺与政治关系问题、文艺的倾向性与真实性问题、文学艺术的典型性问题、歌颂与暴露问题、社会主义悲剧问题等。在文学本体方面包括"性格二重组合原理"等问题、文学"方法论"问题、文学观问题、"文学的本质、特征、功用"等问题、文学批评与鉴赏理论的建设问题、小说文体问题等。在创作方面包括文艺真实性问题、朦胧诗问题、爱情描写问题、题材问题、"伤痕文学"的评价问题、文学"寻根"问题、现实主义问题、现代主义文学倾向问题、新时期文学"向内转"问题等。有关这些问题的论争，都很好地推动了本时期理论建设和文艺创作的发展。

总体而言，新时期的文学呈如下态势：其一：从现实主义的回归到现实主义的深化与超越。现实主义是我国自"五四"新文学诞生以来就确立的宝贵的文学传统。饱受创伤的作家刚刚从"文化大革命"的梦魇中解放出来，一拿起手中的笔，就用他们的作品预示着现实主义传统的回归。《班主任》、《伤痕》、《天云山传奇》、《犯人李铜钟的故事》等作品，表明着"文化大革命"之后人的价值的被发现。与此同时，这些作品引发了关于现实主义的讨论。讨论涉及现实主义的许多问题，尽管意见不尽一致，但新时期的文学应该恢复和发扬现实主义精神，真实性是现实主义的灵魂，则是大家的共识，现实主义文学获得了它在新时期应有的地位。1980 年出现了现实主义与现代主义的争论。1985 年之后，现代主义文学作品得到进一步的发展。但这并不代表现实主义受到冷落，直到 90 年代，现实主义文学一直在迈着它依旧沉稳的步伐，只是在行进中兼容并蓄了现代主义的一些技巧和理论主张。从新时期开始时的"伤痕"文学、"反思"文学、"寻根"、"改革"文学到80年代后期的"新写实"小说，再到90年代中期出现的现实主义新浪潮，应该说现实主义文学一直不乏鼎力之作。也可以预计，现实主义必然会发展下去，只是它的"现代化"进程必然会伴随着更多的开放与吸收，也伴随着更多的竞争与挑战。其二，现代主义的"登陆"与繁荣。十年的动乱使中国基本上与世隔绝，"文化大革命"之后，在国门外徘徊已久的欧美现代派文学迅速被纳入中国作家的视野。80年代初期，有关现代派文学的观点就在中国得到了翻译、介绍和研究，在1981年朦胧诗的讨论中，已经涉及了借鉴现代派文艺的问题。改革开放改变了长期以来由于政治原因造成的诸多成见，开阔了人们认识外部世界、了解外部世界的眼界与胸怀，国外的多种学说、多种思潮也迅速在本国的文学创作上得到了越来越多的体现和尝试——尽管这种尝试在初期不免显得有些生硬和粗糙。1985年是现代派文学值得纪念的一年。这一年的意义不仅是出现了《你别无选择》，还因为出现了马原和残雪。他们是真正在中国本土孕育的现代派作家。由于他们的出现，现代主义文学潮流开始在中国形成阵势。但是，即便如此，中国的现代派文学还是需要寻找自己的哲学支点，也由于这个原因，中国的现代派要形成自己的艺术气度还有待时日。从长远的角度看，生存竞争使它还处在一种不稳定的反叛与调整之中，如同先锋派的作家余华所说的那样："……我开始相信一个作家的不稳定性，比其他任何尖锐的理论更为重要，一成不变的作家只会快速奔向坟墓，我们面对的是一个捉摸不定与喜新厌旧的时代……作家淙淙不断的生命力在于经常的朝三暮四。"（余华：《〈河边的错误〉跋》，长江文艺出版社1992年版）

　　90年代，文艺界发生了很大的变化。社会主义经济体制的确立，不仅大大加快了中国经济、政治的历史进程，而且对文学的发展也产生了很大的冲击。90 年代文学所呈现出的多种形态、多元格局是前所未有的。开放之中的现实主义文学与起源于 80 年代后期、由对形式的实验探索而兴起的先锋派创作继续勃兴，成为 90 年代的两道风景。生活百态、世俗人情、家庭婚姻、意识流程、心灵振颤直至印象、感觉、直觉、梦幻、孤独、迷惘、荒诞等都一一显现于笔端。与之相反，一些作家更加求实求真，他们甚至抛弃了文学惯用的虚构，去作采访实录。口头实录文学、纪实小说等的悄然兴起，以及新时期以来一直方兴未艾、蔚为大观的报告文学代表了另一种文艺观念。除此之外，自 80 年代中期以来，通俗文学理论研究与批评也得到了长足的发展，在 90 年代这股热潮并未回落，它的存在本身雄辩地证明了新时期文学的自由与多元共生性。20 世纪 80 年代以后的中国台湾地区文学，它的主体构成是战后出生的"新生代"作家群及其作品。这一时期的中国台湾地区文学，在政治走向开放和大众消费时代来临的环境下，处于"众声喧哗"的状态，从总体上看主要有这样一些特点：①新一代乡土文学作家登上文坛；②报道文学崛起；③政治文学勃兴；④都市文学兴盛；⑤女性主义文学有了新的发展；⑥"另类"文学登场；⑦留学生文学继续延伸；⑧探索戏剧得到重视；⑨原住民文学有了长足的发展；⑩艺术形式的创新层出不穷。当 70 年代后期乡土文学的中坚作家置身乡土文学论战之际，更年轻的新一代乡土文学作家已经悄然登场，他们承续了乡土文学的写实基调和主题范畴，并在艺术上有所发展。自 60 年代中国台湾地区经济起飞以来，环境污染等一系列经济发展所带来的问题也日益突出，许多作家出于对现实的关注，开始倡导和写作报道文学（类似于内地的报告文学），这一文类在 70 年代就已出现，到

80 年代蔚为大观。进入 80 年代以来，随着政治环境的宽松，中国台湾地区文学中以前不能碰触的禁忌题材（如"二·二八"等）此时开始受到作家的重视，"牢狱"、"人权"等极具政治敏感性的议题，此时也成了一种能够引发社会关注的创作资源。80 年代中国台湾地区的政治小说，直接向现行政治体制挑战，批判政治弊端，表达争取民主和人权的政治主题，对后来中国台湾地区的社会发展产生了一定的影响。随着中国台湾地区社会都市化的逐步形成，"都市文学"在某种意义上已成为 80 年代中国台湾地区文学的主流，表现都市人的冷漠和都市对人的巨大压迫感，成为这类作品的主要内容。进入 80 年代以后，由于社会富裕程度的加深，妇女的经济地位、社会地位都有所提升，妇女的主体意识得到加强，女性作家在作品中或直面现代女性在当代社会的真实处境，或直接触及敏感的政治问题和现实社会弊端，呈现出一种泼辣阳刚的"新女性主义"的风貌。

中国台湾地区社会在 80 年代走向开放，以往受到压制的各种观念也有了伸展的空间。在文学上出现了一些"另类"的文学，这类文学以"世纪末"、"颓废主义"、"同志书写"为特征，大胆地表现暴力、怪异之美以及同性恋世界而成为通常主流文学之外的"另类"。它的登场，无论是就文学观念、审美情趣，还是主题关注、文字表达而言，都给中国台湾地区文学带来了一定的冲击。而中国台湾地区社会的开放，也使探索戏剧有了观众市场，过去被忽视的原住民文学也开始受到重视。在整个 80 年代以来的中国台湾地区文学中，由于受到西方后现代主义理论的冲击和影响，许多青年作家的文学观念相对于他们的前辈已有了很大的改观，而西方各种日新月异的哲学、文学和社会理论，不但拓展了他们的视野，也为他们在艺术上进行大胆的探索和试验提供了理论支撑。一时间，对艺术自身进行反省，促使文学向着大众化、通俗化的方向发展，破除"语言败物教"，创作"后设小说"，打破文学边界（跨越文类），使用拼贴的手段，采取戏谑的笔调，推崇"冷漠"，强调知性，好用嘲讽等，成为 80 年代以后中国台湾地区文学在艺术上的一个突出的特点。

80 年代以后中国台湾地区文学在各个领域的代表性人物和重要作品有：乡土新世代作家洪醒夫（代表作小说集《黑面庆仔》等）、宋泽莱（代表作小说集《打牛湳村》等）、曾心仪（代表作小说集《我爱博士》等）、吴锦发（代表作《春秋茶室》等）；报道文学作家古蒙仁（代表作报道文学集《失去的水平线》等）、刘克襄（代表作报道文学集《随鸟走天涯》等）、心岱（代表作报道文学集《大地反扑》）、韩韩与马以工（代表作报道文学集《我们只有一个地球》）；政治小说作家黄凡（代表作小说集《赖索》等）、林双不（代表作《黄素小编年》等）、施明正（代表作《喝尿者》）、陈烨（代表作长篇小说《泥河》等）；都市文学作者黄凡（代表作《都市生活》等）、张大春（代表作《公寓导游》等）、林燿德（代表诗集《都市终端机》等）、王幼华（代表作小说集《欲与罪》等）；新女性主义作家袁琼琼（代表作小说集《自己的天空》）、李昂（代表作小说集《杀夫》等）、苏伟贞（代表作小说集《陪他一段》等）、朱天文（代表作小说集《世纪末的华丽》等）、朱天心（代表作长篇小说《古都》等）；"另类"文学写手纪大伟（代表作小说集《感官世界》等）、邱妙津（代表作长篇小说《鳄鱼手记》等）、陈雪（代表作小说集《恶女书》等）；原住民作家田雅各（代表作小说集《最后的猎人》）、莫那能（代表作诗集《美丽的稻穗》）、瓦历斯·诺干（代表作《永远的部落》等）；探索戏剧的代表人物则有赖声川（代表作《暗恋桃花源》）和金士杰（代表作《荷珠新配》）。

此外，这一时期的重要诗人有夏宇（代表作《备忘录》等）、杜十三（代表作《人间笔记》等）、白灵（代表作《没有一朵云需要国界》）、陈克华（代表作《与孤独的无尽游戏》等）、许悔之（代表作《阳光蜂房》）、侯吉谅（代表作《城市心情》等）、向阳（代表作《土地的歌》等）、陈义芝（代表作《不能遗忘的远方》等）、初安民（代表作《愁心先醉》等）；重要的散文家则有龙应台（代表作《野火集》等）、林清玄（代表作《紫色菩提》等）、刘墉（代表作《我不是教你诈》等）；而这一时期的网络文学代表作家则有蔡智恒（代表作《第一次的亲密接触》等）、藤井树（代表作《……我们不结婚，好吗》等）等。80年代以后的中国香港地区文学，因了中国香港地区社会乃至中国社会一系列的经济、政治变化，也在总体风貌上呈现出了一些新的态势。从总体上看，主要有这样一些特征：

1. 作家队伍的构成有了新的变化

这一时期，构成中国香港地区文坛的主体作家，主要由两部分人组成：一部分是在中国香港地区文化教育背景下成长起来的战后新生代本土作家，另一部分是内地改革开放后从内地移民中脱颖而出的新一代南来作家。前者认同中国香港地区，大多受英式教育，因此受西方文化艺术影响较深，在创作上更多地表现为对探索性和实验性的热衷；后者因为是"移民"，大多在内地完成教育，受中国文学影响较深。他们虽然是"外来者"，但能很快地融入当地社会，并以内地经验衬托中国香港地区经验，创做出别具一格的作品，在内地引起较大反响。中国香港地区作家队伍的这一新变化，重建了中国香港地区文学的创作格局，也对中国香港地区文学的未来发展产生了重大的影响。

2. 文学与政治的关系出现了新的局面

五六十年代在冷战格局下的中国香港地区文坛，基本上笼罩在二元对立的政治分野之中，作家也因政治倾向的不同而划分为左右两派。到了80年代以后，这一现象有了很大的改观。

3. 通俗文学、先锋文学和社会文学三足鼎立，形成了以都市文化为核心的多元化的文学格局

80年代的中国香港地区通俗文学，武侠小说、科幻小说和"框框"杂文仍然受到欢迎，但更加大行其道的是以亦舒、李碧华、梁凤仪为代表的言情小说。而相对于此前人数有所增加的"精英"作者群所创作的"先锋文学"，也构成了这一时期中国香港地区文学的重要方面。主要由南来作家创作的社会文学，以现实主义作为观察和剖析中国香港地区社会的武器，题材也多与中国香港地区社会现实有关。以写实的风格反映来自底层的人生及其呼声，形成了他们作品的现实批判锋芒和特色。

4. "九七"回归对中国香港地区文学产生了重大而又深远的影响。中国香港地区回归这一重大的历史事件，自然会在中国香港地区文学中留下印记

中国香港地区文学中不但出现了许多以中国香港地区回归为题材的作品，如余光中的《别香港》、《香港结》、《过狮子山隧道》、《香港四题》等，而且中国香港地区与内地的文化交流和文学交往日益密切，中国内地文学和中国香港地区文学出现了前所未有的互动，"中国元素"开始更多地进入中国香港地区文学。

一、新时期小说

新时期的小说创作是新时期文学最有成就的一个领域。

首先，新时期小说拥有一支阵容强大且不断补充新的血液的作家队伍。老作家仍笔耕不辍，时有新作；中年作家实力雄厚，堪称中流砥柱；新作家层出不穷，勇于探索。老、中、青三代作家，他们之间在文学观念等方面虽然不乏差异，甚至偶有交锋，但他们共同为我国新时期小说创作的发展与繁荣做出了重大贡献。其次，新时期小说创作的题材领域不断开拓和突破，反映了广阔的生活领域。在对现实生活的反映方面，工业题材、农业题材、军事题材、改革题材、爱情题材、海外题材、"大墙生活"、地域风情、政治斗争、日常悲欢……社会生活的各个方面，无不在新时期小说中得到了真切的反映。在历史题材方面，从远古的炎黄时期，经春秋战国、秦皇汉武，再到清末民初以及"革命历史"、抗美援朝、反"右"斗争、劳动改造、"文化大革命"浩劫、上山下乡，我国历史上每一个时代的风云和社会生活也都在新时期小说中有所表现。第三，新时期的小说创作流派纷呈，气象万千。从"伤痕小说"开始，新时期小说不断涌现新的艺术潮流，紧随其后，分别有"反思小说"、"改革小说"、"寻根小说"、"意识流小说"、"现代派小说"、"实验小说"、"新写实小说"、"新体验小说"、"纪实小说"、"乡土小说"、"新状态小说"、"女性小说"、"现实主义冲击波小说"等形形色色的小说潮流相继出现，极大地丰富了新时期文学。第四，新时期小说的艺术表现方式丰富多样。新时期小说创作艺术表现方式的探索表现为两个方面的继承关系：一是纵向继承我国古代文学的表现手段，这在汪曾祺、孙犁、贾平凹、何立伟的小说中表现得最为明显。二是横向继承和学习西方现代主义、后现代主义的表现技巧，比较而言，这一倾向更为突出，实践者最众，成就也最大，对于文学观念的解放和使我国文学适应改革开放的现代化历史进程，缩短和世界文学的差距有着不可低估的意义。

在此方面，王蒙、宗璞、韩少功、王安忆、刘索拉、张承志、张辛欣、莫言、李陀、马原、残雪、刘恒、余华、刘震云、苏童、格非、陈染、池莉、孙甘露、叶兆言、林白等做出了积极的贡献。尚需指出的一点是，新时期小说创作中的现实主义方法已经更趋开放，它通过对现代主义以至后现代主义某些艺术技巧的广泛吸纳获得了新的表现形态，具有更加旺盛的生命活力。第五，作为一种社会意识形态，新时期小说创作在社会主义精神文明建设中发挥了重要作用，这种作用往往是通过作品所表现的时代性主题来实现的。"伤痕小说"对于社会觉醒和救治"文化大革命"造成的"伤痕"，"反思小说"对于清算极"左"路线，"改革小说"对于鼓吹改革、振奋民族精神，"寻根小说"对于批判民族"痼疾"、重铸民族灵魂以及"人"的主题对于人道主义的复归，无疑在一定程度上推进了思想解放和精神文明建设的历史进程。

30 年来，新时期小说所走过的是一条不断探索的发展之路，从 1976 年到现在，每一段时期都会出现一股新的小说潮流，有时在同一个时期还有不同的小说潮流同时出现，呈现出多元共生的文学景观，这些小说潮流主要有以下几种：

1. "伤痕小说"

"伤痕小说"是新时期文学涌现出来的第一个潮头。1977 年 11 月，刘心武的短篇小说《班主任》在《人民文学》上发表，立即引起轰动。《班主任》是新时期文学的开山之作，在当代文学史上具有特殊的地位和价值。随后，卢新华的短篇小说《伤痕》发表于 1978 年 8 月 11 日的《文汇报》，"伤痕文学"和"伤痕小说"的得名便源于此。小说写的是"文化大革命"时期的"革命小将"王晓华和"叛徒"母亲划清界限去辽宁插队，后得知"叛徒"罪名为"四人帮"所强加，便带着悔恨交加的心情赶回上海，看望阔别八年的母亲，不料母亲因在"文化大革命"中遭受摧残、重病缠身，待她赶到时，已经与世长辞了。小说从母女感情的角度入手，揭露了"文化大革命"给我国人民带来的"累累伤痕"，尤其是给青少年的心灵造成的创伤。当时，产生较大社会反响的"伤痕文学"的代表作还有短篇小说：张洁的《从森林里来的孩子》、王蒙的《最宝贵的》、王亚平的《神圣的使命》、肖平的《墓地与鲜花》、李陀的《愿你听到这支歌》、宗璞的《弦上的梦》、陈国凯的《我该怎么办》、韩少功的《月兰》；中篇小说：从维熙的《大墙下的红玉兰》、《第十个弹孔》，礼平的《晚霞消失的时候》；长篇小说：莫应丰的《将军吟》、竹林的《生活的路》、周克芹的《许茂和他的女儿们》；等等。这些小说或者对"四人帮"的罪行进行揭露和控诉，或者表现对人民遭遇的深切同情，或者歌颂对"四人帮"的不屈斗争，或者提出令人警醒的社会问题，及时地感应了时代脉搏，表现了时代主题，反映了人民的心声。

2. "反思小说"

"反思小说"的出现晚于"伤痕文学"，它是以茹志鹃于 1979 年 2 月在《人民文学》上发表的短篇小说《剪辑错了的故事》作为标志的。比之于"伤痕文学"，"反思小说"在历史内容上进一步扩展和深化了，它把作品所反映的社会现实由"文化大革命"向前推至 50 年代中期，对解放以来特别是 50 年代中期以来的极"左"路线进行了深刻的批判与反思，作家的目光更为深邃，作品的主题也更为深刻，带有更强的理性色彩和悲剧意味。"反思小说"的主要作品还有鲁彦周的《天云山传奇》、刘真的《黑旗》、高晓声的《李顺大造屋》、古华的《芙蓉镇》、张弦的《被爱情遗忘的角落》、叶文玲的《心香》、张一弓的《犯人李铜钟的故事》、韩少功的《西望茅草地》、李国文的《月食》、王蒙的《蝴蝶》、张贤亮的《灵与肉》等。《李顺大造屋》写的是农民李顺大从土改时便立志造成三间屋，在近 30 年的时间里，三起两落，几经折腾，最后只是在 1977 年冬天，国家的政治、社会形势好转以后才实现了这一心愿。小说通过对普通农民辛酸经历的描写，深刻地反思了建国后 30 年历史进程中的经验教训，可算是"反思小说"的代表作。

3. "改革小说"

"改革小说"的小说作品虽然在 1975 年便已出现，但其作为一种潮流，却兴起于 1981 年前后。随着我国社会主义现代化事业的向前推进，作家们纷纷收回反思的目光，将热情投注于沸腾的现实生活。"改革文学"是指那些反映我国各个领域的改革过程及其引起的社会变革、价值冲突及心理振荡的文学作品。1979 年《人民文学》第 7 期发表的蒋子龙的短篇小说《乔厂长上任记》是"改革文学"的发轫之作。此后，一大批"改革文学"作品如张锲的《改革者》、柯云路的《三千万》和《新星》、张洁的《沉重的翅膀》、李国文的《花园街五号》、张贤亮的《男人的风格》、蒋子龙的《燕赵悲歌》、王润滋的《鲁班的子孙》、张炜的《秋天的愤怒》、贾平凹的《浮躁》和《腊月·正月》、路遥的《平凡的世界》等相继出现。这些作品真实地反映了新旧体制转换时期的社会矛盾，记录了改革的艰难及其导致的伦理关系和道德观念的变化，有些小说还着重从民族灵魂的深处探求改革的动力与阻力，显现了足够的深度。"改革文学"在创作方法上以现实主义为主，注重人物形象特别是改革者形象的塑造，但在1985年以后变得更加开放，开始多方面地吸收现代主义表现手法，促进了现实主义的发展。随着我国改革开放的走向深入，"改革文学"仍在继续，但与起初相比，尚需重大突破。

4. "寻根小说"

"寻根小说"的前奏可以追溯至80年代初汪曾祺、邓友梅、吴若增等所写的一些小说如《受戒》、《那五》、《翡翠烟嘴》等，但其真正兴盛，却是在1985年。韩少功发表于1985年第4期《作家》上的文章《文学的"根"》开始了一场规模浩大的文化寻根运动，随后，阿城的《文化制约着人类》、郑万隆的《我的根》、李杭育的《理一理我们的根》等文章纷纷响应，同时，他们又以自己的创作实践来体现自己的文学主张，"寻根小说"便得以形成，它与诗歌及理论批评领域中的寻根倾向一起，构成了在当代文学史上有着重要地位的"寻根文学"。"寻根小说"最显著的特点是：①以现代意识关照现实和历史，反思传统文化，重铸民族灵魂，探寻中国文化重建的可能性；②作品题材和文化反思对象的地域特点。这方面，主要有韩少功的"荆楚文化"小说、贾平凹的"秦地文化"小说、李杭育的"吴越文化"小说、张承志的"草原文化"小说等；③"寻根小说"注重对题材所蕴含的深层的历史文化信息进行艺术传达，在表现手段上既有中国传统文学的手法（如语言上的继承在阿城小说中极为明显），又运用现代派的象征、暗示、抽象等方法，丰富和加深了作品的文化意蕴。

5. "现代派小说"

"现代派小说"滥觞于1979年宗璞的《我是谁》、茹志鹃的《剪辑错了的故事》、王蒙的"意识流小说"等一批作品，但这些作品一般只是着重于对现代主义技巧的吸收，较少现代派的真正内核即"现代意识"。真正具有现代派特征的小说的产生和飞速发展，是在 1985 年前后。刘索拉发表于《人民文学》1985 年第 3 期的中篇小说《你别无选择》，被认为是中国当代文学第一部成功的"现代派小说"。《你别无选择》以夸张、变形的戏谑方式描绘了音乐学院一群学生的群像，揭示了他们在实现自我的过程中的荒诞、反抗、疲惫、迷茫以及执著的追求精神和骚动不安的内心世界。小说节奏急促，人物夸张、变形，情节散乱无章，体现了极端情绪化的风格，在语言上借鉴"黑色幽默"小说玩世不恭、放荡不羁的方式，极好地传达了一群青年人的情绪状态。作品的主体意蕴在于表现人类所共有的普遍的荒诞性，体现了充分的现代意识。"现代派小说"的代表性作家主要有刘索拉、徐星、残雪、王蒙、洪峰，他们当中代表性的"现代派小说"分别有刘索拉的《你别无选择》、《蓝天绿海》、《寻找歌王》，徐星的《无主题变奏》，莫言的《红高粱》、《球状闪电》、《透明的红萝卜》，残雪的《苍老的浮云》、《黄泥街》、《突围表演》，王蒙的《布礼》、《蝴蝶》，洪峰的《奔丧》、《生命之流》等。

6. "实验小说"

1985 年前后，文坛上出现了一股更多地具有后现代主义倾向的小说潮流，由于当时的文学界对于后现代主义还很陌生，所以有的人将其归入现代派小说之中，但更多的人称其为"实验小说"或"先锋小说"。"实验小说"的特点主要有：①在文化上表现为对意识形态的回避与反叛，对一切意识形态进行彻底的消解；②在文学观念上颠覆旧的真实观，一方面放弃对历史真实和历史本质的追寻，另一方面放弃对现实的真实反映，文本只具有自我指涉的功能；③在文本特征上，体现为叙述游戏，更加平面化，结构上更加散乱、破碎，因为意义的消解也导致了文本深度模式的消失，人物趋于符号化，性格没有深度，放弃象征等意义模式，追求文本的游戏性，通常使用戏拟、反讽等写作策略。"实验小说"的代表作家有马原、洪峰、格非、余华、苏童、孙甘露、潘军、叶兆言、北村、吕新、林白、海男等，他们各自的代表作分别为：马原的《虚构》、《冈底斯的诱惑》，洪峰的《极地之侧》、《第六日下午或晚上》，格非的《迷舟》、《大年》、《褐色鸟群》、《青黄》、《欲望的旗帜》，余华的《现实一种》、《鲜血梅花》、《古典爱情》，苏童的《平静如水》、《我的帝王生涯》，孙甘露的《访问梦境》、《信史之函》等。其他作家如王蒙、王安忆等均写过实验性的作品，如王蒙的《来劲》、王安忆的《纪实与虚构》等。

7. "新写实小说"

"新写实小说"的创作发生于1988年前后，但其作为一种小说潮流被正式命名并产生广泛的社会影响，却源自于1989年《钟山》第3期推出的"新写实小说大联展"。"新写实小说"的特色在于：①其创作方法虽然"仍是以写实为主要特征，但特别注重现实生活原生形态的还原，真诚面对现实、直面人生"，因此，它不再注重塑造典型环境中的典型性格，也不注重对生活的提炼和加工，作品中的现实生活呈现出一种毛茸茸的原生状态；②"新写实小说"的主题意蕴更多的是表现现实的荒诞、丑恶、灰暗或无奈，因此，创作主体往往是对现实取一种无奈的认同态度，缺少强烈的理性批判精神；③"新写实小说"大多采用客观化的叙述态度，是一种缺乏价值判断的冷漠叙述。"新写实小说"的主要作家有刘震云、刘恒、池莉、方方等。此前的"实验小说"作家苏童、叶兆言等也写有不少"新写实小说"。一般以为，刘震云的《一地鸡毛》、《单位》、

《官场》，池莉的《烦恼人生》、《不谈爱情》、《太阳出世》，方方的《风景》、《桃花灿烂》等是"新写实小说"的代表作。1990 年代后，这部分作家在坚持书写现实生活的原生态的同时，写了不少以历史为题材的"新历史小说"。

8. "晚生代小说"

1990 年代初，一种叫做"晚生代小说"的潮流开始出现。"晚生代小说"作家主要有韩东、鲁羊、朱文、邱华栋、述平、陈染、张梅、毕飞宇、何顿、东西、刁斗、须兰、李冯、罗望子、吴晨骏等，由于他们大多出生于"文化大革命"后期甚至于 70 年代，所以文学界亦将他们称为"晚生代作家"。"晚生代小说"作家之间虽然存在着一定的差异，然而他们的创作仍然表现了一定的共性：①"晚生代"作家们游离出固有的意义系统，也不像"实验小说"那样激进地反对意义模式，作品中依稀表现出一定的精神内容，而其指向度又是暧昧不明的，带有明显的个体性；②"晚生代小说"所涉及的题材一般都是都市生活，作品中出现的人物也大多是其同代人；③在文本策略上，"晚生代小说"广泛地借用此前"实验小说"带有后现代特征的技法，一个明显特点是：他们经常将作家自身的经历或现实生活的真实事件融入文本，造成文本内容处于真实与虚构之间的暧昧状态。

9. "女性小说"

新时期文学从一开始就有着女性的声音，宗璞、茹志鹃、刘真、谌容以《我是谁》、《剪辑错了的故事》、《黑旗》、《永远的春天》等在文坛引起较大的反响，她们和男作家一样有着宽阔的视野和社会责任感。进入 80 年代以来，出现了一大批有着深广的忧患意识与清醒的理性光彩的女作家，如张洁、张抗抗、张辛欣、王安忆、航鹰、铁凝、王小鹰、叶文玲等，她们以冷静、深邃、不亚须眉的理性思考卓立于文坛，既关注人的精神世界，也倾心于开拓和表现变革中的外部世界，她们更多地以社会角色参与了对中国社会变迁、对人性失落的深刻反思。到了80年代中后期，刘索拉、残雪、池莉、方方等一批女作家涌上文坛，她们依然关注外部世界，但更多地动用了女性自身的感觉系统与思维结构，显现出愈来愈鲜明的个体特征。然而，尽管80年代是女性写作群星灿烂的时代，但她们的许多作品都超越了性别立场，她们关注的是人类共同面对的问题，女性文学对当代文学的深刻嵌入造成了女性话语与男性话语的难以剥离，甚至在有意无意间放弃了女性经验的丰富庞杂以及这些经验自身可能构成的对男权文化的颠覆与冲击。只有王安忆名重一时的"三恋"（《小城之恋》、《荒山之恋》、《锦绣谷之恋》）和铁凝的《玫瑰门》才开始更具清醒的女性意识。

新时期女性文学话语的真正复归是在90年代，以陈染、林白、徐小斌、徐坤、张欣等女性作家为代表，写出了一批关注女性的问题、用女性的直觉去表达她们的生存感受的作品，从而在新时期文学中展示出了开创性的意义。90年代的女性写作主要表现出以下一些特征：①在这些女性作家和她们的小说文本中，努力张扬"性别意识"，把女性作为一个有性别特征的社会群体和文学群体，以颇为成熟的方式与丰富的形态，冲出"男权话语中心"和"女性规范"，表现出充分的性别意识和性别自觉。②她们的小说背对广阔的社会人生舞台，独向女性的心灵世界，与小说创作的"客观化"潮流分庭抗礼，表现出浓厚的"主观化"倾向，刻意表现出女性特有的生存体验和深层意识。③由于90年代中国社会最重要的变迁便是急剧推进的商业化与都市化的进程，在90年代的女性写作中也反映出都市故事的飘忽甚至荒诞，她们不仅借重非写实的手法去书写都市与都市女性的性别经验，而且敏锐地反映出当代都市生活特有的社会文化景观。

10. "现实主义冲击波小说"

"现实主义冲击波小说"是出现于 1996 年并对文坛产生一定冲击的一种小说潮流，以作家刘醒龙、关仁山、谈歌、何申等为代表，他们较有影响的作品分别为《分享艰难》（刘醒龙）、《九月还乡》（关仁山）、《大厂》（谈歌）、《穷县》（何申）等。"现实主义冲击波小说"的意义在于将关注的目光投向当时的社会现实，诸如民工进城、工人下岗等现实问题都在作品中有所反映，但其共同的不足也是显而易见的：一是作家的视点有待真正下沉，关注普通百姓的哀乐悲欢；二是对现实的理性批判精神有待加强；三是尚需克服过于偏重写实的"报告文学化"倾向——写好人物。经过广大作家的共同努力、多向探索，新时期小说取得了相当高的文学成就，构成了中国内地当代文学史上较为醒目的篇章。80 年代以后中国台湾地区重要的小说家有黄凡、袁琼琼、朱天文等。都市文学作者黄凡（1950—），本名黄孝忠，主要作品有《赖索》、《大时代》、《都市生活》、《慈悲的滋味》、《黄凡的频道》等。黄凡的文学成就，几乎是与 80 年代一起降临的。1979 年 10 月，他的第一篇小说《赖索》震动文坛。这篇小说与其后不久发表的《人人需要秦德夫》一起，构成了黄凡小说的两大系列：政治文学和都市文学。黄凡曾在作品中一再强调"这是个不确定的时代，一切都不确定"。这种"不确定感"实际贯穿了黄凡小说创作的全过程。无论是在他的政治小说中，还是在他的都市小说中，遍布着的就是这种"不确定性"。在他的政治小说中，政治只是一种游戏，毫无正当性、合法性和严肃性可言，无论是党外运动（后来的"台独"）还是国民党，双方政治行为的卑劣其实同出一辙，在政治游戏的过程中，真正虔诚和狂热的普通民众最终成了"受害者"和"受愚弄者"——以一种执著和严肃的态度对待一个"不确定"的游戏，自然会遭受到肉体和心灵的双重伤害，且其受伤程度之深，令人触目惊心。《赖索》中的赖索，投身政治运动，付出了青春和情感，最后却惨遭他所投身的政治抛弃——他追随韩志远，全身心地投入韩先生带领的政治运动并因此身陷囹圄，可是后来的韩先生不但在政治上转向，而且还因此俨然成为社会名流和媒体宠儿，对从牢中出来的赖索则既记不得也认不出了。作者在小说中，通过赖索糊里糊涂地卷入政治并付出惨重代价的人生悲剧，对政治的虚伪和不确定性进行了充分的揭示。

政治是不确定的，对不确定的政治以确定的态度对待，只能导致悲剧的结局。黄凡的深刻性在于，政治小说只是他展示"不确定性"的一个重要方面，但不是唯一的方面。他没有囿于只在政治层面和领域来表现"不确定性"，而是把这种对"不确定性"的表现推展到他小说创作的所有领域。在他的另一大类创作——都市文学中，同样贯穿着这种"不确定性"：在他众多的都市题材作品中不难发现，从人的身份、地位，到人与人的关系；从感情世界，到生理变化；从道德伦理，到生老病死，无不瞬息万变，变不胜变。对于黄凡来说，"不确定性"既是思想的、主题的，同时也是技巧的、形式的。在"思想和主题"上，黄凡认为"我们这个时代，是历来所有思想观念的大杂烩"（黄凡：《黄凡的频道·自序》，时报文化公司1980年版），在小说《人人需要秦德夫》中，他借主人公之口表达了这样的看法："对于这个社会，……我认为它不一定是我们所习以为常的样子"。时代和社会的不确定，如同他另一篇小说《反对者》中的人物所言："政治、经济、是非、恩怨、真理、谎言、个人的意志、时代的梦想、永恒的叹息，一切都搅成一团，像天堂花园里的一块泥巴"——这种观念无疑应合了都市快速变化中的喧嚣杂乱和难以把捉，并在黄凡的笔下具体化为描写的对象；说"不确定性"也体现在黄凡的"技巧、形式"方面，是指黄凡在小说形式上所进行的种种"后现代"试验——拼贴、分解、重组、瓦解语言意义——正与他思想、主题的"不确定性"相吻合，因为后现代的一个根本特征，即在于它的不确定性。从这个意义上，可以把黄凡视为一个瓦解通常意义、瓦解既定形式、瓦解一般语言规则的后现代作家。

80 年代以后中国台湾地区新女性主义作家袁琼琼（1950— ），主要作品有《自己的天空》、《两个人的事》、《沧桑》、《红尘心事》等。

袁琼琼是中国台湾地区 80 年代新女性主义的代表人物之一。在她的作品中，通过"爱情故事"和婚姻悲剧揭示两性关系的复杂，呈现女性主义立场并对女性在当代社会的命运进行思考，是她小说的最大特色。在她的代表作《自己的天空》中，袁琼琼以一个被鄙视、被抛弃的女子静敏的人生轨迹，对女性如何寻找"自己的天空"以及是否能找到这样的天空，进行了深刻的思考。小说中的静敏因为不能生育，结果先生良三在外面有了人并使人怀孕，当良三告诉静敏时，原本只是希望静敏能接受这一事实，良三的本意并不是要离婚，结果一向柔弱的静敏却显示了自己的刚强，她向良三提出离婚——这反而让良三有点措手不及。离婚后的静敏开"手工艺店"、拉"保险"，在事业上小有成就，事业的成功也给她有了自信，她"觉得自己现在比过去好"，"是个自由、有把握的女人"——看上去静敏在摆脱了男人（丈夫良三）之后，已经用自己的努力，撑起了一片属于"自己的天空"。可是反讽的是，当初静敏是因为别的女人充当了丈夫的情妇之后，自己才愤而离去的，现在，当静敏已经"自由、有把握"的时候，她却又充当了别人的情妇——小说至此才显示出它的深刻性：女性的"自己的天空"究竟是什么样子？它真的存在吗？而袁琼琼以这样的作品成为新女性主义文学的代表，其蕴涵也实在大可玩味。

朱天文（1956—），80 年代以后中国台湾地区新女性主义作家，主要作品有《小毕的故事》、《炎夏之都》、《世纪末的华丽》、《荒人手记》等。朱天文的小说创作题材丰富，主题多样，但从总体上看，她对于时间迁逝和空间流转，有着持久的兴趣和锐利的敏感。时间对于朱天文而言是她小说的核心主旨，在她笔下反复出现的有关"成长"和"青春"的主题，说到底其实都是对时间的语言再现。至于空间，在朱天文的小说中除了承担小说展开的背景功能之外，每每以台北为中心，向台中、高雄、中国内地、日本、印度、欧洲、美洲、非洲辐射推展的空间走向，昭示着朱天文对人在天地间生存的"流动性"怀有深切的感触。这些都还是就朱天文小说中时空表现的"现象"而言的，进而言之，在这些时空表现的背后，内蕴着朱天文独特的时空观：时间对人的意义，要么是留在记忆中的成长经历和消失了的青春，要么就是不能承受之重的无形压力；而人无论置身何处总得归属于某个空间的宿命，则先天地限定了人的生存自由度——空间（环境）将与时间一起，实现对人的"控制"。人如何面对时空的"控制"，是朱天文小说中的一个突出命题。从早期的《小毕的故事》到后来的《炎夏之都》、《世纪末的华丽》，再到《荒人手记》、《巫言》，虽然主题多有变化，但表现人在时间中的永恒伤逝和空间转换却逃脱不了悲剧结局的哀感，却万变不离其宗。纵观朱天文众多的小说，撇开人物、题材、主题的种种差异，在根本上，她其实是在通过自己的作品，向人们表明：她笔下的"时间"的"空间"，都是人的异化（使人成为非人）之源，都使人迷失其间而不自觉。朱天文书写这样的"时间"和"空间"，就是要提醒人们警觉"时间"和"空间"对人的控制。那么，如何才能摆脱或反抗"时空"对人的控制呢？朱天文的答案是文字和书写。在《荒人手记》的结尾部分，她这样写道："时间是不可逆的，生命是不可逆的，然则书写的时候，一切不可逆者皆可逆"，了解了朱天文的这一立场，也就对她的小说世界给人"文字炼金术"的感觉不难理解——"文字炼金术"既是她对这个人们无法控制的"时""空"世界的反抗，又是她对这个色彩纷呈的物质世界的沉迷。于是，在朱天文那独特的文字世界里，在在透逸出朱天文的兴趣所向，是在用文字对这个虽然压迫人，虽然可能空洞，却自有其繁华、喧闹和充满令人目为之眩的"色相"世界的描绘、张扬，而对当下社会人间悲剧的冷静思考和在表现这个社会时着意的文字狂欢，就构成了朱天文小说世界的一种特质。看上去这有点矛盾，但说到底这两者在朱天文那里是统一的：她越是用语言桑巴舞舒展地搅动现实"时""空"的声色喧哗，巨细靡遗，她就越是在根本上向人们宣告着人生（人类）苍凉的底子，前者是朱天文施展自己语言才能的载体，是"朱天文风"的审美品格之所在，后者则是她思想"深度"的真正底层——朱天文最终的"深度"应该在这里。

在《小毕的故事》、《炎夏之都》、《世纪末的华丽》、《荒人手记》等作品中，朱天文多是在写欲望、感情、色彩、气味的过程中暗含"时间"和"空间"的轨迹（以"成长"、"青春"、"历史"等主题的方式出现），到了《巫言》，朱天文开始正面处理"时间"和"空间"，这对朱天文的小说创作来说，是否意味着她的创作将会出现一些变化？无论如何，至少到目前为止，她的文字风格还没有发生什么根本性的变化。这一时期中国香港地区文学中的代表作家有西西、施叔青、陶然等。

西西（1938—　），本名张爱伦，又名张彦，小说作品主要有《我城》、《像我这样一个女子》、《哨鹿》等。

西西在中国香港地区作家中是个有着多种文体实践经历和富于形式探索精神的作家，她的小说，题材多样，领域宽广，古今中外，兼容并包，其中尤其注重对都市形态和女性处境的揭示，在《我城》、《飞毡》、《浮城志异》、《美丽大厦》等作品中，西西对现代都市（以中国香港地区为原型）的历史发展和复杂构成进行了艺术化的展示，现代都市的"都市病"（城市"本身的病"和城市中"人的病"）在这些作品中以一种夸张、放大、变形甚至荒诞的姿态呈现出来，令人对都市的危机和人在其中的异化产生"警觉"。在《像我这样一个女子》、《哀悼乳房》等作品中，对于情感缺失和身体遭损女性的生存状态，西西以一种"女人的同情"予以深入的挖掘，体现了她对现代女性在精神和肉体两方面的"宿命"的思考。在艺术上，西西的小说既有相当写实的一面，也有她写现代诗风格的色彩，奇特的想象、现实和幻觉的交融、神魔和童话的代入、平实和童稚兼具的语气，使西西的小说具有现实主义、现代主义、魔幻现实主义共存的特点。

施叔青（1945—　），本名施淑卿，主要作品有《约伯的末裔》、《香港的故事》、《香港三部曲》（三部曲为《她名叫蝴蝶》、《遍山洋紫荆》、《寂寞云园》）等。施叔青的早期小说探讨的是发生在"远离都市，不受文明力量的左右"的"荒原"上的"死亡——性——疯癫"，（白先勇：《鹿港神话——〈约伯的末裔〉序》，见《白先勇文集》（4），花城出版社2000年版，第183页）"死亡、性、疯癫"三位一体的梦魇世界和神秘力量构成了施叔青早期小说的核心。到了她的《香港的故事》，外来者的独特视角使她对中国香港地区社会和人物有了不同寻常的发现——以女性的情感困境寓示中国香港地区命运，就成为施叔青《香港的故事》的总主题。这一主题的向前延伸就是对中国香港地区历史作纵深勘探的《香港三部曲》，在这部系列长篇中，施叔青通过对青楼女子黄得云的形象塑造，将中国香港地区历史和黄得云的个人身世叠加起来，以黄得云的沦落风尘象征中国香港地区的被殖民遭际，而此前的有关"性"和"女性"的书写积累，也都在三部曲中得到施展和发挥。细敏的观察能力、锐利的思考能力、丰富的想象能力、繁盛的内心世界和才气纵横的语言表达能力，是深隐在作品中的施叔青给人们留下的印象。

陶然（1943— ），本名涂乃贤，主要作品有《蜜月》、《旋转舞台》、《岁月如歌》、《追寻》、《与你同行》、《一样的天空》、《表错情》等。陶然的小说，构思精巧、形态优美、判断严肃、语言雅致，自成一个独特的艺术世界，在中国香港地区文学的整体构成中，占有着重要的地位。从总体上看，陶然小说的基本"气质"主要体现在批判性、历史性、探索性这三个方面，这三个方面的共同作用，形成了陶然小说的"独特性"。批判性：所谓批判性，是指陶然在他的作品中，对于社会不公和制度黑暗，进行了不遗余力的批判。对中国香港地区社会资本主义"残酷"特性的一再揭示，构成了陶然文学世界基本的主题，在他的作品中，有田宝杰和汪燕玲受金钱压迫而在蜜月中做"真人表演"的羞辱（《蜜月》），有简慕贞既想获得意外之财又想保有个人尊严结果付出了走向监狱的惨痛代价（《一万元》），有人们为了生存毫无信义残酷竞争尔虞我诈的拳来脚往（《巨星》），也有为了成名不惜牺牲爱情的算计（《一夜成名》）。而深含在这种揭示背后的批判性立场，则源自陶然关注下层民众并同情弱者的人道主义情怀。

历史性：所谓历史性，是指陶然的爱情小说大多贯穿着对于历史错位和人生遗憾的表现，有一种强烈的历史感。陶然在内地接受教育并长期生活的背景，使他的作品总是闪回着内地的历史面影。在创作的早期他更多的是把"历史"作为一种静态的背景或因素代入到作品中，到了后期"历史"的出现开始更多的和男女之间的感情，以及深蕴在感情背后的人生无奈和莫测命运相缠绕，如《与你同行》中范烟桥与章倩柳的爱情故事、《岁月如歌》中陆宗声和王竹瑗的爱情悲剧等。于是，在借助"历史"（内地）的作用下，在"现实"（中国香港地区）的批判中，融入对"人性"（情感、人生、宿命）的感悟和思考，也就成为陶然在创作中代入"历史"的主要方式。探索性：所谓探索性，则是指陶然在长期的小说创作生涯中，总是在寻求小说艺术的突破，不断地进行着艺术探索。从陶然的小说创作历程来看，他的小说艺术，经历了从现实主义到代入现代主义再到杂糅各种艺术手法的过程。在他的小说中，既有典型环境中的典型人物，也有隐喻、象征、反讽等艺术手法的运用；既有意识流的呈现（如《与你同行》等作品中大量的心理独白），也有叙事形态的多变；既有独特的结构（如《一样的天空》以不同人物的视角，从各自立场叙述共同经历的人生历程，以此结构作品，来揭示世界的多元性和多义性），也有历史的改写（如《摩登关二爷》等作品对历史与现实的嫁接）。这些创作手法在陶然小说中的出现，极大地丰富了他的小说艺术世界，并使他的小说创作在现实主义的基底上带有了"先锋"的色彩。

王蒙（1934—　），河北南皮人，生于北京。1948 年入党。

1949 年初从事共青团工作，1953 年创作长篇小说《青春万岁》，1956 年发表短篇小说《组织部新来的青年人》，震动了当时的文坛。1957 年被错划为右派，中断创作生活，先后下放到京郊和新疆农村劳动。1978 年返京任专业作家，错案得到纠正，重新焕发创作热情，推出一系列著名的短、中、长篇小说，积极进行大胆的艺术探索，取得了丰硕的成果，引起了广泛的社会反响。他新时期的主要作品，短篇小说有《春之声》、《悠悠寸草心》，中篇小说有《布礼》、《蝴蝶》、《杂色》，长篇小说有《活动变人形》、《恋爱的季节》、《踌躇的季节》等。《组织部新来的青年人》是王蒙早期创作的代表作。它通过一位名叫林震的年轻人新调入北京一个区委组织部工作的经历与感受，揭露了某些党的领导机关有待克服的官僚主义及其对革命事业的危害，提出了人们在新的历史时期普遍关心的社会问题，表明了健全和纯洁党的肌体的重要意义，歌颂了青年人积极思考、追求真理、敢于斗争的精神。小说主要刻画了区委组织部副部长刘世吾的形象。这是一个性格复杂、充满矛盾的官僚主义者。他参加革命多年，曾经热情地献身于人民解放事业。他有经验，能力强，魄力大，只要下决心，可以干得很出色。但由于生活环境和社会地位的变化，他对事业和生活丧失了热情，不断用世俗的现实否定曾为之奋斗的理想，成熟的外表下掩盖着可怕的冷漠与圆滑。对于一切，他不再操心，不再爱，不再恨，"就那么回事"，成为他对待现实的处世哲学，并且他还制造了诸如"条件不成熟"、"成绩是基本的，缺点是前进中的缺点"等一套似是而非的理论根据，为自己的处世哲学辩护，使其消极麻木的精神状态和得过且过、不求进取的工作作风合法化。这不仅迷惑了一些人，而且助长了王清泉、韩常新等另一种类型的官僚主义，给党的事业造成了更大的损失。尽管刘世吾对自己也有所反省，自责"我处理这个和那个人，却没有时间处理自己"，表现了性格复杂的另一面，但他毕竟心灵污垢过重，改变不了自己的积习。这是一个50年代中期那些曾经创造了新的生活，结果却不能被新生活激动的意志严重衰退的时代落伍者的艺术典型。在这一人物身上，寄托了作者对理想、激情、人生等问题的思考。《组织部新来的青年人》体现了作者早期小说贴切近生活、干预生活的特点，也显示了独特的青春小说气息。1956年，我国的社会形势发生了重大变化，工作重心逐渐转向大规模的经济建设，"双百"方针的提出，解放了作家的思想，王蒙以青年人特有的胆识开风气之先，遵循现实主义精神，积极直面现实，敏锐而深刻地发现并揭露了生活中与新的历史转折格格不入的消极因素，在题材、主题和人物方面进行了有益的探索和开拓，表现了50年代的浪漫主义精神和理想主义色彩。《组织部新来的青年人》是50年代中期"干预生活"文学思潮的代表作之一。

1958年被划为右派的王蒙下放京郊劳动改造，1962年到北京师范学校任教，1963年远走新疆。经过"故国八千里，风云三十年"的生活，1978年始，王蒙进入了创作的探索喷发期。到80年代中期左右，王蒙在国内先后发表了很多重要作品，如长篇小说《相见时难》，小说集《冬雨》、《冻的湖》、《蝴蝶》、《木箱深处的紫花绸服》、《〈夜的眼〉及其他》、《王蒙中篇小说集》、《妙仙庵剪影》等，此外还有散文集《德美两国纪行》、《桔黄色的梦》等。其中《最宝贵的》、《悠悠寸草心》、《春之声》分别获1978、1979、1980年全国优秀短篇小说奖，《蝴蝶》、《相见时难》分别获全国第一届、第二届优秀中篇小说奖，《访苏心潮》获全国第三届优秀报告文学奖。

这些作品以强烈的时代感及艺术创新精神引起了较大反响。

王蒙对新时期文学的贡献，首推对西方现代派"意识流"手法在小说创作中的借鉴和运用。但王蒙作品中的意识流不同于西方表现主义的那种非理性和下意识的心路内容，而以经验为基础，感觉为先导，重心理情感的社会性和思想性。1979年起继《夜的眼》这部对新时期艺术创新产生巨大影响的作品之后，《布礼》、《春之声》、《风筝飘带》、《蝴蝶》等"集束手榴弹"式的意识流小说以主题隐晦、人物虚化、情节淡化、放射性心理结构、时空倒错、内心独白、幻觉、梦境、大容量的生活信息等特征吸引了大批作家，与几乎同时出现的"朦胧诗"一起突破了传统文学观念，同时还描绘了一幅幅发人深省的"历史反思图"。《蝴蝶》写主人公张思远从小石头到张书记、到张老头再到张副部长之间梦幻般的变化，向读者展现了一部人生忧患史。"他是庄生，梦中化成一只蝴蝶吗？还是他干脆就是一只蝴蝶，还是由于做梦才把自己认作一个庄生呢？"以"庄生梦蝶"的寓言引起对党群关系变化的思考。《布礼》是一篇自传色彩很浓但又非自传体小说的作品。钟亦成的经历与王蒙相似，少年时代就接近革命，在解放城市的斗争中以勇敢赢得追求革命的姑娘的爱情。但解放后，钟亦成被划成右派，历经"十年浩劫"，他在痛苦、迷惘中坚持了对党的忠诚、对理想的执著。《活动变人形》是王蒙的一部相当重要的长篇小说。倪吾诚与他的妻子、岳母、大姨之间明争暗斗，在一个火药味十足的家庭里演出了一幕幕婚变、出走的闹剧。倪吾诚是40年代留学归来的知识分子，曾接受过西方教育，希望能借助西方文化改造自己也改造社会，而一旦触及到中国的现实，陷入家庭的牢笼，他的全部理想和憧憬都被粉碎，终究一事无成，成为灵魂分裂、四处碰壁的畸形人物。这一人物形象是"五四"以来新文学史上又一种知识分子的典型。在东西文化冲撞中，最易于混合和吸收的往往只是文化的浮面，这种文化态势所产生的负面效应造成了倪吾诚式的悲剧，作品由此达到了宏观的文化讽刺高度。另一个人物姜静珍被封建礼教蚕食了灵魂，终日被本能冲动所折磨，但又以变态心理疯狂折磨着别人，她是"自食者"，又是"食人者"。王蒙从对具体社会历史问题的反思进入到对中国文化的反思。他以特有的散漫、洒脱的散文式文体，大段的内心独白和意识流描写，时空跳跃加之变形、荒诞手法的运用与塑造具有高度历史概括力的艺术典型结合起来，大大加强了表现力和感染力。1994 年，《活动变人形》获《当代》杂志长篇小说奖。

1987 年初发表的感觉派荒诞小说《来劲》是保持探索势头的作品，表现了转型期社会精神发生裂变的情形。作者以非逻辑方式展开叙述，对人们熟视无睹、习以为常的客观事物或社会现象的固有形态予以扭曲、夸张，使生活内容"陌生化"、"深奥化"而达到让读者理性思考的目的，但也因此引起争议。1992 年发表并出版的《恋爱的季节》与 40 年前的《青春之歌》（杨沫）有很多共同之处。

作品描写了建国初期北京一群青年团干部的生活和婚恋故事。但作者突破了以往小说的传统，强化了人生的悲剧意识，切入人性深处。起初主人公们当真仿佛生活在一个亲密无间的集体大家庭中（连上厕所都统一行动），随着生活的展开，典型的 50 年代之梦悄无声息地走向破碎，人们之间争风吃醋和争权夺势开始出现，"泛政治化"观念渗透进人们的生活，扭曲了人性。发表于 1994 年的《失态的季节》以一批"右派分子"下放到北京市远郊山村劳动改造为主线，真实表现了那个失态时代的特殊氛围，揭示了处于当时"政治怪圈"两难境地的右派们复杂的思想和精神的失态：由开始的恐惧、迷惘、失落到自嘲、自虐、他虐。与以往同题材的小说有明显区别，基本洗净了那些作品中普遍存在的意识形态因素和拔高人物的理想主义光辉，对"失态"的时代及人类命运、生存之谜进行深入的思考，1994 年获《当代》杂志长篇小说奖。从《夜的眼》、《春之声》、《活动变人形》到《恋爱的季节》、《失态的季节》，王蒙的创作集中反映了知识分子的命运史和心态史。王蒙对于新时期文学的开创性成就远不只"意识流"手法的成功运用所能概括，他的文学探索是全方位的。既有严谨的传统现实主义作品，如《悠悠寸草心》、《说客盈门》及纪实小说《在伊犁》等；也有"荒诞小说"，如《冬天的童话》、《莫须有的故事》等；"哲理小说"，如《坚硬的稀粥》、《黄根数之歌》等。王蒙的小说风格不仅体现在结构随意化，多以心理为结构，而且语言幽默、抒情、调侃，立意富有寓意。《活动变人形》标题就寓意着人的变态之意，以玩具喻人生。从《青春万岁》到《恋爱的季节》，"季节"代替"万岁"不仅减少了豪气又展示季节自身的丰富和不可避免被代替的规律。

张贤亮（1936— ），生于南京，原籍江苏盱眙县，读初中时开始写诗，发表在《中国青年报》、《诗刊》、《星星》上，1955 年中学毕业后任甘肃省委干部学校文化教员，1957 年发表长诗《大风歌》，被错划为右派分子，下放到银川市南梁农场当农工。1976 年 10 月调农场学校当教员，开始重新发表作品，1981 年 4 月调入宁夏文联从事专业创作。主要作品有短篇小说《邢老汉和狗的故事》、《灵与肉》等。其中《灵与肉》获1980 年全国优秀短篇小说奖，《肖尔布拉克》获 1983 年全国优秀短篇小说奖。代表作有中篇小说《绿化树》、《男人的一半是女人》（"《唯物论者的启示录》"系列）和《河的子孙》、《无法苏醒》，以及长篇小说《男人的风格》、《习惯死亡》、《我的菩提树》等。

张贤亮是一个勤于思考的作家，他总是喜欢将自己苦苦思索的人生哲理融会到作品之中。从《灵与肉》开始，作者就试图用唯物主义的观点去解释一个生活中的重大命题——知识分子在与体力劳动者的接触中，以及在他自身的体力劳动过程中所引起的一系列心灵变化究竟给人们带来了什么样的启示。因此，他的作品理性色彩很浓，当然，这个理性色彩是建立在现实主义的感性生活的描写之上的。《灵与肉》发表之后，张贤亮开始引起文坛关注。这部作品明显地带着一种哲理的反思意味。那时，文学尚未完全从"伤痕文学"中挣脱出来，作者就在思考怎样有意识地把这种伤痕中能使人振奋、前进的那一面表现出来的命题。小说描写一个受到二十多年社会冷遇的右派许灵均在灵与肉的磨难中得以精神升华的故事。一面是富豪的生身父亲的诱劝（它是一种金钱美女的享乐主义外力的象征）；一面是患难与共的妻子与乡亲的善良（它是一种富有传统规范的真善美的伦理主义内驱力的召唤），许灵均最后终于坐着马车回到了大西北荒原上的那间用自己灵与肉筑成的小土屋里去了。这是一首歌颂劳动和劳动人民的赞歌，是对中华民族勤劳善良的优秀品质的礼赞；作者要讴歌的正是劳动创造人、劳动人民塑造知识分子优秀品格和真正灵魂的哲理。然而，作者将传统的道德原则和美学渗透于整个作品，把获得劳动人民感情作为知识分子存在的唯一前提，这在某种程度上暴露了作者自觉不自觉地在图解那个年代中某种较为褊狭的改造知识分子的理论。作家把自己的审美理想寄寓在一种褊狭的主题阐释中，有时不免会对社会与生活作一种凝固的描述。可以很清晰地看出，作者在这一审美原则的统摄下创做出了同一主题内涵的许多作品，也同样获得了很大的反响。《绿化树》是描写知识分子章永璘在苦难的肉体磨难中所承受到的灵魂洗涤的心路历程。这部作品引起了争论，争论的焦点在知识分子究竟要受什么样的改造问题上展开。可以看出，作者是虔诚地描绘像马缨花、海喜喜、谢队长这样的劳动者，重塑了章永璘这个"人"的性格。尽管他们有许多缺点，但他们心地是善良的，精神是崇高的，尤其是马缨花，她用一个劳动人民的乳汁，也用一个女性的温情改造了一个心灵卑下的人物，她是章永璘心灵（也是作者心灵）中的维纳斯，是传统美德的对应物和象征体。

作者极其逼真地抒写了"我"心灵历程中的每一次颤动，同时辅以哲理性的诠释，给人一种对苦难神圣化和对农民神圣化的感觉。确实，作者以震动人心的笔触抒写了一个人扬弃旧我的转化过程，并充满着哲理和诗意，但是作者缺乏一种以社会文明进化的当代意识观照人物的态度，使作品在某种程度上受到了囿于抒发一种原始情感的反文化局限。但是我们不能否认《绿化树》所提供的主题是有其社会意义的，对它的争议就说明了作者敏锐的观察力和艺术感觉。

《男人的一半是女人》同样是一部颇有争议的作品，它之所以引起如此巨大的反响，除了作品大胆地（也是第一次在当代严肃文学中）描写了健康的性以外，还由于它为我们提供了一个新的视角：即人创造环境，环境也创造人。人只有在不断创造中获得新生。同样，在《男人的一半是女人》中，作者用"卢梭忏悔录"式的自白阐述了一个精神和肉体都出现"阳痿"的章永璘的内心世界，展现了灵与肉的搏斗，展现了人的潜意识。从这部作品来看，作者似乎对灵与肉的再造不仅仅是停留在过去的审美表达上，也就是说这部作品的章永璘逸出了《灵与肉》中许灵均和《绿化树》中章永璘的性格轨迹，给人一种难以把握的不确定性。作者用性障碍作为作品的本体象征，以达到表述那种不满足于自我被别人（甚至包括真善美的化身）重塑和再造甚至设计制作的主题内涵。

黄香久终究没有成为马缨花式的美的化身，这就说明作者哲学意识的变化与发展，章永璘的离异与反叛正是知识分子主动改造环境，与马缨花抗争的写照，他不再是在肉欲和旧道德之间徘徊的人物，他要寻求自我价值和自由意识。作者喊出了"女人永远得不到她所创造的男人"的强音，正是对自己从前作品的悖逆。作者不仅对左倾路线给人的残害进行了深刻大胆的揭露和抨击，同时将知识分子的创造欲上升到了一个新的主题内涵中。张贤亮的小说在艺术上存在着两个明显的局限：一是袭用了传统小说中"才子落难，佳人搭救"的情节模式；一是往往运用大段哲理性语言来深化主题，造成一种气势，使人警醒。然而由于大段的哲理（甚至大段地引用导师语录）切割了小说画面和人物心理流程的连续性，容易给人一种支离破碎的概念化感觉，尽管作者后来有所觉察，如在《男人的一半是女人》中作者采用了局部的象征主义手法——如与大青马对话，但仍露出斧凿之痕。其艺术上的可取之处在于：其一，作者在描写中糅合了风俗画的描写，使之与环境、人物心理形成一个诗意化的境界，增强了作品的感染力与可读性。如他小说中反复出现的大西北高原风光与风土人情，充满着各种情调和诗意。其二，就是人物心理世界的剖示具有多层次的立体效果，这主要是作者采用了多种艺术手法所致：如旁白（即抒情、议论）、自白（第一人称的叙述）、对白（人物对话），更重要的是作者有深入人的潜意识和性意识层面进行艺术表现的胆识，这不仅丰富了作品的表现技巧，同时开掘了人的心理新层面，给以后的当代中国小说描写提供了新鲜经验。

第九章　现当代文学诗歌流派

第一节　新月派和象征派

新月派

新月诗派是由新月社衍生出来的一个诗歌流派，具体是指1926年以北京《晨报》副刊《诗镌》为主要阵地，以闻一多、徐志摩为核心的一个诗人群。其基本成员还有清华"四子"——朱湘（子沅）、饶孟侃（子离）、孙大雨（子潜）和杨世恩（子惠），以及刘梦苇、于赓虞等。《诗镌》停刊后，徐志摩等又（南下）于1928年3月在上海创办了《新月》月刊、《诗刊》等。除原来的诗人外，又新增了陈梦家、方玮德等南京青年诗人群和卞之琳等北方青年诗人群。陈梦家1931年9月编选《新月诗选》，收18位诗人的诗歌，可以说是新月诗派的一次集中的检阅。不过人们把《晨报·诗镌》时期的新月诗人称为前期新月派，而把《新月》月刊时期的新月诗人称为后期新月派。这不仅是由于主导力量发生了变化，而且他们的艺术探索也发生了嬗变。前期新月诗派的艺术探索主要集中于对新诗格律的倡导和追求，并因此而被称为"格律诗派"（最早源于朱自清 1935 年写作的《中国新文学大系·诗集·序》）。用他们自己的话来说就是要为新诗"构造适当的躯壳"，从而达到对"各种美术的新格式与新音节的发现"。因为他们认为"完美的形体是完美的精神唯一的表现"。闻一多则在《诗的格律》中提出了著名的诗歌"三美"主张（即音乐美，绘画美和建筑美）。从新诗发展的历史轨迹来看，可以说他们的这些探索是对早期自由体诗过度的情感泛滥和形式自由散漫的一种校正，是提高新诗艺术性的一种努力。

在胡适开创了用白话写作诗歌的风气之后，虽然赢得了诗体的大解放，但也模糊了诗歌与散文的界限，特别是丧失了诗歌应有的音韵节奏与形式美，造成自由诗的一大危险。1923 年陆志韦在诗集《渡河》的序言中，便指出了这一弊病，提出"口语的天籁非都有诗的价值，有节奏的天籁才算是诗"的观点。闻一多也在《〈冬夜〉评论》中批评俞平伯代表的新诗"得了平民的精神，而失了诗的艺术"。郭沫若的《女神》以燃烧的激情提高了新诗情感的力度与强度。但是大批追摹之作却陷入了空洞的情感泛滥的"伪浪漫主义"和"感伤主义"之中。而在新月诗人看来，"如果只在情感的旋涡里沉浮着，旋转着，而没有一个具体的境遇以作知觉皈依的凭借，这样的诗，结果不是无病呻吟，便是言之无物了"。因而为了节制这种泛滥感伤的情感，他们便举起了"理性"的旗子。新月派理论家梁实秋鲜明地提出文学的力量不在放纵，而在集中与节制。节制就是以理智驾驭情感，以理性节制想象。闻一多也在《〈女神〉之地方色彩》一文中明确地批评了郭沫若诗只是"自然流露"出来的观点，认为诗是一种选择的艺术。实际上新月诗派对新诗格律的发现和倡导就是要将情感收敛到规范谨严的形式制作之中。当然这并不是要消灭情感，而是通过格律的约束，使情感得以艺术的凝聚与表现。同时他们还寻求抒情的客观化，即改变创造社诗人直抒胸臆的方式而代之以构筑繁丽的具体意象来抒情，甚至把小说、戏剧等叙事文学中的对话、独白、情节因素引入诗中，增强了新诗的叙事性。（"抒情客观化"与"叙事性"可作为两点把握）正是通过以上种种努力，新月派扭转了初期新诗自由散漫的倾向，使新诗开始趋向精炼与集中，在较大程度上提高了新诗的艺术质量，并使新诗的发展进入了一个新的历史阶段。

象征派

就在新月诗派探索格律体诗歌的同时，另一支主要受法国象征主义影响的诗坛异军也在悄悄地崛起。早在 20 世纪 20 年代初期便沉醉于象征派诗歌的留法学生李金发将自己的诗稿寄回国内，出版了《微雨》（1925）等三部诗集后，便在中国新诗的国土上飘洒起一阵朦胧诗的"微雨"。稍后，后期创造社的王独青、穆木天、冯乃超也开始倾向于象征主义诗歌，开始象征派诗歌的倡导与创作。受他们影响开始实验象征主义诗歌写作，或直接取法于法国象征派诗歌的，还有胡也频、姚蓬子、石民、侯汝华、林英强和后来成为"现代诗派"领袖人物的戴望舒等人。一时不自觉地蔚成了一股象征派诗歌探索与实验的风气，被朱自清在《中国新文学大系·诗集·导言》中称之为"象征诗派"。

象征主义诗歌是 19 世纪末期兴起于法国，20 世纪初扩展到欧美各国的一个现代主义诗歌流派，也可以说是开现代主义先河的一个文学流派。他们认为现实世界只是灵魂彼岸世界的反光，诗歌的对象应该是"纯粹观念"的永恒世界。诗人的任

务就是凭直觉来把握探索这个世界，然后以象征的方法，创造
出有物质感的新奇意象来暗示这个世界。因为他们认为外在的
客观物象与人的内心真实之间存在着广泛的感应，自然事物可
以成为人们心灵的"象征森林"。并在这些理论的指导下，推
出了一大批卓越的大诗人马拉美、魏尔伦、兰波、瓦雷里、艾
略特、叶芝等。

象征派诗歌的探索和实验之所以在这时期蔚成风气，有着
深刻的社会历史和艺术的原因。"五四"落潮后，一部分敏感
的时代青年由高亢呐喊而转入了苦闷感伤，诗歌也就在对现实
的失望中走向了对自我内心的挖掘。如饶孟侃所说："差不多现
在写过新诗的人没有一个人没有染着感伤的余味。"这种感伤、
苦闷乃至颓废的情绪正好与象征主义的生发产生了情感的应和。
现代主义文学思潮正是在对现实和理性的深沉失望中兴起的。
同时这些敏感的文学青年又对当时诗坛盛行的胡适式说白模式
和郭沫若式叫喊模式不满，如穆木天在《谭诗——寄沫若的一
封信》中便直率地批评胡适是中国新诗运动的最大的罪人，他
的作诗如作文的理论给散文的思想穿上韵文的衣裳，结果产生
了如"红的花/黄的花/多么好看呀/怪可爱的"一类不伦不类
的东西。杜衡也在《〈望舒草〉序》中记叙戴望舒、施蛰存和
他在 1922 年至 1924 年写诗的情况说："当时通行着一种自我表
现的说法，做诗通行狂叫，通行直说，以坦白奔放为标榜。我
们对于这种倾向私心里反叛着。"所以象征派诗的实验与探索同
新月派一样，也起源于对早期白话新诗直白与狂叫的反动。只
是他们并不去制作一个精致的形式来规范泛滥的情感，而是从
根本上就反对这种直白的情感，而追求在吞吞吐吐中，或者说
在"表现自己与隐藏自己之间"来"泄漏隐秘的灵魂"，追求
一种"像梦一般地朦胧"的艺术境界。因而在异域象征主义诗

歌的启迪下，开始了幽深、朦胧而又新奇的象征派诗歌的艺术探索。

象征派诗歌的理论倡导主要体现在穆木天等所倡导的"纯诗"观念中。穆木天在日本留学期间边倾向于法国象征主义诗歌。在《谭诗——寄沫若的一封信》（1926）明确地指责胡适直白诗的弊误，认为"诗不是说明的，诗是表现的"，"诗的世界是潜在意识的世界。诗是要有大的暗示能。……诗是要暗示出人的内生命的深秘。"这就比较集中地介绍了象征主义诗歌的理论。同时进一步提出要创作"纯诗"（原是法国象征注意诗人瓦雷里所提出的一个诗歌概念，意指排除了散文杂质的纯表现的诗歌艺术）便必须"用诗的思考法去想，用诗的文章构成法去表现"。"诗是要暗示的，诗最忌说明的。说明是散文世界里的东西。诗的背后要有大的哲学，但诗不能说明哲学。"

由法国留学归来的王独清也在《再谭诗——寄给木天、伯奇》一文中加以呼应。——这就从诗歌的本体论（内生命）到具体的表现法（暗示/象征）都对传统诗歌加以了大胆的反叛，提出了一种新的美学原则。

第二节　现代派和七月诗派

现代派

现代派文学是 19 世纪 80 年代出现的、20 世纪 20 年代至 70 年代在欧美繁荣的、遍及全球的众多文学流派的总称。它包括表现主义、意识流小说、荒诞派戏剧、魔幻现实主义等流派。

现代派文学经历了近一个世纪的变化，流派纷呈，作家的政治、思想倾向也很不一致，但就其共性来说，有如下几点：一是各流派都强调要表现"现代意识"，其中心就是危机感和荒谬感。因此，现代派文学的共同主题是表现现代人的困惑，反映了西方资本主义世界的全面危机。二是现代派文学对垄断资本主义社会中人与社会、人与自然、人与人、人与自我四种基本关系的尖锐对立作了深刻的反映，表现了异化这一主题。三是现代派文学是西方现代知识分子精神危机的自我表现，它深受唯心主义和非理性主义思潮的影响，具有虚无主义、神秘主义和悲观主义、个人主义的色彩。

现代派文学的艺术特征是：

象征性。现代派作品为探求人物的内心真实，着重表现难以直接描述的复杂多变的内心活动，借助意象，用暗喻、烘托、渲染等手法，把思想还原为知觉，使抽象的思想外化。

荒诞性。现代派作家通过非理性的极度夸张的形式，将现实与非现实糅合在一起，寓严肃于荒诞。以战后的计算机工业为标志的"第四次工业革命"把社会结构改组成一个庞大精密的机器，人成了由机器控制的动物。科学对世界和人的统治比过去任何时代都要残酷无情，人再也没有主体性可言。科学对人的压抑使人在生理和心理上都产生分裂，而"荒诞本质上是一种分裂"，当代人由于科学的异化而产生对世界和人的荒诞体验。荒诞形象具有一种特殊的概括力。

意识流。现代派作家热衷于挖掘人的潜意识，大量采用"内心独白"、"自由联想"的手法，表现人物意识"自然"流动状态，力求开掘人物心理的复杂性，扩大心理描写的范围，意识流技巧的目的是要深入人的精神活动，表现那种纷乱飘忽的思绪和感触，这种思绪和感触还没有经过严密的整理和组织，常常显得松散零乱，缺乏条理，不合逻辑。

意义的不确定性。由于该时期文学关注的社会准则问题长期陷入混乱，他们感到世界的意识只是部分的、暂时的、甚至是矛盾的，而且总会有争议，这样的社会已不适宜于明确的定义，因而该时期文学更侧重于探究那种混乱的多重复合意义。在艺术表现上他们常采用事实与虚构交织的拼凑、自相矛盾、不连续性、模糊性等方法来表现这个复杂多变、难以捉摸的世界。

以上为现代派文学的总体特点。具体到每一个流派，又有其自己的特点。

七月诗派

七月诗派是抗日战争时期和解放战争时期国统区重要的现实主义诗歌流派。七月诗派崛起于抗战烽火之中，跨越了抗日战争与解放战争两个历史阶段，是这一时期坚持时间最长、影响广大的文学流派。

七月诗派是 20 世纪三四十年代，围绕着胡风主编的《七月》、《希望》杂志的一批诗人与作家，如绿原、阿垅、曾卓、牛汉等，形成了一个贯穿抗日战争和解放战争时期最重要的现实主义诗歌流派，被称为"七月诗派。"

七月诗派以艾青、田间为先驱诗人，在胡风的理论引导和组织下，聚集了一大批诗歌写作的"初来者"，因《七月》杂志而得名。《希望》、《诗垦地》、《诗创作》、《泥土》、《呼吸》等刊物也是他们重要的"半同人杂志"和发表园地。这些青年诗人人数众多、散落各地，其骨干成员有阿垅、绿原、鲁藜、冀汸、芦甸、牛汉、曾卓、邹荻帆、彭燕郊、孙钿、方然、杜谷等，他们的诗作大多先后收集在胡风主编的《七月诗丛》第一、二集和《七月新丛》、《七月文丛》的诗集中。

　　七月诗派经过一个深化发展，不断壮大的过程，大致可以划分为三个前后相连的阶段。从 1937 年 9 月至 1941 年 9 月是第一阶段，以《七月》的创办和终刊为时间标志。七月诗人与全民族同仇敌忾，着重抒发了渴望战斗的激情和目睹祖国、人民惨遭蹂躏的悲愤，昂扬有余而沉潜不足。从皖南事变后到 1945 年初《希望》创刊为第二阶段，此时期国统区作家处境极为艰难，七月诗人主要在桂林、重庆的《半月文艺》、《诗创作》、《诗垦地》等刊物上发表作品，胡风也积极组织出版丛书。在困难的条件下，七月诗派对诗艺作了更多方面的探索。1945 年 1 月《希望》创刊，七月诗派开始了第三阶段，《希望》于 1946 年 10 月停刊后，成都的《蚂蚁小集》、《呼吸》、《荒鸡子集》成为诗派重要的外围刊物。在政治低压下，这时期的作品从歌颂、希望为主转换为讽刺与揭露。该派诗艺风格在不同时期虽有发展变化，但基本创作倾向始终一贯，坚持诗与人民结合，立足时代现实，创作富于历史感、责任感和力之美的作品。

　　以抗战为背景，描述民族的历史灾难，抒发爱国激情进而表现广大人民顽强不屈的意志成为七月诗派创作的重要内容。胡风《为祖国而歌》写于 1937 年 8 月，诗先刻画"在黑暗中/在重压下/在侮辱中/苦痛着/呻吟着/挣扎着/是我底祖国/是我底受难的祖国！"接着表示为了祖国的明天，不惜用"热泪"与"活血"来尽情歌唱，深情激越而沉郁悲壮。

　　七月诗派在诗体形式上是自由体坚定而成功的实践者，他们钟情于诗的无拘无束；在语言运用上，他们偏爱口语的鲜活、质朴、明朗、丰富，追求诗歌语言的散文美；在美学风格上，他们崇尚"力之美"，一展阳刚之气，成为 20 世纪 40 年代诗坛最富英雄气概、理想精神、浪漫色彩和力量之美的现实主义流派。

第三节　中国新诗派

中国新诗是指在 20 世纪 40 年代中后期在上海出版的《诗创造》和《中国新诗》等刊物上发表作品而逐渐形成的现代主义诗歌流派，代表诗人有穆旦、杜运燮、辛笛、王佐良、唐祈、陈敬容、郑敏、杭约赫、袁可嘉、金克木、马逢华、李白凤、李瑛等。

在中国新诗派诗人中，辛笛、穆旦、唐祈等 30 年代就开始写诗，而其他诗人如杜运燮、陈敬容、郑敏、杭约赫、袁可嘉等基本上都是在 40 年代中期才开始他们的诗歌创作生涯。

在中国新诗派的作品注重诗歌作品的现实意义和文学价值，他们在新诗写作中追求现实与艺术、感性与理性之间的平衡美。

19 世纪末，在维新运动的直接促助下，就出现了突破传统的观念和形式，以适应社会改良与变革要求的尝试，其中包括提出"我手写我口，古岂能拘牵"的新诗派，让诗歌"适用于今，通行于俗"的"诗界革命"。虽然由于历史条件尚未成熟，这由社会变革的热情扇起的文学革新的尝试，只开出过眩目的花，未结出实在的果，然而其文学因时而变的信念和关注社会变革的使命感，其向传统文学观念与手法挑战的激进的精神，都为后起的文学革命所直接传承。"五四"文学革命在创作实践上是以新诗的创作为突破口，而新诗运动则从诗形式上的解放入手。——这正是总结了晚清文学改良运动与诗界革命的历史经验，做出的战略选择。

梁启超在设想"诗界革命"时，提出：要有"新意境"，

"新语句"与"古风格";但在实际操作中,他却把"诗界革命"的目标改为"以旧风格含新意境","虽间杂一二新名词,亦不为病",却拒绝引入"新语句",对传统格律与语法进行任何变革。以胡适为代表的"五四"新诗运动正是选择了梁启超后退之处,作为理论出发点与进攻方向。胡适在纲领性的《谈新诗》里明确提出自己的主张。并概括为"作诗如作文",包括两个方面的要求:一是打破诗的格律,换以"自然的音节";二是以白话写诗。胡适们"作诗如作文"的主张背后,蕴含着时代所要求的诗歌观念的深刻变化。他们在提倡"诗体的解放"的同时,还提出了"诗的经验主义",其核心就是他所说的"言之有物",也即"有我"与"有人"。

在发展初期,新诗主要发表在《新青年》、《新潮》、《觉悟》等"五四"新文化运动的重要阵地上;第一批白话诗人如胡适、刘半农、周作人、俞平伯、康白情都是新文化运动的骨干,连李大钊、陈独秀、鲁迅也都写过新诗,这都说明了新诗与"五四"思想革命的密切联系。

在集体的努力中,早期白话诗逐渐形成了自己的特色,实际也是中国现代新诗的最初形态。胡适说过"诗必须要用具体的做法,不可用抽象的说法"是这一时期诗人在艺术上的共同追求。所谓"具体的做法",一是"白描",二是"比喻"、"象征"。这样,早期白话诗就自然分为两类。一是用白描的手法如实摹写具体生活场景或自然场景,显示出客观写实的倾向。另一类则是通过托物寄兴,表现诗人对社会人生的感悟与思索,这是中国传统诗歌中并不多见的。

在新诗的形式上,早期白话诗主要表现出散文化的倾向;而另一些早期诗人则热衷于向民间歌谣传统的吸收与借鉴。这对传统诗歌的人文化、贵族化倾向的反驳,与"五四"文化的

"平民化"的思潮是相一致的：这样的努力也是开拓了新诗的一个方面的传统。

造新诗的试验，从一开始就遭到了仍占主导地位的诗词传统与读者中的习惯势力的压迫与抵制，早在白话诗人俞平伯就谈到"从新诗出世以来，就我个人所听见的和朋友所听见的社会各方面的批评，大约表示同感的人少怀疑的人多"。但新诗仍然在"四面八方的反对声中"站住了脚跟：从1918年《新青年》发表新诗，到1920年胡适的《尝试集》出版，"新诗的讨论时期，渐渐的过去了"。

1921年，当新诗基本上站住了脚跟，又面临着新的内部危机与新的突破的内在要求。周作人在《新诗》一文中，指出"现在的新诗坛"的"消沉"现象后，又恳切地提出"诗的改造，到现在实在只能说到了一半，语体诗的真正长处，还不曾有人将他完全地表示出来，因此根基并不十分稳固"，他的结论是"革新的人非有十分坚持的力，不能到底胜利"。这一关系到新诗发展前途的战略性任务，得到了一批青年诗人的响应。他们不约而同地选择了早期白话诗当作批评的目标。如果说胡适一代新诗的创建者对旧诗的批判是一次整体性的摧毁，这一次艺术的反叛，却是对新诗的内部进行结构性的调整，中国新诗也从此走上了一条通过自身的艺术否定向前发展的道路。

无论是"纯诗"概念，还是"沟通"理想的提出，都只是一种理论的提倡——理论倡导在先，创作实践在后，这正是中国新诗发展的一个特点。因此，在新诗发展史上，早期象征派的理论价值是超过了其创作实践的。但早期象征派诗人的试验仍然为新诗艺术提供了新的东西。同时期的小说家、散文家也在试验采用文言词语以增加文章的"涩味"，与李金发等在新诗语言上的努力表现了同一趋向。李金发之外的早期象征派的艺术讨论也各有得失。穆木天的《旅心》为了增加诗的朦胧性与暗示性，做了废除诗的标点的试验，并采用叠字、叠句式回环复沓的办法来强化诗的律动；冯乃超的《红纱灯》加强了诗的色彩感，王独清的《圣母像前》有更多的异域情调与病态感情的渲染，虽没有李金发那样艰涩，格局都太小，感情世界也过于狭窄：象征派诗歌的发展也要经历一个逐渐成熟的过程。

随着中国共产党的发展与斗争形式的发展，党在理论上明确提出：新诗必须自觉充当无产阶级领导下的民主革命的"工具"的号召。无产阶级诗歌把"五四"新诗"平民化"的趋向发展到极端，纳入了无产阶级革命的轨道。和早期象征派的"内倾于诗人感觉世界"不同，它强调直接从外部世界，即大时代里的人民革命斗争中吸取诗情。无产阶级诗学的一个重要方面是强调诗歌必须向读者提供理想，注重于理性理想的灌输，无产阶级诗歌必然加重议论成分，感情的抒发更加直露，想象也趋于平实：这些方面又是与早期白话诗相通的。

新诗诞生与发展的第一个十年，就这样在继承与发展、批判与肯定中度过了。

第四节 蓝星诗群

蓝星诗群一般指蓝星诗社。蓝星诗社是余光中等人于1954年成立的当代诗歌文学团体，并逐渐形成了蓝星诗群诗歌流派。蓝星诗群诗歌流派的代表诗人有余光中、覃子豪、钟鼎文、罗门、蓉子、夐虹等。

蓝星诗社是当代诗团体，原称新闻周刊社，成立于1951年9月，由覃子豪、钟鼎文、葛贤宁三人创立，覃子豪任主编，以《自立晚报》副刊为阵地，每周出版新诗一期。1954 年冬，阵地由《自立晚报》移到《公论报》副刊，同时更名为《蓝星》。此三人受了纪弦的刺激，组成蓝星诗社，仍由覃子豪主持编务。后余光中、钟鼎文、夏菁、邓禹平等的陆续加入使阵容进一步扩大，与创世纪、现代诗社形成鼎足之势。除了创办人以外，另有周梦蝶、叶珊、向明、夐虹、黄用、张健、方莘、吴宏一等人。

1951 年，《蓝星诗选》出版。面对纪弦标举的六大信条，覃子豪于《蓝星诗选狮子星座号》发表《新诗向何处去》，后收入《覃子豪全集》。他认为风格是自我创造的完成，希望中国新诗能重视自己民族的气质性格、精神等特性，并具有时代精神，而不该一味以西洋为楷模，缺乏自己的风格。

《蓝星》于 1953 年 6 月创刊，次年 3 月，由覃子豪、钟鼎文、邓禹平、夏菁、余光中等发起成立"蓝星"诗社。1954 年 6 月，"蓝星"社将《新诗周刊》移于《公论报》，改名《蓝星周刊》，此后又出《蓝星诗选》（季刊），最早由覃子豪主编；同时又有夏菁、余光中、罗门轮流主编的《蓝星诗页》（月刊）。蓝星诗社成员还出版过"蓝星诗丛"、"蓝星丛书"，先后印行三四十种诗集。由于这些诗人的创作风格和诗观有差异，刊物也就显得异彩纷呈，"蓝星"诗社有一批出类拔萃的诗人，经常为之撰稿的成员除上述诗人外，还有吴望尧、梁云坡、郑愁予、黄用、周梦蝶、向明、张健、林泠、阮囊、季江、蓉子、叶泥、旷中玉、王宪阳等。到 1963 年覃子豪去世，许多成员或旅美，或封笔，罗门编完最后一本《蓝星一九六四》诗选后，该组织宣告解散。

蓝星诗社出版了《蓝星诗刊》、《蓝星诗页》、《蓝星年刊》等诗刊杂志，蓝星诗群的诗人以发展个性提倡乡土文化等为写作宗旨，以诗歌来体现出生活态度和面对现实的艺术价值观念。

蓝星诗社崇尚创作真纯的自由诗，强调个性张扬和民族精神，艺术取向注重平稳。

"蓝星"是一个具有沙龙精神的现代派诗社，它与"现代派"相抗衡。虽没有固定的理论和绝对的信条，也没有现代派那么激进前卫的创作主张，但他们的基本倾向是标榜创作纯粹的自由诗。他们反对"横的移植"的过分强调，力主诗要"注视人生"，"重视实质"，强调个性和民族精神，认为风格是诗人自我创造的完成，覃子豪强调，"自我创造"是民族的气质、性格、精神等等在作品中无形的表露。"蓝星"社诗人的作品大都既接受西方技巧，有现代气息，又尊重传统，其艺术取向也较为稳健、持重。

"蓝星"社的创作园地也很开放，能包容多元的风格和主义，这是其较温和的一面，它使"蓝星"在新诗西化风潮中对"现代派"和后来的"创世纪派"起了重要的制衡作用。

20世纪60年代，在全盘西化和西方现代主义思潮的影响下，现代主义文学成长壮大，成为中国台湾地区文坛的主流。诗歌方面，以纪弦为代表的"现代诗社"、以覃子豪为代表的"蓝星诗社"和以痖弦为代表的"创世纪诗社"，成为现代主义诗歌创作的主力军。

现代主义文学的兴起是对"反共文学"的一种彻底否定。在创作上，它精雕细刻，十分注重作品的艺术性，对中国台湾地区文学的整体提升，起了不可忽视的作用。但现代主义文学又有其弊端，尤其是诗歌，提倡全盘西化，否定中国传统文化，极端形式主义和晦涩难懂的文字，也引起了人们的强烈批判。

同时，蓝星诗社揭示了新诗发展的新方向。

蓝星诗社对中国台湾地区新诗的发展做出了重要的贡献，

对推动现代诗发展发挥了重要的作用。同时蓝星诗社的创立人之一覃子豪也被誉为"诗的播种者"和"蓝星的象征"。

第五节 政治抒情诗和朦胧诗群

政治抒情诗

政治抒情诗是十七年诗歌的主要诗体样式。在这种诗体中，诗人以"阶级"或"人民"的代言人身份，表达对当代重要政治事件、思潮的评说与情感反应。在诗体形态上，是强烈的革命情感宣泄和政论式的观念叙说的结合，即"实际上是抽象的思想、抽象的概念，但用了形象化的语言来表达。"这种诗体，通常采用大量的排比句式加以铺陈。代表诗人：郭小川、贺敬之。

用于歌咏重大政治题材的抒情诗。包括街头诗、传单诗、枪杆诗等。它往往通过一个插曲，来强烈地触及时事，展示社会生活，深入开掘其中的历史内容和思想意义，把生活中人们普遍关心的问题，上升到一个充满诗情和哲理的艺术境界，比一般抒情诗更概括、更集中，具有强烈的激情，鲜明的政治色彩，抒情于理，抒情性和政治性融为一体。格调高昂，气势奔放，音节响亮。通常使用长句、错落的短句或阶梯式的句子。

在"十七年"文学时期，郭小川和贺敬之是当时最重要的政治抒情诗人。

"政治抒情诗"作为一种诗歌形态，有着深厚的历史渊源，与"文以载道"的文学观念和中国文人的济世情怀密切相关。作为一种显著的当代诗歌创作现象，又有着独特的表现，是当代社会政治生活的艺术反映。可以说，文学与政治的结合是一种必然，它们不可能分离，也无法分离。但是当诗歌创作过于追求社会效应、政治效应，远离心灵感应和精神震撼时，其艺术生命力就会受到影响，当代"政治抒情诗"创作就表现出了这样的遗憾。

政治抒情诗作为一种有明确思想和艺术规范的"诗体"，正式提出于上世纪 50 年代末 60 年代初。但是从广义上理解，从政治层面来关注社会生活、展现具体的政治事件、透过生活的侧面来表现社会普遍的政治情绪的诗都可归入政治抒情诗的范畴。因此，政治抒情诗往上可以延伸到 30 年代的普罗诗歌、抗战时期的鼓动性诗歌以及抗战胜利后国统区的政治讽刺诗，这些诗由于其对社会政治生活的积极参与和当代政治抒情诗之间存在着延伸和转折的关系，并且在事实上成为当代政治抒情诗的一个艺术渊源。

朦胧诗群

朦胧诗群是指"文化大革命"后期崛起直到 80 年代中期的那些诗人群。他们中间的代表人物是黄翔、食指（郭路生）、芒克、北岛、江河、多多、杨炼、顾城、严力、舒婷等。这是在历史断裂后的文化荒漠和失血、失语的诗歌土壤上成长起来的一个群体，沉重的历史重负、深重的民族灾难、日益枯竭的汉语诗境及诗人的生命感受力，还有对黑暗历史和专制文化的怀疑及憎恶，迫使他们成为"迷惘的一代"人中"思索的一群"。建国后突然断裂的诗歌传统，在他们身上得以复苏。当文革结束，国门打开，这群诗人受到中国台湾地区诗歌及西方纷繁复杂的现代主义文化思潮、文学流派广泛而持久的影响（本世纪滥觞于整个西方文学界的象征主义、表现主义、超现实主义、达达主义、立体主义、意象主义、魔幻现实主义、唯美主义、存在主义、形式主义、新浪漫主义、荒诞主义、未来主义、后现代主义等等）。的确，他们的诗歌为僵死而沉闷的汉语诗歌带来了强烈而持久的冲击，但也应认识到，他们的思考还仅仅局限于现象与表层上面，他们与前辈（第一代诗群）相比只是具有量上的区别而并未形成本质意义上的超越。这场新的文学运动（或文化思潮）给汉语诗歌带来的变革，与其说是体现在用诗歌所建构的宏大而深刻的精神内涵上，不如说是更多地体现在第二代诗群对西方现代主义诗歌表现手法的进一步吸纳、借鉴、运用上面。那些无视诗歌精神性而盲目地注重诗歌现象，并为之迷惑的诗歌理论家们赶忙轻率地将之称为——朦胧诗。（这种诗歌现象学意义而非诗歌本质特征意义上的命名，如此肤浅然而却几乎作为一种权威的定论，一直广泛地被传播和沿用，并且，它无言地消解着和拒绝了真正学术性的研究，这难道不是诗歌理论的"失语"吗？）

新的诗歌技巧带来了新的美学风格，丰富了诗歌的艺术表现力。我至今仍然记得当年这些建立在"个体言说"和"集体言说"语境中的个人（民族）英雄主义的诗歌为当代诗坛带来的巨大震撼！那真是一个激动人心的年代，诗歌的荒原状态和文化的真空时代似乎被彻底摧毁了。人的尊严、生命的意义、个体生命的价值似乎得到了承认和体现，悠久而深厚的文化传统似乎得到了复苏和延续一个时代的沉默，正义、良心通过北岛们那混合着西西弗斯精神与夸父情结的愤怒的英雄主义和声对一个时而麻木、时而疯狂、时而沉默、时而喧嚣、时而柔弱、时而暴虐的古老民族进行了初次的启蒙和精神洗礼。这一代诗人的诗歌精神，即诗歌的精神价值取向，主要体现在两个方面：一是在特定的历史境遇中对作为个体的人的非人处境、民族与个人的命运、遭遇、内心的苦难历程以及良心、正义等"集体性语境"进行了多向度的体验和深刻反思,如黄翔、食指、北岛、多多、芒克等诗人的诗歌中一再强化的对整个价值体系的怀疑,对真理、正义、良心、道德及美的价值的追求、恐惧,对人生及个人命运、民族命运的沉思,对生命价值的肯定;二是在这些诗人作品里所透射出来的对一个荒谬的时代及一种专制制度的批判的勇气。如北岛的《回答》、《结局或开始——致遇罗克》、《一切》;江河的《星星变奏曲》、《让我们一起走吧》;食指的《愤怒》、《疯狗》、《命运》、《归宿》等;顾城的《一代人》;舒婷的《这也是一切》;骆耕野的《不满》;等等。遗憾的是在整个"朦胧诗"的后期,许多具有怀疑精神和批判意识的诗人纷纷转向于一种虚幻的"寻根诗歌"及"民族史诗"的写作,如杨炼的《诺日朗》、《大雁塔》、《自在者说》、《与死亡对称》等等。这些趋向于对中国传统文化和历史认同的诗歌,从很大程度上损害了第二代诗群思考和批判的光芒。

第六节　神性写作和他们诗群

神性写作作为诗歌写作概念由亚伯拉罕·蝼冢于2003年初正式提出,提出之时,在网络上公布了自己的论文《神性写作》(2002—2003),以及开展了第一届中国神性写作者作品展(2003年8月)。

自"神性"一词在汉语中被擦亮以来,风行水上,九译来尊,非神性写作之功耳,实乃当日之时,因缘际会,吾国传统精神之复苏渴求甚久而自然。神性所原所本,皆不外吾华道统。唯有在殖民过甚,断代骤深之际,吾人遂不得已以哲学之方式重申吾人诗学，邃深其旨。盖神性写作年谱实乃当下"神性写作"一词的传播简史，而非神性通谱；神性不以流派居之，亦不独为神性写作所自居；神性者，大道自然、追本索元之赅指也。神性一词擦亮之本意何谓？文何以载道也。自宋明诸子以还，性、理、命、道已将个体和宇宙之本客体导通，新一期发展亦有重开内圣外王，视野广安，化儒释道伊耶于一炉，遂能使吾国诗学连绵不绝，复归正统耳。而今亦有所谓"第三极神性写作"者，实乃淆乱视听之跳神耳，劳而无功，往而不反，悲乎其人，蠢蠢外戚也。故置谱自备，徵诸网际，逐年检索，青蓝之变，朱紫虏目，骸形自辩焉。

"先知言说的全然中断，乃是在一九八九年春夏。"（朱大可《先知之门》）作为一种重建本土诗歌精神和崇高感的写作，先知言说不仅仅指海子－骆一禾一脉，而是一种类似于此的具有历史语境写作的总纲。这一年，肉体，心灵，土地都处在陷落和飘摇之中。诗人和自由知识分子遭到击落。这之后的差不多十年时间都在回旋、祭祀、礼魂。四九年是一个限度，八九年又是另一个限度。现代诗歌的最初三十年是筑基阶段，这一阶段的诗人有一个共通的特点：西学背景，他们的写作主要任务也是向西方学习；四九之后，现代诗歌的脉象偏移至中国台湾地区和海外，只有一个例外——昌耀；七九至八九是现代汉语诗歌的回潮，递进，还不能说是黄金时代，因为于现代汉语诗歌写作的成熟还遥遥无期。朦胧诗之后，现代诗歌主要的诗学精神三分天下。他们也经过了最初的觉悟，塑形，甚至变质。

就新诗而言，八十年代的写作是一个无法绕行的年代，这是重新登上诗歌正轨的再次起步。朦胧诗在当时的语境下，必然以异端的面目出现，所以它一出生就是异端，就是以对抗为使命的。朦胧诗的"异端"不是语言，而是诗人乌托邦与意识形态之间的必然对抗，这与早期白话文诗歌的建设主旨有历史性差异，那时的写作更大的力气要用在形式感建设上，换而言之，是诗歌的内部对抗，是新诗与古典诗歌的对抗，外在的对抗处于次要地位。四九之后，新诗——从纯粹艺术而言，已经退场，或被压抑（毛泽东说，要我读新诗，除非给三百大洋）。直到朦胧诗的出场，对国家语文和党性哲学才进行了反拨。从这里开始，对抗开始由内转向外，变成自由精神与意识形态的对决——"边缘话语向中心话语的挑战"。"朦胧诗的诗人们并非单纯模仿西方现代派诗歌。""朦胧诗人们的作法是对已经成为中心的语言和文体的反叛。他们寻找一种现代汉语和古代汉语的衔接，他们强调的东西实际上正是中国古典诗歌里的东西。"（《今天》1990 年第二期《海外中国作家讨论会纪要》）总结起来就是"反抗语言的暴政"，反抗毛语体。大陆的政治现实，也必然预示者这种对抗的继续。当初由《今天》和他团结的一批写手为主；《今天》之后，第三代诗人对诗歌进行了更深广的探索。而对抗主题一直是其中最雄厚的一脉，不管打着什么旗帜，何种主义，写那种形式的文字，对抗是主要的，压倒一切的。区别在于锋芒的指向，是向历史的深处，还是与意识形态肉搏。正是这种无法稀释掉的对抗，这一时期的大陆诗歌比中国台湾地区诗歌显得更为厚重、血气，精神深度也漫遥得多。

当然，这种对抗需要区分，他们绝非以单一的面目出现。直接在类似《今天》的对抗主题上深入的是《非非》。他打着后现代的旗帜以艺术的名义进行自我掩护，反价值，反文化，反崇高，釜底抽薪。他要解构的不是类似西方的逻辑的暴政，而是意识形态的暴政。周伦佑的"自由方块"、"遁词"、"象形虎"等无一不是如此。他从语言的暴政和意识形态的暴政重叠处下手，对语言进行拆卸，肢解，揶揄，嘲弄。罗蒂说，后现代文化必然是"语言感","非非"肢解的就是这种语言即生活的文化感。早期的非非针对的是意识形态，后非非时代明确地指向了体制。这是《今天》无法做到的，历史不是没有给《今天》的作者们机会，他们太迷恋"流亡"的感觉，而非非做到了。周伦佑说，"朦胧诗处在单一象征中写作"。（周伦佑《亵渎中的第三朵语言花：后现代主义诗歌》序言 1994.11，敦煌文艺）显然，他很明白，发展这种单一象征的必要性，也就是说，它们之间无可避免的连贯性、继承性、启示性。

另一条道路是由杨炼，海子－骆一禾，欧阳江河，廖亦武，以及整体主义等来推动的。无论是新传统主义还是寻根史诗写作和整体主义的命名，他们最深刻的作品是对古典文化、本土哲学的缅怀成就的。四九之后的断层众所周知，他们承担的是诗人直觉意义上的文化感、大使命。这些诗人都可以单个的成为诗歌史上的面孔。但是八九年，成为他们共同的命运。也就是说，从这以后，他们的写作发生了实质意义上的变化。对此有深刻反省的是欧阳江河，"浩然无告"——一度形成失语，漫散，重复，成为永远的冥渡——"许多作品失效了"。诗歌的写作对象，阅读对象，书写语境，策略，都发生了质的变化。《1989 年后国内诗歌写作：本土气质、中年特征与知识分子身份》这篇文章写于 1993 年，他做出这种反应比杨远宏《重建诗歌精神》晚一些，比流亡在外的《今天》也晚一些，但这篇文章旁征博引后现代思潮的利奥塔德、哈贝马斯、福柯、罗兰·巴特，现象学中梅洛——庞蒂，以及美国新批判、汉学、诗学、语言学诸领域的观点，雄辩地指出了国内诗人的处境，尤其是由边缘话语的诗人向边缘话语的知识分子的转型，这是一份报告，也可以说很大程度上成为对第三代诗人需要转型的那些诗人的一份告白："诗歌中的知识分子精神总是与具有怀疑特征的个人写作连在一起的，它所采取的是典型的自由派立场，但它并不提供具体的生活观点和价值尺度，而是倾向于在修辞与现实之间表现一种品质，一种毫不妥协的珍贵品质。我们所理解的知识分子写作具有两重性，……一方面，它把写作看作偏离终极事物和笼统的真理、返回具体的和相对的知识的过程，因为笼统的真理是以一种被置于中心话语地位的方式设想出来的；另一方面，它又保留对任何形式的真理的终生热爱。这是典型的知识分子诗歌写作。"这不同于非非，非非一直试图推进对抗主题，最终走向反体制——红色写作。但是，从周伦佑的写作中可以看到，他从最早的"三反"，已经走到了它的反面建构。陈仲义也意识到了非非的这种"变构"："周伦佑先是刮起'匪夷所思'的非非主义飓风，让人陷入'还原'迷宫，继而点燃'红色写作'火焰，高扬体制外写作旗号。经过实践调整，最后走向'拒绝后现代，走向本土，介入当下'的归宿。用简单的术语概括周伦佑的体系——'变构说'，是最恰当不过了。变，充满颠覆、消解；构，意味建设、整合。前者集中体现在"反价值"论上，后者体现在"红色写作"中。"（《个案抽样：当代诗学前沿的钻探——兼与吕进先生商榷》）变构的实质意义在于表明非非的对抗策略也在升级。知识分子那种务实的态度被非非讥为犬儒主义也理所当然。实际上，他们所忠于的是"自由派立场"，他们的写作析离之后，仍然主体独立，但颇为游离，精气涣散。对抗的一面表明上削弱了，而实则有转移"话语牧场"的策略暗藏其中，哈维尔的总统之路成为国内许多自由知识分子的精神慰藉。欧阳江河将海子和骆一禾，乡村知识分子写作，政治波普写作，纯诗写作等等统统纳入"失效"范畴——"我不是说它们不好，就作品本身而言，它们中的某些作品相当不错，但它们对当前写作不再是有效的，它们成了历史。在这种情境中，我们既可以说写作的乌托邦时代已经结束，也可以说它

刚刚开始。"（《1989 年后国内诗歌写作》）他说的开始是另一个
开始，即具有本土气质、中年特征与知识分子身份的写作的开
始，而不是基于生命冲动和对绝对价值理念、终极关怀的写作。

二十年过去了，事实表明，这种转型后的知识分子写作，在
很大程度上已经陨落。欧阳江河清晰的意识到海子－骆一禾式的
写作难度，以生命而不是以死亡意识为继的写作之"难以为继"。
海子的写作是灵魂的内在风景，也是"阿尔的哥哥"的画，树是
火焰形式的赫拉克里特流动的沉思，是更加纯粹的原始天赋和生
命冲动。它的诗学论纲中将所有的写作都当作诗写的隐喻而被提
及。他身上透射出象征原则或泛神思想：世界是我的表象或肉
身。自郭沫若之后，海子在这条道路上走得最远。

整体主义的夭折不同于海子－骆一禾，他们是诗歌写作寿命
的夭折，而不是生命意义上的夭折。客观的说，整体主义虽然短
命，但它的诗学精神对后来的神性写作影响却具有实质性意义。
二宋的本土文化立场（与海子－骆一禾等其他西化的指认不同，
二宋的语言的自觉是罕见的，他〔复数〕说的是"山水"意志，
而非"神山"、"河流"这样的词汇，他说的是"早课"，绝非
"晚祷"这样的教堂语）和杨远宏的基督教诗歌神学意义上的诗
歌精神建设和海子－骆一禾的先知诗歌运动道路并驾齐驱。

另一条对抗的路线是他们诗群，以于坚和韩东、杨黎为代
表。他们对抗现实意识形态，但主要成就在于对抗已有的诗学精
神，把朦胧诗以来的写作当作意识形态本身的附加话语体系加以
对抗。在形式上呈现为"自然主义文本"风格，拒绝捕捉深层次
的自我，拒绝宇宙意识，"务实"而不"务虚"，以罗伯格里耶为
代表的新小说主张和维特根斯坦等为美学鼻祖，相对而言，这一
支流是最微弱的，他致命的弱点在于对语言体系的判断和引进过
程缺乏足够的家底。"诗到语言为止"是他们诗群最有概括性的

诗学主张。这句话直接源自于西方哲学转型中的"哲学的转向"和"语言的转向"。"诗到语言为止"为"哲学的转向"之回到语言的最终表达，是这种转向的命名。本土诗学领域直接移植这种说法却缺乏这个背景，是一个不能成立的伪命题。如果理解为诗歌的问题就是语言的问题，就更离谱了。汉语首先面对的完全是一个和西方不同的语言系统；其次，我们的哲学和西方的哲学又是一个不同的系统，这两个足够厘清该命题在现代汉语诗歌中的不能立足。相反，这个命题为太多的写作者立下了牢笼。他设置的这道坎令很多写作者难以逾越，所以这句话经常被无端地引用。作为一个诗歌流派的宣言，并在此信条下制造的大量诗行，都涌向了单一的视觉情境表达，强调只是看，不介入，不"反思"。回到"反思"之前，其实是无限的释放，只强调看的东西，是反智的，但又容易被当作"直观"的东西，其实这还是有区别的。因为，没有"反思"这个哲学背景的看，就是庸俗的看——任何人的看，但是，看是经过"反思"的看。就好比我们经常引用的《五灯会元》里面的"看山"。铃木大拙对此有精湛的解释。也就是说这个看是必须具有阶段性的，它本身是繁复的结果。如果没有这个阶段性的递进，就成了王阳明按照朱熹的方式去格物（竹子）了。王阳明最后回到心学，也可以说，他本质上区分了看与看的不同（两个是与两个不是有时候距离得更远），及其复杂性。至于朱熹直接说出了结果，那可看作对禅宗的借用。并不代表他本人区分（或者有意无意地滤掉）了这种过程的阶段性和复杂性。否则，陆王心学也就不足以和朱熹的哲学抗衡了。

语言哲学从反思反思开始，反思反思是现在哲学的起点。可以从胡塞尔算起（有人说海德格尔是古典哲学的结束，显然只是就某一方面而言。无论是胡塞尔，还是作为胡塞尔学生的海德格尔，他们都具有复杂性和过渡性的双重特征）。悬置逻辑（理性），重新去发现先于反思（逻辑）的东西。这和我们的传统中不重逻辑而呈现直观一脉相承。也可以理解为西方哲学在逻辑的道路上走到了物极必反的道路上来了。实际上也可以看作东西哲学融通的一种现代努力。后现代哲学的解构和消解实则是针对逻辑暴政和理性传统而言的，它是解构和消解的主要对象，目的也是为了释放被逻辑遮蔽、虚掩的全部。最后无一避免地都走到了语言。语言就是我们的存在，它不能被逻辑套死在日常之外。牟宗三讲到东方智慧中的识可断——不着文字，这在逻辑而言是致命的。这并非说道之不可言说，而是强调语言对道的无奈。

本土写作中的"诗到语言为止"讨论的绝非逻辑套死日常——针对逻辑暴政和理性传统而言的问题，他们的本意反对的是以崇高话语代表崇高政体的话语体系的前期的某些第三代诗人的写作。而于坚的写作粗糙的从罗兰·巴特入手，移植，嫁接，下降，陷于无状。他身上最迷人的部分展现在对地域性的清晰把握以及对生命的反思的抒写。但是，这一诗群的写作可以当作市民，日常生活，不涉及终极、绝对命题的轻写作。由此下滑的写作并且得到延续，废话，下半身，垃圾，低诗白歌等等。无论是语言游戏，色情政治化，政治色情化，还是自虐，自残，这些写作都没有逃逸出对抗性主体，他们只是魔术般被刺激和衍化出来的地软——是腐殖和雨后的产物。

纵观第三代的写作，我们可以看到，杨炼，海子－骆一禾，欧阳江河，廖亦武，以及整体主义，构成了神性写作最直接的资源和前期经验。海子－骆一禾激发了神性诗学的各种问题，把意识形态，生命，死亡，本体，本文，处境，写作的意义，不写的意义都激发了出来。直接遗产就是"神性写作"的诞生。探讨神性写作思想史的写作就是"神性诗学"。

在这个断层当中，时间又一次凝集在八九年。神性写作的直接继承显然是八九之前的写作状态。八九之后的十年是一个缓冲时间段。是消费庞大的先知诗歌运动和太阳语法之遗产的阶段，主要是感性上，也仿佛是在弥补一次巨大的肉体创伤，此仪式也没有轻易结束，前赴后继的死亡事件不断打断仪式的进行。整体主义诗人杨远宏好像已经意识到了这种精神危机，海骆之死，六·四——尽管是传闻性质的新闻事件——带来的精神性的陷落，挫败，他尖锐地指出："一九八九年，鉴于现代诗歌失魂落魄、闯荡无根的精神流浪，我在当年的《诗歌报》上写过一篇《重建诗歌精神》。在那篇文章和继后的思考中，我把诗歌的本质理解、界定为人文关怀、哲学智能和宗教感融为一体的'诗歌精神'，试图以此为诗歌找到一个辽阔、深远、坚实的灵魂/精神基点，与传统诗歌或窄逼或浮泛的'言志'，'抒情'等学说划界，并由此开启出具有人类感诗歌雄心的向度和格局。"（杨远宏《重建"知识分子精神"》2002 年 11 月 6 日）

这不同于欧阳江河时隔五年之后写的那篇文章。它预示着继续挺进。这种挺进就是"重建"，而不是"拆除"。

第七节　民间写作和中间代写作

民间写作

民间写作的概念是 1990 年代里作为与"知识分子写作"对抗的概念而提出来的，代表着一类与知识分子写作创作实践完全不同的诗歌写作方法。

民间写作的诗人们认为，写作应该在口语化的基础上发挥常用的不受任何规范约束的语言的、甚至是地方方言的优势，描述直接的生活经验和客观的原生存在。对于民间写作诗人们来说，民间写作是口语化的写作，是对现代诗歌中原有的那些理论体系结构的否定。

民间写作代表诗人有于坚、韩东、伊沙、徐江、侯马等。

民间写作与知识分子写作的对立，也导致了第三条道路写作诗群的出现。

中间代写作

1960 年代出生的诗人中，有一部分人并没有机会成为"第三代诗群"的成员，也没有参加早期的网络诗歌运动，他们以相对独立的方式写作，被称为中间代诗人。他们的诗歌，已成为 1990 年代至今中国诗歌的精神高地。

中间代并不代表一个具体的诗歌运动，而是指一代诗人的写作立场和诗风，代表诗人有安琪、臧棣、伊沙、叶匡政、陈先发、赵丽华、潘维、西渡、桑克等。

中间代诗人有鲜明的写作个性，自觉维护诗歌的独立写作与本真写作，反对诗歌派别之间的对立，对观念写作持否定的态度。它是一代诗人对自身诗歌写作的"现身说法"与"自我证明"。他们对写作可能性的尝试与实践、对个人话语的敏锐和维护，都呈现出一代诗人独有的精神气质。

第十章　现当代文学作品——诗歌

第一节　《尝试集》胡适

《尝试集》是中国现代文学史上第一部白话诗集，开新文学运动之风气，是胡适先生里程碑式的著作。问世以来引起文学界、理论界的广泛争论，具有重要的研究价值。作品或诅咒封建军阀的黑暗统治和旧礼教的虚伪，或表现个性解放和积极进取精神，或歌颂劳工神圣。胡适无疑是第一位白话诗人。他的《尝试集》充满了矛盾，显示出了从传统诗词中脱胎，蜕变，逐渐寻找，试验新诗形态的艰难过程。

《尝试集》一共三编并附《去国集》。一编尚未脱胎于旧体诗，二三编则属自由诗体的大胆革新。

《尝试集》集初版于民国九年（1920）由上海亚东图书馆印行，共出十四版，直到抗战事起无再版。从第二版到第四版，曾有增删。此拍品即为其中第二编第二版稿本，包括目录及自序一则，共录《一念》、《鸽子》、《人力车夫》、《十二月五夜月》、《老鸦》、《三溪路上大雪里一个孔叶》、《新婚杂诗五首》、《戏孟和》、《四月二十五夜》、《看花》、《你莫忘记》、《如梦令》、《十二月一日奔丧到家》、《关不住了》十四首白话诗及《老洛伯》、《希望》两首英文译诗并附原文铅印三张。胡适首倡白话文学，并努力进行试验，这本诗集是其 1916 年以来白话诗尝试成果之汇集。

进入《尝试集》的阅读，有人也许会惊异于它的文学性的匮乏。是的，《尝试集》作为第一部现代白话诗集，就像所有开拓性的文本一样，是将鲜明的创新性和局限性融于一体的。《尝试集》仅从文学欣赏的角度来说，的确不能算是一部经典的诗集。但是，换一个角度，即文学史的意义上看，它又是进入现代文学不可不谈的一部"经典"。

要谈《尝试集》，不能不把《尝试集》以前诗界略为介绍。中国诗经过黄金时代的三唐，元气发泄几尽，到了宋人便苦无新可翻，无巧可造，所以他们只好一面以议论为诗，使感情作品带上理智色彩；一面则在词上讲究，使词代诗而为新兴艺术。元代戏曲发达，诗则无可言。明代前后七子鼓吹唐音，笑啼皆伪，诗的精神几乎完全被他们葬送。到了清代则为诗的回光返照时期：王士禛的神韵说、袁枚的性灵说、沈德潜的格调说，均有前人所未发的议论，而诗的内容和形式，亦有突过古人者。道光间龚自珍，咸同间金和、郑珍亦为一代诗人，清末黄遵宪、康有为感受西洋文化，诗的意境声律，往往能够别开生面。但诗到此时，光荣之局已终，以后便陷于油干灯尽的境地了。至清末民初二三十年的旧诗坛分为四派：第一派以王闿运为代表。其诗虽有"今人诗莫工于余"之自负，而一部《湘绮楼集》只有无数《拟鲍明远》、《拟曹子建》……的假古董，丝毫不能表现作家个性和时代意识。第二派以陈三立、陈衍、郑孝胥为代表，诗宗北宋黄庭坚、陈师道，而舍其做诗如说话的长处，学其矫揉造作的短处，"江西魔派"早有定评，不必细论。第三派以易顺鼎、樊增祥为代表。易晚年好为捧角之诗，淫靡滥恶，达于极点。樊则好次韵叠韵，徒以典故对仗为工，亦不足称道。第四派以苏曼殊、柳亚子为代表。二人皆为南社巨子。苏诗尤风流哀艳，沁人心脾，但仅能为绝句，家数太小，尚不及王次回，更不能上跻温李。且其末流成为一种靡靡之音，除填塞小报，供人茶余酒后之消遣外，别无用处。我们要想表现民族雄大的心声，或自由抒露现代的感情思想，非另取途径不可。新诗创造的意识，早酝酿于有识者之胸中，只等机会到来，便爆发了。

胡适在创作上影响较大的是白话诗。他的《尝试集》是中国第一部新诗集。他在新诗创造和新诗理论建设初期起到了重要的作用，占有突出地位。

《尝试集》主要是表现了个性解放、人道主义和民主自由的诗，具有当时的反封建的时代色彩和积极意义。如赞扬反抗沙皇专制统治，为自由而斗争的俄国囚徒《沁园春·新俄国万岁》；歌颂那用炸弹作武器，"一弹使奸雄破胆"的《威权》一诗，歌颂铁索锁着的奴隶，大叫"我们要造反了！"等等。

就艺术审美方面看，《尝试集》所追求的主要是"诗体的解放"。胡适说："我们做白话诗的宗旨，在于提倡诗体的解放。有什么材料，做什么诗；有什么话，说什么话；把从前一切束缚诗的自由枷锁镣铐，统统推翻：这便是诗体的解放。"

胡适的理论对于打破旧诗形式的束缚，创造成自由体白话新诗作出了积极贡献。《尝试集》本身也是这一理论的实践，它体现了诗体解放的艰难进程，这正是《尝试集》在中国新诗史上价值所在。

第二节 《凤凰涅槃》郭沫若

《凤凰涅槃》是一首现代诗歌。郭沫若作。1920 年发表。后收入《女神》诗集。以凤凰的传说为素材，通过凤凰集体自焚，从烈焰中更生的故事，表达了彻底埋葬旧社会、争取祖国自由解放的思想，体现了反帝反封建的五四精神。全诗基调雄浑悲壮，具有鲜明的浪漫主义特色。是现代文学史上最优秀的诗作之一。

郭沫若堪称"五四"时代最早感受到历史转型、祖国新生、民族觉醒的时代气息的诗人，这首《凤凰涅槃》正是一首时代的颂歌。诗人把祖国比喻成凤凰，借助于对凤凰传说的改造与新阐述，诗人郑重宣告民族在"死灰中更生"的新时代已经到来。诗作运用诗剧的形式，分五个部分。题目中的"涅槃"是梵语，指佛的死亡，引申为死而复生后达到的超脱生死的境界，在本诗中则象征着民族的死后再生。

《凤凰涅槃》强烈地提点出五四时代那种狂飙突进的时代精神，即彻底地不妥协地反帝反封建精神。它是否定旧世界，歌颂新生的光彩夺目的诗篇。具体内容有以下几个方面：

一、从满了对黑暗社会的深恶痛绝、势不两立，和对现实反抗的强烈精神。诗中借凤凰"集香木自焚"，复从死灰中更生的故事，体现出诗人否定旧我、诅咒旧世界、追求新生的精神。现实的世界已经变得陈旧腐朽，梧桐已经枯槁，醴泉已经消歇。四周"冷酷如铁"、"黑暗如漆"、"腥秽如血"，成了"浓血污秽着的屠场"，"群魔跳梁着的地狱"。在这样一个世界里一切都变成了陈腐，失去了生机，凤凰也失去了年轻时的"新鲜"、"甘美"、"光华"和"欢爱"。为了寻求新生，凤凰集香木自焚。

二、对新的理想社会表现了热烈的追求和对新生活的积极创造精神，同时饱含着对诗人对祖国的眷恋之情。诗中凤凰毫不怜惜旧生命的死亡，焚烧了旧我，获得了新生，整个宇宙也获得了新的生命，一切都变得"新鲜"、"明朗"、"华美"、"芬芳"，一切都变得"生动"、"自由"、"雄浑"、"悠久"。诗人通过凤凰再生，来抒发他对社会的改造的勇气和决心，是他对祖国新生的强烈渴望在诗作中的自然袒露。

三、歌颂富有叛逆精神的自我形象，表现与万物相结合的自我力量，体现了五四时代个性解放的鲜明要求。在诗中有这样的诗句："我们便是'他'，他们便是我！我中也有你，你中也有我！"这个自我不是拘囚于个人主义狭小天地里的孤独高傲、忧伤颓废的自我，而是体现着时代要求和民族解放要求的自我。这个"自我"是诗人自己，也是当时千千万万要冲出陈旧腐朽的牢笼，要求不断毁坏、不断创造、不断努力的时代青年。

《凤凰涅槃》中对自由解放、光明新生的热切追求与赞美，对创造理想的乐观的坚定的内容，决定了诗篇具有强烈的浪漫主义特色。

第三节　《死水》闻一多

《死水》是最能代表闻一多思想、艺术风格的诗作。闻一多是我国现代文学史上集诗人、学者和革命斗士于一身的重要诗人。他创作的诗集主要有《红烛》、《死水》两部。这两部诗集虽然是闻一多思想和艺术风格发展不同阶段的产物，但它们共同贯穿着一条爱国主义红线。

诗集《红烛》是闻一多第一本诗集，这个诗集中不少作品反映了诗人强烈的反封建意识、在异国他乡的孤寂以及对祖国的眷恋之情。其中，《太阳吟》写得很有特色。诗人借助想象的翅膀，寄情于太阳，向它倾诉了思乡恋国的衷肠。诗集《死水》所收辑的作品无论是思想的深刻，还是艺术的成熟，都要比《红烛》集中的作品有显著的提高。其中《发现》、《一句话》、《死水》等诗篇，写得或悲痛、或激愤、或豪迈热烈，抒发了诗人对祖国命运的忧虑与关切，表达了诗人强烈的爱国热情。读者无论何时读到这些作品，都会为之动情、颤栗。

闻一多的诗歌在艺术上有着独特的风格。他有感于"五四"以来新诗过于散漫自由，因此提倡一种新格律诗。由于追求艺术上的严谨，这使得他的诗大多有富于浪漫气息的幻想，严谨奇特的构思，火山爆发式的激情，一咏三回环的语势，以及比喻、夸张、象征、反复等修辞手法的灵活运用等特点。

闻一多在我国新诗创作理论建设上也很有成绩，他的新格律诗理论被后人称为现代诗学的奠基石。

1922 年，诗人怀着报效祖国的志向去美国留学。在异国的土地上，诗人尝到了华人被凌辱、歧视的辛酸。1925 年，诗人怀着一腔强烈爱国之情和殷切的期望提前回国。然而，回国后呈现在他面前的祖国却是一幅令人极度失望的景象——军阀混战、帝国主义横行，以至于诗人的感情由失望、痛苦转至极度的愤怒。

《死水》一诗就是在这种情况下创作的。

诗人怀着对祖国炽热的爱、由衷的希冀从美国归来，但黑暗的社会现实令他痛心与失望。炽烈的情感被冷酷的社会现实凝固，而构起诗人脑海中的"死水"形象。"死水"是那个社会的真实写照：沤得发绿，没有活力，绝望呆滞。通过这一沟"死水"倾泻了诗人迸发出的愤怒与痛苦。诗歌的积极意义还在于对旧社会的诅咒不仅仅是主观情感的宣泄，而是狠狠地揭露与批判。"不如多扔些破铜烂铁，爽性泼你的剩菜残羹"，与"死水酵成一沟绿酒"等诗句正是诗人用以再现令人恶心的社会本质，所谓是入木三分！

《死水》的笔触是辛辣而细腻的。

首先，多用反语，即运用绮丽、鲜亮的词语表达诗人极度的憎恨，如"绿成翡翠"、"锈出几瓣桃花"、"蒸出些云霞"等等，诗人以自己独特的方式勾勒了黑暗的社会现实，表达与之绝裂的态度。

其次，作为新诗格律化的倡导者，诗人竭力身体力行。纵观全诗，共五节，每节四句，每句九字，隔行押韵，每节各押一韵，体式严整，朗读上口，富于韵味。

以艳丽鲜明的语言、严密和谐的韵律来刻写丑恶，再以精心刻写的丑恶增强对现实批判与否定的力度，这正是诗人的匠心之处。

第四节　《再别康桥》徐志摩

《再别康桥》是现代诗人徐志摩脍炙人口的诗篇，是新月派诗歌的代表作品。全诗以离别康桥时感情起伏为线索，抒发了对康桥依依惜别的深情。语言轻盈柔和，形式精巧圆熟，诗人用虚实相间的手法，描绘了一幅幅流动的画面，构成了一处处美妙的意境，细致入微地将诗人对康桥的爱恋，对往昔生活的憧憬，对眼前的无可奈何的离愁，表现得真挚、浓郁、隽永，是徐志摩诗作中的绝唱。

此诗写于 1928 年 11 月 6 日，初载 1928 年 12 月 10 日《新月》月刊第 1 卷第 10 号，署名徐志摩。康桥，即英国著名的剑桥大学所在地。1920 年 10 月—1922 年 8 月，诗人曾游学于此。康桥时期是徐志摩一生的转折点。诗人在《猛虎集·序文》中曾经自陈道：在 24 岁以前，他对于诗的兴味远不如对于相对论或民约论的兴味。正是康河的水，开启了诗人的心灵，唤醒了久蛰在他心中的诗人的天命。因此他后来曾满怀深情地说："我的眼是康桥教我睁的，我的求知欲是康桥给我拨动的，我的自我意识是康桥给我胚胎的。"（《吸烟与文化》）

1928 年诗人故地重游。11 月 6 日在归途的中国南海上，他吟成了这首传世之作。这首诗最初刊登在 1928 年 12 月 10 日《新月》月刊第 1 卷 10 号上，后收入《猛虎集》。可以说"康桥情节"贯穿在徐志摩一生的诗文中，而《再别康桥》无疑是其中最有名的一篇。

此诗作于徐志摩第三次欧游的归国途中。时间是 1928 年 11 月 6 日，地点是中国上海。7 月底的一个夏天，他在英国哲学家罗素家中逗留一夜之后，事先谁也没有通知，一个人悄悄来到康桥找他的英国朋友。遗憾的是他的英国朋友一个也不在，只有他熟悉的康桥在默默等待他，一幕幕过去的生活图景，又重新在他的眼前展现……由于他当时时间比较紧急，又赶着要去会见另一个英国朋友，故未把这次感情活动记录下来。直到他乘船离开马赛的归国途中，面对汹涌的大海和辽阔的天空，才展纸执笔，记下了这次重返康桥的切身感受。

不过当时的徐志摩留下的是英文版的《再别康桥》，当时是一位不知名的中国人翻译过来的。

这首《再别康桥》全诗共七节，每节四行，每行两顿或三顿，不拘一格而又法度严谨，韵式上严守二、四押韵，抑扬顿挫，朗朗上口。这优美的节奏象涟漪般荡漾开来，既是虔诚的学子寻梦的跫音，又契合著诗人感情的潮起潮落，有一种独特的审美快感。七节诗错落有致地排列，韵律在其中徐行缓步地铺展，颇有些"长袍白面，郊寒岛瘦"的诗人气度。可以说，正体现了徐志摩的诗美主张。

《再别康桥》是一首写景的抒情诗，其抒发的情感有三：留恋之情、惜别之情和理想幻灭后的感伤之情。

"轻轻的我走了，正如我轻轻的来，我轻轻的招手，作别西天的云彩。"这节诗可用几句话来概括：舒缓的节奏，轻盈的动作，缠绵的情意，同时又怀着淡淡的哀愁。最后的"西天的云彩"，为后面的描写布下了一笔绚丽的色彩，整个景色都是在夕阳映照下的景物。所以这节诗为整首诗定下了一个基调。

"那河畔的金柳，是夕阳下的新娘，波光里的艳影，在我心头荡漾。"这节诗实写的是康河的美，同时，柳树在古诗里"柳"——"留"，留别有惜别的含义，它给诗人留下了深刻的印象，多少的牵挂用"在我心头荡漾"，把牵挂表现得非常形象。他运用的手法是比拟（拟人、拟物）。这节与第三节诗联系紧密："软泥上的青荇，油油的在水底招摇；在康桥的柔波里，我甘做一条水草。"第三节诗突出了康河的明静和自由自在的状况，自由、美正是徐志摩所追求的。同时表现一种爱心，那水草好像在欢迎着诗人的到来。还有，它并没有完全脱离中国诗歌的意境，它和中国的古诗有相同的地方，就是物我合一。第二节是化客为主，第三节是移主为客，做到两相交融，物我难忘。这两句诗正好表现出徐志摩和康桥的密切关系。这就是所谓的：确定了理想，步入了诗坛，美妙的风光中，抒发自己的情感。三者是紧密地联系在一起的，通过具体的形象，来表达自己的感情。

第四节是转折点："那榆荫下的一潭，不是清泉，是天上虹，揉碎在浮藻间，沉淀着彩虹似的梦。"这节诗运用了虚实结合的手法，"实"是景物的描写，"虚"是象征手法的运用。一潭水很清澈，霞光倒映下来，"不是清泉，是天上虹"，一片红光，是实写。但是，潭水上漂了很多的水藻，挡住了一部分霞光，零零碎碎的，有的红，有的绿，好像柔水一般，非常形象。这个"揉"写得很好，同时也是自己梦想的破灭。闻一多先生纪念他的长女夭折时写了一首诗，曾用了一个比喻："像夏天里的一个梦，像梦里的一声钟。"说明梦境是美好的，钟声是悠扬的，然而是短暂的，所以彩虹似的梦是美丽而短暂的。1927 年徐志摩的梦想破灭了，又与陆小曼不和，很消沉。

第五节，"寻梦？撑一支长篙，向青草更青处慢溯，满载一船星辉，在星辉斑斓里放歌。"这节诗是徐志摩对往昔生活的回忆、留恋。他在康桥生活了两年。他那时有自己的理想，生活是充实的，对明天怀着希望。所以，他用"一船星辉"来比喻那时的生活，带有象征的意味。

过去的已经成为历史，回到现实仍然是哀伤，所以"悄悄是离别的笙萧，夏虫也为我沉默，沉默是今晚的康桥。"这第六节诗是情感的高潮，充分表现了徐志摩对康桥的情感，集中表现了离别的惆怅。这节诗就需要联系别的诗，包括古诗来理解。"悄悄是离别的笙箫"是暗喻的手法。例如，苏轼的《前赤壁赋》中描述了萧声是低沉的哀怨的，而笛声是欢悦的，所以"萧"来比喻"悄悄"来说明诗人的心境，因此，"悄悄"的动作带有诗人的感情，接着"夏虫"也为我沉默，沉默是今晚的康桥。诗歌讲究精练，一再重复"沉默""悄悄""轻轻"，是强调重点，并不是浪费语言。

其实"沉默"是人的最深的感情。例如，柳永的《雨霖铃·寒蝉凄切》中的语句"执手相看泪眼，竟无语凝噎"，再如苏轼的词《江城子·乙卯正月二十日夜记梦》"十年生死两茫茫"，他回忆他的妻子王弗死后的十年，回忆他们相见的时候"相顾无言，唯有泪千行"。"此处无声胜有声"，还有李白的《黄鹤楼送孟浩然之广陵》："故人西辞黄鹤楼，烟花三月下扬州"使用反衬手法，三月春光明媚，白花盛开，可惜好友欲离我而去。如"感时花溅泪，恨别鸟惊心"，下两句"孤帆远影碧空尽，唯见长江天际流"。"意在言外，旨在象内"。"不着一字，尽得风流"往往用在评价诗，意思诗不说愁，却把愁表现得最为恰当，看着朋友走掉，长久孤立的站着，表现感情的深厚。如王国维说的"一切景语皆情语"，"写景即抒情"。所以"唯见长江天际流"有很深长的意蕴，又如李煜的"问君能有几多愁，恰似一江春水向东流"，都是这样的好诗词。说沉默时感情最深，就像生活中的例子，感情最深的表达时机、船都已走了，但送别的人伫立不动，若有所思。结合句中"沉默是今晚的康桥"，康桥尚且如此，诗人何以堪？实际反衬了诗人对康桥的感情非常深厚，因此，"悄悄"就带着诗人的主观感情了。

第七节："悄悄的我走了，正如我悄悄的来，挥一挥衣袖，不带走一片云彩。""云彩"有象征意味，代表彩虹似的梦，它倒映在水中，但并不带走，因此再别康桥不是和他母校告别，而是和给他一生带来最大变化的康桥文化的告别，是再别康桥理想。

《再别康桥》这首诗充分体现了新月诗派的"三美"，即绘画美、建筑美、音乐美。音乐美是徐志摩最强调的，其中第一句和最后一句是反复的，加强节奏感，且其中的词是重叠的，例如"悄悄"、"轻轻"、"沉默"，再者每句诗换韵，因为感情是变化的，所以不是一韵到底的。再是音尺，"轻轻的我走了"，三字尺，一字尺，二字尺，符合徐志摩活泼好动的性格，再是压韵。所谓建筑美，一、三句诗排在前面，二、四句诗低格排列，空一格错落有致，建筑有变化；再者一三句短一点，二四句长一点，显出视觉美，音乐是听觉，绘画是视觉，视觉美与听觉美融通，读起来才会感觉好。再谈到绘画美即是词美，如"金柳"、"柔波"、"星辉"、"软泥"、"青荇"这些形象具有色彩，而且有动态感和柔美感。

这三者结合起来，徐志摩追求"整体当中求变化，参差当中求异"，显示出新月似的特点和个性，概括为：柔美幽怨的意境，清新飘逸的风格。

这首诗表现出诗人高度的艺术技巧。诗人将具体景物与想象糅合在一起构成诗的鲜明生动的艺术形象，巧妙地把气氛、感情、景象融汇为意境，达到景中有情，情中有景。诗的结构形式严谨整齐，错落有致。全诗 7 节，每节 4 行，组成两个平行台阶；1、3 行稍短，2、4 行稍长，每行 6 至 8 字不等，诗人似乎有意把格律诗与自由诗二者的形式糅合起来，使之成为一种新的诗歌形式，富有民族化、现代化的建筑美。诗的语言清新秀丽，节奏轻柔委婉，和谐自然，伴随着情感的起伏跳跃，犹如一曲悦耳徐缓的散板，轻盈婉转，拨动着读者的心弦。

诗人闻一多 20 世纪 20 年代曾提倡现代诗歌的"音乐的美"、"绘画的美"、"建筑的美"，《再别康桥》一诗，可以说是"三美"具备，堪称徐志摩诗作中的绝唱。

第五节　《微雨》李金发

《微雨》是中国早期象征主义诗人李金发出版于 1925 年的第一本诗集，收录里李金发 1920 年至 1923 年期间创作的 99 首诗作，李金发也因此而蜚声现代文坛，人称"诗怪"。

他在模仿法国诗人波德莱尔的《恶之花》的基础上创造出了自己的诗集《微雨》，将象征主义引入中国。波德莱尔几乎可以算是激发李金发进行诗歌创作的直接启蒙者，因此在李金发的前期创作当中，字里行间都流露出了波德莱尔的影子。关于波德莱尔对李金发的影响，或是李金发与象征主义新诗，在文艺界已经著作颇多。

李金发一生喜欢文学，在巴黎时，"因多看人道主义及左倾的读物，渐渐感到人类社会罪恶太多，不免有愤世嫉俗的气味，渐渐的喜欢颓废派的作品，鲍德莱（即波德莱尔）的《罪恶之花》，以及 Verlaine（魏尔仑）的诗集，看得手不释卷，于是逐渐醉心象征派的作风。"在巴黎，严酷的现实、孤独的心境和悲观颓废的思想，把他推向象征派诗歌。象征派主张用神秘朦胧的意象来寄托内心的痛苦和绝望情绪，引起他内心共鸣，唤醒他诗的灵感。他的第一本诗集《微雨》主要写于这一时期。

1923 年，他分别编定诗集《微雨》和《食客与凶年》，他将这两部诗稿寄给国内的周作人，周作人回信称赞他的诗"国内所无，别开生面"，并将这两本诗集编入新潮社丛书，推荐给北新书局，两本诗集分别于 1925、1927 年出版。

时隔半个多世纪，如今国内对李金发的历史地位已有公正评价，认为他是中国象征派诗的开创者，《微雨》是中国新诗中的象征主义由萌芽走向真正诞生的标志。

第六节　《繁星》《春水》冰心

《繁星》和《春水》是我国现代著名女作家冰心创作的两部诗集，二者系姊妹篇，均创作于 1923 年，最早发表于《晨报副刊》上，其中《繁星》由 164 首小诗组成，《春水》由 182 首小诗组成。

茅盾在《冰心论》中写道："在所有'五四'时期的作家中，只有冰心女士最属于她自己。她的作品中，不反映社会，却反映了她自己，她把自己反映得再清楚也没有。在这一点上，我觉得她的散文的价值比小说高，长些的诗篇比《繁星》和《春水》高。"

茅盾：《冰心论》"一片冰心安在，千秋童稚永存。"

冰心的诗集《繁星》、《春水》被茅盾称为繁星格、春水体。

《繁星》是一部诗集，由 164 首小诗组成。冰心一生信奉"爱的哲学"，她认为"有了爱，便有了一切"。在《繁星》里，她不断唱出了爱的赞歌。她最热衷于赞颂的，是母爱。除了挚爱自己的双亲外，冰心也很珍重手足之情。她爱自己的三个弟弟。她在后来写作的一篇散文《寄小读者·通讯十三》里，还把三个弟弟比喻成三颗明亮的星星。冰心赞颂母爱，赞颂人类之爱，赞颂童心，同时她也赞颂大自然，尤其是赞颂她在童年时代就很熟悉的大海。歌颂自然，歌颂童心，歌颂母爱，成为冰心终生创作的永恒主题。它的主题是：母爱，自然，童真，人生。

《繁星·春水》是人们公认的小诗最高成就，被茅盾称为"繁星格"，"春水体"。它所体现的主题是：母爱，自然，童真，构筑了冰心的思想内核"爱的哲学"，《繁星·春水》包含三个内容：一是对母爱与童真的歌颂；二是对大自然的崇拜和赞颂；三是对人生的思考和感悟。其中有许多小诗已被选入了中学教材，深受读者的喜爱。

《春水》是《繁星》的姊妹篇，由 182 首小诗组成。同样是在《晨报副刊》上最先发表，不过《春水》的问世要比《繁星》晚三个月。

在《春水》里，冰心虽然仍旧在歌颂母爱，歌颂亲情，歌颂童心，歌颂大自然，但是，她却用了更多的篇幅，来含蓄地表述她本人和她那一代青年知识分子的烦恼和苦闷。她用微带着忧愁的温柔的笔调，述说着心中的感受，同时也在探索着生命的意义和表达着要认知世界本相的愿望。

冰心以其特有的女性纤柔，用清新秀丽的语言写成了《繁星》、《春水》两本诗集，并形成独特的艺术风格。第一，哲理性强是《繁星》、《春水》的一大艺术特点。《繁星》、《春水》中，有许多诗都是蕴涵着深刻思想的哲理诗。这些深刻的思想往往都是和诗中描绘的具体形象以及诗人深沉的思绪揉合在一起的，因而仍然具备着诗的情绪，有着诗的美感。第二，纤柔是冰心诗歌的另一个显著特色。冰心的诗，无处不表现出一种女性的纤柔。以她"满蕴着温柔，带着忧愁"的抒情风格，感情深沉浓烈地歌吟着纯正的爱，描绘着大自然的美；同时也以独特的方式表达了对某些社会丑恶现象的谴责。第三，文字轻柔雅丽，韵律浑然天成，意境优美清丽。《繁星》、《春水》中词句的运用仿佛信手拈来，处处透露着轻柔雅丽的风格。

"冰心体"小诗在诗人们的辗转模仿之中，很盛行了几年。刘大白、郭绍虞、叶绍均、徐玉诺、宗百华等，都创作了不少各具特色的小诗。这些小诗以真实简练的文字，含蓄地表现了诗人们在霎那间对于平凡事物的独特感兴趣和情思的变迁。它们和冰心的小诗一起，形成了一片晶莹而又遥远的星群，永远闪烁在新诗发展的路途上。

《繁星》和《春水》是冰心在探索人生的过程中灵光闪动的汇合，里面包含着她对生命真谛的认识和理解，包含着丰硕的哲理。捕捉灵感的闪光，凝成短诗，这就是《繁星》和《春水》。后来在《晨报》的"新文艺"栏发表，并结集为《繁星》和《春水》于1923年先后出版。这300余首无标题的格言式自由体小诗，以自然和谐的音调，抒写作者对自然景物的感受和人生哲

理的思索，歌颂母爱、人类之爱和大自然，篇幅短小，文笔清
丽，意蕴隽永，显示了女作家特有的思想感情和审美意识，在
"五四"新诗坛上别具一格，很有影响。被茅盾称为："一片冰心
安在，千秋童稚永存。"

第十一章　现当代文学作品——话剧

第一节　《名优之死》田汉

《名优之死》中国 3 幕话剧。作者田汉。1927 年首演。作品以揭示艺术的社会命运为主旨，写京剧演员刘振声不幸的演艺生涯。作品结构单纯明晰，冲突的发展自然、流畅，语言简洁而富于性格特征，它标志着田汉在编剧艺术上已走向成熟。

《名优之死》是伟大的戏剧家田汉以晚清京剧名角刘鸿声为原型，创作了一代名伶刘振声"艺术至上"的崇高艺术家形象，刘振声注重戏德、戏品，对待艺术严肃认真，并精心培育了小凤仙这样的后起之秀。但刘凤仙在小有名气之后，心猿意马，弃刘振声的谆谆教诲于不顾，被流氓恶霸杨大爷所腐蚀，成为其玩物，背叛了先生为之呕心沥血的戏剧事业。刘振声贫病交加，忍受着恶势力的迫害，又眼见艺术被践踏、艺术人才被摧残，终于心力交瘁而气绝，最终唤回了刘凤仙的觉醒。作者通过艺术家的悲惨遭遇，批判了"容不了好东西"的病态社会，同时写出了积极进取、奋勇抗争的力量。

悲剧历来被认为是戏剧之冠。中国文学史上也不乏悲剧，

《窦娥冤》、《长生殿》等等都是悲剧的代表，悲剧总能引起人的恐惧与怜悯之情，它通过正义的毁灭、英雄的牺牲或主人公的苦难命运，显示出伟大人格和巨大精神力量。它给予人们的恰恰是挣扎的刚毅，真善美的昭示，是灵魂的震撼与洗礼，在道德上震撼人心的同时给人以审美享受，提高人的思想境界。

《名优之死》虽然读之伤感，悲剧意味浓厚，让人读后愤慨嗟叹，但悲伤之后对艺术的崇高感油然而生。刘振声以生命诠释艺术的真谛，对艺术的誓死捍卫和推崇，让我们看到了艺术的生生不息和不可亵渎，我们看到了刘振声身边的正义力量在为之鸣不平的时刻，也在与封建恶势力抗争着，这就是悲剧美的所在，悲剧的美学意义就在于通过悲伤痛苦让人产生审美愉悦，唤起同情与怜悯之情，感受着生命的痛与歌，启人深思，反思当时的社会现实，激励斗志，奋发向上，增强信念，勇敢地为争取胜利而斗争。

我们无法以田汉的《名优之死》和莎士比亚的悲剧相比，实际上，中国现代文学史上很少有悲剧。中国历史上的悲剧创作也一直以大团圆结局，包括公认的十大古典悲剧，朱光潜认为曾经指出："随便翻开一个剧本，不管主要人物处于多么悲惨的境地，你尽管可以放心，结尾一定是皆大欢喜，有趣的只是他们怎样转危为安"，"中国文学在其他方面都灿烂丰富，唯独在悲剧这种形式上显得十分贫乏"。

这些"团圆之趣"模式的的形成有着深厚的传统文化积淀和民族心理。这种大团圆的结局可以宣泄痛苦的情感，调节人们的心理，人们看到恶人终究得恶报，好人终究善终，以此来缓解自己现实生活中的沮丧和无奈。但是，这种精神上的自我麻痹并不能对现实形成实质性的改变，相反，它会让人们找到了精神的避风港，自我慰藉，自我麻痹，不思进取，安于现状，无所作为，不能看透现象后的本质，不能深刻地理解人生，不能正是血淋淋的残酷的现实。我们无法否认，月圆之完美让人喜爱，月缺之壮美也让人动容。在生活中，正义也不是总能战胜邪恶，好人命难长，坏人活百年的现象不胜枚举。所以，中国文学上需要悲剧，需要一种力量将现实的残酷和黑暗展现给世人，改变国人的劣根性，将他们从麻木中唤醒过来，让他们直面现实，去斗志昂扬地抗争，去奋斗，去谱写一曲曲生命的赞歌！

无可置疑，本部剧主人公刘振声的悲惨毁灭比历来的大团圆结局更能感染人，更能让人深沉反思，让我们看到了人生的苦难，看到了艺术被无良之人肆意蹂躏，看到了当时社会生活中人们的深重苦难，尤其是历来被轻视和被压迫的女性。这些不公的现象激起我们的愤慨，激起我们去抗争的勇气和斗志。在《名优之死》中，左宝奎、肖郁兰等人不是都与杨大爷对抗起来了？正如朱光潜先生所说："悲剧比别的任何文学形式更能够表现杰出人物在生命最重要关头得最动人的生活，它也比别的任何文艺形式更能使我们感动，它唤起我们最大量的生命能量，并使之得到充分的宣泄。"在对悲剧的欣赏中，人认识到了自我，认识到生命的价值。同样，也通过悲剧中生命的毁灭感受到了生命永恒的美。所以，中国的文学史上需要悲剧，而且需要没有大团圆的悲剧，因为悲剧让我们明白生活的真谛，生活是美好的，但不总是圆满的，生活中难免苦痛，但也只有在痛里才更能明白生活，在希望中才可以祭奠命运。

第二节　《上海屋檐下》夏衍

夏衍的三幕悲喜剧《上海屋檐下》创作于 1937 年 3、4 月间，主要人物：匡复、杨彩玉、林志成。同时有同名中国香港地区电影（导演冯淬帆）和根据话剧改编的同名电视剧。

剧本描写了被捕入狱 8 年的匡复被释放了。他到好友林志成家来探询自己妻子彩玉和女儿葆真的下落，却得知妻子已与志成同居，因为他们早就听说匡复已死，于是三个人都陷入难以解脱的内心矛盾和痛苦之中。彩玉想和匡复追寻过去的幸福，但林志成负疚欲走时，两人 8 年患难与共之情，又突然迸发，难以分手。匡复理解、原谅了他们，在孩子们向上精神的启发下，克服了自己一时的软弱与伤感，留言出走。全剧除了这条主要情节线而外，还有几组人物：失业的大学生，被迫出卖自己的女人，勉强糊口的小学教员，儿子战死的老报贩，这些人都拥挤在一个"屋檐下"，合奏着"小人物"的生活交响曲。

1937 年 4、5 月间，夏衍在创作《上海屋檐下》时。正是西安事变之后不久，抗日统一战线处在酝酿之中，国民党政府被迫有条件地释放一批长期关押的共产党人和其他政治犯。一些革命者经营救陆续出狱，他们中间有些悲欢离合的故事触动了作者，使他写出了这部一度名为《重逢》的剧作——《上海屋檐下》。在这个剧本中，作者认真地"用严谨的现实主义去写作"，有意识地在人物性格刻画和环境描写等方面下功夫，力图"从小人物的生活中反映这个大的时代，让当时的观众听到些将要到来的时代的脚步声音"。

作品有意识地用阴晴不定、沉闷压抑的黄梅天气，影射当时的政治环境，反映了西安事变以后民族危亡之时，小人物在动荡不安的处境中的苦闷、悲伤和希望。剧情从郁闷烦躁的黄梅天开始，至传来"轰轰然的远雷之声"结束，其间烦人的雨声出现 30 多次，蕴含着"天色黑暗到了一定程度，一定要落雨，雨下到一定程度，一定要天晴"的政治寓意。在情节的开展中，又多次出现灿然阳光的"一亮"、"一闪"，隐约地表达了剧作者理想的光芒。剧中虽然没有写政治性的事件，甚至连"国民党的压迫"、"日寇的侵略"之类的词句都没有出现，但却于平凡的生活中表现出强烈的时代气息和鲜明的政治倾向。主人公匡复的入狱，点出了国民党反动派对革命者的镇压。他的出狱归家，则暗示了形势的变化。林志成所在的工厂的工人闹事，从侧面展现了大波大浪的时代风云。老报贩李陵碑的独生儿子的牺牲，使人联想到"一·二八"战火给中国人民带来的苦难。小姑娘葆珍反复教唱的儿歌："强盗来，打不打？打打打，一个不够有大家！我们都是勇敢的小娃娃，大家联合起来救国家。"更是显露了全民奋起抗日救亡的时代气息。

这是生活在同一屋檐下的五户人家的凡人琐事，是失落了生之欢乐的小人物的苦痛与挣扎。在日复一日的凡常景象里，夏衍潜心挖掘着人生内在的悲剧与喜剧。困扰林家的是一场别样的感情纠葛，置身其中的每个人都承受着痛苦和煎熬。匡复出狱时强烈的团聚热望，被阻隔在妻子他属的现实面前；当妻子想要回到他的身边时，他疑虑"残兵败卒"的自己能否给她幸福；知道妻子和好友志成的同居不单是"为了生活"，他不忍把痛苦加在别人身上，终于决定丢开私人的恩怨，告别一切，再次投奔革命为更多的受难者奋斗。林志成的苦痛在于与受自己照顾的好友之妻同居使他始终背负心灵的责难，他没有一日不觉得愧疚和负罪。匡复出现后，他慌乱、无措，却也感到解脱；尽管他还留恋着家庭的温暖和幸福，但更多的良知和自责，使他也选择了出走的路。屡屡遭遇变故的杨彩玉更是去留两难。生活的逼迫，命运的无常，使她个性中被激发出来的勇气退却了，她渐渐地安于妇职，而匡复的归来又搅乱她的心，何去何从成为一个繁难的问题。她既眷恋着匡复，渴望破镜重回，又不忍伤害在困难时给予她救助的林志成，不忍看见他的痛苦和不幸，她的心给这同样真诚炽烈的感情牵扯着，她的痛苦是这样的震撼人心。生活铸成了错，却要无辜的人来承担恶果，在悲凉艰辛的境遇中，为别人着想，为所爱的人着想，这些人性中美好纯净的一面依然存留了下来，也将永世不灭。

　　除去作为主线的林家，余者各家皆有忧烦与不幸。在小人物的生活中，在他们的苦闷、悲伤和希望中，人们窥见到了这个大的时代的迷茫和光亮。

　　就艺术创作的角度看，《上海屋檐下》的情节凝炼而明快，交错而不失序，"用淡墨画出了这些人物的灵魂。细致而不落痕迹，浑成而不嫌模糊，真正的感情深沉地隐藏在画面的背后，不闻呼号而自有一种袭人的力量。"

第三节　《屈原》郭沫若

　　《屈原》，是郭沫若这时期历史剧当中成就最高、影响最大的代表作。这个剧本取材于战国时代楚国爱国诗人屈原一生的故事，以楚怀王对秦对交上两条路线斗争作为全剧情节线索，构成代表爱国路线的屈原与代表卖国路线的南后等人之间的戏剧冲突，从而成功地塑造了屈原这个文学典型和一系列人物形象要是：在经济领域中实行统筹安排和兼顾国家、集体和个人，深刻地表现了为祖国和人民不畏暴虐，坚持斗争的主题。

　　《屈原》剧中，还刻划了两个性格迥然相异的女性形象——婵娟和南后。确如作者自己所说的："婵娟的存在似乎是可以认为屈原辞赋的象征的，她是道义美的形象化。"婵娟对屈原的敬爱和维护，形象地表现了广大楚国人民对屈原的态度，从而对塑造屈原这个典型起到很好的烘托作用。与婵娟相反，南后仅仅为了个人固宠求荣，竟然不惜取媚侵略势力，与秦国暗相勾结，陷害屈原这样的忠良，祸国殃民，而且所采用的手段又是那么的卑鄙无耻。当她的阴谋得逞以后，她更加猖狂、恣肆，彻底暴露了她冷酷残忍的本性。她的自私偏狭、阴险毒辣和冷酷残忍，使读者和观众形象地认识到，统治集团中的卖国势力是怎样的一群丑类。南后这个形象的刻划，对屈原的典型塑造起到不可或缺的反衬作用，使屈原光明磊落、大公无私的品德，爱国爱民的感情和英勇无畏的斗争精神，益加鲜明突出。

在剧中，穿插了相当数量的抒情诗和民歌。它们不是可有可无的装饰，而是剧本的有机组成部分，对剧情发展，人物刻画长而无本剽者，宙也。

关于《屈原》的创作意图，郭沫若曾经讲过，是要"把这时代的愤怒复活在屈原时代里去"，是要"借了屈原的时代来象征我们当前的时代"。

《屈原》不但是这一时期革命历史剧最辉煌的代表作，而且在整个现代文学史上，也是不可多得的艺术瑰宝。

郭沫若这时期的历史剧，已形成独特的革命浪漫主义的艺术风格。同作者早期的历史剧相比，它们不仅仍保持着鲜明的个性、浓厚的诗意、炽烈的热情等一惯的特色，而且具有了更厚实的现实基础，更充足的信心和更坚定的理想。无论是聂政刺杀侠累动机的升华，或者是屈原所表现的与反动统治者不屈不挠斗争的精神，和终于出走汉北；无论是如姬临死前在她父亲墓前的自白，或者是宋意在高渐离启发下黉夜"冒着大雪远走江东"去同那里人民相结合的行动；都可以鲜明地显示出郭沫若历史剧革命浪漫主义风格的这种发展和成熟。

《屈原》作为具有浪漫主义特色的历史剧，其主题则是富有战斗性的。因此抗战时期的现实，和屈原时代的历史有着惊人相似之处。这表现在：剧作中屈原坚持齐楚联盟团结抗秦，反对强秦妥协的精神，具有坚持抗战，反对妥协；坚持团结，反对分裂；坚持进步，反对倒退的现实意义。屈原的诅咒黑暗、呼唤光明的"雷电颂"，更是喊出了国统区人民的心声，产生了强烈的社会反应和效果。

《屈原》的浪漫主义特色是以情用史，以情写戏，以情写人的经典代表。它的夸张和浪漫给了我们更强的心灵震撼，更能激发出当代人的爱国热情和斗志。它是所有爱国志士的心声，是引导正义之声的呐喊。因此，历史剧《屈原》不仅有其文学上的伟大成就，它的浪漫主义特色也具有极其重要的政治意义。

第四节　《白毛女》民族新歌剧

《白毛女》以晋察冀边区的民间传说为主要素材，又根据当时革命斗争的现实进行了提炼和加工。主要情节是：恶霸地主黄世仁逼死了善良老实的佃户杨白劳，抢走了他的女儿喜儿并奸污了她，最后又逼得她逃进深山。喜儿怀着强烈的复仇意志顽强地活下来了，因缺少阳光与盐，全身毛发变白，被附近村民称为"白毛仙姑"。八路军解放了这里，领导农民斗倒了黄世仁，又从深山中搭救出喜儿。喜儿获得了彻底的翻身，开始了新生活。全剧通过喜儿的遭遇，深刻地表达了"旧社会把人逼成鬼，新社会把鬼变成人"的主题思想，真实地反映出半殖民地半封建社会农村中贫苦农民与地主阶级的矛盾，证明了只有共产党领导的人民革命，才能砸碎封建枷锁，使喜儿以及与喜儿有着共同命运的千千万万农民得到解放。

　　《白毛女》是诗、歌、舞三者融合的民族新歌剧。第一，歌剧情节结构，吸取民族传统戏曲的分场方法，场景变换多样灵活。第二，歌剧的语言继承了中国戏曲的唱白兼用的优良传统。第三，歌剧的音乐，以北方民歌和传统戏曲音乐为素材，并加以发挥创造，又吸收了西洋歌剧音乐的某些表现方法，具有独特的民族风味。第四，歌剧的表演，学习了中国传统戏曲的表演手段，适当注意舞蹈身段和念白韵律，同时，又学习了话剧台词的念法，既优美又自然，接近生活。

　　《白毛女》是歌剧。歌剧是综合音乐、诗歌、舞蹈等艺术而以歌唱为主的一种戏剧形式。有的则是歌唱、独白、对话三者兼而有之，《白毛女》就是如此。歌词的语言是诗的语言，既要有节奏韵律，富有音乐性，又要深刻地表达人物的思想感情。在音乐上，《白毛女》采取了河北、山西、陕西等地的民歌和地方戏的曲调，加以改编和创作，又借鉴了西洋歌剧注重表现人物性格的处理方法，塑造了各有特色的音乐形象。在歌剧的表演上，《白毛女》借鉴了古典戏曲的歌唱、吟诵、道白三者有机结合的传统，以此表现人物性格和内心活动，推动剧情发展。人物对话采用的是话剧的表现方法，也注意学习戏曲中的道白。在语言上，《白毛女》的对白是提炼过的大众化口语，自然、淳朴，常使用民间谚语、俗语或歇后语。歌词凝练、深刻，一般采用传统戏曲唱段中句句押韵的方式，音韵和谐、铿锵，琅琅上口；同时学习了民歌和传统戏曲中抒情写意的方式，大量使用比兴、对偶、排比、比喻等修辞手段，增强了语言的表现力。巧用对比，也是《白毛女》的一个重要特色。杨家贫寒凄凉，苦度年关，黄家张灯结彩，欢度除夕，场景气氛的对比反映了严重的阶级对立；黄家堂后猜拳行令，狂欢作乐，堂前讨租索债，逼迫卖女，内外情景的对比揭示了地主阶级用穷人的尸骨建筑自己天堂的罪恶本质。特别是在人物塑造上，剧中人物性格迥然不同，黄家主奴的凶残，杨白劳的纯朴忠厚，正反分明，对比强烈，形成尖锐的戏剧冲突，突出地表现了主题。在刻画反面人物时，多以夸张的语言突出其本质特征。如穆仁智上场时"讨租讨租，要账要账"的唱段和黄世仁上场时"花天酒地辞旧岁，张灯结彩过除夕"的唱段，就把狗腿子和恶霸地主的不同身份与丑恶灵魂表现得入木三分。

《白毛女》是我国歌剧史上第一部里程牌式的作品，它是中国民族歌剧成熟的标志和发展的奠基石。它的成功演出在我国近现代音乐史上具有承前启后的重要意义，并为我国歌剧创作的发展开辟了一个新的阶段。这部作品不仅对中国歌剧和其他艺术形式的创作产生过广泛影响，而且对他后来的创作也具有重要意义。它在艺术上最突出的特点是富有浓郁的民族色彩。它以中国革命为题材，表现了中国农村复杂的斗争生活，反映了民族的风俗、习惯、性格、品德、心理、精神风貌等。同时，它继承了民间歌舞的传统，借鉴了我国古典戏曲和西洋歌剧，在秧歌剧基础上，创造了新的民族形式，为民族新歌剧的建设开辟了一条富有生命力的道路。